A VÍBORA

J.R. WARD

A VÍBORA

IRMANDADE DA ADAGA NEGRA

PRISON CAMP

⟶ LIVRO 3 ⟵

São Paulo
2025

The Viper
Copyright © 2022 by Love Conquers All, Inc.

© 2025 by Universo dos Livros
Todos os direitos reservados e protegidos pela Lei 9.610 de 19/02/1998.

Nenhuma parte deste livro, sem autorização prévia por escrito da editora, poderá ser reproduzida ou transmitida, sejam quais forem os meios empregados: eletrônicos, mecânicos, fotográficos, gravação ou quaisquer outros.

Diretor editorial
Luis Matos

Gerente editorial
Marcia Batista

Produção editorial
Letícia Nakamura
Raquel F. Abranches

Tradução
Cristina Calderini Tognelli

Preparação
Bia Bernardi

Revisão
Ricardo Franzin
Tássia Carvalho

Arte
Renato Klisman

Diagramação
Nadine Christine

Dados Internacionais de Catalogação na Publicação (CIP)
Angélica Ilacqua CRB-8/7057

W259v	Ward, J. R.
	A víbora / J. R. Ward ; tradução de Cristina Calderini Tognelli. — São Paulo : Universo dos Livros, 2025.
	368 p. (Irmandade da Adaga Negra: Prison Camp, vol. 3)
	ISBN 978-65-5609-772-5
	Título original: *The viper*
	1. Vampiros 2. Ficção norte-americana 3. Literatura erótica I. Título II. Tognelli, Cristina Calderini III. Série
25-0399	CDD 813.6

Universo dos Livros Editora Ltda.
Avenida Ordem e Progresso, 157 - 8º andar - Conj. 803
CEP 01141-030 - Barra Funda - São Paulo/SP
Telefone: (11) 3392-3336
www.universodoslivros.com.br
e-mail: editor@universodoslivros.com.br

Para um macho de valor,
que sempre enxergou a beleza subjacente,
e à fêmea que o deixou entrar em seu coração.

GLOSSÁRIO DE TERMOS E NOMES PRÓPRIOS

Ahstrux nohtrum: Guarda particular com licença para matar, nomeado(a) pelo Rei.

Ahvenge: Cometer um ato de retribuição mortal, geralmente realizado por um macho amado.

As Escolhidas: Vampiras criadas para servir à Virgem Escriba. No passado, eram voltadas mais para as coisas espirituais do que para as temporais, mas isso mudou com a ascensão do último Primale, que as libertou do Santuário. Com a renúncia da Virgem Escriba, elas se tornaram completamente autônomas, aprendendo a viver na Terra. Continuam a atender às necessidades de sangue dos membros não vinculados da Irmandade, bem como às dos Irmãos que não podem se alimentar das suas *shellans*.

Chrih: Símbolo de morte honrosa no Antigo Idioma.

Cio: Período fértil das vampiras. Em geral, dura dois dias e é acompanhado por intenso desejo sexual. Ocorre pela primeira vez aproximadamente cinco anos após a transição da fêmea e, a partir daí, uma vez a cada dez anos. Todos os machos respondem em certa medida se estiverem por perto de uma fêmea no cio. Pode ser uma época perigosa, com conflitos e lutas entre os machos, especialmente se a fêmea não tiver companheiro.

Conthendha: Conflito entre dois machos que competem pelo direito de ser o companheiro de uma fêmea.

***Dhunhd*:** Inferno.

***Doggen*:** Membro da classe servil no mundo dos vampiros. Os *doggens* seguem as antigas e conservadoras tradições de servir a seus superiores, obedecendo a códigos formais de comportamento e vestimentas. Podem sair durante o dia, mas envelhecem relativamente rápido. Sua expectativa de vida é de aproximadamente quinhentos anos.

***Ehnclausuramento*:** Status conferido pelo Rei a uma fêmea da aristocracia em resposta a uma petição de seus familiares. Subjuga uma fêmea à autoridade de um responsável único, o *tuhtor*, geralmente o macho mais velho da casa. Seu *tuhtor*, então, tem o direito legal de determinar todos os aspectos de sua vida, restringindo, segundo sua vontade, toda e qualquer interação dela com o mundo.

***Ehros*:** Uma Escolhida treinada em artes sexuais.

Escravo de sangue: Vampiro macho ou fêmea que foi subjugado para satisfazer a necessidade de sangue de outros vampiros. A prática de manter escravos de sangue foi recentemente proscrita.

***Exhile dhoble*:** O gêmeo mau ou maldito, o segundo a nascer.

***Fade*:** Reino atemporal onde os mortos reúnem-se com seus entes queridos e ali passam toda a eternidade.

***Ghia*:** Equivalente a padrinho ou madrinha de um indivíduo.

***Glymera*:** A nata da aristocracia, equivalente à Corte no período de Regência na Inglaterra.

***Hellren*:** Vampiro macho que tem uma companheira. Os machos podem ter mais de uma fêmea.

***Hyslop*:** Termo que se refere a um lapso de julgamento, tipicamente resultando no comprometimento das operações mecânicas ou da posse legal de um veículo ou transporte motorizado de qualquer tipo. Por exemplo, deixar as chaves no contato de um carro estacionado do lado de fora da casa da família durante a noite – resultando no roubo do carro.

***Inthocada*:** Uma virgem.

Irmandade da Adaga Negra: Guerreiros vampiros altamente treinados para proteger sua espécie contra a Sociedade Redutora. Resultado de cruzamentos seletivos dentro da raça, os membros da Irmandade possuem imensa força física e mental, assim como a capacidade de se recuperar rapidamente de ferimentos. Em sua maior parte, não são irmãos de sangue, sendo iniciados na Irmandade por indicação de seus membros. Agressivos, autossuficientes e reservados por natureza, são tema de lendas e reverenciados no mundo dos vampiros. Só podem ser mortos por ferimentos muito graves, como tiros ou uma punhalada no coração.

Leelan: Termo carinhoso que pode ser traduzido aproximadamente como "muito amada".

Lhenihan: Fera mítica reconhecida por suas proezas sexuais. Atualmente, refere-se a um macho de tamanho sobrenatural e alto vigor sexual.

Lewlhen: Presente.

Lheage: Um termo respeitoso utilizado por uma submissa sexual para referir-se a seu dominante.

Libhertador: Salvador.

Lídher: Pessoa com poder e influência.

Lys: Instrumento de tortura usado para remover os olhos.

Mahmen: Mãe. Usado como um termo identificador e de afeto.

Mhis: O disfarce de um determinado ambiente físico; a criação de um campo de ilusão.

Nalla/nallum: Termo carinhoso que significa "amada"/"amado".

Ômega: Figura mística e maligna que almeja a extinção dos vampiros devido a um ressentimento contra a Virgem Escriba. Existe em um reino atemporal e possui grandes poderes, dentre os quais, no entanto, não se encontra a capacidade de criar.

Perdição: Refere-se a uma fraqueza crítica em um indivíduo. Pode ser interna, como um vício, ou externa, como uma paixão.

Primeira Família: O Rei e a Rainha dos vampiros e sua descendência.

Princeps: O nível mais elevado da aristocracia dos vampiros, só suplantado pelos membros da Primeira Família ou pelas Escolhidas da Virgem Escriba. O título é hereditário e não pode ser outorgado.

Redutor: Membro da Sociedade Redutora, é um humano sem alma empenhado na exterminação dos vampiros. Os *redutores* só morrem se forem apunhalados no peito; do contrário, vivem eternamente, sem envelhecer. Não comem nem bebem e são impotentes. Com o tempo, seus cabelos, pele e íris perdem toda a pigmentação. Cheiram a talco de bebê. Depois de iniciados na Sociedade por Ômega, conservam uma urna de cerâmica, na qual seu coração foi depositado após ter sido removido.

Ríhgido: Termo que se refere à potência do órgão sexual masculino. A tradução literal seria algo aproximado a "digno de penetrar uma fêmea".

Rytho: Forma ritual de lavar a honra, oferecida pelo ofensor ao ofendido. Se aceito, o ofendido escolhe uma arma e ataca o ofensor, que se apresenta desprotegido perante ele.

Shellan: Vampira que tem um companheiro. Em geral, as fêmeas não têm mais de um macho devido à natureza fortemente territorial deles.

Sociedade Redutora: Ordem de assassinos constituída por Ômega com o propósito de erradicar a espécie dos vampiros.

Symphato: Espécie dentro da raça vampírica, caracterizada por capacidade e desejo de manipular emoções nos outros (com o propósito de trocar energia), entre outras peculiaridades. Historicamente, foram discriminados e, em certas épocas, caçados pelos vampiros. Estão quase extintos.

Transição: Momento crítico na vida dos vampiros, quando ele ou ela transforma-se em adulto. A partir daí, precisam beber sangue do sexo oposto para sobreviver e não suportam a luz do dia. Geralmente, ocorre por volta dos 25 anos. Alguns vampiros não sobrevivem à transição, sobretudo os machos. Antes da mudança, os vampiros são fisicamente frágeis, inaptos ou indiferentes ao sexo, e incapazes de se desmaterializar.

Talhman: O lado maligno de um indivíduo. Uma mancha obscura na alma que requer expressão se não for adequadamente expurgada.

Trahyner: Termo usado entre machos em sinal de respeito e afeição. Pode ser traduzido como "querido amigo".

***Tuhtor*:** Guardião de um indivíduo. Há vários graus de *tuhtors*, sendo o mais poderoso aquele responsável por uma fêmea *ehnclausurada*.

Tumba: Cripta sagrada da Irmandade da Adaga Negra. Usada como local de cerimônias e como depósito das urnas dos *redutores*. Entre as cerimônias ali realizadas incluem-se iniciações, funerais e ações disciplinadoras contra os Irmãos. O acesso a ela é vedado, exceto aos membros da Irmandade, à Virgem Escriba e aos candidatos à iniciação.

Vampiro: Membro de uma espécie à parte do *Homo sapiens*. Os vampiros precisam beber sangue do sexo oposto para sobreviver. O sangue humano os mantém vivos, mas sua força não dura muito tempo. Após sua transição, que geralmente ocorre aos 25 anos, são incapazes de sair à luz do dia e devem ser alimentados por via intravenosa regularmente. Os vampiros não podem "converter" os humanos por meio de uma mordida ou transferência de sangue, embora, ainda que raramente, sejam capazes de procriar com a outra espécie. Podem se desmaterializar, mas precisam estar calmos e concentrados para consegui-lo, e não podem levar nada pesado consigo. São capazes de apagar as lembranças das pessoas, desde que recentes. Alguns vampiros conseguem ler mentes. Sua expectativa de vida ultrapassa os mil anos, sendo que, em certos casos, vai bem além disso.

Viajantes: Indivíduos que morreram e voltaram vivos do Fade. Inspiram grande respeito e são reverenciados por suas façanhas.

Virgem Escriba: Força mística que anteriormente foi conselheira do Rei, bem como guardiã dos registros vampíricos e distribuidora de privilégios. Existia em um reino atemporal e possuía grandes poderes, mas recentemente renunciou ao seu posto em favor de outro. Capaz de um único ato de criação, que usou para trazer os vampiros à existência.

PRÓLOGO

1824 (Em anos humanos)
Caldwell, Nova York

Kanemille, filho de Ulyss, o Ancião, cavalgava um belo corcel em meio à floresta iluminada pelo luar, as ferraduras nos cascos do seu garanhão predileto sendo abafadas pela camada formada pelas agulhas dos pinheiros e pelas folhas caídas. O frescor do mês de novembro surgira sobre a terra, uma promessa do gélido abraço invernal e, na realidade, ainda que a temperatura mais baixa complicasse alguns aspectos da vida e do sustento, ele apreciava a mudança de estação.

Não existia nada de que ele gostasse mais do que o calor de uma lareira numa noite fria.

Ao sair pela linha limítrofe das árvores, seu cavalo seguiu sem ser guiado pelo caminho batido que dava a volta na campina e se aproximou dos jardins de trás da mansão de Kane. De fato, quando cruzara o oceano para se assentar ali no Novo Mundo apenas um ano antes, não antecipara que encontraria grande coisa no Novo Mundo com a sua mudança. Todavia, considerando a casa ao estilo georgiano que habitava, o terreno, os estábulos e o próprio cenário da propriedade, ele se sentia completamente à vontade.

Em retrospecto, talvez fosse o fato de estar recém-vinculado que lhe desse o brilho do conforto profundo e a mais variada índole otimista e gentil.

Veja, sua amada leelan, Cordelhia, era uma fêmea de valor, e que sorte ele tinha. E pensar que aquela união quase não acontecera.

Como de costume entre as famílias da glymera, *a união tinha sido arranjada, o pareamento combinado entre a família dela aqui e a que restava da sua na antiga pátria. Sua tia idosa agira como sua representante, e o acordo justo e adequado fora feito com a* mahmen *de Cordelhia, visto que o pai dela partira para o Fade no ano anterior. Em troca da promessa de atravessar o oceano e se apresentar na cerimônia de vinculação, Kane recebera aquela bela propriedade, mobiliada e com toda a criadagem, além de seis excelentes cavalos para carruagem, quatro cavalos para cavalgadas e um rebanho de vacas leiteiras. Também houve um pagamento deveras vultoso feito em seu nome, que possibilitava um orçamento amplo à sua nova* shellan *e à administração da casa.*

Quando a tia lhe apresentou os frutos das negociações, sua recusa inicial provocara um acesso dramático na fêmea anciã. Parte de seu posicionamento firme se deu por desconhecer os planos dela para ele. A outra parte se referira à reticência de se prender a um arranjo desprovido de amor. No entanto, as súplicas da tia no que, por fim, se tornou seu leito de morte foram extremamente tocantes. Última da geração dos antigos de sua linhagem, ela temera não cumprir a promessa feita à irmã de providenciar para que Kanemille se assentasse em sua vida adulta. Aquela era a única alternativa, dissera, e ela corria contra o tempo, a julgar pela saúde em declínio e pela idade deveras avançada.

Como se ele pudesse se negar a isso.

Em seguida, ela falecera, indo para o Fade.

A morte o havia coberto de culpa, pois, por certo, a agitação que ele lhe causara apressara a partida. Então, após um período de luto, ele encontrou outros empregos para a criadagem, vendeu os bens que agora lhe pertenciam e veio ao Novo Mundo para atender aos últimos desejos dela.

Onde muitas bênçãos recaíram sobre ele, e todas elas inesperadas.

No instante em que o véu foi erguido do rosto de sua amada, ele se apaixonou. Cordelhia era tão bela de se olhar quanto uma rosa de Shakespeare, mas foram sua graciosidade acanhada e recato que mais o atraíram.

Ele antecipara ter que tolerar o último desejo da tia. Em vez disso, com frequência se via rezando para que ela o estivesse observando do Fade, satisfeita com seus esforços e emocionada por sua sincera gratidão, a qual ele deveria ter sempre reconhecido como sendo o curso correto e apropriado para a sua vida.

Aproximando-se dos estábulos, o cavalo relinchou, e quando os companheiros dele responderam das baias, os olhos de Kane se voltaram para o brilho da mansão. O fulgor amarelado caloroso das incontáveis lamparinas escapava pelas janelas de todos os andares, como se fosse luz solar sobre o terreno congelado.

Seu sangue correu mais rápido com a aproximação. O coração disparou. A alma sorriu.

A mão dominante soltou as rédeas e tocou o alforje para verificar uma vez mais se ainda guardava seu conteúdo.

Ele havia saído para atender a um pedido especial de sua shellan. Nos últimos tempos, ela vinha apresentando dificuldades para dormir, e o sachê de lavanda e ervas havia sido encomendado pelo curandeiro do vilarejo para ajudá-la a repousar com mais facilidade.

Que prazer sentia ao fazer algo por sua fêmea.

Atravessando o muro de pedras atrás dos jardins, seguiu adiante até os estábulos. Os cavalos eram mantidos contra o vento em relação à mansão; o arquiteto considerara a direção predominante dos ventos, bem como os anteparos naturais dos aclives e declives do terreno para determinar sua disposição. Mais relinchos ecoaram na noite e, debaixo dele, o corcel começou a se agitar.

Mais alguém estava feliz por voltar ao lar.

Os estábulos estavam abertos em ambas as pontas, e as lamparinas suspensas no corredor central das baias lançavam outra iluminação acolhedora e convidativa. Puxando as rédeas, desmontou enquanto o garanhão sapateava e recuava a cabeça. Com as botas bem plantadas no chão, Kane puxou o cavalo até...

Mas nenhum cavalariço se prontificou.

— Tomy? — chamou.

Ainda que houvesse bastante barulho ao redor, com as patadas dentro das baias formando um coro com o qual estava muito familiarizado, a ausência de resposta silenciou o ambiente.

— Tomy. — Prendendo as rédeas a um ilhós, Kane aumentou o tom de voz. — Onde você...

Ele parou. Olhou por sobre o ombro. Farejou o ar.

Uma sensação terrível se avolumou em suas costelas e ele avançou pelo corredor.

O cômodo das selas ficava na parte da frente do estábulo e, além de guardar as selas e rédeas e outras provisões de natureza equestre, a entrada dos aposentos subterrâneos de Tomy era por aquele espaço estreito.

A porta para os degraus que desciam estava fechada. Será que o cuidador dos cavalos estava doente ou ferido?

Batendo no painel, Kane o escancarou.

— Tomy?

Da escuridão abaixo, não veio nenhuma resposta. Tampouco havia cheiro de o aposento estar ocupado.

Forçando-se a permanecer calmo, Kane se afastou, passando pelas selas acomodadas em seus lugares, pelas tiras de couro penduradas e pelos baldes de madeira. Tudo era familiar, e mesmo assim ele se sentia de súbito perdido.

Na entrada do estábulo, olhou para a mansão e se tranquilizou pelo fato de ela parecer inalterada. Além disso, procurou se lembrar de que existiam inúmeras razões para um cavalariço ocupado não estar de prontidão. Uma cerca para consertar. A entrega de feno para receber. Um coiote próximo às baias que precisava ser enxotado.

Por que deveria se preocupar?

Mas ele sabia por quê. Tivera tanta sorte desde a sua chegada a Caldwell. Sorte demais. Por certo era necessário que houvesse equilíbrio.

Enquanto o restante da casa dormia, essa preocupação o mantinha acordado — e agora isso. Nada de Tomy. Algo inédito.

Concentrando-se, Kane se obrigou a não correr para a mansão, mas, em vez disso, seguir pelo caminho como se sua mente não tivesse disparado de pronto, e talvez de modo paranoico, para situações de calamidade e morte. Conforme seguia, seus olhos penetraram cada uma das janelas de sua ampla casa e atravessaram o vasto interior do chão ao teto, da fundação à parte oposta. A estrutura formal era uma sucessão de cômodos, com duas *alas flanqueando uma parte central de três andares, e como as cortinas de seda tinham sido afastadas para permitir a entrada do luar, ele vasculhou o interior em busca de sinais de alguma comoção.*

Ao não encontrar figura alguma se movendo, levou a mão à lombar. Como forma de proteção pessoal, ele sempre carregava consigo uma adaga ornamentada com pedras preciosas, ainda que, por ser um aristocrata, não fosse muito bem treinado a usá-la.

Todavia, Cordelhia estava ali dentro.

Precisava protegê-la.

Dando a volta até a entrada frontal, descobriu que as portas pesadas estavam abertas, e soube que algumas das portas também estavam abertas nos fundos da casa porque havia uma corrente de vento batendo em suas costas e nenhum cheiro em seu nariz.

Santa Virgem Escriba, tinham sido roubados.

Apertando o cabo da adaga, a mão estremeceu, e ele odiou sua criação refinada e todos os seus anos de educação e lazer social. Deveria ter procurado um campo de treinamento para se endurecer...

Encostou a mão livre na madeira polida da porta e empurrou o peso para a frente.

— Cordelhia? — chamou em voz alta. — Balen?

A ausência de resposta do mordomo foi mais alarmante do que sua shellan *não ter respondido. Balen estava sempre junto a qualquer entrada.*

— Balen!

Quando sua voz ecoou, Kane olhou dentro da sala de jantar e observou a mesa posta à perfeição para dois. Mas isso fora arranjado horas atrás, como sempre acontecia à Última Refeição.

Sob seus pés, um tapete persa do qual ele gostava muito abafou o seu progresso até a base da escada e, ao colocar a mão sobre o corrimão, ele temeu o que encontraria. Quando aquela brisa que percorria a casa assobiou às suas costas, os cabelos em sua nuca se arrepiaram...

— Surpresa!

— Parabéns, meu senhor!

— Felicitações ao senhor!

Quando Kane gritou e deu um pulo para trás, figuras bem conhecidas e muito amadas surgiram numa corrente que emergia da biblioteca nos fundos da casa.

Eram todos os criados da casa e da propriedade, todos a quem ele valorizava e apreciava por seus méritos individuais... e, no fim dessa corrente, estava sua leelan, sua Cordelhia, num vestido vermelho que ressaltava o dourado dos cabelos, o rubor em suas faces e o tom safira dos olhos.

Como de costume, seu olhar estava baixo, a modéstia uma virtude cardeal em meio à glymera, e mesmo assim ele sabia que ela estava deleitada com a surpresa que, sem dúvida, orquestrara.

Ela o conhecia tão bem. Não era dado a festas grandiosas, como era hábito na aristocracia, portanto, aquela era a maneira perfeita de comemorar a data de seu nascimento. E apesar de a posição dela ser respeitável, não apenas naquela casa, mas também na glymera como um todo, ela esperou até que toda a criadagem tivesse parabenizado o senhor da casa antes de se aproximar.

— Bênçãos nesta noite do seu nascimento, querido Kanemille.

Sua fêmea era casta demais para lhe oferecer a mão ou a boca. Mas ele não pôde resistir a se adiantar e beijá-la no pescoço sobre a veia, primeiro do lado esquerdo, depois do direito, logo acima do colarinho de renda do vestido. O desconforto dela diante dessa sua demonstração foi percebido no modo como os ombros enrijeceram, mas o contato era permissível por estarem diante dos criados que juraram sigilo e discrição.

Dificilmente seria considerado uma liberdade, visto estarem vinculados como convinha.

Ao recuar, fitou a beleza que era a sua companheira e soube que era o macho mais afortunado do Novo Mundo; ou melhor, de todo o mundo.

Em quinze dias, tal ponto de vista sobre seu destino seria alterado.

E seu longo período de sofrimento começaria.

Caso soubesse o que o aguardava, ele teria enquadrado seus sentimentos de temor num contexto mais apropriado. Como se veria mais tarde, não eram paranoia.

Mas, sim, premonição.

CAPÍTULO 1

Dias atuais
Sanatório Willow Hills (abandonado)
Connelly, Nova York

— Pegue a porra do carro. Agora... espere! Desarmou as coleiras?
— Vamos descobrir. Se nossas cabeças explodirem, a resposta é não.
Depois dessa troca de palavras em vozes masculinas incorpóreas, houve uma afobação de passadas que recuaram – e um som eletrônico breve em duração, baixo em volume. Em seguida, silêncio.
Nenhuma... respiração.
Por detrás das pálpebras fechadas, Kane não tinha como dizer se a respiração entrecortada era sua ou de outra pessoa, e havia pouco que pudesse fazer para solucionar essa questão. Faltavam-lhe forças para erguer o peso morto que interrompia sua visão, mas havia outros problemas além desse. Seu corpo ferido, coberto por queimaduras de terceiro grau, era uma âncora que mantinha suas habilidades cognitivas mergulhadas no sofrimento. Processar qualquer coisa além de um simples estado de consciência demandava uma concentração de que ele não dispunha.
Porém, se conseguia ter ao menos esses pensamentos, com certeza algumas dessas inspirações/expirações eram suas...
Ah... maldição. Iria vomitar.

Uns dez minutos antes, ou quem sabe dez horas – talvez dez dias? –, deram-lhe algo para aplacar a sua agonia, a droga sendo administrada numa veia na dobra do cotovelo. Quase que de imediato houve uma sensação de flutuação que turvou tudo e criou o peso nas pálpebras que ele tentava erguer, e agora seu estômago estava revirado, o enjoo quase tão ruim quanto...

O som de metal em metal foi percebido.

Uma arma com a munição sendo verificada.

Os sons bastaram para interromper os poucos pensamentos que tinha, levando-o de volta a lugares em sua antiga vida que ele nunca gostava de visitar. No entanto, a onda de lembranças do seu passado se recusou a obedecer às barreiras que ele tentava erigir. Imagens, tal qual granadas, atacaram seu cenário mental, as detonações criando crateras...

– Kane.

Aliviado pela distração, virou a cabeça às cegas para o macho que conhecia tão bem. Forçando os olhos a se abrirem, não viu nada. Pelo menos... achava que as pálpebras estivessem erguidas? Recentemente, fora surrado por alguns dos guardas do campo de prisioneiros, e o inchaço o fazia sentir como se seu rosto fosse um saco de batatas.

– Apex – disse, rouco.

– Vou te carregar.

Balançando a cabeça, Kane tentou falar mais. Qualquer movimentação seria muito ruim nesse caso. Muito, muito ruim...

– Essa é a nossa chance. Temos que arriscar agora.

Os braços que abriram caminho sob o seu corpo eram como varas atravessando sua carne, e ele gemeu. Depois entrou em pânico.

– Espere, pare – disse num fio de voz.

Ao seu comando, Apex congelou, e Kane chegou a pensar que ninguém mais conseguiria isso do outro prisioneiro. Apex era uma força da natureza, um flagelo imoral no confinamento da prisão, fosse ali no local novo ou naquele subterrâneo anterior. E, mesmo assim, ele obedecia a Kane, por motivos que nunca seriam claros.

– Não podemos ir embora. – Kane tossiu fraco, o que o deixou ainda mais nauseado. – E quanto a... Lucan. O Jackal...

– Eles se foram.

Kane se forçou a manter o foco.

– Para onde foram...

– Não podemos fazer isto agora. A chefe dos guardas está na estação de trabalho e a troca de turnos está acontecendo. Precisamos tirar você dos aposentos privativos dela enquanto podemos...

– E quanto ao Executor...

– Já disse. Cuidaram dele.

– E quanto a Lucan, e o Jackal...

– Acabei de responder. Nós vamos agora...

– E a Nadya?

Não obteve resposta. Quando foi erguido à força e carregado para fora, perdeu a habilidade de falar. Tão certo como se alguém tivesse deixado um explosivo sob a sua pele e o detonado, seu corpo pareceu perder toda a integridade estrutural, tornando-se nada além de impulsos neurais que sobrecarregavam seu cérebro, mesmo com as drogas. Só conseguia permanecer vivo – e, por fim, acabou vomitando, a bile ardendo garganta acima e deixando um sabor azedo na boca. Quando começou a engasgar, foi virado nos braços de Apex com rudeza para que a boca ficasse desobstruída.

Outra rodada de bipes eletrônicos.

Escadas, mas, em seu delírio, ele não sabia discernir se subiam ou desciam. O que percebeu em seguida foi ar puro. Ar puro e frio. Quando os pulmões inflaram, seu estômago se assentou um pouco, e ele se ocupou com as camadas de odores. Pinheiros. Terra úmida. Um leve odor de fumaça de escapamento...

Tiros. Atrás deles.

– Porra – resmungou Apex.

Agora, tiros mais próximos. E um grito como se alguém tivesse sido alvejado. Seguido de outro berro.

– Por aqui! – Mayhem chamou.

Movimentos rápidos agora, e balas zunindo, os mísseis agudos passando por eles.

Uma parada breve, algo sendo aberto, em seguida Apex dizendo:

– Não, vou no banco de trás com ele... vai. Vai!

Sem preâmbulos, foi solto dos braços de Apex, aterrissando num espaço apertado que comprimia com brutalidade seus braços e seu tronco. O cheiro de couro inundou seu nariz, que foi empurrado contra algo que não cedia muito.

A voz de Apex, alta:

– Vai! Dirige, porra!

Uma batida foi seguida por muitos tiros, agora com sons que ele presumia serem das balas atingindo o metal do carro. Motor rugindo. Pneus se agarrando ao asfalto. Sacolejos fortes, seu rosto batendo em algo mais e o corpo se chocando atrás.

O que percebeu em seguida foi o carro parecendo ganhar velocidade...

Um estouro de som, estilhaços caindo em cima dele, uma dor aguda. Vento agora, vento forte, uma correnteza em seus ouvidos e ao longo de sua pele em carne viva.

– Acertaram vocês? – A voz de Mayhem acima da confusão.

Apex:

– Continua dirigindo, tô pouco me fodendo!

– Estão chegando perto!

Mais tiros; em seguida, Kane sentiu cheiro de sangue fresco além do de pólvora. Depois disso, uma explosão.

– Vamos sair da estrada!

Não soube quem disse isso porque um solavanco repentino foi seguido por um breve instante de suavidade, como se estivessem flutuando no ar, e era mesmo uma pena que não pudessem continuar voando. Houve um baque de volta à terra e uma turbulência que o fez rolar...

– Árvore!

O impacto da pancada quando bateram foi tão forte que seus ouvidos tiniram, tão violento que a dor o consumiu em meio ao torpor das drogas, tudo levando-o de volta ao momento em que ele tomara a decisão de dar uma chance ao amor de outra pessoa.

Detonando de propósito a sua coleira de contenção.

Até que enfim, pensou quando sua energia fraquejou. Poderia se reunir à sua Cordelhia no Fade.

Quando não sentiu nenhum alívio ante essa perspectiva, nenhuma felicidade tampouco, disse a si mesmo que era por causa do seu sofrimento.

Não tinha nada a ver com a enfermeira deixada para trás, aquela que cuidara dele com tanto carinho e preocupação, aquela que, quando Apex não estava ao seu lado, se sentava com ele como se o destino dela também fosse aonde o dele levasse...

Aquela em cujos olhos nunca olhara, cujo rosto jamais vira, cujos movimentos hesitantes narravam uma história jamais colocada em palavras – e isso nem era preciso para que ele entendesse.

Não, seu torpor não estava relacionado a Nadya.

Nem um pouco.

Uma granada.

No fim, Apex encontrou uma granada no SUV que roubaram.

Que puta sorte.

À medida que escapavam apressados da nova localização do campo de prisioneiros e as balas estilhaçavam tanto o vidro traseiro quanto as janelas laterais, ele mergulhou no vão atrás do banco do motorista para se proteger, e os fragmentos do vidro temperado caíram sobre ele como granizo. Quando uma segunda saraivada de balas atingiu o exterior do veículo, ele pensou em todo o combustível no tanque e, embora seus olhos tivessem se fechado por instinto, voltou a abri-los bem rápido...

O pequeno objeto de metal do tamanho de um punho rolou para bem perto do seu rosto, e a coisinha de corpo áspero com arestas retangulares se encaixou à perfeição em seu globo ocular esquerdo. Sempre o agressor, esteve prestes a dar um soco nela para afastá-la quando percebeu...

Movendo a cabeça na direção da granada, apanhou-a tão rápido quanto sua próxima respiração. Que é o que se faz quando se ganha na loteria dos explosivos sem nem saber que tinha jogado.

Bem na hora. Quem quer que estivesse tentando encher o SUV de balas estava recarregando as armas, então houve uma pausa no ataque.

Apex puxou o pino enquanto se levantava do piso. O rugido do buraco aberto onde estivera a janela do passageiro o conduziu melhor do que a visão teria feito e ele se moveu instintivamente. Enfiando o tronco pela abertura criada pelas balas, uma rajada de vento atingiu suas costas enquanto ele mirava no veículo grande e largo cerca de dez metros atrás deles.

Graças à iluminação interna, identificou dois guardas, um atrás do volante, olhando por cima do capô como se seus olhos fossem lasers de uma bazuca, e o outro no banco do passageiro com a atenção focada no colo.

Não havia tempo de se preocupar com a mira. Além do mais, estava com a granada na mão errada, portanto, seria um lançamento de merda.

Mudando de posição, esgueirou-se ainda mais pela janela, a mão da adaga segurando o apoio no teto para segurar o corpo num ângulo ruim. A boa-nova: a granada não pesava quase nada e ele tinha o vento a seu favor. O nó metálico de explosão voou pelo ar, mas o arco estava errado. Em vez de atravessar o para-brisa dianteiro, bateu na grade...

Não, quicar era bom. Em vez de passar por baixo do veículo, a velocidade jogou o explosivo para o capô, depois para cima do para-brisa.

Agora, maldição, *agora*...

Não, quicar era ruim. A granada subiu pela inclinação do para-brisa e desapareceu ao bater no teto. Onde acabaria explodindo em pleno ar no rastro dos seus perseguidores.

— Porra! — Apex voltou para dentro do carro. — Mais rápido, temos que ir mais ráp...

A explosão foi alta o bastante para sobrepor-se ao barulho da ventania na janela e do rugido do motor, e o estouro de luz foi como o sol do qual Apex se lembrava de antes da sua transição. Virando-se no banco, ele viu a luz amarela brilhante contida dentro do veículo dos guardas, o clarão saindo pelos vidros em todos os lados e contornando a silhueta do motorista e do passageiro por um instante.

Antes de eles se tornarem só mais uma parte da salada de frutas de estilhaços...

— Vamos sair da estrada! — Mayhem berrou.

O veículo em que estavam guinou pelo acostamento e bateu em algo, a velocidade diminuindo enquanto usufruíam de um breve instante de voo livre. Em seguida, a aterrissagem lançou Apex em direção ao teto do SUV, a cabeça levando a pior no impacto — nesse meio-tempo, Kane era como uma mala solta, batendo em toda parte quando aterrissaram sobre três pneus, quase capotando, mas seguindo adiante de alguma forma.

Com um impulso repentino, Apex se lançou por cima do macho, puxou o cinto de segurança ao longo de seu corpo e o amarrou de qualquer jeito.

— Árvore! — Mayhem exclamou.

Apex virou a cabeça para trás. Bem na frente do SUV, iluminado pelos faróis, estava o maior bordo que ele já tinha visto.

Quando o motorista pisou no freio, o SUV lutou contra a desaceleração, derrapando a traseira, sacudindo de novo como se fosse capotar. Em seguida, houve um baque...

... um momento de giro...

... seguido por um impacto tão forte que Apex foi lançado para o banco da frente. Ao quicar de volta para o seu lugar, ficou um instante atordoado, a visão falhando, a audição sumindo, ciente apenas das batidas do coração.

Quando a ausência de mobilidade persistiu, com nada além do sibilo de um motor arruinado cortando o silêncio, ele ouviu algo ao longe.

Outro veículo, vindo rápido na direção deles.

Mais guardas, ele pensou ao sentir o gosto do próprio sangue.

Porra... Mas pelo menos eles morreriam tentando escapar.

Com a visão falhando, ele virou a cabeça e tentou se concentrar em Kane. O macho estava prostrado em um ângulo contorcido, deitado meio no banco, meio para fora dele, a túnica e as bandagens com manchas de sangue transformando-o numa múmia. Ele não parecia estar consciente, tampouco respirava.

– Sinto muito – Apex disse num fio de voz ao começar a perder a consciência.

Seu último pensamento ao morrer foi o de nunca ter dito ao macho que o amava.

Provavelmente, foi melhor assim.

CAPÍTULO 2

Casa de audiências do Rei
Caldwell, Nova York

— Não, A*nnabelle* vem primeiro...
— De jeito nenhum...
— Claro que vem.
— Não vem.

À medida que a discussão superintelectual passava de um leve fervilhar à completa ebulição, Vishous, filho de Bloodletter, relanceou ao longo do que um dia fora uma sala de jantar e agora era a recepção do Rei – bem a tempo de ver seu colega de apartamento, Butch, olhar para Rhage como se o irmão tivesse chamado a mãe de alguém de larápia.

— *Annabelle 2: A criação do mal* – pronunciou o antigo policial. – Você tem que assistir a esse primeiro. Todos sabem disso.

Hollywood apontou para o outro com seu instrumento de entrega de menta e lascas de chocolate de prata de lei, também conhecido como colher de sopa, porque as de chá eram pequenas demais.

— A história original fica melhor se você voltar a ela. Tem mais contexto.

— Por que começar pelo meio?

— Porque foi assim que os produtores de cinema produziram os filmes. Está no título. Produção, filmes.

— Obrigado, Einstein. Quer me desenhar um...

— ... retrato? Claro. Você o quer com ou sem bom senso? Quero dizer, se for o primeiro caso, você não pode ser o tema.

— Eu estava pensando mais num viés de pintura daquilo que se passa na sua cabeça quando você está perdendo um debate de lavada, como agora. É um vácuo irremediável?

— Na verdade, isso seria o meu estômago.

— Verdade, nisso eu concordo com você.

Enquanto o vaivém de insultos e o tema da continuidade cinematográfica se desenrolavam, V. resolveu dar a sua própria enrolada. Desfazendo a pose relaxada junto a um aparador, andou ao longo do tapete persa feito à mão e comprado há pelo menos um século e meio. Lembrava-se de quando aquela extensão colorida do tamanho de uma pista de boliche ancorava uma mesa de jantar que comportava vinte e quatro cadeiras. Agora, era apenas uma coberta para o piso de tábuas de madeira bem lustrado, sem móveis para cobrir o seu desenho amplo e vibrante de volteios, a não ser por um par de poltronas diante da lareira na extremidade oposta.

Só havia outra área de estar. Na outra ponta do elegante espaço retangular, largado em um canto como se fora um advogado muito malcomportado de castigo, estava Saxton, o advogado do Rei, sentado à sua escrivaninha. Como de costume, o macho estava muito bem-vestido, em seu terno de três peças de lã feito à mão como as roupas íntimas de um inglês, como Rhage gostava de dizer, os cabelos loiros estilo Dread Pirate Roberts[1] penteados para trás do rosto, tal qual Cary Elwes[2] em seu auge.

Como de costume, o macho tinha o nariz aquilino enterrado num livro das Antigas Leis, com as sobrancelhas unidas, as unhas bem lixadas tamborilando no canto de um pergaminho.

Como se não estivesse gostando do que lia.

---

1 Ross William Ulbricht, nascido em 27 de março de 1984 em Austin, Texas, conhecido on-line pelo pseudônimo de Dread Pirate Roberts, é um operador de mercado que foi condenado. Ele ficou mais conhecido por criar e administrar na darknet o site Silk Road de 2011 até sua prisão em 2013. Ross Ulbricht obteve perdão do presidente Donald Trump em 21 de fevereiro de 2025, sendo libertado. (N.T.)
2 Cary Elwes é um ator e escritor britânico. (N.T.)

— Tudo bem se eu puxar uma cadeira para me entreter com o meu tabaco?

O advogado ergueu o olhar confuso, como se o cérebro tivesse dificuldade para processar ao mesmo tempo palavras escritas e faladas.

— Ah, sim — respondeu Saxton. — Claro, sem problemas. Venha, venha.

Uma daquelas mãos muito bem tratadas gesticulou para a cadeira vazia.

V. pegou o palácio de mogno para traseiros, acomodando-o na beirada da mesa.

— Obrigado.

— Não tem de quê. Aprecio o aroma do tabaco.

Ao se sentar, V. tirou de sua bolsinha um punhado de tabaco turco e um pacote de seda para enrolar cigarros Rizla+.

— E aí? Qual o veredito quanto ao banimento do campo de prisioneiros?

— Ainda estou pesquisando o assunto.

— Vou repetir: por que se dar a esse trabalho? — Rolando um punhado de folhas à perfeição, V. passou a língua na faixa adesiva. — Wrath se livrou dos escravos de sangue e do *ehnclausuramento* das fêmeas. Ele pode fazer a porra que bem entender.

— Pode. — Saxton deu um tapinha no livro das Antigas Leis. — Mas o campo de prisioneiros não foi estabelecido por ele. Foi arquitetado pelo Conselho. Os *Princeps* o projetaram e dotaram, além de terem mantido a instalação.

— *Instalação?* É assim que aquele buraco deve ser chamado? Porque, quando chegamos ao lugar, era a porra de um pesadelo.

— Deduzo que a localização anterior fosse horrível.

— Estávamos muito perto de encontrá-la a tempo. Chegamos uma ou duas noites atrasados, no máximo. Frustrante pra caralho.

Dito isso, V. relanceou pela sala. Rhage e Butch ainda estavam discutindo sobre os filmes de Ed e Lorraine Warren, bem como sobre diversas falhas e inadequações pessoais.

— Mas e daí, o Conselho foi desfeito. — V. deu de ombros. — Grande parte da aristocracia está morta. Quem diabos vai reclamar? E, P.S., a *glymera* que se foda.

Saxton sorriu ao esticar os braços acima da cabeça e movimentar o pescoço de um lado a outro. O fato de os cabelos não terem se mexido não se devia a algum spray Aqua Net, e sim porque cada centímetro dele era refinado e bem-comportado.

Até mesmo as roupas íntimas, que dificilmente seriam de lã.

— Por mais que eu entenda esse sentimento — contornou o advogado —, precisamos agir com cautela. O Rei, claro, tem a liberdade para fazer o que bem desejar, mas é minha função garantir que quaisquer implicações dos seus atos lhe sejam apresentadas para revisão.

Ainda que Saxton tenha nascido e sido criado como um aristocrata, ele não nutria amor algum por sua classe. Em retrospecto, fora banido da sua linhagem por preferir a companhia do próprio gênero. A boa notícia era que ele encontrara uma nova família junto à Irmandade e se vinculara a um macho nota dez. Ruhn era dos bons.

Portanto, era isso mesmo, a *glymera* que se fodesse.

— O que eles podem fazer com a gente? — V. começou a enrolar o segundo cigarro. — Eles não têm poder e Wrath foi eleito democraticamente. Não podem atingi-lo.

O advogado voltou a olhar para os símbolos escritos a tinta nas páginas de pergaminho abertas.

— No entanto, se procedermos com precisão, não pode haver reclamações legítimas.

— A gente só vai atacar o lugar e botar fogo nele. Quem é que vai reconstruí-lo com os poucos aristocratas que restam?

Desde que conseguissem encontrar o novo local. Depois de anos sem encontrar o rastro do repositório particular da *glymera* para vampiros que os tinham irritado, o Jackal conseguira se libertar do lugar e procurara a Irmandade. Quando, porém, todos conseguiram chegar à localização subterrânea, a "instalação" fora abandonada. Quem quer que estivesse administrando o campo de prisioneiros de alguma forma conseguira sumir com cerca de quinhentos a seiscentos prisioneiros, uma operação de drogas inteira e uma equipe de guardas, em pleno ar. *Puf!*

Mas para onde? Considerando-se tudo, não poderiam ter ido muito longe.

— Eu acho que a gente tem que acabar de vez com ele. — V. lambeu outro papel. — Fechamos tudo com um decreto e depois cuidamos da papelada legal.

— Encontraram a localização...?

— Não, mas vamos encontrar. Nem que a gente precise morrer pra isso. — Pegou outra seda para enrolar e ladrou para o lado oposto da sala: — Jesus, por que não procuram de uma vez na internet?

Butch e Rhage se viraram para olhar para ele como se ele estivesse sugerindo que colocassem uma placa de "Vende-se" na frente da mansão. E estivesse disposto a entregar Fritz, extraordinário mordomo, junto com a propriedade.

V. enfiou a mão no bolso de trás e pegou seu Samsung, sacudindo-o no ar.

— Não sei se vocês dois têm ciência de que temos o mundo na ponta dos dedos. É só digitar.

Butch ajustou a manga do terno Tom Ford, empertigado como o bom garoto católico que fora, e ainda era.

— A questão não é essa.

— E não se deve acreditar em tudo o que se lê na internet. — Hollywood gesticulou com a colher do tamanho de uma banheira. — E também não ligamos muito para o que as outras pessoas pensam.

— Quer dizer que isso é só uma provocação interna? — resmungou V.

— Exato.

— A respeito de uma franquia de terror muito importante — Butch observou, como numa nota de rodapé.

Por algum motivo, ver aqueles dois de pé junto a uma das janelas compridas, Rhage todo grande, loiro e lindo, comendo direto do pote de Ben & Jerry's, Butch parecendo à espera de que alguém da *GQ* lhe entregasse o prêmio de Vampiro Mais Bem Vestido do Ano, fez com que V. se lembrasse dos primeiros dias daquele trio, quando os três eram solteiros e passavam o tempo no Buraco.

Ele não voltaria àquele tempo, mesmo se alguém lhe desse um estoque vitalício de cigarros bolados à mão que não tivesse que enrolar e lamber ele próprio. Mas eram boas lembranças. Assim como aqueles dois cabeças de vento eram machos muito bons, irmãos muito bons.

Lutadores muito bons.

V. verificou as horas no telefone. Os três chegaram cedo para as audiências da noite, algum tipo de animação barulhenta tornando impossível que eles esperassem na mansão durante toda a Primeira Refeição. Wrath logo chegaria e, não muito depois, os cidadãos com seus horários agendados com seu Rei.

V. detestava essa parte do trabalho, ficar sem fazer nada enquanto ouvia as conversas particulares sobre vinculações, nascimentos, mortes e disputas de propriedade. Contudo, a Irmandade da Adaga Negra sempre atuara tanto como defensora da espécie quanto como a guarda privada do Rei.

Portanto, Wrath nunca fazia aquilo sozinho.

E, quem sabe, talvez em alguma noite dessas os irmãos pudessem ser necessários.

Nesse ínterim, ele teria de se retorcer dentro dos coturnos por seis horas. Enquanto poderia estar lá fora, procurando pela porra daquele campo de prisioneiros.

Quanto mais tempo levavam para localizar o lugar, mais determinado ele ficava para encontrá-lo. Não que ele conhecesse alguém que estivesse encarcerado no momento, tampouco tinha um coração angustiado com complexo de salvador. No entanto, odiava profundamente a *glymera*, e ainda que o campo de prisioneiros tivesse sido tomado por outro grupo e não fosse mais administrado por aqueles esnobes presunçosos, existia a satisfação de pegar um brinquedo com o nome deles escrito.

E, ok... Talvez ele não gostasse da ideia de que houvesse pessoas ali que nunca fizeram nada de errado. Segundo o Jackal, inúmeros assassinos foram jogados atrás das grades, mas também havia aqueles que foram ali lançados sem terem feito nada além de quebrar regras sociais, o que era uma completa baboseira. Fêmeas que escaparam do *ehnclausuramento* ou abandonaram companheiros abusivos. Machos considerados competição, quer política, social ou romântica.

Pessoas que gostavam do próprio gênero.

Puta que o pariu, sua vida sexual nunca fora convencional, portanto, poderia ter sido ele. Saxton. Ruhn. Blay e Qhuinn.

Por isso, foda-se a *glymera*, pensou, ao pegar mais um pouco de tabaco da bolsinha.

– Nós vamos encontrar – jurou ao advogado do Rei. – E eu vou adorar explodir a porra do lugar pelos ares.

CAPÍTULO 3

NA NOVA LOCALIZAÇÃO DO campo de prisioneiros, três pisos abaixo dos andares destinados aos quartos dos pacientes, às áreas de tratamento e aos escritórios administrativos do decrépito hospital para tuberculosos, dois abaixo de onde o processamento das drogas era realizado pelos prisioneiros e onde os aposentos privativos do Comando tinham sido construídos, e quatro lances de escada com degraus de concreto rachado abaixo de onde ficavam as terríveis instalações onde os prisioneiros dormiam... uma enfermeira solitária coberta da cabeça aos pés por um traje marrom desbotado trocava os lençóis de um colchão fino e manchado com o tipo de cuidado normalmente reservado para a suíte principal da mais elegante das casas da aristocracia.

Enquanto Nadya se movia ao redor da estrutura metálica enferrujada, enfiando o lençol entre as molas barulhentas e o colchão de quarenta anos, o tecido sob o qual ela se escondia estava folgado ao redor do rosto marcado por cicatrizes e do corpo estropiado. Era um contraste estranho, sua rigidez, as contrações musculares, o claudicar, comparados à fluidez do pano, e ela ponderou, não pela primeira vez, que vestia o que vestia porque aquilo lhe dava um pouco do que havia perdido.

Facilidade de movimentos. Graciosidade. Fluidez.

Mas havia outros motivos para ela se esconder dessa maneira.

Abrindo uma coberta limpa que ela havia dobrado, deixou que o peso da lã se assentasse e depois alisou quaisquer amassados. Em seguida, inclinou-se com uma careta e apanhou o travesseiro fino e duro do chão de concreto. Ao depositá-lo em seu devido lugar, encarou a cama vazia.

Até ter que desviar o olhar.

O que viu ao seu redor não melhorou em nada seu humor perturbado. Sua instalação improvisada para os doentes, feridos ou enfermos entre os prisioneiros ficava em um depósito abandonado, enfiada atrás de um conjunto de prateleiras que ainda sustentavam o peso dos suprimentos antiquados ou com validade expirada há vinte anos. Quando o campo de prisioneiros fora transferido para aquele antigo hospital humano, ela levou noites e dias para liberar o espaço e dispor uma fila de leitos para tratamento, e por mais que tivesse esfregado o piso, lavado a roupa de cama, limpado as paredes até onde alcançava, não se deu ao trabalho de lidar com a poeira nas prateleiras.

Havia um limite para suas forças, e ela as despendia à própria custa.

Até o momento, tivera dois pacientes. Não mais do que na noite anterior, lavara e rearrumara a cama na ponta oposta, onde aquela humana se deitara, onde Lucan cuidara dela.

Onde o licantropo se apaixonara pela companheira a que estava destinado.

Do seu posto nas sombras, Nadya testemunhara o amor crescendo entre eles, e o reconheceu pelo que de fato era: uma bênção dada pelo destino. Um alívio do sofrimento, uma fonte de esperança no caos, um direcionamento quando tudo parecia perdido.

Um destino quando não se tem um lar.

Depois da partida da mulher, Nadya tomou o mesmo cuidado ao lavar lençóis e cobertas. Soubera que Rio não retornaria, presumindo que tivesse sobrevivido ao regresso para o povo dela – com isso, compreendera que Lucan não retornaria, pois onde quer que aquela mulher estivesse, ele estaria também. Assim, para honrá-los, desfizera e reordenara a cama com precisão, como se seus esforços de alguma forma pudessem impactar o futuro deles.

Como se possuísse mágica nas mãos e pudesse ajudá-los em sua jornada.

Baixando o olhar, fitou a cama à sua frente. Em seguida, passou as mãos num movimento amplo de novo pela coberta, alisando-a. Ao perceber a textura áspera da lã, visualizou o paciente que se deitara ali retornando à sua clínica, como se pudesse convocá-lo apenas pelo seu desejo. Visualizou-o retornando para ela do mesmo modo como chegara da primeira vez, com Apex e Mayhem sustentando seu peso pelas axilas, os pés sem tocar o concreto, a cabeça pensa, o corpo ferido de maneira alarmante...

Mas os olhos dele a buscaram apesar de seu rosto estar escondido debaixo do capuz.

Imaginou Kane com a mais absoluta especificidade, das queimaduras em carne viva aos tufos de cabelo, à boca repuxada pelo sofrimento. Os membros sem viço. As mãos fechadas em garras, faltando alguns dedos.

Fizera o possível por ele, mas seus esforços pouco adiantaram. Ele permanecera à beira da morte até a noite anterior, quando os guardas o levaram à força, sem respeito algum por sua condição delicada.

Tentara detê-los. Mas o macho que o manipulara de qualquer jeito pusera uma arma em sua cabeça. Jamais se esqueceria da expressão naqueles olhos claros e frios.

Depois de Kane ter sido removido à força, ela deixara a cama como estivera, como se fosse um farol que o destino dele pudesse localizar apenas se ela não trocasse os lençóis. O que era estupidez.

Ele não voltaria. E o seu fim fora terrível.

Disse a si mesma que, enfim, ele estava em paz agora. Lá no Fade. Com sua amada companheira, de quem ele falara em seu delírio.

Sentou-se, as molas enferrujadas rangeram, e ela nunca ouvira um barulho mais solitário. Apoiando a mão na fronha recém-lavada, visualizou o que restava dos cabelos de Kane e tentou sentir sua textura, sua maciez, como se pudesse trazê-lo de volta caso suas lembranças fossem vívidas o bastante.

Mas não era assim que a ressuscitação acontecia. Ou a ressurreição...

– Saudades de alguém?

Nadya deu um salto e se equilibrou da melhor maneira que pôde. A fêmea que pairava na soleira da porta aberta estava emoldurada pelo corredor criado por duas fileiras de prateleiras. Com mais de um metro e oitenta de altura e vestida para a guerra, seu corpo potente estava circundado por cintos com armas, o rosto magro e inteligente era desenhado por linhas de astúcia. Num campo de prisioneiros repleto de depravação, onde o instinto de sobrevivência corria desenfreado, ela estava no comando dos guardas, administrando os esquadrões de machos com punho de ferro.

O coração de Nadya deixou de bater algumas vezes enquanto ela abaixava ainda mais o capuz, apesar de ele já estar no lugar certo.

A chefe dos guardas se adiantou. O fato de estar desacompanhada era pouco usual. O de não ter preocupação alguma com a ausência de defesa às suas costas, não.

Ela assumira o controle após a morte do Executor, e não havia ninguém para tomar o seu lugar.

— Você esperará até que lhe dirijam a palavra — comentou ela em sua voz grave.

Nadya se curvou de leve e manteve a verdade para si. Não era respeito o que a mantinha calada, tampouco medo. Só conseguia pensar no modo como aquele guarda arrancara Kane da cama pelo braço, e mesmo com Kane gritando de dor, não houve deferência alguma por seu estado. Pelo fato de ele já estar sofrendo.

Em vez disso, houve um deleite cruel. E aquele macho horroroso fora enviado ali para baixo por uma pessoa em especial.

Ódio era o motivo por trás do seu silêncio.

— Tenho guardas feridos — a líder anunciou. — Eu os trarei para você. Diga quais suprimentos não tem e eu os providenciarei.

Nadya pigarreou.

— Que tipo de ferimentos?

— Isso importa? Você terá que salvá-los de uma maneira ou de outra.

— Se quer que eu lhe diga do que preciso, tenho de saber o que vou tratar.

Quando uma sobrancelha escura arqueou, Nadya percebeu que ninguém nunca chamava a fêmea pelo nome. Referiam-se a ela apenas como chefe dos guardas ou por *"muhm"* no Antigo Idioma, em deferência à sua patente superior.

Era estranho ouvir o termo aristocrático usado em referência a alguém como ela.

– Ferimentos a bala. Contusões. Concussões.

– Quantos pacientes?

– Uma dúzia.

– Preciso de antibióticos, bandagens e analgésicos – respondeu Nadya. – Cefalosporina, todas as cápsulas que conseguir. Comprimidos de sulfa também. Quero água oxigenada, o quanto puder arranjar, e pomadas de Polysporin ou Neosporin. Aceito qualquer tipo de analgésico, na forma líquida ou em comprimidos, incluindo os de venda não controlada. Além de kits de sutura e bandagens estéreis com fita. Mas não sei onde vai encontrar tudo isso...

– Isso não será um problema.

A arrogância não foi surpresa alguma.

– Deixe-me anotar tudo.

Movendo-se o mais rápido que conseguia, aproximou-se da escrivaninha no canto e pegou papel amarelado pela passagem do tempo, mas que ainda tinha o cabeçalho do hospital, com nome e endereço. Sua letra saiu ruim, mas a mente estava clara.

Os ensinamentos da sua mentora permaneceram com ela, aquela ponte entre vampiros e o mundo humano ainda era forte, ainda salvava vidas – embora preferisse deixar cada um daqueles guardas sangrar até a morte se tivesse escolha.

Nadya retornou para junto da outra fêmea e estendeu o papel.

– Que fique claro que não posso operar. Minha habilidades não vão além de suturas simples. Farei o que puder, mas eu...

– Não – a fêmea estrepitou ao pegar a lista. – Você se certificará de que todos sejam curados por completo e fiquem em condições de trabalhar. E, antes que me pergunte, se eles precisarem se alimentar, eu trarei fêmeas para cá.

— Há limites para o que posso...

A chefe dos guardas sacou uma lâmina, o aço reluzindo com a mesma luz fria que havia nos olhos dela.

— É melhor torcer para que todos eles vivam. Cada um deles. A vida deles é a sua. Os túmulos deles são o seu. Depositarei um pedaço seu em cada buraco que tiver que cavar para qualquer um dos meus machos.

Nadya olhou através da malha do seu capuz — e decidiu que faltava pouco para estar farta de armas apontadas para ela.

— Onde foi parar o meu paciente com queimaduras? — exigiu saber ao apontar para a cama. — O que aconteceu com ele?

Fraqueza tinha que ser escondida no campo de prisioneiros e, embora suas dificuldades físicas fossem óbvias, ela fazia o que podia para camuflar as mentais: revelar a essa assassina que criara um laço com Kane não era nada inteligente.

Mas tinha que ter certeza daquilo que temia em teoria.

— Está morto. — A chefe dos guardas girou e saiu do meio das prateleiras. — Seus pacientes chegarão em breve. Vou providenciar os suprimentos.

Nadya ouviu os passos se afastando. E soube que, caso estivesse em outro corpo, teria ido atrás da fêmea. Em sua mente, nutriu a fantasia de um combate corpo a corpo, mas isso jamais aconteceria por inúmeros motivos.

Kane fora alguém desconhecido. Todavia, em seu sofrimento, ele se tornara uma parte sua.

Era como se ela também tivesse morrido.

E a perspectiva de seguir em frente sem ele lançava o seu mundo já cinzento num luto que atingia sua alma.

CAPÍTULO 4

O som dos pneus estalando sobre pedriscos soltos invadiu os ouvidos de Apex como lascas de vidro, o volume suave dissonante com a dor que o ruído causava em seu cérebro. Ao mesmo tempo, no olfato, os cheiros de sangue, gasolina, borracha queimada e grama fresca também eram demais para assimilar. Gemendo, afastou o que encostava no seu rosto...

Tinha voltado ao vão do banco do SUV. Só que, desta vez, o espaço estava na vertical, em vez de na horizontal.

Merda, tinham capotado. E ali estavam mais guardas estacionando no acostamento da estrada.

Quando os freios chiaram, obrigou-se a se mover e tateou ao redor, procurando por uma arma que não tinha, enquanto à esquerda a porta de um carro se abria – não, duas. Isso significava morte certa se ele não conseguisse encontrar algo com que atirar ou apunhalar...

Passos no gramado, farfalhando ao se aproximarem. Pelo menos dois pares, cada vez mais perto.

Nenhum cheiro que conseguisse discernir em meio ao fedor, mas isso lá tinha importância? Ele sabia o que estava para acontecer.

Determinado a pelo menos sair na porrada, virou-se no espaço apertado e, ao erguer a cabeça, sentiu um pé na lateral do rosto. O de Kane.

Com um movimento abrupto, ergueu-se, só para se ver num emaranhado de pernas e tecido que usara para envolver Kane quando carregara o macho para fora. O cinto de segurança que prendera ao redor do prisioneiro no último segundo segurava o que só podia ser um peso morto acima dele, todos aqueles membros frouxos, sem reação, revirando as entranhas de Apex.

Afastando a coberta com um safanão, conseguiu enxergar melhor, graças ao brilho do painel. Respiração. Ok, pelo menos Kane respirava. Por quanto tempo, quem é que tinha como saber?

– Mayhem? – sibilou ele.

Nenhuma resposta. Tampouco movimento do cara que estava atrás do volante, pendurando pelo cinto de segurança, assim como Kane.

Com a horrível triagem concluída, Apex avaliou se conseguiria se apertar na parte da frente à procura de alguma outra granada solta ou, quem sabe, um revólver. O impacto teria lançado qualquer coisa solta para a frente, a energia cinética dos objetos imutável mesmo quando o SUV chegou a uma parada imediata...

– Apex – disse uma voz a uma distância que parecia muito, muito longa. – Não comece a atirar, pelo amor de Deus. Sou eu.

– *Lucan?*

– Vou tirar você dos destroços.

Apex levou a mão à cabeça e fez uma careta. Talvez tivesse sofrido uma concussão? Pensando bem, sofrera algumas ao longo da vida, e elas jamais vieram acompanhadas de uma alucinação auditiva.

– Que diabos você está fazendo aqui, licantropo? – resmungou.

Houve uma pausa.

– Está reclamando? Porque eu posso te deixar aqui nessa lata retorcida se preferir esperar pela porra do Papai Noel.

– Ameaças vãs, lobo.

Mas é claro que o cara voltaria. O mestiço tinha em si DNA lupino demais para desertar alguém que reconhecesse como parte do seu clã e vampiro demais para não proteger aqueles que acreditasse serem seus. Apesar de ter fugido do campo de prisioneiros com a humana que reivindicara como sua companheira, a despeito do fato de que não deveria estar, de jeito nenhum, perto daquele lugar, pelo menos não sem uma pistola na sua cabeça de ervilha, ali estava ele.

— Pegue o Kane primeiro.

A voz de Lucan saiu abafada.

— Proteja a cabeça.

— O quê?

— Proteja a porra da sua cabeça, só pra garantir.

Uma parte completamente insana de Apex queria botar a porra da cabeça para fora só porque era um filho da puta desafiador. Mas abaixou-se e se protegeu atrás do banco.

— Cuidado com o Kane! – ladrou. – E com o Mayhem!

No para-brisa dianteiro houve um baque surdo. Depois, um segundo mais forte e, por fim...

— Entrei. – A voz do licantropo soou clara como água. – Ah, inferno... Mayhem...

— Ele está morto? – perguntou Apex ao se soerguer.

— Não sei.

Apex tentou olhar ao redor, mas as dobras escuras da coberta transformavam tudo num cenário ainda a ser revelado.

Uma voz feminina conhecida agora:

— Destrave as portas.

— Por que Rio está aqui? – Apex exigiu saber. – Vocês estão loucos? Os guardas estão chegando. Estamos sendo seguidos...

— Claro que estão – a *shellan* de Lucan resmungou. – Por isso, temos que parar de conversar e nos mexer rápido.

Fazia muito tempo que alguém não o mandava praticamente calar a boca. Era bem possível que nunca tivesse acontecido.

— Tire o Kane por cima – disse ele. – Ele não vai sobreviver se tentarem tirá-lo pela frente.

Conversas ao longe agora, rápidas e intensas, entre o licantropo e sua fêmea. Em seguida, um solavanco: Lucan subindo no painel lateral enquanto Rio começa a arrancar o que resta do vidro temperado do para-brisa frontal. Depois disso, outra saraivada de xingamentos, e Apex não precisou de tradução para entender o problema: a porta estava emperrada.

– Me passa o macaco – disse o licantropo para sua fêmea.

Outra batida e, dessa vez, houve uma chuva de pequenos fragmentos.

E a voz de Lucan vinda de cima:

– Muito bem, Kane. Isto vai ficar meio complicado. Desculpe... Apex, eu o peguei. Consegue soltar o cinto de segurança?

– Sim. – Brigando com pés e braços frouxos e os pedaços de lã, Apex encontrou a fivela do cinto. – Pronto?

– Pronto.

O gemido de dor foi difícil de ouvir, e logo a carga que havia sobre Apex foi diminuindo, à medida que o outro prisioneiro começava a ser içado para longe dele. Quando a coberta foi içada também, Apex por fim conseguiu dar uma bela olhada em...

– Ah, merda... – sussurrou. – Mayhem.

Quando Rio se apertou na cabine, o prisioneiro não deu sinal de percebê-la – a julgar pelo tanto de sangue que escorria pelo seu rosto, ou ele estava morto ou inconsciente.

– Apex, consegue soltar o cinto dele também para mim?

Esticando a mão, ele desafivelou o cinto e depois voltou a tentar ajudar na libertação de Kane. Os gemidos eram horríveis de se ouvir, mas, pelo menos, significavam que ainda havia vida. Ainda que, naquele ritmo, a extração pudesse dar cabo do trabalho...

Tudo parou quando Kane berrou.

– A coberta ficou presa – disse Lucan. – *Merda*.

O único impulso de Apex era o de puxar o mais forte que pudesse, mas isso só faria com que Kane fosse esfolado vivo. Pois, ou ele acabaria perdendo o que lhe restava dos ossos quando a cobertura de lã fosse arrancada ou os restos de vidro quebrado da janela fariam esse trabalho.

Entende por que era melhor não se envolver com outras pessoas?

O sofrimento delas acaba se tornando o seu.

Na parte de cima do SUV capotado, Lucan tentava sinceramente ser gentil com Kane, mas há limites quando se tenta transportar o peso morto de um macho por uma abertura grande o suficiente para passar apenas os ombros. Além disso, mesmo muito magro, Kane pesava mais de cinquenta quilos, e com o corpo tão fraco assim, ficava escorregadio e difícil de segurar.

Além da porra daquela coberta.

– Estamos ficando sem tempo – disse Apex lá de baixo. – Temos que tirá-lo daqui.

Isso estava certo, claro.

Quando uma das botas de Lucan escorregou, ele se chocou no painel metálico e perdeu o terreno conquistado até ali.

– Aguenta firme aí, garoto. – Lucan cerrou os dentes ao voltar a firmar o pé. – Só mais um pouquinho... no três.

– Entendido – Apex disse de baixo.

– Um... dois... *três*...

De uma vez só o prisioneiro saiu e, com a soltura abrupta, Lucan fez o que pôde para não se desequilibrar e aterrissar com tudo no chão. Ao se estabilizar, deitou-o ao longo da lateral do carro e a maneira como aquela cabeça rolou de lado foi de fato alarmante. Igualmente alarmante era o sangue na boca, os hematomas no rosto. E todas aquelas feridas abertas brilhantes e úmidas.

Lucan abriu o que restava de uma das pálpebras. Apenas o branco do olho aparecia, nada mais.

– Merda...

Apex passou pela janela quebrada como se as botas fossem equipadas com molas, e o impulso foi tamanho que ele não só saiu do veículo como deu uma cambalhota no ar. Aterrissando com força, não foi surpresa alguma que ele tivesse se aproximado de imediato de Kane, apesar de também ter um ferimento sangrando na cabeça.

– Ele está respirando?

A pergunta foi feita às pressas, e a resposta era o que era: todos podiam ver que o peito nu subia e descia. Mas era evidente que Apex se preocupava demais para acreditar nos próprios olhos.

— Por enquanto — Lucan se esquivou ao se recostar na lateral.

Na frente do SUV, Rio havia tirado Mayhem do banco do motorista e o deitara de costas sobre o mato. Com o rosto voltado para o céu, o macho se movia de maneira descoordenada, os braços virando em círculos sem força, pernas subindo e descendo, como se ele estivesse bêbado e tentasse correr.

Havia muito sangue em seu rosto, como uma máscara vermelha brilhante.

Nesse momento a situação piorou.

Ao longe, no limite das árvores, o inconfundível brilho de faróis se aproximava rápido como o tique-taque de um relógio apocalíptico.

— Temos companhia — disse Rio.

Em seguida, a situação piorou ainda mais.

Inflando as narinas, Lucan farejou o ar e expôs as presas.

— Rio, pegue a arma.

Virando a cabeça, ele voltou a farejar os odores que vinham com a brisa e teve uma confirmação que fez seu peito contrair. Maravilha. A única coisa de que não precisava acrescentada àquele espetáculo de merda.

— Mayhem disse que foi um lobo — Rio disse. — Na estrada. Ele virou o carro para se desviar de um lobo.

— É, sinto o cheiro daqui.

Lucan avaliou a aproximação dos veículos. Estavam mais perto, um tiroteio inevitável vinha em sua direção como uma tempestade.

Relanceando para Apex, jogou a única arma que tinha para o macho.

— Defenda-os enquanto eu lido com um parente meu.

Apex apanhou a arma e assentiu sem dizer uma palavra.

Saltando da lateral do SUV, Lucan chegou ao chão e correu ao longo do carro até sua companheira.

— Volto já.

— Tome cuidado.

Ele a beijou rápido e saiu em disparada, subindo o aclive baixo. A estrada estava escura, mas ele não precisava de postes de luz para enxergar. O corpo do lobo estava a doze metros, no meio da faixa rachada de asfalto, sangue manchando o pelo branco e cinzento do peito, uma língua cinza pensa para fora da mandíbula aberta. De modo surpreendente, a caixa torácica ainda subia e descia. Mas isso não duraria muito.

Décadas haviam se passado, mas Lucan reconhecia o macho. Era outro dos seus primos.

O primeiro tinha sido trazido pelo Executor há poucas noites. Por algum motivo, os licantropos tinham descido a montanha e vinham circundando o campo de prisioneiros...

O grunhido veio bem da frente de Lucan.

Quando ergueu os olhos para as moitas, um par de reluzentes olhos azuis estava travado nele.

— Rio — ele chamou alto, sem desviar o olhar do licantropo. — Volte para o nosso carro.

— O que foi?

— *Volte para o nosso carro, agora.*

— Mas e quanto a...

— Agora! — ele ladrou ao apoiar o peso nas coxas e se preparar para lutar.

A única dúvida era se lutaria em quatro patas ou sobre dois pés.

Como era bom poder escolher.

CAPÍTULO 5

Não foi com pouca confusão que Kane abriu os olhos e enxergou o céu noturno acima dele. Por conta de toda a dor que acabara de sentir, imaginara que... o que veria em seguida seria o cenário enevoado do Fade e a porta branca sobre a qual lhe contaram os *viajantes*.

Mas ele não via neblina nem porta, apenas o deprimente céu sobre a terra, as estrelas piscantes lhe oferecendo um mínimo de beleza, sem nenhum misticismo para ele.

Por outro lado, se ainda estava vivo, ele teria chance de...

— Preciso te mover pra te proteger melhor. Desculpa.

Virando a cabeça, teve dificuldade para focar no que estava próximo, mas, depois de um instante, o rosto no mesmo nível do seu foi captado.

— Apex. — Santa Virgem Escriba, sua voz estava tão rouca. — Onde estamos...

— Prepare-se.

Seu colega prisioneiro não lhe deu tempo para seguir a ordem, mas talvez tenha sido melhor assim. Quando os receptores de dor uma vez mais se tornaram a única coisa que Kane conseguia sentir, com os espasmos elétricos o atravessando como espadas e os braços e a coluna se contorcendo sem que pudesse controlá-los, ele se retraiu para dentro da pele, o mundo se perdendo para ele. Aquele céu gélido também.

Pareceu-lhe uma eternidade, até que se viu deitado no chão. Por certo, a agonia se dissipara, seguindo seu próprio cronograma, e aquilo que chegara com rapidez alarmante se retraía em um lento caminhar.

Abriu os olhos de novo como uma forma de suportar a tortura. Em todas as suas noites de sofrimento, descobrira que, caso conseguisse se concentrar em algo, qualquer coisa, além de si mesmo, conseguiria suportar um pouco do massacre...

Partes mecânicas. Ao aguçar a vista, delineou um emaranhado de canos, hastes, fios, placas: era um veículo de lado.

Num lampejo, lembrou-se de um tiroteio, Apex se inclinando para fora de uma janela, lançando algo... Em seguida...

— Precisa me deixar — disse para o outro macho.

Ao não obter resposta, cerrou os molares e direcionou a cabeça para cima e para o lado. Apex estava ajoelhado ao seu lado, com as mãos plantadas na terra revolvida, o corpo posicionado como se fosse atacar o que restava do SUV.

— Vai me deixar aqui — repetiu Kane — e salvar a si mesmo.

Quando o outro macho abriu a boca, ele continuou, descobrindo uma oitava mais baixa em seu tom de voz.

— Me deixe. Ouvi o que Lucan disse. Um licantropo na estrada. E deve haver mais na floresta, já que atingimos um, e além disso haverá mais um punhado de guardas. Você está livre. Saiu da prisão. *Vá.*

O macho abaixou os olhos e, no silêncio tenso, Kane estudou aquelas feições duras, delgadas. Vira-as com muita frequência desde que detonara sua coleira e o círculo explodira. Apex permanecera horas ao lado do seu leito, por motivos que ele ainda não compreendia.

— Precisa se salvar.

Apex não respondeu. Não assentiu nem meneou a cabeça. Era como uma estátua, ainda que por baixo da superfície houvesse calor e vida. E agressividade.

— Consegue movê-lo?

A voz feminina foi uma surpresa, ainda que esperada, por conta de quem retirara Kane do veículo capotado. A *shellan* de Lucan estava envolta na escuridão e empunhava uma arma. Por mais que houvesse sangue na face e na frente da jaqueta, ela se mantinha tão inabalável como alguém em seu meio ambiente de costume.

– Sim – respondeu Apex. – Eu vou erguê-lo.

– Não – Kane interferiu.

– Precisamos levar Mayhem e ele para o nosso carro e trancar as portas.

Apex se moveu com rapidez. Assim como a fêmea. E Kane deve ter desmaiado ao ser erguido, porque o que registrou em seguida foi que estava sentado com um cinto passado pelo ombro e ao longo do peito, os pés alinhados com tanta precisão que sua *mahmen*, tão cheia de bons modos, teria aprovado.

– Kane, tranque a porta. Entendeu?

Sem conseguir mover a cabeça, seus olhos procuraram a voz grave. Apex, de novo. Apex, sempre. Inclinado para o interior do veículo.

– Desmaterialize-se daqui – comandou Kane.

– Tranque.

Uma porta pesada de metal foi fechada; em seguida, Apex apontou o indicador para o vidro, na direção de um pino que se projetava da porta.

Os olhos de Apex ardiam.

– Não vou embora até você fazer isso.

Kane obedeceu com a mão atrapalhada que ainda tinha dedos; em seguida, despencou de volta no banco. Quando a cabeça rolou de lado, ele descobriu que tinha um colega ferido. Ao seu lado, Mayhem parecia estar no mesmo estado, com o rosto coberto de sangue, os olhos piscando num ritmo descompassado.

– Você está bem? – o outro prisioneiro balbuciou para ele.

Kane não se deu ao trabalho de responder, pois lhe pareceu uma pergunta retórica, algo dito por educação ou praticidade, embora Mayhem não fosse conhecido por nada disso. Mas, de todo modo, o macho não parecia em condições de entender qualquer resposta que lhe fosse dada.

E, hum, interessante. O prisioneiro ainda estava com sua coleira, o círculo de aço com a carga explosiva e o equipamento de localização intactos. De alguma forma, deve ter sido desabilitada ou teria detonado assim que tivessem saído da propriedade.

Forçando a cabeça para o outro lado, Kane olhou através de um vidro leitoso. Adiante na estrada, viu Lucan se endireitar da posição agachada e se concentrar em algo fora do seu campo de visão. E mais além do macho, na escuridão, serpenteando ao longo do cenário de árvores... uma fila de faróis.

Carros. Diversos. Aproximando-se.

Guardas.

Embora não fosse desta era moderna, tendo sido mantido preso no tempo desde que fora encarcerado séculos antes, Kane reconheceu o lugar em que estava e o que se aproximava. Vira muitos tipos de transportes motorizados, os caminhões, os SUVs e os carros usados no transporte de drogas embaladas no campo de prisioneiros e vendidas para a obtenção de lucro. E sabia quantos guardas haveria numa fila de veículos como aquela.

Aquilo terminaria muito mal. Para todos eles.

Como um cavalo assustado, sua mente de súbito retraiu-se do presente. Mas, em vez de ir para um vácuo seguro, seguiu para o pior lugar possível, arrastando-o para lembranças que ele sempre combatia: foi para outra noite em que a morte chegara, embora não sobre pneus, mas a passos pesados...

Na noite do último respiro de sua shellan, *Kane estava sentado à escrivaninha do escritório, com a contabilidade da propriedade diante de si, as colunas de números e contas como areia escorrendo pelas suas palmas, nada permanecendo a não ser um ou outro número ou título. Pouco importava a maneira como voltasse a encarar o material, não acompanhava nada do que estava escrito, a sua falta de compreensão forçando-o a recomeçar e recomeçar.*

E começar uma vez mais...

Remexendo-se na cadeira, acendeu o cachimbo de novo, porque a brasa se extinguira dentro da cabeça de jacarandá, e, à medida que bafejava a fumaça, ela flutuava e pairava no alto da elegante sala masculina, fazendo-o pensar na fumaça dos motores a vapor...

Quando toques ritmados soaram, ficou confuso quanto à sua origem. Em seguida, inclinou-se para o lado e olhou por baixo da escrivaninha. Seu calcanhar balançava no tapete, animado pelas descargas de energia que dificultavam que ele se acomodasse de qualquer modo, em qualquer atividade, em qualquer posição, nos oito dias e noites anteriores.

Não era o único que não se sentia à vontade na casa. Sua Cordelhia também andava indisposta, embora os sintomas dela fossem opostos aos seus. Em contraste com a sua hiperatividade, ela se mostrava fraca e sem energia, e não comera nem dormira bem nos últimos dias.

E que alegria para eles.

Como um presente para o aniversário do seu nascimento, o cio *dela se aproximava. A mudança nos hormônios, a descarga fértil, pesava no ar, atiçava seu olfato, causando a projeção de suas presas, deixando-as expostas, perturbando-o quase a ponto da insanidade. E os criados da propriedade também sentiam, ainda que, por serem* doggens, *não fossem afetados num nível visceral. Todavia, esforçaram-se para lhes garantir mais privacidade, ocupando-se de atividades que os mantinham afastados tanto de dia quanto de noite, em esquema de rodízio.*

Assim que o cio *se estabelecesse de vez, provisões seriam deixadas e a propriedade seria monitorada de longe até que as horas de fertilidade passassem. De fato, a única maneira de aplacar as necessidades urgentes de uma fêmea era montá-la e servi-la como apenas um macho seria capaz de fazer, e ainda que ele e sua* shellan *fossem ambos aristocratas, a biologia era uma força da natureza com a qual não se negociava – e ela logo chegaria ao ápice. Sentia isso – assim como ela, ainda que ele tivesse percebido, nas duas últimas noites, que ela tentava combater a descarga. Não podia culpá-la. Os riscos no parto eram reais e mesmo assim sua amada desejava um filho. Era só nisso que ela falava, ainda mais depois que o irmão presenteara com um belo filho a linhagem da família durante o verão.*

Dessa forma, Cordelhia não era a única impaciente. Sua mahmen *era uma constante fonte de pressão.*

Conforme os costumes tanto no Antigo País quanto no Novo Mundo, quando um filho nascia em uma família aristocrática a mahmen *da nova* mahmen *era convidada à casa do casal, para supervisionar o início da educação feita pela criadagem enquanto a recuperação do parto acontecia. Se tudo corresse bem, a própria* mahmen *então assumiria a supervisão adequada dos* doggens. *No caso do irmão de Cordelhia, a* mahmen *respectiva obviamente teve negada essa oportunidade, e Kane deduzira que ela não considerava que os assuntos tivessem sido cuidados como deviam ter sido em relação à prole do filho dela. Estava determinada a estabelecer o exemplo correto na casa da filha e pretendia, assim que a gestação fosse confirmada, mudar-se para contratar uma criadagem nova e treiná-la do modo que considerava correto.*

Kane se surpreendeu que ela não tivesse se antecipado em redecorar toda a mansão também. Embora, talvez, isso ainda estivesse em seus planos, só não lhe tendo sido comunicado ainda.

Era uma... alegria tão grande... ter o envolvimento da família. Não? Ainda mais a família de uma shellan.

Embora um nascimento fosse uma bênção da Virgem Escriba, desde que o bebê fosse saudável e Cordelhia recuperasse plenamente a saúde, uma coabitação interminável com Milesandhe não era algo que ele aguardasse com alegria — e talvez sua inquietude se devesse tanto ao período fértil quanto à chegada iminente de uma hóspede tão honrada e intrometida...

Incapaz de permanecer sentado, o corpo de Kane se projetou por vontade própria, as folhas de contabilidade deslizando do mata-borrão quando sua manga se prendeu ao pergaminho. Ajustando o nó da gravata, abotoou o paletó ao passar por cima das folhas contábeis e dar a volta na escrivaninha.

Atravessando o tapete persa, foi até o carrinho de latão repleto de decantadores de cristal com todo tipo de bebida, cujos tons amarelos, vermelhos e âmbares reluziam e se refratavam à luz dos candeeiros. Firmando o cachimbo entre os dentes, avaliou a seleção, ainda que costumasse consumir apenas um tipo de bebida.

Para aplacar seus desejos sexuais, vinha consumindo bastante xerez. De fato, ao tirar a tampa do decantador foi impossível não notar que tinha que ser preenchido de novo. Não aprovava tal vício, mas nas noites anteriores bebera com constância do momento em que despertara até desmaiar com a chegada do alvorecer. Era o único modo de permanecer em parte são.

Seu esforço para permanecer dentro dos limites do decoro habitual era um choque para ele, um lembrete de que, por baixo das roupas elegantes, por trás da educação adequada, havia um animal, com necessidades animalescas básicas de copular, engravidar, levar adiante a espécie.

Portanto, era assim: ou ele bebia ou não se controlaria.

Servindo o equivalente a uma caneca de cristal, sentiu um orgulho descabido por ter resistido até então – que horas seriam? Relanceou para o relógio de pêndulo num canto. Nove e quarenta e nove. Portanto, resistira uma hora e vinte minutos, quase até as dez da noite, antes de ter que se apoiar na muleta líquida.

Ao aproximar o copo da boca, inclinou a cabeça para trás e seus olhos se voltaram para o teto.

Sua shellan *estava logo acima, ele pensou ao engolir e engolir.*

Sua amada estava diretamente acima dele, com uma camisola de seda folgada cobrindo-lhe o corpo enquanto se reclinava nos travesseiros mais macios em sua cama semelhante a uma nuvem.

A ansiedade talhava em suas entranhas, azedando o calor do xerez.

Deitaram-se juntos apenas três vezes no último ano; a primeira, na noite da cerimônia de vinculação entre eles. O interlúdio inicial fora um assunto embaraçoso, desconcertante, no qual ele tirara a virgindade dela ao mesmo tempo em que perdia a sua, com ela suportando-o sobre o corpo como se fosse um dever do qual não poderia se esquivar. Mais tarde, quando ela se acomodara com cuidado para a Primeira Refeição, Kane preocupou-se em tê-la machucado, mas não soube como perguntar a uma relativa desconhecida sobre um assunto tão pessoal.

Depois disso, jurara que a cortejaria da maneira adequada. Por mais que fosse direito seu como hellren *exigir dela o seu prazer toda vez que assim o desejasse, queria que ela fosse uma participante voluntária, dessa forma, pôs-se a conhecê-la e a demonstrar o quão adorada ela era. Com joias e flores, passeios ao luar pela propriedade e toda sorte de criteriosos toques de mãos ou ombros, ele nutrira uma conexão.*

Então, ele tentou de novo. Na segunda vez que se deitou com ela, ela se despiu como se estivesse arrancando a própria pele e se deitou na cama com o tipo de expectativa que alguém manifestaria a um curandeiro prestes a examinar uma pústula. De pouca valia foram os seios tentadores dela, ele não foi capaz de sustentar sua rigidez.

Alguns meses mais tarde, na tentativa final, buscou extrair dela alguma excitação. Procurou-a ao fim das horas de luz, sem pressa, e foi gentil com o corpo dela. Ela o deteve e insistiu na relação. O sexo dele de alguma forma conseguiu manter o seu estado de rigidez, mesmo quando ela o puxou para cima de si e, com rudeza, o guiara para dentro; no entanto, ele sentira uma tristeza vazia enquanto ela suportava seu gozo com resignação estoica.

Mais tarde, quando ela se empenhou em assegurá-lo de que cumpriria seus deveres conjugais sempre que ele desejasse, ele sentiu uma vergonha que azedou seu sangue. Que ela o tinha dilacerado na alma com palavras sinceras e gentis foi algo que manteve escondido.

Mas ela o amava. Ele nunca duvidara disso. Era incrivelmente atenciosa e carinhosa, a melhor companheira que um hellren *poderia querer. No devido tempo, o relacionamento sexual se desenvolveria. Disso, ele tinha certeza. Ela fora uma fêmea* ehnclausurada *até a* mahmen *dela entregá-la a Kane, uma commodity preciosa apresentada em toda a sua pureza a um guardião amável que jurara continuar a protegê-la e abrigá-la. Ele devia fazer concessões às inibições dela.*

Ele só presumira que disporiam de mais tempo antes que tivessem que aplacar os desejos intoleráveis dela com o ato sexual. Mas ela sabia que, quando o cio *chegasse, haveria... intimidade... tanto para mantê-la confortável quanto para concebenrem o que ambos queriam...*

Um som do lado de fora atraiu seus olhos para uma das janelas.

Com os lampiões acesos no escritório, não havia nada a ser visto do lado de fora do jardim cercado, mas, mesmo assim, ele encarou o vazio noturno.

Quando o som não se repetiu, ele meneou a cabeça e serviu-se de uma segunda dose de xerez. Em seguida, virou-se e voltou a andar para junto da escrivaninha, embora não soubesse o que desejava conseguir ali.

Na metade do caminho, seu corpo cambaleou, seu equilíbrio oscilou como se ele estivesse exposto ao vento. De imediato, seus olhos dispararam para o teto. Com um amortecimento passando em suas veias e um manto estranho caindo sobre si, por certo aquilo significava que chegara a hora...

Suas pernas afrouxaram, o tapete delicado de cores alegres apressou-se em acolhê-lo. O impacto foi duro, mas, de maneira curiosa, ele não sentiu nada quando o copo derramou seu conteúdo e o cachimbo escapou de suas mãos.

Abrindo a boca, ele inspirou fundo, mas algo estava errado. Algo impedia sua respiração...

Um cheiro foi percebido.

E logo ele viu botas... botas pretas entraram em seu campo de visão.

Com a consciência oscilando, a última coisa que percebeu foi lama fresca ao redor das solas e dos saltos, como se quem quer que os estivesse calçando tivesse atropelado as moitas de flores...

Kane recobrou a consciência com uma convulsão do corpo todo, como se cada parte vital dele despertasse e arquejasse ao mesmo tempo. Desorientado, com as têmporas latejando e os pensamentos lentos e confusos, ele tentou juntar as partes do que havia...

Sangue.

O cheiro de sangue era sobrepujante.

Quando o pânico o reavivou, ele suspendeu a cabeça pesada. Por mais que a vista embaçada lhe desse poucos detalhes, ele sabia onde estava. Estava no enclave florido dos aposentos privativos de sua shellan. *E o sangue era dela.*

— Cordelhia...

O medo lhe deu forças para superar a névoa pesada e focar os olhos...

— Cordelhia!

Sua shellan *estava deitada de atravessado na cama, o braço desnudo pendendo para fora do colchão macio e dos lençóis com monogramas, um rio de sangue escorrendo pela parte interna do cotovelo e do pulso... antes de se empoçar na palma virada, gotejando pelas pontas dos dedos.*

Numa onda de horror, Kane tentou desesperadamente se erguer do chão para ir até ela e reavivá-la com sua voz, com seu toque, com sua veia. Seu corpo, no entanto, recusou todos os esforços de movimento, só a cabeça subia e descia...

Um grito cortou o silêncio.

Na porta, a mahmen *de sua* shellan *estava parada em seu vestido formal elegante ainda complementado pelo casaco de seda e peles combinando porque não havia criados para ajudá-la a retirá-lo dos ombros.*

— Você matou minha filha! — disse ela horrorizada. — Minha filha está morta!

CAPÍTULO 6

Parado acima do corpo do primo, Lucan empunhou uma adaga e a apontou na direção do outro licantropo que se escondia nas moitas ao lado do acostamento da estrada. Por meio da visão periférica, mediu o progresso dos carros que se aproximavam e que, sem dúvida, estavam repletos de guardas – mas, acima de tudo, percebeu a movimentação de sombras ao redor do Monte Carlo. Alguém tinha sido enfiado na parte de trás – Kane. Em seguida, Apex bateu a porta e ladrou algo para a janela.

Torceu para que Rio estivesse se acomodando atrás do volante. Ajustando o cinto de segurança. Ligando o motor para pisar na porra do acelerador.

Nada de motor. Ainda não. Cacete.

– Você não vai querer fazer isso – disse ao licantropo que permanecia escondido. Depois apontou com a cabeça ao longe. – Temos companhia chegando. E uma briga entre nós dois vai garantir que você conheça meus amigos uniformizados. Você não vai gostar deles.

Houve um barulho de algo se movimentando, e então o outro macho se revelou nu, em sua forma de duas pernas.

Ah, maravilha. Mas não estava surpreso.

– Callum.

– Lucan, primo meu. – Os olhos do macho subiram e desceram; não que ele já não tivesse realizado um inventário completo do seu

A VÍBORA | 57

oponente. Com um lutador como ele, esse tipo de avaliação era instantâneo. – Você está como me lembro.

– Digo o mesmo. – Lucan posicionou as pernas e ergueu a adaga na altura do peito. – Você não vai querer fazer isso.

Não havia qualquer chance de aquele conselho ser acatado. Callum era o mais velho dos três que enganaram Lucan. Além disso, o macho ainda era bem forte e, como de costume, intransigente, sua flexibilidade como a de uma bigorna. Uma viga. A grade frontal de um tanque. Com cabelos brancos e gélidos olhos azuis, ele era o luar tornado corpóreo – e imbuído da agressividade de um touro atacando.

A boa notícia? Ele não havia trazido uma arma. E, por estar nu, a Mãe Natureza só fornecia um coldre oculto, e não havia motivos para pensar que...

De repente, o licantropo deu as costas para Lucan e se concentrou nos veículos se aproximando. Em seguida, sem dizer nenhuma outra palavra, voltou a saltar para trás das moitas, sem produzir som algum.

Enquanto as sombras consumiam o macho, Lucan baixou o olhar para o licantropo moribundo diante de si. Em suas fantasias, vira os primos batendo as botas de maneiras horripilantes – portanto, aquilo deveria ser algo bom, um desfecho depois do qual seria fácil seguir adiante.

– Porra.

Tinha uma companheira para proteger, amigos para salvar e uma briga prestes a acontecer. Precisava buscar cobertura, conseguir uma arma e rezar para que, de alguma forma, eles conseguissem aguentar as pontas por tempo suficiente para provocar danos letais naquele esquadrão de guardas em particular.

Antes que o grupo seguinte chegasse.

Por que diabos ele não estava se mexendo?

– *Porra.*

Contra tudo o que fazia sentido, ele enfiou a adaga no cós da calça, inclinou-se e apanhou o licantropo que o traíra e que o acusara de homicídio. Ao marchar ribanceira abaixo com o corpo, amaldiçoou seu DNA. Animais gregários consideravam praticamente impossível deixar um do seu bando para trás. Mesmo quando havia motivos para nunca, jamais darem a mínima para dito parente.

Não chegou ao seu destino.

Antes de alcançar o Monte Carlo, a fila de SUVs chegou e começou a atirar, com os guardas disparando antes mesmo de os veículos frearem. Quando as balas começaram a voar perto da sua cabeça, Lucan se abaixou e foi ziguezagueando como pôde, enquanto os membros frouxos do primo sacolejavam e tornavam o equilíbrio o tipo de desafio do qual ele não precisava.

Além do mais, pelo amor de Deus, o filho da puta fazia parte do clube que não deixava comida no prato. O primo pesava tanto quanto um piano.

A voz de Rio soou alta e era bem-vinda.

— Te dou cobertura!

Foram as palavras mais doces que sua companheira já lhe dissera e, cara, ela era boa de pontaria. No instante em que ela começou a atirar, o som agudo das balas atingindo placas de metal era uma sinfonia para seus ouvidos, também mudando o jogo: os tiros recebidos tinham cessado por completo.

Não que isso fosse durar.

Suas botas ganharam tração quando ele deu a volta no porta-malas do carro que roubara há uma vida e, assim que se viu protegido, faltou pouco para largar o corpo do primo no chão como se fosse uma tora.

Um silvo agudo fez com que ele girasse a cabeça e Apex lançou-lhe algo. Veja só, já era a porra do Natal.

Lucan apanhou a arma que dera ao macho e não verificou quantas balas ainda havia no pente. Só começou a apertar o gatilho enquanto sua companheira fazia o mesmo, enquanto Apex voltava ao carro para acomodar os dois feridos em seus bancos.

— Estou sem balas — comunicou Rio.

Isso foi anunciado bem quando Lucan apertou o seu próprio gatilho sem obter nenhum resultado. E os guardas não eram bobos. No instante em que perceberam a pausa na chuva de munição que era lançada neles, voltaram a assumir a liderança, e o Monte Carlo passou a funcionar como bunker. Todo aquele rufar de tambores metálico fez Lucan imaginar quanto tempo levaria até que o tanque de combustível fosse atingido e todos acabassem explodindo no ar como fogos de artifício.

Pensando em tudo pelo que Kane já passara, não havia motivos para torná-lo voluntário de outro churrasco.

Lucan olhou para sua companheira.

– Você tem que sair dirigindo. É a única saída...

O estilhaçar do vidro temperado foi uma explosão de cacos, tudo virando uma discoteca ao luar, enquanto a janela da porta de trás era atingida exatamente no ângulo certo. Saltando por cima de sua companheira, cobriu-a com seu corpo.

E ouviu os gritos dos guardas.

Estavam se preparando para avançar com todas as armas disparando. Lucan voltou a pegar a adaga. Fechou os olhos. Inspirou fundo.

– Eu te amo – sussurrou no ouvido dela.

Ela girou e agarrou o braço dele, com os olhos arregalados de medo.

– Não, você não vai até lá.

– Não temos escolha e você sabe disso. Quando eu lhe der a chance, você aproveita e tira todos eles daqui...

– Eu vou.

Assim que a voz masculina os interrompeu, os dois viraram as cabeças na direção de Apex.

Dada a origem da oferta, Lucan ficou tão surpreso quanto se a Loba Cinzenta em pessoa tivesse aparecido do céu e anunciado: *agora é comigo, rapazes.*

Lucan abriu a boca...

Bem quando os gritos começaram na estrada.

Um a um, eles chegavam em padiolas.

Na clínica improvisada do campo de prisioneiros, Nadya deu um passo para o lado enquanto guardas traziam seus novos pacientes, um depois do outro. E, apesar de os machos uniformizados e muito bem armados estarem no comando, eles esperavam que ela lhes indicasse para quais camas deveriam levá-los.

Ouvira dizer que eram mercenários, mas estava claro que se importavam um pouco uns com os outros. Ou, quem sabe, só estivessem preocupados com o que a chefe dos guardas faria com eles caso não houvesse mais guardas para ela chefiar.

Sete camas. Era tudo de que Nadya dispunha. Bem, seis...

– Não – disse ela com firmeza. – Você não pode colocá-lo ali.

Não onde Kane se deitara. Nunca.

Quando não houve mais espaço – que ela permitisse ser usado –, direcionou os pacientes para uma seção de prateleiras vazias.

– Juntem essas duas seções vazias. Suspendam as padiolas entre elas, de forma que os apoios horizontais sirvam de estrado. É o melhor que podemos fazer.

Os guardas não hesitaram nem questionaram. Os que estavam de mãos abanando acataram suas ordens, suspendendo o que para ela teria sido peso morto ao longo do pavimento, reordenando as seções de prateleiras como ela orientara. E o sistema funcionou, as padiolas se transformaram em redes.

– Precisamos colocá-las mais para cima para que eu possa passar por baixo...

Dois outros pacientes foram trazidos para o depósito.

Ela apontou com a cabeça para o beliche improvisado.

– Por ali; não, espere. Não ele. Preciso... vê-lo.

Os guardas aproximaram o segundo macho e Nadya avaliou o ferido como se estivesse a uma grande distância dele. Como resultado de um ferimento no pescoço, a frente do uniforme estava toda manchada de sangue fresco, a camisa folgada preta com múltiplos bolsos servia como uma esponja que não fazia um trabalho lá muito bom. Abaixo da cintura, havia outro ferimento de bala na coxa, além de outros ferimentos nos joelhos.

O rosto estava pálido e sujo de sangue e terra. Os olhos estavam fechados. A boca, relaxada, as presas expostas e reluzindo um tom branco em meio à espuma rosada que borbulhava na garganta.

Ele era um completo estranho de cujo rosto ela jamais se esqueceria.

— Coloque-o ali. — Apontou para a cama de Kane. — Ele ficará ali.

Depois que acomodaram o paciente onde ela orientara, os machos ficaram de prontidão, como robôs à espera de tarefas.

— Onde estão meus suprimentos? — exigiu saber.

— Estão a caminho — um deles respondeu.

— Vá buscá-los agora e traga-os para mim. Alguns destes machos estão morrendo.

Depois que os guardas saíram correndo, as passadas desaparecendo no corredor de concreto externo, ela foi até o paciente na cama de Kane. Suas mãos tremiam quando ela afastou o colarinho da camisa da garganta. Ele estava dilacerado, veias e artérias cortadas, a traqueia exposta. A respiração estava fraca, irregular e ineficiente por conta do corte na via aérea.

Ele só tinha um ou dois minutos de vida.

Como que sentindo sua presença, ele abriu os olhos. Um estava vermelho devido a algum tipo de impacto, um soco ou, quem sabe, um objeto rombudo.

— Ajude... me — sussurrou ele.

Estendendo a mão, ela segurou a cabeça dele com gentileza. Removendo o travesseiro, ela voltou a abaixá-lo, a coluna cervical agora endireitada, a garganta já não mais comprimida.

Nadya o fitou, tomando nota da cor dos cabelos, da compleição... do nome da plaqueta de identificação na frente do uniforme.

— Sei quem você é — disse ela com suavidade.

A boca dele se abriu quando ele tentou respirar melhor, a língua estalando enquanto sangue fresco escorria para o lençol que ela lavara com tanto zelo.

— E sei o que fez.

Dito isso, ela cobriu o rosto dele com o travesseiro e apoiou todo o seu peso sobre ele para mantê-lo no lugar. Enquanto o tronco do guarda virava e os braços se debatiam, e os calcanhares chutavam a parte de baixo da cama e os quadris viraram de um lado a outro, ela visualizou o rosto de Kane.

Enquanto matava o guarda que o levara embora com mãos tão rudes, conduzindo-o para a morte certa.

Quando todos os movimentos cessaram, ela recuou e levantou o travesseiro. Os olhos do macho estavam fixos em algo acima dele. Talvez o Fade... Mas ela rezava para que fosse o *dhunhd*.

— *Que tu apodreças na terra* — disse ela no Antigo Idioma.

CAPÍTULO 7

Ao se prontificar a ir lá para cima e distrair os guardas, Apex estava pronto para lutar. Não tinha bolado um grande plano, mas como encontrara o que parecia ser uma faca de carne na parte de trás do Monte Carlo, era só chegar com tudo e manter os guardas ocupados por tempo suficiente para que Lucan e Rio pudessem levar o espetáculo para a estrada, por assim dizer.

Além do mais, estava com vontade de matar alguma(s) coisa(s).

E deduzira que, quando os guardas o abatessem, o que fariam por terem maior poder de fogo, ainda mais em comparação à sua absoluta ausência de poder de fogo, pelo menos morreria sabendo que teria causado algum estrago em sua despedida.

Só que agora havia gritos ali em cima. Mas que diabos eram aqueles gritos...

Endireitando-se de sua posição agachada, ele deu uma espiada... num massacre na estrada. Os guardas tinham parado os carros em uma fila apertada para terem melhor proteção, e no brilho de todos aqueles faróis seis ou sete deles se debatiam, tentando fugir, mas sendo arrastados para trás por sabe-se lá o que estivesse acontecendo. Grande parte da ação acontecia fora do seu campo de visão, mas ele sentia cheiro de sangue...

Uma espécie de fragmento voou pelos ares, seu arco trazendo o que quer que fosse até a órbita de Apex. Depois que o objeto aterrissou num quicar na terra, ele baixou o olhar. Era uma mão, cortada na altura do pulso, a cartilagem um conjunto úmido de faixas do polegar opositor até o resto.

Porra.

Quando Lucan berrou para que ele parasse, Apex se preparou para lutar, saltando por cima do capô, aterrissando no acostamento e correndo até o asfalto craquelado. Circundando o primeiro veículo, ele...

Parou.

A meros dois metros, no asfalto, um lobo dilacerava o peito de um dos guardas. O macho tentava afastar o animal a tapas, mas não vinha tendo resultado algum com isso – e logo não teve mais como se defender contra ninguém: o par de "instrumentos" caninos atravessou o uniforme mordido e atingiu o peitoral, o esterno, a cavidade estomacal.

Como se o puto fosse uma refeição.

– Aceita uma cerveja pra acompanhar? – murmurou Apex ao olhar além do funeral em progresso.

Havia outros quatro guardas em vários estágios de futura refeição: os que ainda restavam de pé logo estariam no chão, os no chão, logo ficariam imóveis.

Os imóveis logo seriam consumidos.

Abaixando a mão e a pontuda faca de carne, permaneceu onde estava, afinal, para que atrapalhar a alegria alheia? Mas, mais precisamente, caralho, como ele estava dolorido. Ser sacudido como num liquidificador num capotamento não era favorável ao bem-estar geral e, ao inspirar fundo, um dos lados da caixa torácica se acendeu como se tivesse sido ligada à bateria de um carro.

Por isso, sim, ficou de lado assistindo.

Mortes tenebrosas não o incomodavam. Como assassino de aluguel, é melhor não ter escrúpulos, e, embora tivesse sido prisioneiro por um tempo já, a prisão não era nenhum Shangri-La. Na verdade, ela até o endurecera.

E logo acabou. Não restava nada para matar.

O resultado de tamanha violência foi, como sempre, silencioso e estranhamente pacífico: gotejar, leves reposicionamentos, tremores.

Assim como após uma tempestade nada resta além de alguns estragos e gotas de chuva.

Embora, nesse caso, houvesse muitos arquejos. Um a um, os lobos ergueram seus focinhos manchados de sangue e fixaram o olhar sobre ele. Então, sim, olá, rapazes, e ele ergueu a faca e se manteve em posição. Porque era o ideal: enfrentar uma matilha de carnívoros com algo mais adequado para se cortar um hambúrguer...

– E agora, primo?

Apex relanceou por cima do ombro. Lucan apareceu às suas costas e o macho deixava claro que trazia uma arma abaixada junto à coxa. O bom era que só eles sabiam que não havia mais munição no pente da automática.

Ao voltar a olhar para os outros licantropos, testemunhou a transformação sobre a qual ouvira falar, mas a que nunca assistira pessoalmente – e não foi nada do que havia imaginado. Em vez de se contorcerem em agonia, os lobos assumiram a forma humanoide num movimento repentino, o pelo se retraindo para dentro da pele, os troncos expandindo, braços e pernas se esticando numa série fluida de alterações. E quando estavam de pé, lufadas de fumaça branca saíram dos ombros, como se a energia necessária para a mudança fosse comburente.

Mas, veja só, ainda estavam todos sujos de sangue.

Apex marcou cada um deles com os olhos, passando em sequência da direita para a esquerda, memorizando-os. Não foi surpresa que suas feições fossem catalogadas com mais facilidade naquela forma. Como lobos? Pareciam todos iguais, com o pelo branco, cinza e marrom...

Deteve-se no último – e não só por não haver mais nenhum outro para avaliar visualmente.

O macho no fim da fila tinha notáveis ombros largos e cintura estreita, o V invertido do tronco equilibrando as coxas e panturrilhas fortes. De cabelos brancos e o que pareciam ser olhos azuis muito claros, ele era um tanto etéreo e, com todos aqueles músculos, muito, muito corpóreo.

E ele era dotado como um...

Bem, sim, como um cavalo, como dizem por aí. O que, considerando-se que o fulano acabara de ser lobo, parecia inapropriado. Animais de fazenda em excesso.

Ainda mais porque Apex encarava o pau do cara.

Para manter um decoro com o qual de fato não se importava, ele subiu o olhar para os músculos abdominais, passando pelos peitorais... chegando ao rosto.

O macho o encarava de volta.

– Callum? – chamou Lucan. – Vai dizer alguma coisa? Ou esse sangue todo em você é seu e está prestes a ter uma parada cardíaca?

À direita, um dos corpos uniformizados tremeu. Foi um movimento breve, o tipo de coisa que podia ser só parte do sistema parassimpático se desligando de vez. Mas, quando os olhos de Apex se voltaram para lá...

– Arma! – ladrou ao saltar no ar.

Enquanto todos os outros procuravam se proteger, ele se lançou sobre o guarda com a ponta da lâmina. Bem quando o macho que estava coberto de sangue se sentou e apontou a arma para onde o licantropo de cabelos brancos estivera, Apex agarrou-lhe o pulso, chocou-o contra o asfalto e esfaqueou o meio do que deveria ter sido uma ferida aberta na cavidade peitoral de um cadáver.

A lâmina deslizou bem onde Apex queria, direto no coração.

Mas ele era um macho que se orgulhava do seu trabalho. Sempre fora.

E algo sobre a ideia de que o maldito poderia ter matado aquele licantropo o deixou puto.

Cedendo à fúria, e apesar das costelas machucadas, continuou a esfaquear, esfaquear e esfaquear – e quando soltou a faca com um puxão, tirou a arma daquela mão que já não mais podia segurá-la.

Depois disso, a situação ficou um pouco confusa, mas ele percebeu que um leve cheiro de pólvora sobrepujava todo aquele sangue fresco em seu nariz.

Ao contrário de Lucan, o guarda tinha muitas balas no pente da sua arma.

Levando-se tudo em consideração, Lucan não se surpreendeu com a carnificina. Apex sempre fora um tanto explosivo, muitos níveis acima do que qualquer outro macho normal demonstraria em uma briga. E o fato de que, nesse caso, o que ele fazia provocava mais mutilações num cadáver não parecia ter importância.

O filho da puta descontrolado golpeara o guarda com algum tipo de faca, os braços e pernas se movendo toda vez que um novo golpe era desferido, o sangue borrifando a sua túnica de presidiário e as calças largas marrons até parecer que ele havia se juntado ao clube da artéria fendida.

Assim que, por fim, tudo acabou, o prisioneiro só continuou onde estava, escarrapachado sobre o quadril daquela confusão, o próprio peito inflando rápido, o rosto manchado de sangue como algo saído de um pesadelo.

— Bom trabalho — murmurou Lucan. — Agora *sim* é que ele não vai mais aparecer para o café da manhã.

O vampiro olhou para ele e houve uma ausência de reconhecimento que, por um momento, foi preocupante, considerando-se o que ele acabara de fazer. Mas, em seguida, Apex piscou, saiu de cima do que restava da sua presa e pareceu esperar algum tipo de direcionamento.

Como se fosse uma concha oca.

— Venha cá.

As palavras de Lucan pareceram alcançá-lo, e Apex andou até ele, virando-se de modo a ficar de frente para os licantropos que saíam de suas posições defensivas.

Enquanto isso, a combinação genética de Lucan só se importava com os parentes. No silêncio tenso, enquanto ele os encarava a todos, só conseguia pensar... em como não queria que sua companheira se metesse naquela reunião familiar. Porém, por conta do olfato dos primos e do seu clã, eles farejariam o cheiro de Rio em suas roupas em um milésimo de segundo, mesmo com todas aquelas distrações olfativas acontecendo.

Não poder olhar por cima do ombro para ver onde ela estava quase o matava. Mas não queria transformá-la em um alvo. Rio era inteligente, bem treinada e experiente em tiroteios. Tinha que confiar nela.

Callum deu um passo adiante. Não foi surpresa. Ele era o licantropo mais dominante no local e eles se submeteriam à sua autoridade.

Nesse interim, o foco de Apex estava centrado no macho, como se ele não tivesse se cansado de transformar coisas em almofadinhas para alfinetes.

Lucan estendeu o braço e apertou o bíceps do cara.

– Não.

A verdade era que, se desejava tirar sua companheira e seus amigos presidiários vivos dali, uma batalha com os outros licantropos não seria o caminho de menor resistência. Seria o caminho para o cemitério.

E algo o incomodava.

Por que os licantropos atacaram? Não fazia sentido. Não tinham motivos para acabar com os guardas, nenhum papel dentro do campo de prisioneiros – a não ser o de incriminar as pessoas, largando-as lá.

Callum parou a cerca de dois metros de distância.

– Lucan.

O nome saiu rouco daqueles lábios – e depois...

O licantropo se ajoelhou, a forma nua resplandecente sob o brilho dos faróis. Abaixando a cabeça, virou-se de lado sobre um quadril. Esticou as pernas. Depois rolou para ficar deitado de costas sobre o asfalto com as palmas sobre os ossos da pelve e as pernas cruzadas na altura dos tornozelos.

Seus olhos fitavam o firmamento.

Até ele cerrar as pálpebras.

O peito de Lucan se contraiu e, de repente, sua pegada firme no braço de Apex para impedir que o colega fizesse algo agressivo serviu para ajudá-lo a manter o equilíbrio.

Um lobo jamais oferece a barriga a ninguém, ainda mais estando indefeso.

A menos que seja da sua família... e ele esteja pedindo perdão.

Mediante uma oferta de reconciliação que, se não fosse aceita, o levaria à própria morte.

Lucan não falou. Não conseguia.

Em vez disso, deu dois passos adiante. Quando os olhos do primo voltaram a se abrir, ele pensou no homicídio pelo qual fora condenado e nos anos passados na prisão, tudo por ter nascido mestiço. Como se ele tivesse algum controle sobre isso.

– Eu te odiei por décadas.

Os olhos azuis muito claros de Callum reluziam.

– Não o culpo. Foram ordens do meu pai, mas isso não é desculpa. Foi errado.

Lucan pensou nas fantasias que teve deitado em seu catre duro, atrás das grades. Em seguida, relanceou para os outros quatro licantropos. Todos estavam parados de pé, com as mãos atrás das costas, um sinal de que não interfeririam. Pouco importando o que Lucan fizesse.

Relanceando por cima do ombro, espiou o Monte Carlo. Rio estava diante do capô cravejado de balas, com os braços cruzados sobre o peito, o corpo a postos.

Lucan sorriu ao voltar a se concentrar no primo deitado.

– Você tem uma puta de uma sorte por eu tê-la conhecido naquele buraco dos infernos.

Dito isso, estendeu a mão – e quando seu parente aceitou o que lhe era oferecido, ele puxou o macho para cima... e o abraçou.

Callum estremeceu quando o cheiro de lágrimas subiu entre eles.

– A minha consciência jamais perdoou aquelas ações.

– Que bom. – Lucan amparou a cabeça do macho nas mãos quando ela se abaixou. – É um castigo à altura.

CAPÍTULO 8

Diversas horas mais tarde, Kane despertou ao som de água borbulhante e com o aroma de pinheiro recém-cortado e terra fresca. Ao inspirar, teve a sensação de que alguém cuidara bem do seu corpo. Não estava livre de dor, mas havia distanciamento suficiente entre os seus receptores sensoriais e a sua capacidade cerebral para que pudesse tentar avaliar onde estava.

Os olhos abriram. Esperava encontrar o céu noturno, pois tinha certeza de estar num ambiente externo. Em vez disso, havia uma espécie de tela sobre ele, e não muito acima, mas a meros quinze centímetros de sua cabeça.

Em algum lugar perto dali, um fogo estalou, e as chamas lançavam um brilho amarelo-alaranjado sobre a tela. Ficou pensando na água, fluindo em um pequeno riacho em meio às rochas, e na conversa amigável. Acolhedora.

— Você acordou.

A voz era feminina, mas ele não sabia dizer de que direção vinha. Na verdade, parecia vir de toda a sua volta. Talvez de dentro dele? Mas isso não era possível.

Que tipo de droga haviam lhe dado ainda no campo de prisioneiros?

— Onde estou? – perguntou, sem de fato esperar uma resposta. Não tinha certeza de estar consciente e, caso estivesse, não confiava que aquela voz fosse real.

— Está na montanha. Está seguro.

Lágrimas inesperadas feriram seus olhos.

— Está tudo bem — a voz lhe disse. — Você passou por uma tremenda provação.

Estaria ela se referindo a ter encontrado sua *shellan* assassinada, ou a quando fora acusado da morte dela, ou aos séculos na prisão? Ou à fuga em si?

— Posso fazer uma pergunta? — disse rouco.

— Sim, claro.

— Você é real?

Houve uma risada.

— Sim.

— Estou fora do campo de prisioneiros?

— Sim. Você está aqui com o clã de Lucan, no nosso território.

— O meu pessoal está bem? Lucan e Rio? Apex. Mayhem... — O macho estivera tão ferido. — Mayhem está...

— Estão todos bem e a salvo. Estão sendo alimentados e hidratados pela família de Lucan. Desculpas foram pedidas e aceitas, a fenda provocada por outro foi consertada por aqueles que restam dos autores do crime. — Outro riso suave. — Acredito de fato que Callum, por mais intratável e arrogante que seja, tenha demonstrado humildade.

— Estão seguros? Os meus... amigos.

Como estavam fora da prisão, parecia errado usar o termo "prisioneiros", e isso era um tremendo alívio.

— Sim. Assim como você.

Ele fez uma pausa para reorganizar os pensamentos.

— Em que ano estamos? — Quando ela respondeu, ele franziu o cenho. — Isso em anos humanos?

— Exato.

Os cálculos de Kane sobre o período passado no campo de prisioneiros foram uma revelação, e ele se viu tentado a perguntar se ela tinha certeza.

— Pensei que tivesse ficado lá... muito mais tempo do que de fato fiquei. Perdi a noção do tempo.

— Isso era de se esperar.

— Quem é você?

— Sou uma amiga que o Destino considerou correto lhe providenciar. E você está aqui comigo agora porque chegou a hora de escolher.

— Escolher o quê? — Ergueu a mão boa e não se surpreendeu por não conseguir sustentar nem o peso mais leve por mais do que uma ou duas batidas de coração. — O que estou escolhendo?

— Se deseja ficar ou ir.

— Eu não sabia que podia votar — murmurou ele.

— Estamos numa situação singular, você e eu. Tenho algo que posso lhe oferecer, uma espécie de rejuvenescimento. Há certas… atipicidades nesse acordo, mas, dada a sua situação, tenho a sensação de que podem ser vantajosas em relação ao que receberá em troca.

Uma brisa entrou no quarto, ou o que fosse o ambiente em que estava — não, não podia ser um quarto. A menos que tivesse apenas janelas e estivessem todas abertas.

— Você está em meus aposentos privativos — a voz explicou, como se tivesse lido seus pensamentos. — Um mistura de tenda e cabana. É aqui que moro.

Ele fechou os olhos, o cansaço o alcançando. Ao sentir as forças se esvaindo, relembrou-se de outra voz sem corpo que o fizera seguir em frente. Sob suas vestes, Nadya também lhe parecera misteriosa e destituída de formas.

As pálpebras se ergueram. E quanto a ela?

— Você está morrendo — sua anfitriã proclamou.

— *Não.*

Quando a palavra explodiu de seus lábios, memórias confusas de um guarda praticamente arrancando-o da cama em que estivera deitado se tornaram tão vívidas que ele se lembrou do rosto do macho todo satisfeito, como se a dominação fosse apreciada. Nadya implorara para que o guarda parasse. Suplicara.

Ele a empurrou para o lado e ela caiu no chão duro de concreto.

— Quero vê-los — exigiu. — Os meus amigos. Eles precisam voltar e…

— E se você pudesse cuidar dessa fêmea sozinho?

Embora Kane ouvisse as palavras, não conseguiu compreender o significado.

— Isso é absurdo a ponto de ser cruel.

— Não, não é. — A voz parecia mais próxima agora. — Seu coração irá parar em mais ou menos oito minutos. Você deve decidir o que quer fazer. Viver ou morrer.

— Estou além do ponto da ressuscitação, não há o que você, ou qualquer outra pessoa, possa me dar.

— Há algo mais.

— O quê?

De repente, uma descarga de forças adentrou-o, oriunda de alguma fonte inespecífica — a menos que fosse verdade a existência de conforto antes da morte, um resquício final de coordenação e impulso —, e ele se ergueu e sentou-se. Sozinho.

Quando seu rosto se enroscou na tela, ele afastou o tecido frágil para o lado...

Um caixão. Um caixão de pinheiro.

Que apropriado, e ele disse a si mesmo que os seus oito minutos restantes precisavam ser gastos mandando os outros de volta ao campo de prisioneiros. Nadya não fizera nada além de cuidar dele, mas e se os guardas acreditassem que ela estava envolvida na fuga?

Ele afastou o véu acima de si e o que viu lhe trouxe grande conforto: uma fêmea mais velha, que não era vampira, sentada de pernas cruzadas junto ao seu último local de descanso, os cabelos em longas ondas platinadas espalhadas sobre os ombros, o vestido de um vermelho profundo bordado com um desenho de alguma forma tão simétrico quanto livre.

— Bem-vindo à montanha — disse ela enquanto embolava a mortalha que o cobrira.

— Onde estão os meus amigos?

— Você tem pouco mais de seis minutos. Diga-me o que deseja fazer. Estou lhe oferecendo a vida, ou você pode morrer e ir para o Fade para ver sua *shellan*.

— Não tenho escolha; olhe para mim — ele estrepitou. — Por isso, preciso dos meus amigos para...

— Eu direi a eles, claro. Como achar melhor.

Quando ela se calou, os olhos o fitaram, desafiando sua decisão.

— Não sei o que está oferecendo — ele rebateu.

— Eu lhe ofereço a vida. Tudo o que você tem que fazer é abrigar um pouco de energia.

— Energia?

— É o que você está perdendo, pois o seu receptáculo está muito comprometido. A energia a que me refiro precisa de um lugar e ela o curará se você permitir que ela fique.

— Como se eu fosse um fio elétrico — resmungou.

— Não, como se você fosse uma lâmpada.

— Isso não faz sentido.

Quando ela só o encarou, ele baixou o olhar e olhou para si próprio. As queimaduras no peito estavam abertas, sangrando em alguns pontos, bolhosas em outros. E, em meio aos ferimentos, havia partes brancas: os ossos de suas costelas, do esterno. Abaixo, a parte inferior do seu corpo estava dilacerada por completo, sem músculos.

Esticando as mãos, ergueu-as. Faltavam alguns dedos em uma delas, e quando ele virou o que deveria ser a sua mão de adaga, teve que engolir uma descarga de bile. A pele da palma desaparecera, a parte interna estava toda exposta.

— Tem certeza de que quer ir para o Fade? — perguntou a fêmea. — Mesmo tão preocupado com outra pessoa que precisa de você?

— Minha *shellan* me aguarda do Outro Lado.

Foi mais uma justificativa desafiadora do que uma manifestação factual. Mas com quem ele estava argumentando? Com aquela fêmea anciã... ou consigo mesmo?

Como que preparada para encerrar o debate que não travavam em palavras, ela se pôs de pé com a graciosidade de uma fêmea jovem. Andando até um baú, levantou a tampa e vasculhou o conteúdo. O espelho que trouxe de volta parecia algo passado adiante ao longo de gerações, o vidro ondulado, a moldura lascada. E mesmo assim, a julgar pela reverência com que era segurado, claramente era adorado.

Kane estendeu as mãos arruinadas. Quando ela só meneou a cabeça, ele pensou que obviamente ela tinha razão. Era bem provável que não fosse capaz de segurá-lo e, mais do que isso, por que ela haveria de querer que seu corpo ensanguentado tocasse seu objeto precioso?

– Respire fundo – murmurou ela.

– Como sabe que ainda não vi o meu reflexo desde a explosão?

Não se surpreendeu quando ela não respondeu. Mas, como ele de fato não se vira, respirou fundo como lhe fora sugerido, apesar de duvidar que fosse necessário...

O coração de Kane parou e seus pulmões se transformaram em pedra. Faixas de pele pendiam do queixo e um olho não tinha pálpebra – o que o fez se perguntar, entorpecido, como tinha conseguido cessar sua visão. Não tinha boca, apenas o branco dos dentes atravessando as gengivas, e o nariz não passava de dois buracos no crânio, com o que um dia fora moldado por cartilagem e ossos tendo sido queimado.

Quase não tinha cabelos.

Por algum motivo, de todos os ferimentos, a calvície disforme, com os espaços de crânio exposto, foi o mais difícil de ver – ou talvez sua mente só se recusasse a enfrentar o que as pessoas enxergavam quando se sentavam ao lado da sua cama.

– Onde fui parar – disse rouco. – Por que...

Bem, ele sabia o motivo, pelo menos no que se referia à explosão. Arrancara a coleira de contenção, rompendo o selo e disparando o explosivo para que duas almas merecedoras apaixonadas pudessem ter um futuro.

Uma vida inteira com quem mais importava.

Ao voltar os olhos para a fêmea anciã, a expressão no rosto dela lhe pareceu estranha. Mas, por outro lado, ela era uma desconhecida.

E ele estava em estado de choque.

E... estava morrendo.

— É isso mesmo o que deseja? — Ela manteve o espelho no lugar. — Ir para o Fade?

— É tudo o que eu quis nos últimos trezentos… digo, duzentos anos.

Por que perdera a noção do tempo daquela forma? Tinha certeza de ter mantido o calendário corretamente, os anos, os meses, as noites catalogados ao ponto da obsessão. Pensando bem, a intensidade do pensamento não equivalia à exatidão, pois ele começara com o calendário vampírico, não o humano, e nunca se dera ao trabalho de recombiná-los.

— Só o que sempre quis foi me reunir à minha *shellan* — disse ele, sem emoção.

A fêmea inclinou a cabeça, como um cão que encontra algo interessante.

— Olhe dentro do seu coração. O que você vê?

— Por favor, abaixe o espelho. Não consigo suportar.

Assim que sua imagem desapareceu, ele desejou poder morrer do mesmo modo: um instante aqui, no seguinte, sumido. E depois… o Fade.

— Vejo minha *shellan* — disse rouco. — No meu coração.

— Vê mesmo?

— Claro! — Com a palavra exclamada, começou a tossir, o esforço de limpar a garganta, ou talvez os pulmões, tão grande que o mundo girou ao redor e ele agarrou as laterais do caixão para permanecer ereto. — Quero estar com ela.

— Muito bem, então.

O fato de a fêmea parecer triste foi apenas outra parte de tantas coisas sem sentido. Por que aquilo lhe interessava? Ele nem sequer sabia quem ou o que ela era — e suspeitava que fosse mais um caso de "o que".

Além do mais, ela só podia estar escondendo algo dele.

— Deite-se — disse ela. — Logo tudo acabará.

Outro acesso de tosse apertou suas costelas e aumentou sua temperatura interna como se um fogo tivesse sido aceso dentro dele. Relaxando a pegada na caixa de pinho, levou a mão destruída ao peito, como se isso fosse ajudar. Não ajudou. Quando, por fim, conseguiu recuperar o fôlego, o ruído nos pulmões era tão forte que ele se lembrou de um jogo que praticava quando criança, bolas de gude num saquinho de couro, sacudindo...

Sem nenhum motivo aparente, seus olhos foram para onde a mão estivera na parede lateral. O sangue se infiltrara no pinho novo, não tratado, a marca borrada num vermelho-morango.

Pensou no momento em que acordara pela primeira vez após a explosão. A mente estava confusa, mas ele se lembrava de estar na Colmeia, aquela caverna comunal, sobre a plataforma onde os prisioneiros eram disciplinados. Com uma nitidez aguda, lembrou-se de ter arrancado a coleira, com o corpo trêmulo pelo que estava fazendo, as mãos um tanto atrapalhadas no objeto quando a luzinha vermelha na parte de trás do fecho começou a piscar. Revivera o modo como olhara para o Jackal e Nyx, ambos acorrentado a troncos grossos, prestes a serem torturados. E, em seguida, sentira uma vez mais a explosão brilhante e a fornalha de calor.

Não entendia como havia sobrevivido, ou quem o extraíra da Colmeia — e, em sua confusão, virou a cabeça... e se deparou com uma figura toda coberta por um manto cujo capuz lhe obscurecia o rosto.

— Nadya — sussurrou ele, voltando ao presente.

— Você é um macho que leva muito a sério as suas obrigações. — A fêmea anciã se aproximou dele. — Ouvi falarem do Fade, sabe. Nós, licantropos, temos as nossas tradições para a vida após a morte, no entanto, sempre acreditei que fosse coerente com o que os vampiros creem. Todos nós vamos para o mesmo lugar, e todos nós levamos os nossos fardos conosco.

Ao sentir outro acesso de tosse chegando, Kane tentou filtrar as palavras dela em busca do seu verdadeiro significado, além daquilo que ela escondia dele — mas, logo, isso não teve mais importância. A lembrança de Nadya sentada à sua cabeceira, cantando com suavidade para ele e, depois, lhe trazendo alimentos e água, trocando as suas bandagens, o que ele precisasse, tomou conta de sua consciência, de forma que era só o que ele conseguia ver.

Por mais que ele tentasse não encarar sua fragilidade, muitas vezes especulara sobre a causa das suas dificuldades. Ela jamais falava a respeito, porém, e ele nunca perguntou. Em vez disso, as conversas entre eles se concentraram no que ela poderia lhe trazer e nas respostas murmuradas dele.

Jamais vira o rosto dela. Mas conhecia seu cheiro e sua voz como se fossem amigos há séculos.

Ela ainda estava naquela prisão.

– Minha *shellan* – disse ele, como que para se lembrar de onde suas prioridades estavam e tinham que estar.

Com isso, Kane voltou a se recostar. Se existia algum propósito para ele, tinha que ser o reencontro com sua companheira. Ele era um cavalheiro que fora bem educado, afinal de contas. Mas, mais do que isso, se havia algum mal a ser reparado, só podia ser o de seu fracasso em proteger Cordelhia.

– Nossa consciência é parte da nossa eternidade – disse a anciã. – E os fardos que não podem ser mudados ficam mais pesados. A cada momento. A cada hora. A cada ano, década... século.

– Como se eu não soubesse disso – ele retrucou. – Carrego esse peso desde que encontrei minha companheira sangrando em sua cama. Não venha me falar de fardos...

– Mas, então, por que amplia o seu sofrimento voluntariamente? – A fêmea anciã ergueu as palmas marcadas. – É verdade que não pôde escolher muita coisa, mas esse fardo você pode escolher.

Ele fechou os olhos. O olho. Tanto faz.

– Quantos minutos restam? – perguntou com rispidez.

– Dois, agora.

– Dirá a Lucan que ele deve voltar para buscar a enfermeira?

– Se é isso o que deseja, colocar um casal em perigo, cujo futuro juntos...

– Por favor, pare de falar – gemeu Kane. – E que diabos posso eu fazer nessa condição?

Fechando os olhos – olho – de novo, ele disse a si mesmo que, por mais gratidão que sentisse por Nadya, não era responsável por ela, não do modo como era por uma companheira. Cordelhia tinha que vir antes.

Ele não estivera lá quando ela mais precisou da proteção do seu macho.

Ele não a abandonaria de novo.

– Deixe-me ir – disse ele, sem ter certeza de com quem falava.

Determinado quanto ao seu destino, exalou o pouco de ar que havia nos pulmões... e se preparou para desvanecer para o Fade. No silêncio, o chiado do peito foi ficando cada vez mais alto, no entanto havia algo mais dentro da cabana. Algo...

Era o riacho gorgolejante. Em meio aos sons dificultosos da sua respiração, a água corrente continuava a fluir, mas aumentava em volume. Antes suave, o rio era agora tudo o que ele conseguia ouvir, como se a água estivesse próxima. E chegasse mais perto.

Como se tivesse pernas e caminhasse na sua direção.

Pensando bem, talvez não fosse água, mas a chegada da Dona Morte para clamar o que restava do seu corpo.

Como Nadya pôde ter dispensado tantos cuidados para um caso perdido como o seu, ficou se perguntando. Ela nunca titubeou em sua fé na sobrevivência dele, porém. Nem sequer uma vez.

E jamais o abandonara.

CAPÍTULO 9

Tudo chegou.

O que Nadya pedira, cada remédio, todos os suprimentos, até mesmo comida e água, e mais cobertas, leitos adequados, tudo chegou como em um fluxo. Os guardas eram bons burros de carga, chegando carregados de bolsas, cestos e carrinhos de roda. Também continuaram a acatar as suas ordens. Ela logo criou um sistema de inventário de estoque, distribuiu ordens aos machos e catalogou as novas provisões para a sua clínica. Em seguida, pediu-lhes que removessem o corpo do guarda morto e os dispensou para poder trabalhar.

— Mais um ponto e acabamos — murmurou ao seu paciente.

Ao não obter resposta, ela ergueu o olhar. O guarda cujo ferimento na coxa ela suturava tinha os olhos fechados e as mãos descansando sobre o abdômen nu. Tivera que cortar as suas roupas porque ele estava coberto de sangue, mas a nudez não passava de algo necessário para que ela avaliasse sua condição. Ele não estava ferido em suas partes privadas, e, sem dúvida, caso ele sobrevivesse, isso seria motivo de alegria. O corte na cabeça fora grave, porém, e ela se perguntava se ele resistiria. No entanto, tudo corria bem por enquanto.

Ali na perna, o último ponto foi na base denteada do corte, e ao dar o nó e cortar o fio, ela avaliou o trabalho manual. O ferimento fora uma espécie de rasgo, como se a perna tivesse ficado presa e, ao soltá-la, a pele tivesse cedido. O dano era extenso, o inchaço piorava, a vermelhidão sob a pele já arroxeando.

– Mas você irá sobreviver – murmurou ao limpar tudo com água oxigenada. – Temos que ser otimistas.

Depois de ter feito a triagem de todos os guardas – como ele era o menos grave, ela o tratara por último –, organizou os analgésicos, separando-os entre comprimidos e intravenosos, e pôs-se a lidar com o que podia. Trabalhara tão rápido quanto suas mãos permitiam, e quando as costas começaram a doer e seu claudicar foi se tornando mais doloroso, ela ignorou o próprio desconforto.

O fato de ter sido necessário que um esquadrão inteiro de guardas tivesse sido ferido para que ela conseguisse todos os medicamentos e bandagens de que precisava a encolerizara. Na época em que estiveram na localização subterrânea, um dia procurara o Comando e implorara por suprimentos para curar, para aliviar, para ajudar. Nunca mais voltara a pedir. Alguns limites eram perigosos demais para atravessar, e como poderia ser de alguma serventia se estivesse, ela própria, morta?

Desde que foram realocados para aquele hospital abandonado, houve uma calmaria no volume de pacientes porque tantos morreram durante a evacuação como resultado do estresse e do trajeto. Mas ela sabia que haveria mais a procurá-la, sempre havia mais, e, por isso, ela tomara aquele depósito para ser sua clínica. Depois que o Executor, que fora o segundo-tenente do campo de prisioneiros, assumira o papel de líder, ele se mostrara muito mais pragmático do que seu predecessor. Reconhecera o interesse financeiro que existia em garantir que a mão de obra fosse capaz de fazer o que dela se exigia. Entendera que, a menos que mais prisioneiros chegassem – o que, por algum motivo, não vinha acontecendo –, ele precisaria cuidar melhor daqueles de que dispunha.

Dessa forma, dera-lhe permissão para manter a clínica.

Que agora estava repleta de guardas.

Depois de fazer o curativo para proteger os pontos, levantou-se do chão duro e jogou fora o lixo. Em seguida, claudicou até um carrinho repleto de pães frescos, fatias de queijo e garrafas plásticas de água. Numa rápida sucessão, ela se alimentou, hidratou-se e sentiu uma leve melhora em termos de energia. O que a fazia seguir em frente? Uma promessa para si mesma, feita há muito tempo.

Não permitiria que ninguém morresse ou sofresse se pudesse aliviar o que os afligia.

Ao erguer a garrafa para os lábios, esvaziou-a quase que por completo, e o vestígio químico do sistema de purificação provocou as laterais da língua. Por um momento, ansiou pelo gosto da pureza, de algo que satisfizesse sua sede não só pelo acréscimo de H_2O ao seu sistema, mas por...

Girando, ela baixou o olhar para a fileira de camas. Em seguida, observou os guardas que tinham sido retirados das padiolas suspensas entre as prateleiras para catres.

Seus pacientes jaziam como toras, nenhum deles se movendo a não ser pela respiração. Só havia um deitado de bruços, por conta de lacerações na parte posterior das costas e nádegas, mas, dos demais, ela podia ver os rostos para verificar se estavam acordados.

Um a encarava da ponta mais distante.

As pálpebras estavam apenas entreabertas, mas era difícil saber se ele fingia dormir ou se aquilo era o máximo que os olhos se abriam. Mas com certeza estavam fixos nela e, quando ela virou para deixar a garrafa de água ao lado e se voltar de novo para ele, o foco permanecia.

Coxeando na direção dele, ela se inclinou.

— Precisa de algo?

O macho tinha alguns cortes profundos na parte superior do corpo, garganta e rosto, o tipo de ferimento característico de uma briga com facas. Ela os suturara, mas o ferimento ao longo da mandíbula devia estar impedindo sua fala.

— Os analgésicos logo farão efeito.

Os olhos dele se desviaram para além do ombro dela.

Nadya enrijeceu quando a presença de alguém chegando foi percebida.

— Saudações.

Ela se virou. A chefe dos guardas estava de pé na soleira da porta, fitando a fileira de seus subordinados feridos. Quando chegou ao último leito, ocupado apenas pelo travesseiro ensanguentado e algumas manchas nos lençóis, ela arqueou uma sobrancelha.

— Sim — afirmou Nadya. — Houve uma baixa. Mas ele já estava morrendo ao chegar aqui, e os suprimentos que eu havia solicitado ainda não tinham sido entregues.

A fêmea avançou.

— Entendo.

Nadya permaneceu onde estava e, quando a chefe dos guardas parou diante dela, ela se inclinou para trás porque havia uma grande diferença de altura entre ambas.

— Quero ver o seu rosto — disse a fêmea.

— Por quê?

Não houve resposta. Mas um braço longo se esticou...

Nadya segurou o pulso com rapidez.

— Não.

— O que está escondendo debaixo de todo esse tecido?

— Nada que afete minha habilidade de cuidar dos seus machos. E é só com isso que tem que se preocupar.

Houve um silêncio tenso, e não era preciso dizer que a fêmea podia fazer o que quisesse fisicamente. Ela era dez vezes mais forte.

— Obrigada pelos suprimentos — Nadya agradeceu seriamente. — São muito bem-vindos. Mas eles não lhe dão nenhum direito.

— Você não é tão cordata quanto faz parecer.

— E você precisa de mim. A menos que queira limpar penicos e garantir que não sofrerão overdose quando chegar a hora de voltar a medicá-los, é melhor me deixar fazer o meu trabalho.

A chefe dos guardas girou o braço, de forma que Nadya teve que soltá-la.

— Se um deles morrer — disse a fêmea —, eu a matarei com as minhas próprias mãos. Mesmo que tenha que encontrar outra pessoa para fazer o seu trabalho.

Nadya inclinou a cabeça.

— Você foi bastante clara da primeira vez.

Em meio ao som do rio que não conseguia enxergar, Kane não encontrava clareza alguma.

Deitado ali com os segundos passando, a areia escoando na hora derradeira da sua ampulheta, ele imaginou que alívio acompanharia a sua decisão. Quando isso não ocorreu, ele decidiu que resignação era o que mais precisava sentir. Por fim, apenas esperou, uma vez mais, para ver o cenário branco sobre o qual ouvira falar. Por certo uma porta branca surgiria à sua frente a qualquer momento, a maçaneta pronta para a sua mão.

Ele não viu branco. Viu marrom-escuro.

Era a lembrança de uma veste da cor do mogno. Em seguida, como se os olhos de sua mente fossem a lente de uma câmera abrindo o foco, lembrou-se da clínica com a sua fileira de camas vazias e arrumadas com precisão, com sua selva de prateleiras e caixas empoeiradas e itens há tempos esquecidos e a escrivaninha lascada. Tudo era tão modesto e improvisado, tão puído e gasto. Mas fora criado por Nadya para cuidar de outros com suprimentos limitados e, com esse nobre propósito, era um palácio.

Jamais lhe ocorrera perguntar como ela tinha terminado ali com o restante deles, pois seria impossível imaginá-la uma criminosa. Ninguém com um coração tão bom poderia fazer mal a alguém...

Kane abriu os olhos.

— Tenho que voltar para ela.

A fêmea anciã com vestido de contas vermelho sorriu para ele. Como se tivesse sabido o tempo todo que ele mudaria de ideia.

— Não posso deixá-la naquele inferno – disse rouco.

— Se decidir ficar, você não será o que é...

— Depressa.

— ... ficará mudado para sempre...

— *Depressa.*

— Você não será o mesmo...

– O que quer que aconteça comigo, não me importo! – Menos de dois minutos restavam, quase um minuto para o fim. – Faça logo!

A fêmea assentiu.

– Sinto muito.

Não havia motivos para perguntar pelo que ela se desculpava. Kane não se importava. Só não queria ficar sem tempo...

De uma vez só, as laterais do caixão cederam e, quando ele olhou para o lado, viu o riacho que corria através da cabana, seu leito rochoso serpenteando ao redor do fogo – por certo não descia por baixo das chamas? –, as pedras cinza-escuras reluzindo misteriosas onde a água passava por elas. Embora não parecesse haver nada muito miraculoso quanto a esse riacho, ele não conseguia desviar o olhar, e quanto mais olhava, mais percebia que não havia fundo. De fato... aquilo não era nenhum rio. Aquilo não era água.

Era uma divisória metafísica que parecia penetrar fundo na terra – e o fogo de repente também lhe pareceu estranho. Não havia nada, nem lenha nem folhagem, alimentando a fome das chamas. Assim como a água irreal, elas pareciam apenas existir.

– A energia que precisa de um hospedeiro é energia fundamental e se origina do centro de tudo – disse a fêmea anciã ao chegar ao pé do caixão.

Não, não havia caixão algum. Ele estava deitado no chão, nem mesmo sobre um tapete tecido à mão, a terra sob si nem firme nem macia. E, com a conexão entre seu corpo alquebrado e o solo, a descarga perturbadora que subia vibrando debaixo dele entrava direto em sua pele...

O rio, de súbito, estava embaixo dele, um desvio instantâneo refazendo a rota do seu curso; no entanto, ele não sentiu a correnteza nem umidade. Em vez disso, viu-se coberto de calor e do alívio da dor que não provinha das drogas, mas de algo mais natural, como se seus nervos tivessem sido escovados com compaixão e a calmaria fosse o resultado.

– Ela o aceitou – murmurou a anciã. – Isso é bom.

Como se o pronunciamento dela iniciasse algum tipo de processo, ele começou a afundar, ou, quem sabe, o nível de energia estivesse subindo;

de toda forma, ao abaixar o olhar para o corpo, ele agora estava sob o rio; o fluxo, agora preto como a noite, subia e cobria os joelhos, as coxas, os quadris e o peito.

— Não tenha medo.

A correnteza negra atingiu, e ele submergiu, sentindo como se afogasse, um peso sobre ele comprimindo seu corpo debaixo de...

Cobras.

A correnteza não era de água, não era energia pura, eram centenas de víboras negras... milhares delas... um número infinito.

Uma descarga de medo o energizou, mas, ao tentar se erguer, ele se viu preso, mantido no lugar pelas serpentes lisas que passavam por cima de si. De modo instintivo, ele se debateu para afastá-las, chutá-las, o corpo empinando e girando. Os répteis só continuaram a deslizar sobre ele, cobrindo sua forma corpórea, uma coberta fervilhante que se movia contra ele como se tentasse encontrar uma entrada.

Em meio ao pânico, ele olhou para além das víboras, e o que viu da fêmea anciã fez tanto sentido quanto o rio de cobras. O rosto dela se tornara jovem, a beleza reluzia com uma caridade sobrenatural, como se o que aparecera envelhecido fosse apenas uma máscara e o que jazia por baixo dela fosse sua verdadeira e infinita essência.

Como se tivesse esperado que ele erguesse o olhar, ela se libertou do corpo com o qual se apresentara a ele, tornando-se nada além de uma silhueta brilhante com um formato obscuro e os contornos de uma fêmea, ainda que sem substância.

Quando os cabelos fantasmagóricos rodopiaram ao redor dela como chamas platinadas, foi como se uma fonte de vento de dentro da terra a tivesse encontrado, apenas ela.

— Não tema.

Por que quando alguém lhe dizia isso, sempre tornava tudo pior...?

O "braço" dela se alongou por dois, três metros até entrar no fluxo de serpentes, a força vital dela penetrando no emaranhado de víboras... e se retraindo com algo na mão. A longa cobra negra emergiu primeiro com a cauda daquela confusão revirada e, quando a fêmea a soltou, sua extensão absurda envolveu-a até os ombros, o movimento tão sensual, tão aceito e esperado, que era um gesto de familiaridade.

Em seguida veio a cabeça.

O ápice triangular da serpente balançou ao redor, os olhos reptilianos vermelhos se concentrando em Kane. Uma língua negra se projetou para fora. Recuou. Surgiu de novo. E a cabeça recuou.

— Meu caro amigo está à procura de um hospedeiro. — A fêmea se aproximou, flanando acima da terra em vez de se locomover no sentido convencional. — Você verá que ele é um hóspede dos mais afáveis, embora vá fazer certa redecoração. No entanto, não creio que você se importará com isso.

O coração de Kane começou a acelerar.

— Hospedeiro?

— Você obterá o rejuvenescimento de que precisa. Ele terá a oportunidade de voltar a ver o mundo. Um bom acordo para ambos os lados.

A fêmea anciã falava, Kane sabia disso porque o som da entonação dela entrava em seus ouvidos, mas ele não compreendia palavra alguma. Encarando os olhos reptilianos, uma dissociação tomou conta dele, afastando-o de tudo a não ser daquele olhar rubi.

A víbora começou a balançar de lado a lado, e Kane se viu ecoando o balanço, até estarem se movendo em sincronia... de um lado a outro, de um lado a outro.

A mandíbula inferior despencou e as presas se projetaram. A língua se retraiu...

A enorme cabeça se projetou para trás, escancarada, expondo presas compridas e afiadas.

O ataque aconteceu tão rápido, mais rápido que um arquejo, e, mesmo assim, sua mente registrou o balanço e o contato perfurante sobre seu coração em câmera lenta. Foi como o ápice de uma dança, o ir e vir que clamou por ele, e depois ele baixou o olhar para seu peito.

Dois fios de sangue escorriam das feridas de queimadura em carne viva...

Kane arquejou e se arqueou. Sua cabeça pendeu para trás quando ele despencou em queda livre para dentro do rio de cobras, que o envolveram agora de uma maneira diferente.

Ele era parte do grupo.

As convulsões vieram em ondas, fazendo seus dentes tremerem, enrijecendo cada músculo, quase partindo a coluna ao meio enquanto ele sofria os espasmos. E, quando os lábios se abriram, algo entrou em sua boca, em seu interior. Engasgando-se, ele lutou...

Outra víbora o invadiu, descendo garganta abaixo, acomodando-se em suas entranhas. Ele berrou e tentou respirar, mas um número infinito se seguiu. Enquanto o estômago estufava, ele pensou que iria vomitar, e ainda assim elas continuaram a penetrá-lo, a boca se alargando.

Não havia mais espaço, ele iria estourar...

As víboras escaparam do estômago e perfuraram seu tronco, enrolando-se ao redor dos órgãos, distendendo a pele – e logo preenchiam seus braços, suas pernas.

Quando não havia mais território para conquistar...

... aquilo que ele sentira chegando aconteceu.

Kane berrou de novo ao estourar, sua forma corpórea desintegrando-se no céu, nenhuma parte sua restando intacta.

CAPÍTULO 10

Lar, doce lar.

Enquanto fitava as chamas da fogueira central do clã, Lucan não fazia a mínima ideia de onde diabos estava. Certo, sabia que estava fora do campo de prisioneiros. Sabia que estava na montanha. E sabia que sua *shellan* saíra da luta viva, que Mayhem estava descansando, que Apex estava bem e que Kane...

Relanceou por sobre o ombro para a cabana da Loba Cinzenta.

Kane estava aos cuidados da matriarca.

Mas era ali que sua compreensão terminava. Pensando bem, o que mais importava?

Enquanto a fogueira estalava em seu ninho de achas cruzadas e a fumaça doce se espalhava atiçando seu nariz, ele se lembrou de seus tempos no campo de prisioneiros original, deitado de costas naquele seu leito duro, amparando um velho toca-fitas sobre o peito. Enquanto Duran Duran tocava uma vez depois da outra, ele mantinha o olhar fixo no teto de rochas ásperas acima dele e pensava naquele exato momento.

Como se aquilo fosse um destino para o qual uma parte sua sempre soubera que retornaria.

Sonhara tantas vezes com esse círculo de achas ao redor da lareira achatada de pedras, as coníferas altas e cheias de folhas, a terra acolchoada pelas agulhas caídas dos pinheiros, as rochas que se erigiam do solo imponentes, sobreviventes do vaivém das geleiras milhões de anos atrás. E o engraçado era que, não importava o quanto ele tivesse mudado, o cenário era como ele se lembrava: as entradas das cavernas escondidas; as fêmeas longe de vista por medida de segurança; os machos fora, preparados para defender o território; os anciões no mirante, partilhando histórias, em paz com o presente porque viveram o passado.

Mal o vento mudou de direção de novo, ele voltou a olhar para o céu, seguindo os volteios suaves das colunas de fumaça e calor em direção às estrelas que piscavam, brilhantes como lanternas no firmamento de veludo escuro.

– Você está bem?

Ante as palavras sussurradas, ele apertou mais a mão de Rio.

– Não sei. Acho que sim? – Relanceou para ela. – Estou contente por você estar aqui. Não pensei que teria a chance de te mostrar este lugar.

Rio fitou as árvores, a luz da fogueira brincando com suas feições.

– É tão tranquilo.

– E seguro.

Porque, ironia das ironias, aquela tranquilidade seria protegida com derramamento de sangue, se necessário. Antes, depois do encontro com os guardas naqueles carros, quando Lucan aceitara a submissão do primo diante daqueles corpos mortos e dos SUVs que podiam ser então levados, ele entendera que era para ali que deveriam ir para se recuperar e programar as ações posteriores. E Callum não teve que sugerir isso ou fazer um convite. O que era do clã... era de todo o clã – e, tudo levava a crer, ele voltara à sua família.

Esfregando os olhos, pigarreou e olhou na direção de Callum. O macho estava sentado, isso era um fato, mas seu corpo potente parecia tão relaxado quanto o de um predador. Ainda que os olhos estivessem em grande parte concentrados no fogo, ele monitorava o perímetro constantemente, assim como os demais licantropos.

Lucan tinha que dar crédito ao filho da mãe cabeça-dura. O primo ponderara sobre tudo o que se referia a posições defensivas e manobras de evasão. Depois de juntar todas as armas dos guardas e o pouco que restava de munição, eles levaram os veículos a cerca de seis quilômetros de distância e os empurraram de um precipício, um a um. Em seguida, os licantropos levaram o corpo do primo morto e se desmaterializaram até um local na base da montanha do clã, enquanto Lucan dirigia o mais rápido que ousava no Monte Carlo para encontrá-los ali.

Pense numa garagem de merda. A estrutura parecia estar a um espirro de colapsar, mas isso só pelo lado de fora. O interior do lugar era um milagre, todo estocado com tudo o que fosse necessário para uma evacuação, um ataque. Uma refeição. Uma soneca. Um reduto para diversas semanas.

Tinha até um bunker subterrâneo e uma rota de fuga.

Após guardarem o sedan, removeram e destruíram as duas coleiras de restrição restantes, colocaram Mayhem e Kane em padiolas e depois, juntos, carregaram os dois machos até aquele lugar. A trilha não era do conhecimento de Lucan, o que o fez suspeitar de que fora criada especificamente para aquela garagem, mas o ambiente na mesma hora virou seu lar, desde o aroma dos pinheiros e a maciez da terra até as árvores que pairavam acima como que para proteger os inocentes, os feridos, os perdidos e os necessitados.

O trajeto até o coração do território do clã levou quarenta minutos a pé, e aqueles que não seguravam as padiolas estavam armados até os dentes, protegendo a trilha adiante, na retaguarda e nos flancos. E alguns dos licantropos assumiram a forma de quatro patas, porque assim chegariam mais rápido a...

De repente, Callum se pôs de pé. Quando todos se voltaram na sua direção, ele só meneou a cabeça e se afastou, andando para o oeste como se fosse apenas um chamado da natureza.

Em deferência a Rio, os licantropos se vestiram ao assumir a forma bípede, e nenhuma questão foi levantada pelo fato de haver uma fêmea entre eles. Ele apreciou a deferência e o decoro, e deduziu que considerar a reclusão das fêmeas e dos jovens do clã algo estranho e desconfortável era um sinal do quanto ele havia avançado. Na verdade, nem sequer tinha certeza se eles estavam ou não na montanha.

Bem, o que se podia fazer.

À esquerda, os olhos de Apex seguiam Callum, embora a cabeça não se movesse e o corpo não mudasse de posição. Era difícil saber se ele não confiava no licantropo ou se só queria matar o macho por princípio. Apex era estranho assim. Ele tinha o seu código moral próprio, mas e se você tropeçasse em um dos seus itens? Como trair um membro da família, mesmo com o pedido de desculpas aceito depois?

Isso era um problema dos grandes.

Porém, assim como na questão de onde estariam as fêmeas do clã e se Apex iria ou não fazer alguma estupidez, Lucan não tinha forças para se envolver.

— O que ela está fazendo com o Kane? — Rio perguntou com suavidade. — A mulher anciã.

Não parecia valer a pena esclarecer que a Loba Cinzenta não era nem mulher nem idosa no sentido convencional, e ele não tinha certeza do que dizer quanto ao resto. Se respondesse com um "não sei", seria uma meia-verdade que não cairia bem. Mas não queria assustá-la — e lembrou a si mesmo de que não sabia com exatidão o que estava acontecendo ali dentro...

O grito que saiu da cabana era o que ele estivera aguardando, ou temendo... e também torcendo para ouvir.

Relanceou para Apex e rezou para que o macho ficasse ali. Se havia algo imprevisível naquilo tudo, era aquele vampiro, mas tudo já fora explicado para ele — tanto quanto podiam explicar para um forasteiro, no caso —, e, no fim, ele permitira que Kane ficasse sozinho com a Loba Cinzenta. Era a única chance do aristocrata, embora fosse uma coisa entender isso intelectualmente, e outra bem diferente ao ouvir os sons de tudo aquilo.

Mesmo assim, parecia que Apex ficaria onde estava, as mãos entrelaçadas e os cotovelos apoiados nos joelhos, como se estivesse mantendo o corpo parado à força.

Fechando os olhos, Lucan se lembrou dos dias crescendo às margens do clã, quando os boatos sobre o rejuvenescimento e as especulações sobre o que exatamente acontecia na cabana eram comentados aos sussurros.

Há gerações aquilo não era feito e, ao relancear para a assembleia de licantropos, o outro vampiro e sua humana, ele percebeu que o grupo testemunhava um momento histórico, um evento maravilhoso que seria narrado para as gerações seguintes, tornando-se parte do que era dito em murmúrios reverentes ao redor da fogueira à noite, sempre de modo privado, como se nem todos soubessem...

Saindo da escuridão, Callum voltou a entrar no círculo de luz criado pelo fogo, jogou a cabeça para trás e emitiu um uivo, o som produzido não pela garganta do que parecia ser um homem, mas pelo lobo que vivia em cada molécula do corpo dele.

Um a um, os outros licantropos machos se puseram de pé, inspiraram fundo e emitiram uivos que aumentaram de volume até que os gritos do vampiro na cabana não pudessem mais ser ouvidos.

O coro de uivos era o mais belo som do mundo para Lucan, o tipo de coisa que transformava o corpo num diapasão e deixava a visão turva de emoção...

Ao sentir a pegada em sua mão apertar, olhou para Rio e, quando ela assentiu, ele entendeu o que ela lhe dizia, mas não tinha certeza se poderia...

Seu corpo tomou a decisão por ele. Soltou a mão de sua companheira e se levantou por vontade própria. Ao erguer os olhos para o céu, inspirou fundo, sentindo de novo o aroma dos pinheiros e da fumaça e os odores do lago mais abaixo.

Lucan juntou o uivo do seu lobo ao dos demais da sua raça.

Enquanto lágrimas rolavam pelas faces, ele sentiu um alívio no meio do peito, uma completude doce e maravilhosa permeando-o.

Mesmo preocupado com que diabos acabaria saindo daquela maldita cabana.

Cercado por lobos uivantes que pareciam caras normais, Apex continuava sentado em um tronco com a fogueira bronzeando o seu rosto e a bunda ficando dormente. Apesar de todo o barulho que os machos faziam, ele os ignorava.

Só se importava com o que estava acontecendo com Kane.

Passando a mão pelo rosto, massageou o queixo – porque era a única parte do corpo que não doía. Todo o resto ou doía ou estava inchado ou criava cascas, a ponto de cada pé ter uma pulsação independente e a cabeça parecer um balão mal preso ao topo do crânio.

Muito bem, os gritos o enlouqueciam. Jesus, mas que *porra* ela estava fazendo com ele?

Aquela velha ali dentro lhe dava calafrios. Sim, claro, supostamente a aparência dela era a de uma vovozinha indefesa, mas qualquer um que caísse naquela lorota precisava desenvolver seu instinto de sobrevivência. Um olhar para aqueles olhos cinzentos e suas bolas tentaram subir de volta para dentro da pelve – e ele não quis deixar Kane com ela.

E ela lá era uma curandeira? Asneira. Se ela era algum tipo de enfermeira, então ele era o Pernalonga. O Roger Rabbit? Como diabos os humanos chamavam aquele bicho idiota com o cesto cheio de ovos?

– Pega.

Quando algo apareceu diante do seu rosto, ele estapeou um antebraço grosso e expôs as presas.

Assomando-se a ele, o licantropo de cabelos brancos e olhos azuis muito claros, que se prostrara diante de Lucan como se fosse Fido querendo um petisco e uma coçada na barriga, sorriu de modo perverso.

– Estou te oferecendo um cigarro, não apontando uma arma na sua cara. Relaxa.

Apex afastou o braço e voltou a encarar a cabana. Logo que o silêncio ao redor foi percebido, ele notou de passagem que os gritos haviam cessado e que os membros do grupo tinham parado com aquela coisa de uivar e se dispersado.

Há quanto tempo Kane estava ali dentro?

– Cerca de uma hora. – O licantropo se sentou ao seu lado no tronco. – A propósito, seus amigos acabaram de se recolher. Estão ali naquela tenda. Eles o avisaram, mas acho que você não estava ouvindo.

– Eles não são meus amigos.

– É mesmo? – O macho tirou um cigarro do maço vermelho e branco e acendeu com um isqueiro de prata antigo. – Então, por que você se empenhou tanto em defendê-los?

Quando Apex não respondeu, uma lufada foi lançada na sua direção. E ele ignorou isso também.

– Ah – disse o licantropo. – Quer dizer que não era o meu primo e a companheira dele, ou o outro cara. A questão era tirar o macho queimado do campo. Sou Callum, a propósito. Prazer.

Uma mão foi oferecida, mas Apex a ignorou, na esperança de que isso desencorajasse a conversa. E, pensando em instinto de sobrevivência, ele desviou o olhar para o céu para verificar a posição das estrelas. A aurora se aproximava, embora ainda tivessem algum tempo de sobra...

– Você não é de falar muito, não?

Quando o licantropo só o encarou, ele teve a impressão de que, se não dissesse nada, o bastardo continuaria ali sentado até o fim da noite. Ou, quem sabe, até a eternidade.

– Você está se saindo muito bem conversando sozinho – resmungou.

– Eu só o atrapalharia se respondesse.

– Quem é ele para você? O macho.

– Ninguém. – Apanhou um cigarro. – E eu não fumo.

Em seu favor, o sujeito – qual o nome dele mesmo? Callum? – não titubeou ante a contradição. Só acendeu a chama e aproximou o isqueiro. Inclinando-se, Apex teve que proteger a chama com a mão para poder acender o cigarro e logo começou a fumar lenta e longamente.

– O que ela fez com ele? – exigiu saber. – Aquela velha.

– Por que se importa se ele não é ninguém? E tenha um pouco de respeito.

– Vai se foder.

– Palavras duras pra quem está filando um cigarro meu.

– Quer de volta?

Ao não obter resposta, Apex se virou e olhou para o macho. Registrou as feições do seu rosto uma de cada vez, a começar pelos incríveis e gélidos olhos azuis, e foi como se visse uma pintura ganhando vida... ou uma escultura, talvez. O licantropo era lindo assim, as feições fortes e simétricas, ombros largos debaixo daquela camisa de flanela, os jeans cobrindo pernas fortes. E aquele cabelo branco. Era tão grosso que nem se repartia. Parecia só crescer em ondas e se acomodar a partir da testa.

Qual seria o gosto do sangue dele no fundo da sua língua?

Corando, Apex abaixou os olhos para o cigarro que não queria de verdade e voltou a se concentrar nas suas reais prioridades.

— Se aquela mulher o matar...

— Você vai fazer o quê? Entrar lá e bancar o herói? Vingar um cara que não é nada para você? — O licantropo gesticulou na direção da cabana com o cigarro. — Que bom samaritano! De todo modo, fique à vontade pra ir em frente. Eu até te dou uma arma. Uma faca ou duas. Quer uma granada? *Bum.*

Ao abrir os dedos de uma mão, a risada dele foi do tipo que alguém dá quando uma criancinha ameaça pegar um carro e sair dirigindo porque teve que comer as cenouras antes da sobremesa.

Só que "Callum" de repente não estava mais rindo. Ele se endireitou naquele tronco idiota e pareceu sério pra cacete.

Quando Apex foi olhar para o que chamara a atenção dele, o macho agarrou seu rosto.

— Cala a boca — estrepitou o licantropo. — Presta atenção. Ele se parece com o seu amigo, mas está diferente. Está me entendendo? Ele *não* é mais o mesmo. Você precisa respeitar isso.

Apex se livrou da pegada com um safanão e se pôs de pé num impulso. Mas ao ver o que saía da cabana, ele... não fazia a mínima ideia do que...

Uma versão de Kane encarava o acampamento, os olhos vazios, o rosto sem demonstrar nenhuma emoção. Estava nu, o que não era uma surpresa. Mas estava inteiro, o que era um tremendo de um choque, a ponto de fazer o cérebro de um vampiro congelar.

De algum jeito, os ferimentos de Kane tinham cicatrizado, a pele agora estava saudável, cobrindo uma musculatura que o prisioneiro

A VÍBORA | 97

não tivera nem quando estava relativamente bem. E até recuperara os dedos que faltavam.

Por reflexo, Apex agarrou-se em algo para se firmar. O fato de ter sido no licantropo, Callum, foi irrelevante.

– Ele só se parece com quem era – o outro avisou.

– Cala a boca.

Soltando-se, cambaleou à frente e, ao se aproximar de Kane – ou quem quer que fosse –, não conseguia acreditar. Não havia mais queimaduras. Nada de pele em carne viva. Nada além de um perfeito corpo sem marcas, todos aqueles músculos sustentados pela carenagem ereta de alguém que nunca fora ferido, nunca adoecera, nunca fora nada que não fosse absolutamente completo a vida inteira.

A ânsia de correr e abraçar o prisioneiro era tão forte que ele começou a trotar sobre os pés doloridos. No entanto, ao chegar mais perto, desacelerou. E parou.

O rosto era o mesmo. Mas os olhos estavam diferentes, apesar de terem a mesma cor prateada, de estarem acomodados nos mesmos globos oculares.

Talvez porque não olhassem para Apex, e sim através dele, como se a questão não fosse que não o reconhecia, mas nem sequer o notava.

Apesar de estar bem diante dele.

– Kane.

Ele pronunciou o nome como uma súplica rouca e ficou feliz pra cacete por não haver ninguém por perto para ouvir...

De uma vez só, como se o juízo o tivesse estapeado, Kane despertou, os olhos piscando, a cabeça dando um tranco para trás, os ombros largos e os braços compridos flutuando quando ele saltitou. Em seguida, ele se concentrou propriamente em Apex.

– Ah... meu Deus – disse ele.

A voz era a mesma – e logo aqueles braços envolveram Apex e o abraçaram com tanta força que não havia como respirar. Mas tudo bem. Quem se importava com isso?

Apex tremeu ao abraçar o macho com cautela. Só que logo percebeu que não precisava mais pensar assim. Apertando o abraço, ele encarou aquela cabana vermelha por cima do ombro de Kane... e a fêmea anciã que estava ao seu lado, como quem acha que seu trabalho tivera um resultado melhor do que o esperado.

Quem *diabos* era ela, Apex se perguntou.

CAPÍTULO 11

Só o que Kane conseguia fazer era se segurar a Apex. Só isso. Mas não porque seu equilíbrio estivesse ruim. Ou porque estivesse a ponto de desmaiar. Ou porque estivesse dolorido, fraco, tonto ou nauseado.

Não, ele sentia como se tivesse viajado por uma longa distância, como se tivesse se afastado por uma década inteira. Era como se tivesse embarcado numa viagem e se perdido em algum lugar no meio do caminho – e por mais que tivesse certeza de que nunca mais retornaria para seus colegas encarcerados, para o mundo como o conhecia, por um milagre de origens inimagináveis, voltara.

A experiência mais parecida com essa tinha sido sua viagem de vinda do Antigo País há tantos anos, e mesmo assim não abrangia o deslocamento e a confusão em que se encontrava. E, Santa Virgem Escriba, no segundo em que vira um rosto familiar, fora tomado por gratidão e espanto...

Afastou Apex, o cérebro de súbito se aguçando, sua missão urgente ajudando-o a estabelecer prioridades.

– Preciso de armas. Preciso de munição e armas de fogo e...

– *Kane.*

Ao som do seu nome, ele parou.

– O que foi?

Apex continuava alto e forte como um lutador de luta livre. Os cabelos ainda estavam quase raspados por completo e o rosto magro era implacável, como sempre.

Mas a sua expressão parecia estranhamente taciturna:

– Kane...

O macho estendeu uma mão trêmula e as pontas dos dedos, sujos e manchados de sangue por lutar, tremeram ao pairar acima do peito dele – como se Apex não pudesse tocar a pele. Ou como se não acreditasse que aquilo fosse real.

A visão daqueles dedos trêmulos a ponto de tocá-lo fez com que ele olhasse propriamente para si.

– Ah... – sussurrou.

De uma vez só, percepções sensoriais inundaram sua consciência: ele se sustentava, sozinho, sobre os dois pés, e a terra debaixo das solas descalças estava fria e espetava por causa das agulhas de pinheiros. Seu físico parecia intacto, não mais coberto por queimaduras horrendas, em carne viva. Também estava forte, o corpo preparado para fazer o que lhe fosse exigido, repleto de energia e pronto para ser usado.

Mas, mais do que isso...

– Não sinto mais dor – disse emocionado.

Girou ao redor e olhou para a cabana às suas costas. A tela que fora posta de lado pela fêmea anciã voltara ao seu lugar, fechando a entrada – e ele teve a sensação de que nunca mais seria recebido ali. E ela também não estava em nenhuma parte.

Ele estava por conta própria.

Levando a mão à cabeça, tentou se lembrar do que acontecera ali. Quando nada surgiu, nem como fora levado para dentro, nem do que ele e a fêmea anciã falaram, por certo nada do que aconteceu depois... ele sentiu um alívio estranho. Concluiu que era melhor não investigar.

Voltou a se concentrar em Apex. E, em um tom de voz cuja agressividade não se lembrava de já ter tido na vida, disse:

– Armas. Agora.

– O que aconteceu na cabana? – perguntou Apex.

– Deixa pra lá.

Com um movimento rápido, os olhos de Kane acompanharam uma movimentação atrás do macho e suas narinas inflaram, testando o cheiro. O licantropo que se adiantara tinha uma presença imponente, uma aparência inusitada com os cabelos brancos flanando. Contudo, Kane o reconheceu. Ele fizera parte do grupo de resgate.

– Você tem armas? – Kane exigiu saber. E, ao falar, reconheceu que sua assertividade fora rude, chegando a ser ofensiva... mas não se importava. – Posso pegar algumas armas deste acampamento? Vocês devem ter armas.

O licantropo o encarou sem piscar.

– Você não precisa delas.

– Não tenho tempo para essa tolice. – Voltou a olhar para Apex. – Onde estão as coisas que estavam no carro no qual me colocaram? Ouvi tiros...

– Onde você pensa que vai?

– Por que diabos está perguntando isso? – Quando Apex se retraiu uma vez mais, Kane se mostrou desinteressado. – Olha aqui, alguém tem que me arranjar uma arma e depois eu vou embora...

– E roupas. Você precisa de roupas, está nu.

Kane olhou de um macho a outro. Ambos o encaravam como se tivesse brotado outra cabeça nele, e ele ficou sem saber quem tinha apontado a sua nudez.

– Aceito o que me derem.

Depois de um momento, o licantropo limpou a garganta.

– Tenho roupas e armas. Mas o que não temos muito mais é o céu noturno. Logo vai amanhecer.

– Não estou preocupado com isso.

– Deveria. – Apex imprecou e se afastou, batendo os pés. Depois se virou. – O que está fazendo? Você está fora da prisão. Não sei o que aconteceu naquela maldita cabana, mas você... voltou. De algum jeito. Por que *diabos* quer arranjar briga voltando para lá?

Kane encarou o macho nos olhos, ciente de que uma sensação estranha o perpassava.

– Que importância isso tem para você? – disse numa voz baixa, de alerta.

Apex marchou até ele.

— Porque vou ter que voltar se você voltar, e eu também estou livre agora, porra.

Kane relanceou para a coleira que permanecia fechada ao redor do pescoço do macho. Evidentemente, fora desativada.

— Essa briga não é sua. Não é um problema seu.

— Ela é só uma enfermeira...

A mão de adaga de Kane subiu num rompante e agarrou aquela garganta. Expondo as presas, ele disse:

— Não se conquista lealdade pela posição social. Seria bom lembrar-se disso, considerando de onde você veio.

Apex se retraiu como se tivesse levado um soco no queixo. Em seguida, gaguejou:

— Quem diabos é você?

Kane soltou a mão e se voltou para o licantropo de cabelos brancos.

— Roupas. Armas. Encontrarei um modo de pagar, mas chega de falar.

Callum dilatou as narinas e inspirou. Ele não tinha ideia de qual era o cheiro do macho antes de a Loba Cinzenta ter invocado a Víbora para dentro dele, o macho desesperado inadvertidamente aceitando ser hospedeiro para poder reaver a saúde.

O cara não fazia ideia de onde tinha se metido.

— Venha — disse Callum. — Vou deixar tudo preparado, depois o seu amigo e eu vamos com você buscar... quem quer que se seja essa enfermeira.

— Não estou procurando ajuda.

— Bem, vampiro, você a encontrou, e o preço a pagar pelas coisas de que precisa é que eu vá com você e ele também. A escolha é sua.

Houve uma fração de segundo de contato visual — e Callum se descobriu recuando um passo. Aquele olhar prateado... não estava certo.

Mas, em seguida, o macho deu de ombros.

– O funeral é seu. – O vampiro olhou para o amigo; ou sabe-se lá o que eram um para o outro. – O seu também.

– Por aqui – disse Callum, andando em direção à linha das árvores.

Ao passarem pelo abrigo em que Lucan e a sua companheira haviam sido acomodados, ele imaginou que o vampiro fosse parar para ver o colega prisioneiro, aquele que se empenhara tanto em libertá-lo. Seu olfato lhe diria com precisão onde o mestiço que arriscara a própria vida estava deitado se recuperando...

Não houve nem sequer uma pausa.

O esconderijo de Callum se localizava numa caverna, cuja entrada ficava camuflada por uma queda de rochas. Ao se aproximar da entrada, relanceou por sobre o ombro. Os dois vampiros estavam logo atrás dele, e ele não se surpreendeu quando aquele que recebera o milagre em troca de uma maldição entrou na sua frente, como se fosse dono do lugar.

Callum deteve aquele que chamavam de Apex.

– Espere aqui.

Presas, longas e afiadas... e sexualmente atraentes, pelo menos pelo ponto de vista de Callum... apareceram com rapidez.

– Ao diabo com isso.

– Fique aqui. Por favor. A menos que queira avaliar se ele está fisicamente capaz e, caso não esteja, lhe dizer para esperar um dia inteiro antes que ele possa ir a qualquer lugar? – Quando não houve nenhuma resposta, Callum disse secamente: – Foi o que pensei. Deixe que eu cuido disso.

Ao empurrar o peito do vampiro, antecipou uma briga e queria uma. Seria uma desculpa para sentir aquele corpo firme enquanto rolassem pelo chão.

– Não vou deixar que nada aconteça com seu amigo – jurou.

– Isso não é tarefa sua.

A réplica irritada fez Callum sorrir.

– Tão territorialista. Acho que vampiros e licantropos têm algo em comum...

– Vai se foder.

Os olhos de Callum desceram para a boca do macho.

– Isso é um convite? – Inclinou-se para perto. – Ou uma exigência?

Em outras circunstâncias, a expressão no rosto implacável teria sido um tanto intensa.

– Surpresa – sussurrou Callum. – Se você tem um segredo que quer guardar, tudo bem pra mim. Sei ser discreto quando me convém. Agora, espere aqui, por favor. Se ele começar a jogar pedras em mim, eu me abaixo e saio correndo.

Girando, acompanhou a curva da entrada até o centro da caverna subterrânea se apresentar. A lamparina acesa no canto oposto iluminava a mobília simples, as sombras lançadas sobre o leito, as pilhas de roupas dobradas numa mesa de carteado e as caixas de armas e munição, alongadas e indistintas. A luz amarelada também chegava à nascente de água aquecida naturalmente, a piscina criada pela montanha situada ao fundo do refúgio.

– Faz diferença para você o que eu pegar – o vampiro disse num tom afirmativo, não numa pergunta.

– Não. Pegue o que quiser.

Ele foi rápido ao escolher calças e uma camisa, e que bom que eram parecidos em tamanho – agora que uns vinte e cinco quilos de músculos foram acrescidos ao corpo misticamente reavivado.

Ciente de que o encarava, Callum foi até o primeiro dos baús de armamentos e levantou a tampa. Interessante. O fato de nunca ter usado cadeados jamais lhe ocorrera antes. O território do clã era respeitado e, mesmo assim, nunca, jamais era deixado desprotegido. Mesmo durante o dia.

Mas, de repente, ele sentiu que a ameaça estava próxima.

Relanceou ao longo da caverna. O vampiro pegava sua jaqueta predileta. Outra revelação: ele não sabia que tinha uma até o corpo de outra pessoa vesti-la.

– De que tipo de arma você gosta? – disse ele ao voltar a se concentrar no conteúdo do baú cheio de *clique-clique-bangue-bangue*.

– Uma que atire.

— Difícil de agradar. — Pegou uma Magnum calibre 357. — Somos meio que antiquados por aqui.

— Como assim?

— Nada daquela tolice de automáticas.

— Nem sei o que é isso.

Erguendo uma sobrancelha, Callum jogou a arma no ar enquanto o cara se ocupava dos botões da sua jaqueta preferida — e não se surpreendeu quando uma mão a apanhou pelo cabo em pleno ar. Só quando uma mão firme já segurava a arma o vampiro olhou para seu braço — e, ao encarar o que apanhara, franziu o cenho.

— Não é o seu tipo, no fim das contas? — murmurou Callum. — Ou só está avaliando o peso?

Por um instante, o macho não se mexeu. Mas, em seguida, pareceu sair do seu torpor.

— Munição.

— Aqui. — Callum jogou uma bolsa de camurça, as balas em seu interior se chocando durante o voo. — Mas você não vai precisar de nada disso.

O vampiro prendeu a bolsa com a palma e enterrou a carga dentro do bolso de fora da jaqueta de Callum.

— Não vai conferir o que há dentro? — murmurou Callum.

— Confio em você.

— Você não me conhece.

Aqueles olhos se estreitaram.

— Você tem medo de mim. Não vai tentar foder com a situação porque não sabe do que sou capaz.

Callum piscou. Algumas vezes. E deu de ombros.

— Também não gosto de mirtilos, gaitas e gatos. Temos mais alguma coisa para discutir?

— Você disse que não preciso de uma arma. — O vampiro olhou para o revólver. — Por quê?

Não há por que entrar nesse assunto agora, ele pensou.

— Eu vou com você, lembra? — Callum ergueu uma mão quando aqueles olhos estranhos se fixaram nele. — E isso não é uma decisão sua.

— Não vou protegê-lo.

— Não sabia que tinha pedido isso. E sabe de uma coisa? Você é meio que um pé no saco, sem querer ofender. Já era assim antes?

O vampiro verificou o cilindro da Magnum. Girou-o.

Em seguida, apontou o canhão portátil para o lobo frontal de Callum. Do outro lado do cano, não houve absolutamente nenhuma expressão no rosto do macho. O único sinal externo de que algo extraordinário acontecia foi um leve repuxão na sobrancelha direita.

— *Bum* — sussurrou o vampiro. Como se tivesse ouvido a conversa junto à fogueira.

Esimplesassim, o macho se desmaterializou da caverna.

Callum afundou em si mesmo e abaixou a cabeça. Ao tatear à procura de cigarros, as mãos tremiam, e ele ignorou isso. Mesmo quando tirou o primeiro estoura-peito do maço.

Ao acendê-lo, Apex invadiu o lugar, parecendo pronto para interromper uma briga de bar — ou um *glory hole*.

— Cala a boca — grunhiu Callum. — Ele acabou de sumir. Temos que ir atrás. Toma.

Lançou algo que cuspia balas. Quem é que sabia de que modelo era. Em seguida, pegou algumas armas para si e rezou para que aquilo que tivesse apanhado como munição extra servisse em qualquer uma das que tinham.

Passando a passos largos pelo vampiro, soube que deveria ter se desmaterializado de pronto, mas não conseguia se concentrar. Precisava de um pouco de ar fresco para acompanhar a nicotina.

Ao fazer a curva na entrada da caverna, pensou... trancaria as malditas armas assim que passasse pelo que restava da noite.

Isto é, desde que sobrevivesse.

Que *diabos* a Loba Cinzenta trouxera de volta?

CAPÍTULO 12

Kane retomou sua forma pela terceira vez seguida em um matagal de vegetação rasteira, com trepadeiras e arbustos se agarrando às calças emprestadas que ele trazia no corpo, que mais uma vez se tornara sólido. Inspirando pelo nariz, ele...

– Já era hora.

Encaminhando-se para o nordeste, seguiu o cheiro de concreto, podridão e vampiros e, com seu alvo identificado, moveu-se com objetividade letal, esmagando o mato com as botas emprestadas, afastando galhos do caminho em vez de dar a volta neles. Ao seguir em frente, teve uma estranha sensação de bifurcação, como se estivesse se observando de longe, embora fossem suas as pernas que movimentavam e igualmente seus o coração batendo e os olhos que corriam o cenário atentos ao perigo.

Nos recessos da mente, ele sabia que algo não estava certo. Mas continuou em frente porque não podia se preocupar com...

Santa Virgem Escriba, como queria se deparar com guardas.

Com o pensamento surgindo, sentiu os punhos se fecharem e os ombros tensionarem. O desejo de lutar era tão natural que ele nem se deu conta de que nunca lutara antes; nem uma única vez, buscou conflito em relação a nada. Ainda mais do tipo físico.

Se ao menos tivesse se sentido assim na noite em que Cordelhia morrera.

– Concentre-se – resmungou quando sua cabeça se virou para a esquerda.

Não havia nada além de sombras imóveis, a luz ambiente do céu noturno não realçava nem obscurecia nada.

Suas outras tentativas de chegar a favor do vento à nova localização do campo de prisioneiros foram uma ineficiência que ele teve que tolerar. Não estava consciente o bastante para localizar o lugar quando foi levado de carro do hospital abandonado e, se chegasse andando pela estrada pela qual fugiram, estaria apenas se voluntariando a levar uma bala no peito. O melhor que tinha a fazer era triangular por essa floresta desmazelada de...

Sua cabeça voltou a se virar para a esquerda, seus instintos disparando pela segunda vez. Estava com a arma enfiada na cintura da calça do licantropo, ainda que houvesse todos os motivos para tê-la a postos porque, se fosse atirar em algo, queria que fosse de perto, e muito intimamente...

O vento mudou de direção, e foi nessa hora que ele sentiu os cheiros de Apex e do licantropo. Estavam na propriedade, mas não próximos a ele e tudo bem.

Melhor que ficassem afastados.

A cerca apareceu uns dez metros mais adiante e, em vez de se desmaterializar através dela, deu umas passadas largas como impulso e subiu no arame, agarrando-se a ele, puxando o corpo para cima. Nem tentou ser silencioso ao descer, o metal sobre metal ressoando de modo tão eficiente quanto um alarme.

Para cima e por cima, descendo e aterrissando sobre as botas numa posição agachada.

Dessa vez ele sacou a arma. A necessidade de socar e chutar era algo muito bom, mas não se isso acabasse por matá-lo antes que ele encontrasse Nadya.

Sentiu o peso da arma em sua mão e baixou o olhar num relance.

– Magnum.

A palavra apenas lhe ocorreu, apesar de ele nunca ter visto uma arma como aquela.

– Callum.

Esse era o nome daquele macho de cabelos brancos e olhos azuis. Mas como ele sabia disso? Não lera os pensamentos do licantropo. Ouvira alguém dizendo-o? Ou será que entrava e saía de uma amnésia?

Agora não era hora para isso.

Trotando à frente, manteve-se abaixado e seus olhos começaram a se mover num padrão que reconhecia só porque não o controlava, assim como não o fazia com os braços e as pernas. Seu corpo, e todos os seus componentes pareciam... direcionados para o campo de prisioneiros.

Como uma arma seria.

Foi em meio a esses pensamentos que o grande e tenebroso monolito surgiu no horizonte, como algo saído de uma história de Edgar Allan Poe, a parte central ancorando duas alas enormes de galerias em forma de arco. O exterior estava desbotado, provável resultado de uns cem anos de castigo do tempo, com manchas acinzentadas escorrendo do telhado de ardósia e os tijolos parecendo enrugados por causa das listras verticais. A estrutura ainda era sólida, contudo, não havia nada pendurado nem desmoronando, prova de que, no passado, os construtores erguiam prédios para durar. Ouvira falar que os humanos o haviam usado originalmente como hospital para tratar pacientes com tuberculose. Os enfermos eram acomodados nos cinco andares de varandas para tomar ar e os mortos eram removidos pelos fundos através de uma calha subterrânea para os corpos. Depois disso, serviu de manicômio por um período e, mais tarde, o local fora abandonado.

Avaliando a entrada da frente, com os degraus que se erguiam para um par de portas embutidas de considerável, ainda que desbotada, majestosidade, ele se moveu rápido para a fileira de janelas de um dos lados. Os caixilhos estavam todos abaixados, com um e outro vidro quebrado, não que isso importasse. Ele só tinha de se aproximar, confirmar o interior de um daqueles cômodos e se desmaterializar para dentro, desde que não houvesse uma tela de aço. Ou ele poderia seguir para uma das alas de qualquer um dos lados. Os arcos abertos seriam seguros o bastante para ele retomar sua forma e ele poderia navegar para os andares inferiores.

Ou talvez devesse começar pelo telhado.

No entanto, o que faria depois disso? Uma vez lá dentro, ele não fazia ideia de para onde ir. Ou de onde encontrar Nadya.

Entrando em seu banco de memórias, procurou se lembrar para onde o guarda que o arrancara da cama o tinha arrastado. Sua consciência naquela hora estava confusa e ele acabou desmaiando, só para recuperar os sentidos ao fim de um longo corredor. Lembrava-se de guardas, de Apex e dos demais, e...

Um farfalhar de folhas às suas costas fez com que Kane apontasse a arma para o som antes de olhar por sobre o ombro.

Apex estava parado ali, ainda vestindo o uniforme da prisão sujo e manchado de sangue, a túnica e as calças largas tão puídas que beiravam a transparência. Quando o vento soprou, as roupas fantasmagóricas se moveram contra o corpo, transformando-o num espectro, o que pareceu lógico. Por mais atento que Kane estivesse, não sentira o cheiro do macho. Nem a sua presença.

Se tivesse sido um guarda armado, Kane com certeza estaria morto.

— Vamos entrar pela frente. — Apex apontou com a cabeça para o grande portal. — As drogas chegam e saem pelos fundos, e é lá que os guardas têm de estar. Abatemos muitos deles quando fugimos, portanto, a chefe desses machos vai ter que priorizar sua equipe. Além do mais, este andar todo está bloqueado. Estaremos mais seguros.

Entre um piscar de olhos e o seguinte, Kane viu a imagem de uma fêmea forte e alta de uniforme preto. Não se lembrava do rosto, nem mesmo da cor dela, mas do corpo musculoso ele se lembrava em detalhes — e reconheceria o cheiro dela em qualquer lugar.

— Quero entrar pelos fundos — disse Kane enquanto as presas se alongavam. — Até porque, se este andar não nos leva a lugar algum, por que perder tempo?

— Porque eu sei como podemos nos esgueirar por ali e qual rota seguir depois. Além do mais, esse é o único caminho pelo qual irei conduzi-lo e você precisa de mim.

— Ao diabo que preciso.

— Conheço essa porra de lugar como a palma da minha mão, e você estará perdido nele. A menos que tenha se levantado daquela cama para perambular um pouco e ninguém percebeu?

Quando os olhares se chocaram, Kane teve que lembrar a si mesmo que o macho diante dele era um aliado que parecia sensato. Não um inimigo. E, nos recessos da mente, reconheceu que Apex, só para variar, não era o descontrolado ali.

— Onde está o licantropo? — Kane perguntou para redirecionar o foco. O seu foco, no caso.

Apex olhou ao redor do terreno baldio que cercava o hospital.

— Está aqui, em algum lugar.

Kane começou a marchar até as portas pesadas, como se elas fossem um adversário que ele poderia socar. Quando seu braço foi agarrado com força, ele expôs as presas e seguiu em frente.

A voz de Apex saiu afiada:

— Não queremos mexer nessa colmeia de cara. Isso não vai nos ajudar.

— Pensei que gostasse de brigar. — Kane se soltou num safanão e esticou a mão para uma das maçanetas de latão manchadas. — E que você...

A porta se abriu de uma vez.

O licantropo de cabelos brancos e corpo forte estava do outro lado, parecendo já cansado de bancar o herói.

— Bem-vindo de volta, Kotter.

Kane piscou.

— Quem?

— Imagino que vocês não assistam muito à TV por estas bandas.

— Como diabos você entrou? — Kane inflou as narinas para testar os odores que escapavam para a noite. — Não precisa responder, não me importo...

— Janela aberta.

— Que gênio que você é.

Kane passou com tudo pelo licantropo — *Callum*, seu cérebro informou — e deu uma espiada no que parecia ser um vestíbulo. A área aberta tinha teto alto e muitas cadeiras reviradas. A recepção ficava em um dos lados, ao longo de uma parede, e, enquanto ele olhava para as divisórias destinadas aos prontuários e espaços para correspondência, pressentiu o modo ordenado como tudo fora administrado.

— Por aqui — disse Apex ao seguir por um dos corredores que irradiava do vão central.

Kane se certificou de estar a postos com a arma pesada e, apesar de seu corpo rugir querendo briga, ele reconheceu que tinha que se controlar. Queria começar a atirar já, atraindo todos os guardas para si, pegá-los um a um ou em pares, até o sangue fluir sobre o carpete gasto e empoeirado.

Mas Nadya era a questão ali.

E o que havia de errado com ele para precisar se lembrar sempre disso?

Com isso em mente, deixou Apex conduzi-los até um cômodo qualquer, com pintura descascando no teto, uma cadeira quebrada e uma janela que dava para o estacionamento de trás.

— Como isso vai nos ajudar? — Kane exigiu saber.

— Aquilo é um elevador de carga. — Apex apontou para um painel quadrado acoplado à parede. — A calha desce até uma das estações de trabalho. Conheço a planta, portanto, não, você se desmaterializar não é uma opção. Você retomaria sua forma no meio de uma mesa e morreria.

— Não vou ficar aqui.

— Quer que a enfermeira morra? Beleza, fica à vontade. Vai em frente. Que *porra* tem de errado com você?

Kane não entendia qual era o problema. Em seguida, baixou o olhar para o espaço entre seus corpos. Uma mão e um antebraço que reconhecia como seus seguravam uma arma, o cano pressionado no abdômen de Apex. A trava de segurança estava solta. Havia uma bala pronta para ser disparada. E seu dedo estava tenso no gatilho.

Mais para o lado, o licantropo observava, com uma mão propositadamente ao lado do corpo. Kane não precisava ver nada com precisão para saber que havia uma arma ali, tão grande quanto a Magnum que o cara lhe emprestara.

— Quem é você? — sussurrou Apex. — Esse não é você.

Kane afastou a arma. Depois virou-a e a ofereceu a Apex, pelo cabo. Depois que o macho a segurou, ele piscou e levou a mão livre à cabeça.

– Eu não sei... mais quem eu sou.

– Nisso eu acredito – Callum disse com gravidade.

Na clínica, o guarda que Nadya tratara por último, cuja coxa ela suturara como seu último trabalho manual, era alimentado por uma fêmea que havia sido trazida do mundo exterior. Estava claro que eles eram vinculados, os olhos do casal grudados um no outro enquanto o pulso era oferecido e aceito. Embora não se tocassem além da conexão da boca na veia, eles não precisavam.

O amor entre eles era evidente.

Assim que a fêmea foi trazida, Nadya recuou para as fileiras de prateleiras e se escondera no meio dos empoeirados objetos deixados para trás. A *shellan* era igual às outras que vieram atender aos seus machos; loira, nesse caso, mas, de todo modo, vinda de um mundo além da prisão, usando jeans e um suéter escuro, corpo e cabelos lavados, pescoço perfumado, rosto maquiado.

De certa forma, nenhuma das companheiras fora notável, sua beleza nada muito especial. E, mesmo assim, para Nadya, elas eram extraordinárias, um lembrete de algo que ela não vira nem vivera pelo que lhe parecia uma eternidade.

Estendendo a mão, tocou o capuz que lhe cobria o rosto. Em seguida, esquivou-se dos pensamentos do seu próprio passado – e, em vez disso, refletiu sobre o outro motivo pelo qual essas fêmeas eram tão fascinantes.

Ela estava chocada porque os guardas eram comprometidos. Por serem capazes de sentir emoções e ter relacionamentos. De ter decência.

Devido ao seu comportamento na prisão, imaginava que eles fossem frios e cruéis, como a fêmea que os liderava. Mas ao vê-los de olhos marejados com as fêmeas de suas vidas? Isso expunha uma faceta que ela não esperara e não conseguia compreender: quando a primeira *shellan* entrara, ela se viu tomada por uma necessidade urgente de correr até ela e salvar a fêmea de algum modo, certificá-la de que ela não era obrigada a estar ali, de protegê-la.

Contudo, aquilo fora voluntário. Mais que voluntário.

Sentindo-se um voyeur, desviou o olhar do casal porque eles mereciam privacidade, e percebeu que muitos dos pacientes já se recuperavam. Alguns já tinham até ido embora. Nas últimas quatro horas – a julgar pelos relógios que tirara dos pulsos dos guardas –, três dos machos saíram da clínica. Seu processo de cura fora... incrível. Por outro lado, havia muito que ela não se via entre vampiros saudáveis, alimentados como deviam em termos de comida boa e sangue.

E ela supôs que, como dois daqueles que ela classificara como pacientes mais críticos estiveram entre os primeiros a passar pelas portas, suas decisões de tratamento haviam sido apropriadas e bem-sucedidas.

Fechando os olhos, apoiou uma mão numa prateleira coberta por flocos de sabão em pó, cujas caixas estavam desbotadas e cobertas de poeira. Com um gemido, alongou as costas e não foi muito longe com isso, já que seu corpo era...

– Venha comigo.

Sobressaltando-se, olhou por cima do ombro. Um guarda marchara até ela, exalando agressividade em seu uniforme preto e todas aquelas armas. Ela não o reconheceu, pois tantos se vestiam com as mesmas roupas, tinham os mesmos cortes curtos de cabelo e o mesmo olhar hostil, que eram intercambiáveis.

Nadya ficou de frente para o macho.

– Não posso sair da clínica. Tenho pacientes...

Ele a segurou pelo braço com uma pegada firme e não se importou com sua imobilidade, empurrando-a para fora do depósito até ela se desequilibrar e cair logo após passar pela soleira. Nadya gritou quando as pernas perderam o apoio, mas ele não parou. Apenas segurou o que conseguia das vestes dela e seguiu em frente, arrastando-a pelo corredor de concreto.

Da mesma maneira como fizeram com Kane. No final.

– O que eu fiz? – exigiu saber. – O que eu...

Ele a sacudiu e ela prendeu um grito de dor na garganta. Ele não lhe diria nada, de todo modo. A chefe dos guardas lhe dera uma ordem e ele a cumpria, talvez até desconhecendo o motivo.

– Você trataria a sua fêmea assim? – grunhiu ela.

– Você não é uma fêmea para mim. Você não é nada.

Nadya arfou, apesar de não se surpreender. Essa era a resposta de fato, não?

Ao chegarem às escadas ao fim do corredor, ele voltou a colocá-la de pé com tamanha rispidez que uma dor subiu por suas panturrilhas até os joelhos. Ela fez o que pôde para permanecer ereta, juntando as dobras das vestes a fim de não tropeçar, tentando ficar de pé porque a alternativa seria muito mais agonizante. Foi difícil saber em qual andar estavam, os patamares um borrão enquanto os pavimentos subterrâneos eram galgados.

Depois do que lhe pareceu uma hora de caminhada, ela foi empurrada por uma porta e, quando passou um olhar lento pelo que estava adiante, um temor gélido substituiu todas as suas outras percepções sensoriais.

Ao fim de um longo corredor com portas fechadas, uma parede imponente parecia a única coisa no mundo todo. Acrescida como parte das melhorias executadas antes que a população do campo de prisioneiros tivesse sido transferida para o local, era áspera e sem pintura, com faixas de gesso sobre as emendas dos painéis cinza inacabados. Mas nada disso era relevante.

As manchas, sim.

Manchas marrons tinham sido absorvidas pelo que parecia ser um feltro cinza opaco na superfície e, ainda que as marcas de descoloração tivessem diferentes formas e saturação, havia um padrão. Encontravam-se entre ganchos... onde os prisioneiros castigados ou subjugados eram acorrentados.

O guarda a empurrou e ela cambaleou adiante. Toda vez que seguia mais devagar, era cutucada nas costas pelo que parecia ser um dedo, mas que suspeitava ser uma arma. Ao passar pelas portas fechadas, ela sentiu o cheiro das drogas, o odor químico no ar fazendo seus olhos marejarem – e ela pensou nos prisioneiros que eram forçados a ficar naquelas mesas, adicionando componentes à heroína e à cocaína puras e depois embalando o pó em unidades vendáveis. Durante horas. Sem pagamento e com pouca comida.

À parede, as mãos duras do guarda a giraram e a empurraram contra a estrutura de gesso e feltro. Correntes rangeram num coro metálico quando seus pulsos foram presos aos ganchos de madeira. Ela não se opôs. Não havia como ela ganhar do guarda, não havia nada que pudesse fazer a seu favor, e ela já estava ferida e se esforçando para respirar em meio à dor.

Quando o guarda recuou, houve uma pausa – talvez ele esperasse que ela implorasse por piedade ou, pelo menos, lhe perguntasse novamente o motivo...

Uma faca foi sacada de uma bainha na cintura do guarda, e quando a lâmina captou a luz com um brilho, ela começou a tremer.

Inclinando-se sobre ela, ele encostou a ponta afiada em sua garganta, as dobras do capuz não lhe oferecendo proteção alguma. Por debaixo das vestes, ela fechou os olhos e percebeu que sempre antecipara a morte, mas como algo distante. Já sobrevivera a um atentado contra sua vida, deduzindo que a idade avançada selaria o seu fim...

O macho moveu o braço, a lâmina cortando o capuz.

– Não! – Mas ela não suplicava por sua vida. – Não...

Assim que ele afastou o tecido, Nadya abaixou a cabeça e a pendeu para o lado, perseguindo o capuz que a protegia até ele cair. Em seguida, as luzes ficaram claras demais para os seus olhos. Virando o rosto para o ombro, fez o que pôde para escondê-lo.

– Jesus... Cristo – sussurrou o guarda.

Quando ele retrocedeu, ela quis lhe pedir que parasse de encará-la. Mas não conseguia falar.

E logo alguém se aproximou.

As passadas eram pesadas e rápidas; sua chegada, iminente. Nadya deduziu quem era e não se equivocou.

A chefe dos guardas parou ao lado do macho armado com a faca e, por um instante, só o que fez foi encará-la.

— Meu capuz — Nadya disse rouca. — Por favor... devolva-o para mim.

A outra fêmea pigarreou.

— Você sabe por que está aqui.

— Não, não sei. — Nadya apertou os olhos com força, como se pudesse fazer o mundo desaparecer se só não visse nada. — Por quê?

Houve mais silêncio, mas ela não iria solucionar esse problema. Seria apenas um desperdício de energia.

— Você matou o meu guarda — a fêmea encarregada disse em voz baixa.

— Não matei ninguém. Todos os seus machos estão se recuperando muito bem, sendo que vários já saíram...

— Não, aquele cujo corpo foi removido. Tenho uma testemunha ocular.

Nadya franziu o cenho encostado no ombro da roupa.

— Então, ela não sabe o que viu...

— Você cobriu o rosto do meu guarda com um travesseiro e o sufocou.

— Não fiz isso. — Nadya desviou o olhar, até que a imagem da fêmea de cabelos escuros, mais forte e mais alta, entrou em seu campo de visão. — Faça o que quiser comigo...

Aconteceu rápido demais. A fêmea agarrou os poucos cabelos que Nadya ainda possuía e puxou-os, quase separando o crânio do alto da coluna. Quando ela gritou, o rosto implacável se aproximou do seu.

— Você deveria ter *muito* medo de mim.

Nadya remexeu-se debilmente contra os ganchos, as correntes tilintando de leve.

— Eu tenho, mas não há nada que eu possa fazer. Não sou forte o bastante para lutar contra ninguém, contra qualquer coisa. Portanto, só me resta aceitar o que acontecer.

Deparou-se com o olhar da outra fêmea — e se surpreendeu ao notar que havia certo distanciamento entre elas, como se a nova líder do campo de prisioneiros tivesse recuado um passo, embora a distância permanecesse inalterada.

– Quem fez isso com você? – A pergunta foi feita em voz baixa.
– Ele está morto.
– Quem foi o responsável por *ahvenge* você?
Nadya piscou demoradamente.
– Eu. Eu cuidei de tudo... do meu jeito.
A outra fêmea balançou a cabeça, em seguida sua expressão endureceu.
– Você deveria ter mentido para mim.
– Por quê?
– Porque acabou de admitir que já matou antes. – Os olhos da fêmea se estreitaram. – Não é algo que eu diria se estivesse barganhando pela minha vida.
– Você me matará de um jeito ou de outro.
Além do mais... A única pessoa pela qual Nadya sentia que valia a pena viver já estava morta. Que importância tinha o que lhe acontecesse agora? Algo a respeito de perder Kane lhe roubara qualquer conexão que ainda mantivesse com o mundo.

Embora ele jamais tenha sido seu.

O som da faca sendo desembainhada foi metálico, como uma nota cantada, ressonante, aguda, pairando no ar.

O rosto da chefe dos guardas não se alterou quando ela a ergueu.

– Pelo menos você entende o que preciso fazer. Preciso reivindicar o que foi tirado de mim.

– Qual é o seu nome? – perguntou Nadya.

Isso fez com que uma sobrancelha fosse erguida.

– Não preciso me apresentar formalmente para usar esta arma. E se está tentando estabelecer algum tipo de conexão, isso não irá salvá-la...

– Não preciso ser salva e não tenho arrependimentos. – De repente, ela deixou a mentira de lado. – Aquele guarda que morreu na minha clínica arrancou da cama um prisioneiro que sofria com queimaduras em todo o corpo como se ele fosse um pedaço de carne. Não demonstrou nenhuma preocupação com o seu sofrimento. Na verdade, ele gostou de fazer aquilo.

A fêmea pareceu entediada.

– Enfermeiras não deveriam praticar *ahvenge*.
– E guardas não deveriam ser assassinos. Nem você. Uma coisa é querer manter a ordem, mas quando foi a última vez que alguém saiu da linha?
A lâmina se aproximou do olho direito de Nadya.
– Será um alívio muito grande fazer com que pare de falar.
Nadya voltou a fechar os olhos.
– E será um alívio não ter nada mais a dizer.

CAPÍTULO 13

Após o confronto "quem é você/quem sou eu", Kane se afastou de Apex e do licantropo. Ao andar nervoso pelo cômodo, entendeu que a alvorada logo chegaria e perder a cabeça só retardaria tudo. Mas enfrentava dificuldades para controlar um pânico súbito e crescente.

O que acontecera naquela cabana? Com...

A fêmea anciã, lembrou-se com nitidez. Sim, estivera com alguém, uma espécie de guia. Ela lhe oferecera... o quê? Uma oportunidade. Isso, ela lhe...

— Kane?

Quando seu nome foi dito, ele olhou para os dois outros machos. Estavam a uma distância cuidadosa, observando-o como se ele fosse um animal perigoso, enjaulado – como se estivessem avaliando se ele os atacaria ou não.

— Este não sou eu. – Levou a mão ao coração. – Eu não sou... assim.

— Tudo bem... sei disso. – Apex olhou ao redor. – Temos que nos apressar. Vou descer por ali.

Houve uma pausa, como se estivessem se recalibrando e retornando à missão, afastando-se do ponto sem retorno do qual se esquivaram por pouco.

Apex pigarreou e sua voz soou mais forte.

— Ainda estou de uniforme, talvez pensem que não fiz parte da fuga.

— Acha mesmo? – disse o licantropo com sarcasmo. – Nessas roupas, parece que você sacrificou uma vaca no porão antes de sair para dar uma voltinha.

Apex falou por cima do macho:

— Saio pelo corredor, chego à escada no final e desço até a clínica no último andar subterrâneo. Eu a isolo e a removo pela calha destinada aos cadáveres. É lá que vocês me encontram. Desçam pela ladeira do estacionamento. Serão uns duzentos metros. Vocês verão os trilhos do trem e a entrada para a calha.

O rosto do macho estava composto a ponto de parecer uma máscara.

— Tudo bem — concordou Kane. — Vá e tome cuidado.

Apex permaneceu onde estava por um instante, como se tivesse visto um fantasma. Mas logo se virou para o painel embutido na parede e o suspendeu.

Kane ia perguntar ao licantropo se podiam esperar um pouco até se certificarem de...

— Merda. — Apex se inclinou para dentro de uma câmara interna. — Aço. Sinto cheiro de aço novo. — O macho retraiu a parte superior do corpo para fora do espaço apertado. — Envolveram o elevador de carga com todo tipo de tela. Não tenho como me desmaterializar lá pra baixo.

Apex ficou de pé com as mãos nos quadris e os olhos encarando o buraco negro na parede, como se esperasse alguma espécie de solução mágica.

— Teremos um sério problema se eu tiver que tomar uma rota mais direta — resmungou.

— O licantropo e eu podemos ser a sua retaguarda — observou Kane.

— Não, você tem que cuidar da enfermeira quando eu a extrair e ele não serve pra nada.

O licantropo ergueu as sobrancelhas.

— Como é que é?

— Você não conhece a planta deste lugar.

— Tudo bem, mas eu tenho habilidades e, a propósito, o seu tom foi ofensivo.

— Dá próxima vez que eu comentar o óbvio, mandarei flores.

— Prefiro as rosas brancas às vermelhas. — Callum se inclinou na direção dele, os olhos se fechando à metade. — Anote isso, por favor. Não gosto de ter que me repetir...

Luzes atravessaram as janelas e iluminaram a parede, o brilho claro frio dividido em quadrados por conta dos painéis, o oscilar da iluminação de um veículo em aproximação descendo a estrada.

Kane se moveu em silêncio ao longo do pavimento empoeirado. Abaixo, um guarda estacionava e saía de um veículo grande com vidro escurecido. O macho parecia nervoso, relanceando ao redor do amplo espaço aberto e para os carros estacionados de frente para o prédio.

De uma vez só, tudo mudou para Kane.

— Ele está sozinho — ouviu-se dizer.

Fechando os olhos, controlou-se para se desmaterializar através do vidro...

A pegada firme no braço o interrompeu do transe necessário para se livrar da sua forma física e ele se afastou do aperto do licantropo.

— Eu desço até lá e pego as chaves para entrar neste lugar...

— Morda-o. — A expressão nos olhos do macho era estranha. — Não use armas. Morda-o.

O macho tinha razão. Não haveria som dessa forma, embora Kane não fosse um lutador.

Mas não podia se preocupar com isso. *Não* se preocuparia com isso...

Não tinha nada com que se preocupar.

Quando uma descarga se abateu sobre ele e seu corpo começou a se encher de força, ele fechou os olhos de novo e se dissipou em sua forma molecular, viajando com facilidade através do vidro. Lá embaixo no asfalto, retomou sua forma do lado mais distante do veículo do guarda e não perdeu tempo. Dando a volta pelo para-choque traseiro, ele...

Atacou o vampiro por trás.

Uma vez mais seu corpo foi comandado, a animação emanando de algum lugar dentro de si que, todavia, não lhe era intrínseca: segurando o pescoço do guarda, golpeou o seu rosto na lateral do veículo. O impacto provocou um som agudo e, surfando uma onda de agressividade, enfiou uma mão no quadril do macho e apanhou a sua arma. Verificando a trava de segurança, embora não devesse saber onde ela ficava nem como a arma funcionava, ele...

Outro par de faróis apareceu, mas ainda se encontrava ao longe.

O guarda gemeu e tentou se reequilibrar.

Morda-o.

Como que atendendo ao comando, suas presas se alongaram e Kane sibilou ao empurrar a cabeça do guarda para trás para expor a garganta. Com um ataque veloz, Kane mordeu-a por trás, enterrando os caninos nas veias e cartilagens. O arquejo não foi uma surpresa, e foi bem mais silencioso do que seria um disparo da arma...

Os espasmos não faziam sentido.

Contra o corpo de Kane, o guarda começou a se debater e empinar, e as convulsões foram tão inesperadas que ele acabou girando sua presa para encará-la de frente.

O rosto do macho estava vermelho como um pimentão e suor brotava na testa e no buço. Os olhos estavam arregalados e injetados, como se sofressem de alguma hemorragia, e a respiração mudara de ritmo. Quando o chiado começou, agudo e tomado de pânico, o guarda levou as mãos à garganta, parecendo lutar contra algum aperto.

Kane relanceou para a fonte de luz que se aproximava do prédio. Em seguida, olhou de volta...

– Mas que *diabos*... – sussurrou.

A frente do uniforme do guarda estava coberta de sangue, o fluxo da mordida tão grande que escorria em ondas. Kane chegou a pensar de passagem que devia ter acertado uma artéria – não, era sangue demais. Segurando o guarda pelos cabelos, empurrou a cabeça frouxa para trás para entender o que estava acontecendo... com...

A marca da mordida... se liquefazia?

– Santa Virgem Escriba.

A pele e a anatomia do pescoço começaram a derreter, desnaturando-se bem diante dos seus olhos. E, à medida que a destruição acontecia, o sangue fluía ao ritmo das batidas do coração.

Tudo se dissolvia, incluindo os ossos da coluna.

Flop.

Quando a cabeça se separou do corpo, esse desabou no chão junto ao pneu do veículo e Kane ficou segurando a cabeça. Os olhos, arregalados e com as partes brancas evidentes, o encaravam, a pálpebra esquerda estremecendo de modo a parecer que piscava.

Como se tudo aquilo fosse uma grande piada.

– Eu avisei. Você não precisa de uma arma.

Kane se virou para o licantropo, que se materializara no asfalto e estava ali de pé com as mãos nos quadris.

– Eu fiz isso? – perguntou Kane. Em seguida, se corrigiu: – Como... eu fiz isso?

Apex retomou sua forma junto ao SUV enquanto o corpo do guarda se desfazia e caía no asfalto craquelado como um peso morto. Porque era isso o que o macho era: vivo há não mais do que um minuto e agora um cadáver inanimado, a não ser pelas contrações musculares involuntárias. Uma mordida e o bastardo fora abatido.

Havia perguntas a serem feitas.

– Agora não é a hora – disse Apex enquanto a van se aproximava do canto do prédio.

Todos eles se abaixaram – bem, ele e o licantropo. Kane ainda continuava de pé, segurando a cabeça decapitada como se fosse um troféu que não queria, com os olhos travados no guarda enquanto o pescoço continuava a se desintegrar.

Apex agarrou o braço livre do idiota e o puxou para o chão.

– Jesus! Quer morrer?

Enquanto Kane o fitava confuso, a van parava do outro lado do SUV. Apex relanceou para Callum – nenhum licantropo ali. O macho fora para algum outro lugar.

Talvez tivesse visto um esquilo.

– Escuta aqui – sussurrou Apex. – Preciso que se concentre.

Enquanto o macho só piscava, Apex agarrou a cabeça pela boca e agradeceu a Deus por estarem a favor do vento em relação ao guarda que saía da van.

Segurando a lateral do pescoço de Kane, puxou-o para perto.

Sem dizer nada, tentou comunicar com os olhos: *Agora. Faça o que fez antes,* agora.

Houve um instante súbito de compreensão, como se algo dentro dele reagisse de forma exata à ordem que Apex tentava enviar pelo ar.

Então, a expressão de Kane mudou e um propósito sombrio tomou conta dele.

O macho se levantou e se moveu em silêncio absoluto por trás do SUV. Os sons do que aconteceu em seguida foram música para os ouvidos: arquejo. Grunhido. Outro baque no chão.

O cheiro fresco de sangue de vampiro se espalhou pelo ar.

Apex deixou Kane em paz e se inclinou sobre o guarda. O confisco das armas levou poucos segundos, pois ele só transferiu o cinto do guarda para a própria cintura. Em seguida, olhou por cima do ombro para os fundos do hospital.

A saída pela qual evacuara Kane estava trancada com a combinação de números que Mayhem conhecia, mas que Apex não se dera ao trabalho de perguntar qual era. Não havia modo de se infiltrarem por ali. No entanto, havia outra abertura.

Apex baixou o olhar para o guarda.

– E eu *tenho* uma faca. Graças a você.

Desembainhando a faca, mudou de posição para junto do braço direito do macho. Descendo para o pulso, puxou a manga do uniforme, alisou a palma e posicionou a faca bem em cima da junta do pulso. Soltando o seu peso, o corte foi rápido, o estalo final lembrando o de um chicote.

Apanhou a mão e virou o corte para cima para que não sangrasse tanto.

Nesse momento, Kane deu a volta por trás do SUV. Tinha sangue no queixo e outra cabeça pendurada na mão. Mas ele não parecia surpreso. Parecia bastante satisfeito consigo.

– O que fez com o corpo? – perguntou Apex.

– Peguei todas as armas e o empurrei para baixo do carro.

Apex piscou e se levantou.

– Não me leve a mal, mas eu te amo.

Kane acenou com a cabeça para o que Apex segurava.

– Se precisava de uma mãozinha, era só ter pedido.

– Engraçado. Muito engraçado.

Com um grunhido, Apex rolou o corpo do primeiro guarda morto para baixo do SUV. Em seguida, jogou a cabeça para junto dele, uma bola de basquete que quicou contra algo e bateu na parte de baixo da lataria.

– Vamos por aqui. – Apex apontou para a floresta do outro lado do estacionamento. – E não, não quero saber de discussões. É assim que vamos entrar.

Deixando Kane para trás, imaginou que o cara até poderia tentar bater a cabeça contra a entrada daqueles aposentos privados ou invadir pelo primeiro andar em que estiveram, mas não chegaria muito longe. Os andares subterrâneos do prédio eram tão seguros quanto um cofre de banco.

E a luz do dia chegaria em breve.

Bem quando Apex chegou à primeira fila de árvores, ouviu carros se aproximando, e um relance rápido por sobre o ombro o informou de que não só Kane resolvera seguir o líder, mas que o licantropo reaparecera – e o macho tinha fácil, fácil quatro vezes o número de armas que havia trazido consigo.

Podia-se concluir que ele estivera ocupado cuidando de ameaças que Apex não sentira e, por certo, não vira.

Virando-se, Apex desapareceu no meio das árvores e os outros dois o seguiram de perto enquanto um par de veículos dava a volta final no prédio. Olhando para trás de novo, ficou feliz por estarem a favor do vento, portanto, suas posições permaneciam relativamente seguras, embora a merda estivesse para bater no ventilador. O olfato dos vampiros era tão preciso que seria fácil diferenciarem entre o sangue fresco derramado há minutos daquele de uma, duas ou cinco horas antes. Aqueles guardas recém-chegados saberiam que as mortes tinham acabado de acontecer e concluiriam que alguém ou escapara ou tentava entrar.

– Estamos quase lá – murmurou Apex ao passar por árvores e moitas.

Não demorou nada até começarem a descer, e quando o terreno se inclinou um pouco mais, a folhagem se tornou mais densa. Afastando galhos da frente, Apex se abaixava e contornava, e quando as botas escorregavam, ele usava ramos mais largos e troncos para se equilibrar. O aroma da terra e da vegetação irritava seu nariz, lembrando-o de que, a despeito de toda a sua concentração, havia coisas que sempre atrapalhavam. Sempre ficavam na porra do seu caminho. Obstáculos, sempre.

Por fim, o declive levou-os a uma parte plana.

– Esses são os trilhos do trem? – o licantropo perguntou, apontando para linhas paralelas de aço enferrujado.

– Não, são a trilha do destino. – Apex deu outra olhada para o caminho pelo qual vieram, mas teria sentido o cheiro se alguém estivesse vindo atrás deles. – Por aqui.

Conduziu-os para a direita, seguindo a rota de trens abandonada há tempo suficiente para haver árvores brotando entre os trilhos. Cerca de duzentos metros mais adiante, uma área aberta com uma doca de carga apareceu, o teto oferecendo cobertura, mas também fornecendo uma escuridão tão saturada que até mesmo olhos de vampiro teriam dificuldade para...

Clique.

O feixe luminoso de uma lanterna foi discreto e exatamente do que ele precisava. Mas o fato de o licantropo estar na outra ponta de todo aquele brilho foi bem irritante. Ainda mais com o ar de superioridade do macho.

Que Apex não deveria ter pensado que fosse atraente, ainda que de uma maneira bem incômoda.

— Foi pra isso, então, que você pegou a mão — disse o licantropo.

Apex acompanhou o feixe luminoso até o painel acoplado junto à porta de aço reforçado. Sem comentar nada, aproximou-se dele e seu corpo bloqueou a luz. Segurando a mão do guarda, teve que posicioná-la da forma correta.

Vampiros não têm digitais, mas não era assim que o painel funcionava. Bem na base da mão, na parte carnuda abaixo do polegar, cada um dos guardas recebera uma espécie de implante. Ele não tinha a mínima ideia de como a tecnologia funcionava, mas vira-os acenar com o que diabos havia ali sobre os leitores da área de carregamento do prédio principal. A chefe dos guardas começara essa prática na semana anterior, embora nem todas as portas tivessem esse sistema de segurança ainda.

Apex moveu a mão. Quando o ponto de luz vermelho não ficou verde e a porta não destrancou, ele ficou pensando se fluxo sanguíneo era necessário. A palma estava esfriando...

O mecanismo reverberou pelo painel de aço, produzindo um som que, felizmente, não teve grande alcance. Quando a vedação da entrada se rompeu, a lufada que saiu era de concreto, óleo velho e morte.

Impaciente demais para o ritmo lento da abertura automática, ele empurrou o metal pesado e deu à lanterna do licantropo algo para iluminar. A subida era num ângulo aberto, com um par de trilhos para carrinho desaparecendo no aclive. Um carrinho velho estava atrelado aos trilhos na base desse aclive, cujas laterais eram de abas que podiam ser abaixadas por...

Entre um piscar de olhos e o seguinte, ele enxergou corpos amontoados em seu interior, os humanos mortos com a pele enrugada e já em decomposição. A visão veio acompanhada por um cheiro pungente que ele reconhecia como sendo o que ele a princípio farejara na abertura da porta.

Erguendo a mão para esfregar os olhos e bloquear a visão, acabou acertando o olho com o dedo médio do guarda e quase derrubou a mão. Mas esfregar os olhos de nada adiantou. Olhos abertos ou fechados, o que lhe era mostrado não mudou.

A VÍBORA | 129

– Apex?

Não soube qual dos dois o chamou. Provavelmente Kane. Que importância tinha.

– Me dá um minuto.

Apoiando-se na parede de concreto, sentiu uma umidade atravessar a túnica fina que vestia e tentou se concentrar na sensação da umidade fria contra o ombro. Talvez, se conseguisse se prender a algo que fosse real, ele pudesse abstrair aquela experiência. Mas nem sempre isso dava certo – e até que sua visão decidisse voltar a funcionar, ele ficava preso onde estava, cego por algo que acontecera no passado, a mancha no cenário um tipo de coisa que não era eliminada, mas jamais era vista ou sentida por mais ninguém a não ser ele...

– O que está acontecendo, meu chapa? – o licantropo perguntou com gentileza.

– Podem subir até a calha, vou logo atrás – disse Apex.

Kane foi na frente, andando pelos degraus de concreto que subiam paralelamente aos trilhos do carrinho. O macho podia não fazer ideia de aonde estava indo, mas tinha que chegar ao topo – e havia uma tranca ao lado da porta ali, portanto ele não começaria a morder pessoas, derretendo-as à toa.

– Cara?

– Estou bem. Vamos.

Só que o corpo de Apex se recusava a seguir comandos. Era sempre assim, quando os mortos o forçavam a ver seus corpos. E, que puta inferno, ele podia muito bem ficar sem o cheiro, o fedor adocicado da podridão que o sufocava.

Debatendo-se dentro da própria pele, voltou os olhos para o licantropo.

– Por que diabos está esperando?

Houve uma pausa. Então, o licantropo de olhos azuis e cabelos brancos respondeu:

– Você. Estou esperando por... você.

CAPÍTULO 14

Durante a subida, as pernas de Kane funcionaram como pistões, coxas bombeando à medida que ele subia numa inclinação quase vertical. Enquanto a respiração inflava os pulmões e explodia para fora da boca, ele chegou a pensar nos recessos da mente que aquilo não deveria ser possível. Mesmo antes de sofrer as queimaduras, ele jamais se movera com passadas como essas.

Uma imagem das gargantas dos guardas se dissolvendo e dos corpos despencando do pescoço invadiu sua mente.

O bom foi que ele chegou ao topo da calha de despejo dos corpos. Atrás dele, o tênue feixe luminoso lançado pelo licantropo subia e descia, fazendo-o se lembrar do trajeto de uma borboleta. Não demorou para que os outros dois se juntassem a ele.

A mão do guarda veio a calhar pela segunda vez, e Apex tomou cuidado ao abrir a porta trancada. Não houve necessidade de direcionamento. O cheiro que invadiu a calha era o da clínica – e o corpo de Kane se moveu por conta própria, empurrando para o lado o outro macho.

Tão perto. Estava tão perto de Nadya – o cheiro de desinfetante era inconfundível e vinha da esquerda...

Dois guardas apareceram no corredor mal iluminado de paredes ásperas e ele voltou para dentro da rampa, fechando a porta e deixando apenas uma fenda para espiar. Os guardas conversavam entre si, suas vozes sussurradas, e esperar que eles fossem embora demandou um autocontrole que mal possuía.

De alguma forma, conseguiu se conter – para logo ir atrás deles. Atacou o da esquerda, agarrando a cabeça do guarda e girando-a de lado com tamanha violência que as vértebras estalaram ao quebrar – e teve a presença de espírito de apanhar o macho antes que ele caísse para não fazer nenhum barulho.

Apex estava logo atrás dele, cuidando do outro, a faca penetrando a têmpora do guarda quando ele se virou para olhar para seu companheiro. Tudo acabou tão rápido que Kane foi acometido de uma sensação de desapontamento. O que não era correto. Quem diabos queria se meter em briga?

Arrastaram os corpos para a rampa de evacuação.

– Vamos trocar de roupa – disse Kane ao tirar a própria camisa.

Não sabia bem de onde surgira a ideia, mas foi uma súbita solução urgente para um problema que nem sabia que havia identificado.

– Vocês dois fiquem com as roupas – disse o licantropo. – Algo me diz que logo vou andar em quatro patas.

Sob a luz tênue da lanterna, eles se trocaram rápido. A roupa deveria ficar folgada, Kane pensou, ao subir um par de calças largas e vestir uma camisa que pareciam ser três tamanhos maiores do que o seu. No entanto, quando estava com o uniforme no corpo, sentiu um aperto nos ombros e nas coxas.

– Boa ideia – disse Apex ao enfiar a camisa dentro da calça.

Não havia nada para a cabeça, o que teria sido de grande ajuda, e já tinham os cintos para as armas. Callum pegou um dos coldres extras e, depois de ajustá-lo, olhou de cima a baixo.

– Só uma informação – disse ele –, vocês deram sorte com os cabelos curtos. Vocês dois se passam por guardas, fácil, fácil.

Dito isso, saíram da rampa um a um e ele relanceou ao redor. O corredor tinha piso de concreto e paredes de pedra manchadas com infiltração de água subterrânea e absolutamente nenhum guarda.

Kane começou a correr.

Ao chegar ao antigo depósito, derrapou no concreto ao se virar para entrar pela porta aberta.

– Nadya? – chamou ao longo da fileira de prateleiras.

Saindo pelo outro lado, parou de repente. As camas...

... estavam quase todas tomadas. Só havia duas vazias, e uma delas era aquela em que ele se deitara. Mas não era com isso que ele se importava – muito menos com os guardas que recebiam cuidados em algumas camas de armar.

– Nadya – disse com firmeza.

Olhou ao redor, apesar de saber, pelo cheiro dos machos e de sangue e por não haver nada fresco da essência de Nadya, que ela não estava na clínica. Com uma imprecação, aproximou-se do paciente mais próximo, percebendo o curativo bem-feito, o cuidado com que fora limpo de sangue e sujeira. Em seguida, relanceou para a escrivaninha. Havia uma variedade de remédios e suprimentos que ele nunca vira antes. Quando tratara dele e da Rio de Lucan, ela teve que se virar com o que conseguia encontrar.

Mas claro que os guardas eram mais importantes que os prisioneiros, então medicamentos e suprimentos para humanos foram providenciados.

Concentrou-se no paciente.

– Sabe onde está a enfermeira?

Com a força do pensamento, desejou que aqueles olhos se abrissem e, enquanto aguardava por uma resposta, relanceou para a cama em que estivera. Conseguia se lembrar da dor como se fosse algo que pudesse reinserir na pele, como um manto que ainda pairava no ar, pronto para ser apanhado de volta se fosse idiota o bastante para se prontificar a ela. Em seguida, visualizou as vestes marrons ao lado da sua cama, a bondade e a compaixão da sua enfermeira como uma coberta na qual poderia se envolver.

E foi nesse instante que entendeu por que não morrera. Nadya fora a corda que o mantivera preso à terra, o modo como ela tocava nele com tanto carinho, e falava com ele, e prestava atenção enquanto ele balbuciava, tudo isso eram amarras que o ligaram ao presente... e o mantiveram afastado do Fade.

Uma culpa penetrante o atravessou e, incapaz de suportar as implicações, marchou ao longo do cômodo, chegando ao seu final. Mas isso mudaria alguma coisa – faria Nadya voltar de onde quer que estivesse? Ao passar pelas camas, avaliou os outros machos que estavam sob os cuidados dela. Em seguida, relanceou para si próprio, visualizando a pele inteira que havia debaixo do uniforme roubado...

– Você não é um de nós.

Seus olhos passaram para o paciente no último leito da fila. Os olhos do guarda permaneciam fixos em Kane, com um brilho de suspeita.

– Onde está a enfermeira? – Kane exigiu saber.

– Ela saberá. A nossa chefe saberá que você não é...

No segundo seguinte, Kane estava em cima do macho, batendo as mãos no travesseiro dos dois lados da cabeça do guarda, cujo corpo machucado saltou em resposta.

– *Onde ela está?* – ele disse entre dentes cerrados. – *A enfermeira.*

O guarda só balançou a cabeça, os olhos se arregalando, embora fosse claro que ele mais temia a reação da sua líder do que aquilo que enfrentava no momento.

A arma apareceu antes mesmo que Kane tivesse ciência de tê-la tirado da cintura. Ele a encostou no nariz do macho, empurrando o cano com tanta força que o guarda gemeu.

– Vou pintar a parede com o seu cérebro – afirmou Kane com seriedade. – Diga onde a enfermeira está.

– Eles a levaram.

A resposta veio do paciente na cama seguinte, e Kane virou-se para ele.

– Para onde?

– Acham que ela matou um de nós. – O macho meneou a cabeça vagarosamente e se retraiu, como se qualquer movimento o fizesse sofrer. – Não acredito nisso. Ela... me salvou. Salvou... a todos nós. Não sei... quem você é..., mas não lhe faça mal.

O brilho nos olhos do guarda refletia a luz do teto.

– ... Kane?

Alguém dizia seu nome, mas ele não conseguia desviar o olhar desse outro guarda.

— Ela também me salvou — disse emocionado.

— A Parede — sussurrou o macho. — É para lá que a levaram. E vão trabalhar rápido. Você precisa ir agora.

— Cacete — disse Apex.

Kane girou sobre os calcanhares.

— Onde fica a Parede?

Pregada à parede como aqueles conjuntos de insetos espetados da era vitoriana.

Era assim que ela estava, Nadya pensou, encarando os olhos da chefe dos guardas. Eram olhos incomuns, com pintas amarelas em uma base mais escura, as pupilas dilatadas parecendo buracos negros nos quais alguém poderia nadar. Poderia morrer.

Quando a fêmea ergueu novamente a adaga, a lâmina piscou ao refletir a luz.

— Você irá me poupar da dor quando me matar — Nadya disse com suavidade. — Eu defendi o macho que amo. Você perdeu um dos seus guardas, mas eu o perdi. Havia uma justificativa.

— O que a faz pensar que dou importância ao amor?

— Você está viva, não morta. Por isso.

Por um momento, a fêmea pareceu congelar onde estava, apesar de ser a fonte de poder no mundo em que viviam, divina com sua influência.

— Não a pouparei de nada — disse ela com severidade. Depois franziu o cenho. — Por que você não tem uma coleira de contenção?

— Porque vim para cá de maneira voluntária.

A chefe dos guardas gargalhou.

— Por que diabos você faria algo assim?

— Quis servir à fêmea que salvou a minha vida. Ela cuidava dos prisioneiros e eu aprendi tudo o que sei sobre a arte da cura com ela.

— Que santa você é...

Passadas ressoaram. Rápidas. Aproximando-se.

Nadya virou a cabeça e avistou um guarda no corredor arrastando os pés, sua distração e postura nada parecidas com a coordenação que os machos costumavam exibir, o uniforme parcialmente desarrumado e com a camisa para fora das calças. Havia sangue nele, e estava fresco, a julgar pelo cheiro.

A líder abaixou a adaga.

— Cale-se — ela lhe disse. Depois, indicou com a ponta da arma a porta centralizada entre os ganchos. — Ali dentro. Vocês dois.

Ao se encaminhar para a entrada de algum tipo de interior, ela tinha certeza de que seria seguida pelos seus dois machos, e foi exatamente isso que aconteceu. A porta foi fechada com elegância; uma surpresa ela não ter sido batida.

Soltando a respiração irregular, Nadya deixou o corpo pender, e as correntes que a mantinham presas ao gancho machucaram os pulsos. Sua perna ruim doía e o coração palpitava, ainda mais quando ela fitou o longo corredor e viu que a escada estava bem longe. Mas ela lá tinha alguma chance de se libertar? Mesmo se conseguisse soltar as mãos das correntes de aço, não conseguiria se mover rápido o bastante para aquela escada. E aonde achava que poderia ir? A antiga prisão consistia em uma série de túneis subterrâneos; havia modos de entrar e sair, caso se soubesse como. Esta nova tinha trancas controladas por tecnologia que ela não compreendia e pelas quais ela certamente não conseguiria passar...

Lá no fundo, a porta da escada se abriu e um guarda apareceu, sem dúvida para relatar algo mais sobre o que quer que estivesse acontecendo. Algum tipo de ameaça... ou uma fuga? Por um momento, ela acalentou a fantasia de que Apex de algum modo salvara Kane, de que cuidados médicos de verdade haviam sido dados ao seu mais precioso paciente. Mas ela sabia que isso não era...

O guarda parou ao vê-la. Em seguida, disparou em sua direção, a uma velocidade que não fazia muito sentido. A menos, claro, que tivesse sido convocado com urgência.

Só que... o macho desacelerou. E parou.
Virando a cabeça, ela se preparou para algum tipo de agressão.
– Nadya...
Quando seu nome atravessou o espaço entre eles, ela ficou confusa. E não por ele saber o seu nome... mas pela voz.
– *Nadya*.
Isso não é possível, ela pensou ao direcionar os olhos para o guarda.
O que ela viu desafiava a razão. Desafiava tudo o que ela conhecia a respeito do funcionamento do mundo.
– Kane? – sussurrou.
O macho voltou a andar na sua direção, os pés tropeçando, mas o equilíbrio foi restaurado com presteza por um corpo muito bem equipado para reagir a quaisquer comandos. E quanto mais perto ele chegava, mais clara ficava a visão que não fazia sentido. Seu cérebro não conseguia compreender a mobilidade dele, a pele clara na mandíbula e na garganta, a regeneração das mãos, dos cabelos... não podia compreender nada diante do que ela conhecia a respeito dele e das suas queimaduras.
Logo ela se deu conta do que ele via.
Abaixando a cabeça como podia, ela apertou os olhos.
– Não olhe para mim.
– Nadya...
– É você mesmo? – ela perguntou, embora o cheiro fosse como a voz: inconfundível. – Como isso é possível?
– Vou tirá-la daqui. – Pela visão periférica, ela o viu testar as correntes. – Preciso dar um jeito nisso.
Ele olhou ao redor e imprecou em voz baixa. Depois, apoiou as mãos nos quadris.
– Chaves. – Tateou o cinto de armas ao redor da cintura. – Tenho chaves!
Kane apanhou as chaves penduradas e, quando se inclinou na sua direção, ela sentiu o cheiro dele de novo. Ao farejá-lo, percebeu que parecia um pouco diferente do que se lembrava. Mas, pensando bem, não havia mais ferimentos. Ele estava...

– O que aconteceu com você? – ela sussurrou.

Kane – ou quem parecia ser uma versão de Kane – meneou a cabeça.

– Não sei. E essa é a verdade. Mas podemos falar sobre isso mais tarde.

Ela sentiu os olhos dele sobre si e odiou o que ele via. O que era um sinal, supunha, do quão apegada se tornara a ele.

– Por favor. Pare de me olhar – implorou.

Ele se pôs a trabalhar na tranca das algemas, os dedos se movendo com rapidez enquanto ele testava todas as chaves – e, quando as correntes se soltaram, ele de pronto passou para o outro lado. Ao abri-lo, cuidou para que ela não desabasse, puxando-a para si. O corpo dele era tão rígido, e os músculos se flexionaram ao abraçá-la.

– Peguei – disse ao apanhá-la. – Mas temos que ir rápido.

– Espere, espere. – Esticando a mão para o chão, ela tentou alcançar o capuz. – Preciso...

Ele se agachou e apanhou o tecido escuro. Entregando-o a ela, começou a andar a passos largos enquanto ela voltava a se cobrir. No instante em que o rosto voltou a ficar coberto, sua respiração virou uma fonte de calor desagradável, e ela pensou no quanto havia sido bom respirar com mais liberdade, mesmo tendo detestado se expor.

Ainda que quase tenha sido executada.

Olhando ao redor do braço forte de Kane, concentrou-se na parede manchada e ficou imaginando quanto tempo mais teriam até que a chefe dos guardas voltasse.

– Depressa.

Ele começou a correr e, ao se aproximarem da porta da escada, ela se viu rezando para a Virgem Escriba. Tão perto, tão perto..., mas o perigo parecia aumentar à medida que diminuíam a distância.

Junto à saída, Apex escancarou a porta de aço e apressou-os, os movimentos frenéticos das mãos como se ele pudesse remover os obstáculos do caminho...

A chefe dos guardas reapareceu e fitou os ganchos e as manchas.

– Mais rápido – Nadya sibilou. – Eles nos viram.

Nessa hora, a chefe dos guardas gritou e sacou a arma.

Mais tarde, refletiria sobre o modo como tudo acontecera, mas saberia o "porquê": numa fração de segundo, visualizou Kane sendo alvejado nas costas, e ela não deixaria que isso acontecesse.

Movendo-se com um desespero que significava ignorar a dor, ela desceu a mão por baixo do braço de Kane, pegou a arma que ele trazia no coldre e ergueu-a por cima do ombro dele. Estava tão fraca que teve que usar as duas mãos, e depois de soltar a trava, só começou a apertar o gatilho, sem se importar em mirar. Quando uma bala explodiu para fora do cano, e outra e mais uma, Kane deu outra acelerada na fuga – e a chefe dos guardas se protegeu atrás da porta.

Nadya atirou e atirou, os disparos atingindo a parede, acertando os ganchos e formando furos no painel cinza manchado. Suor brotou em sua testa e ela se esforçou para sustentar a arma, mas o medo lhe deu o que ela precisava.

Então, chegaram à escada.

Apex apanhou a arma bem quando ela não conseguia mais segurá-la e logo a recarregou com um pente do próprio cinto.

— Bem pensado – disse ele para ela ao apontar o cano para a porta. — Levem a mão! Vão para a rampa!

— Tenho a chave – alguém disse. – De um dos carros do estacionamento. Podemos sair dirigindo!

Todos olharam para o macho que falou. De cabelos brancos e decididamente sem cheiro de vampiro, ele vestia uma camisa de flanela e calças jeans, além de carregar uma lanterna numa mão e um revólver grande na outra.

Antes que ele conseguisse dizer qualquer outra coisa, uma saraivada de balas atingiu a porta na qual Apex estava, ricocheteando no aço, partindo a janelinha de vidro telado. O macho forçou a porta a se fechar e fez uma careta, como se o chumbo estivesse entrando em seu corpo.

Kane se abaixou.

— Consegue se desmaterializar... Nadya, você consegue...

— Não – disse ela, lamentando. Em seguida, segurou os ombros fortes e olhou para ele através do capuz. – Deixe-me, você está livre...

Enquanto mais balas atingiam o metal da porta, ele meneou a cabeça.

– Se você estiver aqui, eu não estou livre.

Naquele instante, o mundo pareceu parar e ela encarou o rosto dele. Sob a luz inclemente do teto, ela ainda não conseguia acreditar nos seus olhos.

– De quem você se alimentou? – sussurrou. – Da própria Virgem Escriba?

Houve uma breve pausa, como se os guardas no fim da outra extremidade estivessem recarregando suas armas, e Apex se aproveitou disso, entreabrindo a porta e puxando o gatilho de novo.

– Vão! – ladrou ele. – Eu os seguro o máximo que conseg...

Ele não conseguiu terminar. O macho de cabelos brancos com a lanterna e a chave do carro passou um braço ao redor do peito dele e o pôs nos ombros.

Kane disparou pela escada, subindo dois degraus de cada vez. Ao chegar ao andar seguinte, que seria o primeiro acima da terra, não conseguiu alcançar a maçaneta da porta de incêndio com Nadya nos braços, batendo a bota no chão como se estivesse impaciente por esperar um segundo sequer a mais. Apex e o outro macho discutiam ao chegar àquele patamar, mas o primeiro parou por tempo suficiente para puxar a maçaneta...

– Porra – resmungou. – A trava central foi acionada e não há leitor de mão aqui. Para trás.

Kane se virou para a parede de concreto e protegeu o corpo dela com o seu enquanto Apex disparava três balas na junção entre a porta e o batente. Em seguida, abriu o painel.

O alarme que disparou foi tão alto que acordaria os mortos.

Nesse ínterim, abaixo deles, o que parecia um exército inteiro invadiu a escadaria. As botas barulhentas, a mistura de cheiros e as nuvens de pólvora indicavam uma derrota letal.

– Nem pense em ficar aqui para nos dar cobertura – disse o macho de cabelos brancos. – Eu já o carreguei uma vez, posso fazer isso de novo.

Apex agarrou o braço dele.

— Tire-os daqui. É só isso o que importa. *Por favor*.

Kane não ficou para ver como eles resolveriam isso. Voltou a correr, com Nadya segurando a porta por serem os primeiros a atravessar a soleira para chegar ao corredor. Ao relancear ao redor do braço de Kane, tiros foram trocados, mas ela não soube quem disparou primeiro, Apex e seu amigo ou os machos uniformizados.

Mas isso importava? Tinham menos armas, menos pessoas e a aurora logo chegaria.

Não havia como aquilo terminar bem para eles.

CAPÍTULO 15

Kane era só adrenalina ao disparar para fora no primeiro andar do prédio central. Depois de uma rápida pausa para se orientar, ele foi até uma porta aberta à esquerda e rezou para ela levar ao estacionamento dos fundos. E que houvesse uma janela. E que os guardas fossem novatos com má pontaria. E...

Havia uma janela na ponta oposta do cômodo estreito, e ele foi rápido ao passar pelo curso de obstáculos formado por mobília de escritório quebrada e escombros de teto. Quando chegou ao vidro intacto da janela, pensou em como poderia segurar Nadya e levantar o caixilho...

Um corpo passou voando por ele e resolveu o problema ao se chocar contra a janela, estilhaçando tudo. Assim que uma lufada de ar fresco invadiu o fedor bolorento e pútrido, Kane se esgueirou para fora do buraco.

Lá embaixo, o licantropo se levantou de sua posição agachada e se virou. Estendendo os braços, gritou:

— Eu a apanho. Vamos, passe-a para mim.

Enquanto o tiroteio continuava a ecoar ao redor da escadaria, Kane olhou para a fêmea em seus braços.

— É a única maneira – disse ele.

— Você poderia só se salvar – respondeu Nadya. – De verdade, faça isso.

O caos infernal das balas começou a se aproximar do corredor, sugerindo que Apex mudara de posição – ou estava morto e os guardas pisavam em seu cadáver para finalizar o trabalho.

Esgueirando-se no buraco que o licantropo criara com o corpo, Kane estendeu os braços. No chão, o outro macho dobrou os joelhos, preparando-se para o agarre.

— Prepare-se — disse Kane. E ficou imaginando a quem tentava preparar.

Estava com o coração na garganta ao soltá-la. E o tempo parou enquanto ela despencava. Ela era tão frágil, não sobreviveria a...

O licantropo garantiu um amigo por toda a vida ao agarrar Nadya após sua queda livre, posicionando-se de modo a tornar a aterrissagem dela contra o seu peito a mais suave possível. Após armazenar a lembrança permanente da queda dos braços finos e das pernas emaciadas, Kane saltou pelo parapeito da janela e se lançou em queda livre também.

Aterrissando agachado, ele não teve que pedir ao outro macho aquilo de que precisava. A leve carga foi transferida e, em seguida, o licantropo disparou para a fileira de veículos. Por uma fração de segundo, Kane ergueu o olhar para o prédio. Na escuridão, os disparos das armas eram flashes brilhantes e os sons dos tiros como um rufar de tambores.

Pôs-se a correr atrás do licantropo.

Ao chegarem ao carro, o outro macho sabia o que fazer com o pequeno aparato que trazia na mão, e luzes piscaram nos quatro cantos do veículo enquanto as quatro portas se destrancavam. Ao acomodar-se no banco de trás com Nadya, Kane chegou a pensar que Apex fizera o mesmo com ele, enfiando o seu corpo alquebrado num bote salva-vidas de quatro rodas.

O licantropo não desperdiçou nem um segundo sequer. Deu partida, passou a marcha e saíram apressados de ré. O guincho dos pneus foi seguido por um solavanco tão violento que Kane voltou a bater na porta que acabara de fechar e fez o que pôde para impedir Nadya de voar e se machucar.

— Pega. Está carregada.

Uma arma foi jogada no banco de trás e Kane a apanhou bem quando outro guincho de pneus berrou em seus ouvidos e eles saíram em disparada. O caminho adiante ficou iluminado pelos faróis e ele mediu a distância e a direção. No entanto, não chegou a nenhuma conclusão que fizesse sentido. Não sabia para onde estavam indo. Para onde poderiam ir.

— Tenho um lugar — disse o licantropo. — A uns sete quilômetros daqui.

— Acelera.

Houve um aumento correspondente no rugido do motor e, sem demora, saíram da propriedade e pegaram uma estrada com melhor manutenção.

Mudando a posição de Nadya nos braços, inspirou para ver se ela sangrava.

— Você está bem? — perguntou rouco.

— Acho que sim. Mas Apex...

O baque no teto do carro foi como se algo tivesse caído do céu e aterrissado no veículo. De pronto, o licantropo começou a girar o volante de um lado a outro, como se tentasse se desvencilhar de quem ou do que tivesse se colado ali.

Maldição.

Era um guarda. Tinha que ser — um deles se desmaterializara sobre o teto. Praguejando um pouco mais, Kane apontou o cano da arma para cima, cobrindo os ouvidos de Nadya com o antebraço. Estava prestes a puxar o gatilho...

— Não atire! — O grito soou no alvoroço. — Sou eu!

— Apex? — Kane gritou de volta.

O licantropo relanceou para cima.

— Segura firme, vampiro! Não posso parar!

Houve uma acelerada final, como se o macho atrás do volante tivesse afundado o pé e exigido o que fosse mecanicamente possível do motor. Do lado de fora das janelas, a floresta junto à estrada passava num borrão e, quando fizeram uma curva, ele viu um veículo que tinha se envolvido num acidente. Havia corpos junto a ele, espalhados no chão.

O licantropo passou ao lado dos destroços — e por cima de uma parte deles.

— Você está bem? — Kane voltou a perguntar com suavidade. Quando não teve resposta, ele sentiu uma pontada de medo. — Nadya?

— Sim. Acho que... sim.

Kane relanceou para trás do carro. Ao ver apenas escuridão na estrada, disse a si mesmo que conseguiriam.

Mas ele não teria apostado muito nisso.

Para Nadya, tudo foi um turbilhão, desde o momento em que fora lançada para fora do prédio até ser apanhada por um desconhecido. E depois a viagem de carro.

Sua mente não conseguia absorver tudo e ela sentia que isso era algo muito bom. Os riscos eram óbvios demais: ouvira o tiroteio e sentira o cheiro acre da fumaça dos disparos no campo de prisioneiros. E agora ela sentia o movimento do carro em que estavam e ouvia os gritos entre os machos.

Portanto, não sabia como responder à pergunta que Kane lhe fizera, e resolveu dizer apenas o que o faria se sentir um pouco melhor. Além do mais, o que a incomodava de fato não estava nada relacionado aos guardas e a ameaças mortais.

O que a aborrecia mesmo era o fato de ele tê-la visto. Essa revelação, que ela jamais desejara que acontecesse, parecia mais traumatizante do que os riscos evidentes da fuga. Do resgate. Ou o que quer que aquilo fosse...

— Nadya...

A maneira como Kane dizia o seu nome, com tanta compaixão e empatia, era o motivo pelo qual ela se escondia, a pena dele era o pior lembrete possível de como sua aparência era ruim. E era ainda mais terrível por ser *ele*. Ela só queria ter a fisionomia de antes para ele. O que parecia muito superficial, visto que fugiam em disparada do campo de prisioneiros com um macho no teto do carro e pelo menos meia dúzia de guardas a persegui-los.

Relanceou para Kane. Enquanto o mundo passava apressado pelas laterais, ele ainda a fitava, e ela se lembrou de como tinha sido ficar sentada ao lado da cama dele, segura por trás das vestes, escondida e ainda assim sentindo-se inteira porque ele estivera tão alquebrado.

– O que aconteceu com você? – perguntou baixinho.

O motorista falou acima do rugido do motor:

– Não vai demorar muito mais.

Como se tivesse entendido mal sua pergunta.

Quando o carro fez uma curva acentuada, Nadya agarrou a frente do uniforme roubado de Kane e os braços dele a envolveram com mais firmeza. A curva foi tão fechada que ela teve certeza de que capotariam – não capotaram. De alguma forma, o veículo se endireitou e continuou seu curso...

O freio foi acionado e eles derraparam de traseira, o sedan parando num torvelinho de poeira.

– Saiam! – O macho ao volante se virou para trás. – Pegue esta chave. Voltarei ao anoitecer; este carro deve ter um rastreador, então estamos brincando com a sorte agora. Tenho que me livrar dele.

Kane não hesitou. Pegou a chave, abriu a porta e a suspendeu como faria com um pacote delicado.

Com muito cuidado.

No instante em que saíram do carro, ela olhou para o teto. Apex tinha sumido, não estava em parte alguma que ela conseguisse ver ou farejar. Não havia tempo para perguntar onde ele estava – e era provável que o macho de cabelos brancos soubesse tanto quanto ela e Kane.

Com os pneus cantando, o carro disparou de ré, como se o motorista soubesse que não havia tempo suficiente para manobrar. Em seu rastro, mais terra solta subiu no ar noturno e um leve cheiro de gasolina pairou.

– Ele está certo – disse Kane. – Se eles colocam coleiras em nós, com certeza colocam rastreadores nos veículos. Venha.

Como se ela estivesse andando ao lado dele em vez de estar em seus braços.

A princípio, estava distraída demais com a sensação de tê-lo tão perto. De sentir seu cheiro no nariz e a batida do seu coração debaixo da face. De ser segurada com tanta força. Porém, quando ele parou para inserir a chave de cobre na fechadura de cobre, ela registrou o chalé de caça: térreo, decrépito, o tipo de lugar abandonado há mais tempo do que o hospital para tuberculosos que virou prisão. De fato, a não ser pela fechadura, o lugar parecia um caso perdido, com buracos nas tábuas externas, janelas empoeiradas e teto sustentando uma chaminé torta.

O interior estava tão detonado quanto o lado externo: tábuas quebradas e soltas, nenhuma mobília, poeira em toda parte. Também não havia banheiro, apenas uma bancada lascada com uma pia enferrujada e nenhum equipamento, apenas um espaço entre armários no qual uma geladeira poderia ter estado.

Ambos olharam para o buraco no teto ao mesmo tempo – e foi nesse momento que notaram o brilho. Com tudo acontecendo tão rápido, ela não se dera conta de que o amanhecer estava próximo... Mas agora, através daquela abertura larga, a sutil mudança da escuridão profunda da noite para o latente cinza do dia era alarmante.

– Deve haver algum esconderijo subterrâneo. Callum jamais nos traria para cá se...

– Luzes! – exclamou Nadya. – Em meio às árvores. Alguém está chegando.

Uma dança de luz reluziu, o par de faróis perfurando o cenário e troncos e galhos bloqueando a penetração dos feixes.

Guardas. Só podiam ser.

– Maldição – Kane resmungou ao girar ao redor.

Nadya relanceou para a lareira vazia e ponderou a breve e nada satisfatória ideia de que poderiam se esconder na chaminé. Mas o que mais poderiam fazer? Eram alvos fáceis, tanto para os guardas quanto para o alvorecer. Se sobrevivessem aos primeiros, por certo não sobreviveriam ao último.

– Sinto como se esta noite não fosse terminar nunca – Nadya sussurrou.

Devagar, Kane a pôs no chão.

– Consegue ficar de pé sozinha?

– Sim.

— Fique atrás de mim. Vou fazer o que puder.

Erguendo a mão, ela o tocou no rosto — e algo na conexão os imobilizou.

— Me deixe, por favor?

— Nunca.

Lágrimas inesperadas inundaram os olhos dela.

— Você não me deve nada.

Faróis atingiram a frente do chalé e, com a porta aberta, o interior escuro foi iluminado por uma luz artificial tão brilhante e perigosa quanto o sol.

— Obrigado — Kane disse emocionado.

— Pelo quê?

— Por ter cuidado de mim. Você aliviou tudo para mim.

— Eu não dispunha de remédios adequados para lhe dar.

— A sua presença foi suficiente. — Foi cuidadoso ao roçar o capuz, como se estivesse afagando seu rosto. — Foi você, mais do que tudo, quem me deu alívio.

Os olhos dele ardiam com tanta emoção que ela teve dificuldade para entender o que havia no rosto dele, no coração dele.

— Como pode olhar assim para mim? — Afastou a mão dele. — Você sabe o que sou.

Tentou se virar, mas ele gentilmente trouxe o queixo de volta para si. Em seguida, com mãos firmes, retirou o capuz devagar. Ela ficou tão surpresa que não se opôs.

— Eu enxergo a sua alma — disse ele. — Por isso a considero bela.

Lágrimas caíram dos olhos dela enquanto, a menos de seis metros, os guardas saíam do veículo, as portas se abrindo e o chão sendo esmagado pelas botas de combate tão alarmantes quanto tiros.

— Por favor, me deixe aqui — ela sussurrou com urgência.

Kane meneou a cabeça.

— Não é assim que isto vai terminar.

Dito isso, abaixou os lábios e resvalou nos dela com suavidade. Quando ela arfou, ele voltou a ajustar o capuz e desviou o olhar para os machos do lado de fora.

A mudança no rosto dele foi tão completa que ele se tornou um estranho, apesar de as feições permanecerem as mesmas: a violência, sombria, poderosa e maligna, o transformou. Em seguida, ele voltou a suspendê-la e se deslocou com presteza. Aproximando-se da lareira, ele a acomodou num canto, de costas para a porta.

– Não saia daqui. Não olhe. – Quando ela não respondeu, ele disse: – Nadya. Não vai olhar para mim. Você tem que prometer.

Nem era preciso dizer que não havia motivos para jurar porque ambos seriam mortos – ou pior, levados com vida.

Inclinando a cabeça, ela disse:

– Eu prometo.

Ele tocou no ombro dela por um momento, o contato gentil em dissonância com a expressão do seu rosto. Em seguida, afastou-se, andando a passos largos para a porta aberta.

Ela soube o instante em que os guardas o viram, pois começaram a gritar e atirar. Quando começou a tremer, Nadya se curvou sobre si mesma, aproximando os joelhos do peito o melhor que pôde, abraçando-se... tentando desaparecer...

O grito foi de um macho, alto e grave.

Nadya apertou bem os olhos debaixo do capuz. A morte de Kane chegara por fim e, ao contrário de antes, agora por sua causa, em vez de a despeito de todos os seus esforços.

Seu tremor foi tão forte que ela sentia como se estivesse sendo rasgada ao meio, mas não de medo. No canto do chalé de caça abandonado, em meio à poeira e à degradação do lugar causada pela passagem do tempo, ela chorou por tudo o que seu coração ansiara durante todas aquelas horas em que cuidara de Kane. Chorou por tudo o que ele sofrera.

Mas, em grande parte, chorou porque ele quase conseguira escapar com vida.

E inteiro.

A crueldade de alguns destinos era infinita.

CAPÍTULO 16

A MORTE PERSEGUE A vida, como um predador implacável.

Ah, sério?, pensou V. Mas qual é! A história toda de morte fetal/materna para os vampiros era simplesmente rude. Ao sair do túnel subterrâneo e de trás do depósito de suprimentos do centro de treinamento, teve que se virar de lado e se encolher para seguir pelo caminho. Uma nova entrega de papel para impressora chegara e a pilha de seis caixas Hammermill era o tipo de circuito de obstáculos no qual ele não desejava treinar. Do outro lado, abriu a porta de entrada do escritório e fez uma pausa junto à escrivaninha para acender um dos seus cigarros. Em seguida, empurrou a porta de vidro.

A passagem principal das instalações era um corredor de concreto que ia desde a escotilha de fuga numa ponta até a garagem e a rua na outra. Ramificando-se pelo corredor havia tudo que fosse de última geração: sala de ginástica, vestiário e salão de musculação, até estande de tiro, piscina e salas de aula.

E o seu presente de casamento para a sua *shellan*.

Quando ele e sua Jane encerraram a luta corporal na qual o Destino os lançara, ele acabou ganhando uma companheira de primeira – e deu a seus irmãos exatamente o tipo de médica dedicada de que há tanto tempo precisavam.

Afinal, Havers, o curandeiro da espécie, ainda que excelente médico, era um maldito idiota com uma lista de más ideias do tamanho do seu braço. Como tentar matar o Rei e jogar a própria irmã na rua pouco antes do amanhecer só porque ela estava saindo com um humano. Sem falar naquela cretinice de gravata-borboleta e naqueles óculos de aro de tartaruga. Quem ele achava que era, Clark Kent de estetoscópio?

O certo é que ele era capaz de tirar conclusões precipitadas a respeito do valor de uma pessoa mais rápido do que um aristocrata acima do limite de velocidade.

Portanto, sim, a Irmandade precisava de um bom médico. E a excelente cirurgiã de V. precisava de um local para tratar seus pacientes com tecnologia de ponta, complementada pelas melhores acomodações e por tudo o que a sua Jane pudesse um dia precisar para realizar seu trabalho de acordo com as suas habilidades consideráveis.

V. parou, exalou por cima do ombro e olhou para a fila de portas fechadas. Havia algumas salas de exame, uma sala de operações mais repleta de equipamentos que uma caixa de brinquedos e um bom número de leitos de recuperação. E agora havia uma equipe cuidando de tudo isso. Depois que ele e Jane projetaram e construíram os espaços, Manny Manello, clínico geral, seu antigo chefe no mundo humano e cunhado de V., se juntara a ela, assim como Ehlena, a companheira de Rehv, que era enfermeira.

Os Irmãos tinham sorte de tê-los.

Ao verificar o relógio, surpreendeu-se com o tempo que a consulta estava levando. Mas não tinha experiência com vampiras possivelmente gestantes, um assunto sobre o qual, graças a Deus, ele continuaria sem ter nada a dizer. A doutora Jane, em sua forma espectral, não podia ter filhos e, além do mais, estava mais interessada no trabalho do que em criar qualquer tipo de próxima geração.

Concentrando-se na primeira das salas de exame, não especulava sobre o que estava acontecendo ali dentro. Não precisava. O Jackal fora trazido há trinta minutos com sua fêmea para saber se ela estava grávida, e pense em alguém sem nenhum interesse em especular sobre a vida alheia. V. não invejava o cara de modo algum. Você tem essa fêmea e a ama muito, ela é o centro do seu universo – e a criadora da espécie te manda essa merda: olha só, você pode servir à sua fêmea durante o cio e ser a única coisa que alivia o sofrimento dela, mas o prêmio é que você pode acabar por engravidá-la e matá-la.

Obrigado, mãe, ele pensou ao bater as cinzas do cigarro na palma da mão enluvada.

Não era de admirar que a maioria dos casais, em grande parte do tempo, apenas tratasse o período fértil com a administração de drogas hoje em dia...

A porta se abriu e o Jackal saiu. O sujeito era alto e magro, como os aristocratas costumavam ser, toda aquela criação refinada produzindo um *habitus* corporal atraente sem ser musculoso demais. E dava para saber que era parente do Rhage. Os olhos azuis da cor do oceano e a estrutura óssea eram os mesmos — embora o Jackal não parecesse estar sempre animado como Hollywood.

Pensando bem, poucas coisas além da bola na Times Square na virada do ano novo pareciam significar animação permanente.

O antigo aristocrata parou de súbito. Pigarreou, como se estivesse tentando controlar as emoções.

— Fala logo de uma vez. — V. deu uma nova tragada no cigarro. — Estamos em um lugar seguro. Acho que é assim que dizem, não?

V., na verdade, preferia lugares nada seguros, mas tanto faz.

O Jackal esperou até a porta estar completamente fechada atrás de si.

— Ela não está grávida.

— E você está aliviado, mas não quer que ela saiba.

— Ela tinha esperanças de estar. — O Jackal se recostou contra a parede do corredor de concreto. — Quer dizer, ela quer muito ter um e, você sabe, o que mais eu podia fazer? Ela entrou no cio e...

Estava a ponto de ponderar que ele teria pelo menos uma década antes de voltar a discutir esse assunto, mas V. não queria piorar a situação. Além do mais, era bem possível que seu ar de superioridade, advindo do fato de não ter que se preocupar com a morte de sua companheira no parto, transpareceria em qualquer coisa que dissesse.

— Então. — O Jackal alisou a frente da camisa xadrez que vestia. — Obrigado por vir me encontrar aqui.

De alguma maneira, o cara fazia jeans e aquela coisa de lenhador sexy parecer algo saído do armário de alta-costura de Butch. Pensando bem, o Jackal tinha a postura de um príncipe, e isso elevava a mais comum das vestimentas. Inferno, você poderia vesti-lo com um traje de proteção biológica e ele se pareceria com algo que Tom Ford criara.

– Tem algo para comer por aqui? – ele perguntou. – Estou morrendo de fome.

– Sim, vem cá.

Fechando a mão enluvada ao redor das cinzas, V. liderou o caminho até o refeitório. Embora a Irmandade tivesse suspendido o programa de treinamento para futuros soldados, o refeitório era mantido estocado – primeiro, porque os irmãos precisavam de combustível antes e depois dos treinos; segundo, porque Fritz precisava de algo mais com que se ocupar.

Porque, claro, administrar o lar de cinco estrelas ocupado pela Primeira Família, os irmãos e guerreiros, suas companheiras e filhos, além de um cachorro e um gato, não era muita coisa para ele.

Ao se aproximarem da sala de descanso, V. manteve a porta aberta.

– Você primeiro.

Com uma expressão maravilhada, o Jackal entrou no cômodo azulejado, cheio de máquinas automáticas de comida grátis, repletas de refrigerante, lanches e doces, como se nunca tivesse visto nada semelhante. Também havia uma bancada com frutas frescas e outras mercadorias que V. sempre ignorava. E uma chapa aquecedora que no momento não estava em uso.

Enquanto o cara passeava em meio a tantas calorias, V. se serviu de café e apanhou um *cruller*.[3] Parando numa das poltronas dignas da decoração de um quarto de fraternidade, pegou o controle remoto da mesinha de centro e aumentou o volume da televisão no canto. Um repórter bundão

---

3 Um *cruller* é um tipo de guloseima frita popular em algumas regiões da Europa e na América do Norte. Feito a partir de um fio de massa, é usualmente preparado com o formato de um donut, com a massa torcida a partir das extremidades para lhe dar a aparência característica. É salpicado de açúcar, canela e outros adjuntos a gosto após a fritura. (N.T.)

do noticiário local discursava sobre só Deus sabia o quê, mas isso era melhor que o silêncio.

Uns bons dez minutos mais tarde, o Jackal se aproximou com uma bandeja cheia de comida. Ao se sentar, ele pareceu murchar. Bem, ele tinha despendido muita energia nas duas noites anteriores, o que explicava a barriga vazia.

— A doutora Jane nos disse que antigamente não era possível fazer testes de gravidez tão cedo assim — disse o macho ao abrir uma lata de Coca-Cola. — Incrível o que a medicina conquistou.

— Pois é.

O "ahhhh" que escapou do macho depois que tomou metade da bebida deveria ser usado como propaganda.

— A sua *shellan* foi muito boa com ela — disse ele. — Depois, ficaram conversando sobre Nyx montar uma loja na Etsy para a Posie, a irmã dela. Achei melhor deixá-las conversando. O que eu sei sobre bijuterias artesanais, não é mesmo?

Vai direto ao ponto, V. pensou ao terminar o doce.

— É — disse.

No alto, o âncora do noticiário falava de um assalto a uma loja qualquer no norte do Estado, com um repórter no escuro diante de uma pequena loja de família.

O Jackal continuou a comer e a falar, e V. o deixou seguir em frente, fazendo sinais de concordância aleatórios quando havia pausas no discurso. Estava na cara que o macho tentava superar o nervosismo e, diabos, depois de V. ter vivido com Rhage por todo aquele tempo, estava acostumado a ser pano de fundo enquanto outra pessoa engolia cinco ou seis mil calorias.

Mas, durante todo o tempo, ele ficou imaginando quando o real motivo de tudo aquilo seria mencionado...

— E, então, conseguiram?

V. amassou a terceira bituca num cinzeiro convenientemente bem localizado.

— Desculpe, pode repetir?

— Conseguiram encontrar o novo campo de prisioneiros?

Até que enfim, V. pensou ao se sentar mais na frente da poltrona acolchoada.

— Não, ainda não. — E ele já devia saber disso por intermédio do meio-irmão — Na verdade, seria bom repassar a história com você. Quando estava no campo de prisioneiros, você se lembra de o Comando ter mencionado onde seria o novo local? Ou de alguém ter discutido o assunto? Alguns dos guardas, talvez?

Essa pergunta já havia sido feita antes, mas nunca se sabe quando alguém pode se lembrar de alguma coisa assim no nada — e V. estava começando a ficar desesperado.

E não de uma maneira boa.

A história de como o aristocrata acabara naquele esgoto era uma lástima. O Jackal fora acusado de deflorar uma virgem e largado lá para cumprir sentença perpétua. No entanto, o destino lhe oferecera uma saída, assim como um bilhete premiado com a sua fêmea. Mas tudo pelo que ele passara ainda o atormentava, dava para saber disso pelas sombras nos olhos azuis.

— Não, lamento muito. — O Jackal olhou por cima da sua bandeja repleta de ultraprocessados mobilizadores de dopamina. — Não me lembro de aquela fêmea ter falado sobre isso, e eu venho pensando muito a respeito. Mas, como você sabe, ela e eu... bem, tínhamos certo vínculo. Mas eu não passava muito tempo com ela.

Certo vínculo = eles tiveram um filho. Só que isso não precisava ser mencionado em voz alta se o macho não se sentia à vontade para se lembrar de quem a *mahmen* de seu filho tinha sido. E quem poderia culpá-lo por isso?

— Tudo bem. — V. sorveu um gole de café. — Talvez você se lembre de algo mais tarde.

Voltando a se concentrar na TV, observou o repórter gesticular para a loja às suas costas e ficou imaginando o que havia sido roubado. Por certo, nenhum equipamento de computação. O negócio parecia o tipo de loja em que os recibos ainda eram escritos à mão e os preços, computados numa caixa registradora que não precisava de eletricidade.

V. pigarreou.

– Só precisamos de alguma informação nova para o caso, por assim dizer. Ignore o meu Columbo.[4]

– Quero participar se você descobrir alguma coisa.

Ah, V. pensou. Eis o motivo daquele encontro.

Quando ele não respondeu, o Jackal abriu uma embalagem de Snickers, mas não mordeu a barra. Usou-a para apontar, direcionando o cilindro coberto de chocolate para V.

– Aqueles machos e fêmeas presos lá... Eu fui um deles. Foram as únicas pessoas na minha vida por um bom tempo. Quero fazer parte da libertação deles.

– Você já mencionou isso antes.

Houve uma pausa, então o Jackal falou:

– Isso nem chega perto de um "eu te aviso".

– Nossa, como está tarde. – V. se pôs de pé com seu café. – A gente se vê depois.

– Tenho o direito de ajudar na evacuação.

– Foi por isso que me mandou uma mensagem? Como se eu fosse um guardião ou algo assim?

– Você é o único que se opõe. Todos os outros me querem lá.

Ah, quer dizer que houve uma votação. Maravilha.

– A essa altura – V. se virou –, eu não faço a mínima ideia de como vamos encontrar o lugar. Portanto, que porra de diferença isso faz?

– Sei quem é prisioneiro e quem é guarda. Sei como o lugar funciona.

V. voltou a olhar para ele.

– Infelizmente, creio que será bem óbvio quem é quem, e não porque os guardas estarão uniformizados. E você sabe como a *antiga*

---

[4] *Columbo* é uma premiada série policial dos anos 1970, estrelada pelo ator Peter Falk, na qual o detetive que lhe empresta o nome resolve casos de homicídio em Los Angeles. Partindo de detalhes mínimos, ele junta os pedaços do quebra-cabeça para desmontar os álibis e desvendar os crimes. (N.T.)

prisão funcionava. Não sabe porra nenhuma sobre o novo local, a começar pela sua localização. Você tem boas intenções, mas não tem treinamento, é inexperiente e tem um filho e agora uma *shellan* que precisam de você. Entendo sua lealdade, mas não posso aceitar os riscos envolvidos. Sinto muito.

Deixando que o macho discernisse os Cheetos dos Cheerios, V. saiu para o corredor antes que dissesse algo que o fizesse se sentir um pouco mal – e depois puto por desperdiçar energia ao se arrepender. Malditos civis. Sempre com suas brilhantes ideias.

Porém, tanto fazia. Ele não colocaria a própria vida nem a vida dos seus irmãos em risco só para ajudar o Jackal a superar sua culpa de sobrevivente.

Esse era um fardo do qual o cara teria que se livrar sozinho.

CAPÍTULO 17

O ELEMENTO SURPRESA PODIA funcionar como um tremendo ataque preventivo.

Quando Kane saiu do chalé, não hesitou nem um segundo. Desmaterializou-se direto no guarda que acabara de sair do banco de passageiro e mordeu o bastardo na lateral do rosto.

No instante em que atacou, o macho berrou, e quando Kane recuou com um puxão, levou consigo pele e parte da bochecha. Cuspindo, empurrou o guarda para o chão e saltou sobre o teto do veículo – bem quando o motorista emergia do interior.

Uma arma surgiu e disparou uma bala na direção de Kane, que, ao dar um salto por cima da cabeça do outro macho, virou um alvo perdido. Aterrissou com tudo sobre as botas emprestadas, agarrou a cabeça do guarda por trás e a puxou com força. Quando o guarda se desequilibrou, mais balas saíram voando na direção do céu e Kane agarrou o pulso que controlava a arma. Com um estalido violento, fraturou os ossos do antebraço e, quando os berros começaram, ele pegou a arma.

Apontou-a para o rosto do macho.

E puxou o gatilho.

A bala atravessou a testa e o corpo estremeceu, braços e pernas se abrindo, boca escancarando, olhos se arregalando e perdendo a visão. Deixou o corpo desabar no chão e saltou sobre o capô. Por uma fração de segundo, não pôde ir além. No macho que mordera, só restava metade do rosto; a estrutura óssea tinha sido comida debaixo da parte em que as presas penetraram, as raízes dos dentes ficaram expostas, o nariz não passava de um par de buracos negros. Um olho desaparecera por completo e a desintegração se espalhava.

Kane se virou para o chalé e pensou no licantropo.

– Não demoro – disse em voz alta para Nadya. – Fique onde está!

– Kane? – Ocorreu uma pausa. – *Kane?*

– Agora não, fique onde está!

Saltando para trás do volante, lembrou-se de ter visto o que os outros faziam. Plantou um pé em algo no chão – o motor rugiu. Isso não estava certo. Pisou no outro pedal. Nada. Encontrando o câmbio entre os bancos, viu-o parado no meio – até ele pisar nos pedais de novo. No momento em que a manopla mecânica afrouxou, ele a puxou para trás.

O carro se moveu adiante.

Não era isso o que ele queria, mas deu um jeito de dar certo. Virou o volante todo para a esquerda e guiou o carro num círculo, movendo-se com dificuldade, pisando nos pedais, sacolejando.

Quando teve a visão desimpedida do caminho para a estrada, seguiu por ele enquanto empurrava a bota no pedal que fazia o carro se mover. Derrapando, escorregando, indo de lado a lado, em grande parte conseguiu se manter na trilha gasta no solo e, ao chegar às pistas duplas asfaltadas na qual estiveram, virou numa curva o mais próximo que pôde dos noventa graus para conseguir fazê-la.

O brilho a leste acelerava e ele teve que suspender o braço acima do rosto para manter os olhos parcialmente abertos. Quando outro veículo veio na sua direção, uma buzina soou, alta como a de um trem a vapor. Seu instinto era o de virar o volante para a direita, mas ele sabia que acabaria no mato e nas árvores – e ainda estava próximo demais do chalé para largar o veículo ali. Segurou firme e se manteve em linha reta, desviando apenas para abrir espaço e vendo de relance o humano furioso quando se cruzaram.

Ao olhar no retrovisor do para-brisa, viu as luzes vermelhas do outro veículo seguindo em frente, o barulho estridente se afastando.

Ele também seguiu em frente.

O ardor dos primeiros raios de sol no rosto e na parte superior do corpo o fez pensar em si próprio no leito da clínica, e as lembranças de Nadya o fizeram se concentrar em meio à dor. Enquanto continuava pela estrada, enquanto quilômetros se passavam por baixo das rodas, ele controlou tudo melhor, dando conta da velocidade e das guinadas com maior competência. Placas apareceram na lateral, mas ele não conseguia ler porque sua linhagem acreditara que a linguagem dos humanos estava aquém da espécie deles. Sempre usaram *doggens* para as traduções.

Quando o nascer do sol se tornou ainda mais implacável, seus olhos começaram a marejar de tal maneira que ele mal enxergava, e enxugá-los repetidas vezes de nada adiantava. A única boa-nova era que os guardas estariam na mesma condição que ele.

Logo não conseguiu mais seguir adiante.

Olhando para as laterais da estrada, não viu nada além de fileiras de árvores, nenhuma luz, nenhum caminho para adentrar o terreno florestal. Empurrou o pé direito o máximo que pôde e o motor reagiu à sua demanda, a velocidade aumentando. Após uma curva e uma reta, fechou os olhos, inspirou fundo...

E girou o volante para a direita com tudo.

No mesmo instante em que o veículo saiu da estrada, ele se desmaterializou do seu interior, dissolvendo-se no ar em direção ao chalé de caça. A cada metro de distância que cobria, sua força era sugada pela chegada do dia – e ele chegou a pensar que esperara demais.

Só que, em seguida, soube estar no lugar certo. Seu senso de direção não fora afetado pela luz solar.

Reassumindo sua forma, voltou ao corpo físico ainda correndo. Avançando velozmente em meio aos dois corpos no chão, que já fumegavam ao sol, ele deu um salto para dentro da porta aberta do chalé, paralelamente ao chão e com os braços esticados à frente. Tinha a intenção de aterrissar num rolamento, mas estava ocupado demais procurando pela lareira no outro canto.

Ela não estava lá...

Com um baque ensurdecedor, aterrissou de cara, e não deslizou porque as tábuas eram ásperas. Imprecando, não se importou quando o ar foi expelido dos pulmões e um lado do quadril chegou a cantar de dor.

Virando de lado, olhou ao redor.

Nadya havia sumido.

Enquanto aquele licantropo dirigia a toda velocidade para fora do campo de prisioneiros, como se fosse um morcego saindo do inferno, Apex teve que se desmaterializar para longe do teto do carro. A despeito de toda a sua força, não conseguiu mais se segurar e, quando o deslocamento do vento o arrancou do painel, ele se deixou levar. Por um instante, apenas planou no ar, a força do vento suspendendo-o, e seus olhos se fixaram no infinito céu acima.

Uma pena que o passeio não poderia continuar.

E o carro dos guardas que os perseguiam seria a pior pista de aterrissagem possível.

Fechando os olhos, desmaterializou-se bem quando sentiu a pontada de uma bala na lateral da perna. O golpe não bastou para desacelerá-lo, mas ele não tinha um destino.

Portanto, reassumiu sua forma... em qualquer lugar.

Não, mentira. Foi naquela garagem fortificada para a qual o licantropo os levara, onde conseguiram as padiolas para Kane e Mayhem, além de munição e armas.

Ao averiguar o exterior pela segunda vez, refletiu sobre aquela estrutura despretensiosa e aprovou a camuflagem. Anteriormente, enquanto faziam o reconhecimento, pouco antes de subirem a montanha, o licantropo dera a todos a senha, por isso, entrou por conta própria.

Diante do surrado Monte Carlo, reviveu a fuga ao inspirar o cheiro de gasolina e dióxido de carbono que ainda permeava o ar, espesso como se o carro tivesse acabado de ser desligado. Agachou-se seguindo um palpite. Sim, algo estava vazando, como se o veículo tivesse se juntado à lista dos feridos junto a todos os outros.

Não deveriam ter conseguido escapar com tantos ataques quase certeiros acontecendo.

Onde diabos estava o licantropo?

Não que estivesse ali para esperar pelo macho, nem nada assim.

No instante em que a pele da nuca formigou em alerta, ele relanceou através do vidro leitoso acima de uma bancada de trabalho. Teria que se esconder durante o dia e aquele era um lugar tão bom como outro qualquer. Só lhe restava esperar que Kane e aquela fêmea estivessem bem, onde quer que estivessem.

Olhando ao redor, distraiu-se um segundo pensando em como ir para baixo da terra. Em seguida, lembrou-se do licantropo se aproximando da bancada e puxando algo embaixo da prateleira mais alta...

– Puta que o pariu, obrigado.

Quando ele repetiu os movimentos do macho, uma caixa de ferramentas de madeira quase do tamanho de um carro se deslocou e deslizou para o lado, revelando um lance de escadas. As dobradiças bem lubrificadas não emitiram som algum, não deixando pistas de a caixa ser qualquer outra coisa além do que aparentava ser. Luzes se acenderam quando ele começou a descer na escuridão e, na base, ele foi recebido pela visão que o animara da primeira vez: em pilhas apoiadas nas paredes lisas de concreto, em caixas e sacos, em diversos contêineres, havia um arsenal de armas e munição. Comida seca em tambores. Garrafas de água. Coletes à prova de bala, casacos de inverno e sapatos para a neve. Suprimentos médicos.

Tudo muito bem pensado, organizado, útil, necessário e valioso.

O macho responsável por aquele estoque era um pensador pragmático que não seria pego desprevenido. Era preparado. Minucioso. Defensivo quando tinha que ser, agressivo quando necessário.

Desviando o olhar, porque, de modo estranho, Apex sentia como se estivesse cobiçando o próprio licantropo, embora só estivesse verificando o que o cara possuía, avaliou o chuveiro e o vaso sanitário, que estavam expostos, e os dois catres do outro lado.

Mas a admiração voltou. Se ele tivesse projetado um esconderijo, não teria se saído melhor.

Atrás dele, a caixa de ferramentas voltou ao seu lugar e ele ouviu a tranca de cobre travando. Relanceando para cima, a tela de aço que cobria o teto e as paredes brilhou e havia uma aba que podia ser presa à abertura da escada.

Aquele licantropo era um maldito gênio.

Em questão de instantes, o silêncio ressonante se tornou tão denso quanto a própria terra e, no fim, o chuveiro na área azulejada do canto atraiu e prendeu o seu olhar.

Foi até ele, passando por todas as jaquetas penduradas em ganchos — e parou no meio da fileira. Relanceando ao redor, apesar de estar sozinho, inclinou-se sobre um dos casacos, que estava camuflado com o que pareciam ser folhas. Suas narinas inflaram ao inspirar, e o cheiro registrado foi de uma especiaria que ele fizera de tudo para não perceber.

Porém, de quem ele se escondia ali?

Fechando os olhos, inspirou o cheiro do licantropo para os pulmões e o manteve ali. Algo na combinação de pinheiros com ar fresco fez com que sentisse um aquecimento embaixo da pele – e poderia ter cedido com alegria dez ou quinze anos da sua vida só para ficar ali parado junto à parca, inspirando pelo nariz.

Mas como isso era patético, ainda que não houvesse testemunhas, ele se obrigou a seguir para o corredor formado por todos aqueles suprimentos. Despiu-se do uniforme do guarda, começando pelo cinto de armas, que largou em um dos catres. A camisa suja de sangue foi a seguinte, depois as botas e as calças. Deixou tudo onde caíram, percebendo que, caso as roupas fossem suas, mesmo apenas aquela túnica e as calças folgadas, ele as teria tratado melhor só pela força do hábito.

Mas ao diabo com aqueles guardas, incluindo o deste uniforme, que agora estava morto.

Postou-se debaixo do chuveiro, nu e preparado para água gelada e sabão áspero. Esticando a mão para a torneira, ele...

No instante em que fez contato com o aço inoxidável, um choque elétrico o atravessou e ele viu o morto, como um holograma se sobrepondo à realidade. Era um macho... pendurado no chuveiro com um cinto marrom ao redor do pescoço... o corpo nu contra a parede azulejada, as pernas esticadas, sem dobras nos joelhos... os calcanhares plantados no chão, os dedos estendidos para fora.

Os olhos estavam abertos no rosto congelado e cinza, os cabelos loiros-escuros caindo pela testa, sobre os ombros.

Com um sibilo, Apex retraiu a mão e sacudiu a cabeça.

Quando voltou a enxergar, a visão tinha sumido – e continuou desaparecida enquanto ele tentava ligar a água uma vez mais.

Girou a torneira, posicionou as costas onde o corpo estivera e pôs-se a clarear a mente, deixando a cabeça pender na direção do jato frio. Mal a temperatura começou a esquentar, ele ficou tão surpreso que parou para ver se estava tudo funcionando bem. Estava.

Estendeu a palma.

– Puxa...

O calor era tentador e ele pensou no quão fodida era a situação: apesar de ter se envolvido em múltiplos tiroteios e lutas naquela noite, em um acidente de carro, em uma amputação, e sem falar na visão do cadáver de agora... estava com medo de voltar para baixo do jato de água.

Aprendera que era mais fácil ficar desconfortável.

Pois a maior dor ocorre quando você baixa a guarda e então tem de reentrar no inferno.

As queimaduras da reentrada nunca compensavam o que quer que as aliviassem.

CAPÍTULO 18

— Aqui! Rápido!

Bem quando Kane estava para perder a cabeça e já concluía que Nadya havia sido capturada por um segundo par de guardas, ou que havia fugido do lugar seguro porque se horrorizara com o que ele fizera diante do chalé, bem quando ele estava prestes a sair em disparada mesmo sob a aurora que chegava para encontrá-la...

... a voz masculina urgente fez com que ele se virasse tal qual um fantoche.

Callum, o licantropo, olhava para fora de um painel embutido no chão.

— Vamos! Tenho que sair daqui. Não tenho tempo, assim como você.

Kane tropeçou pelas tábuas ásperas de madeira como se estivesse sendo perseguido e chegou à escada recém-revelada. O licantropo trocou de lugar com ele, saltando para fora de algum tipo de esconderijo subterrâneo.

— Volto ao entardecer – disse o macho enquanto fechava o painel.

Bump, bump, bumpbumpbump.

Kane não prestou muita atenção ao licantropo escapando no andar de cima. Só tratou da descida deslizante pelos degraus. Ao chegar ao fim de bunda, ergueu o olhar e viu a única coisa importante no momento: do lado oposto do interior surpreendentemente bem equipado, num sofá cheio de almofadas fofas, viu Nadya sentada ereta, em estado de atenção, com as mãos agarrando as dobras das vestes e do capuz com o corpo trêmulo.

Kane ficou onde estava por alguns motivos. Primeiro, era bem possível que tivesse fraturado a bunda, literalmente. Segundo, não queria se apressar ao ir até ela, embora fosse o que ele mais sentia vontade de fazer. Terceiro...

— Olá — disse ele.

— Olá — sussurrou ela, agarrando o braço do sofá como se estivesse para se levantar.

— Não, deixe que eu vou até você.

Levantou-se e andou até junto dela. O espaço subterrâneo era estreito, mas comprido, e acomodava uma pequena cozinha embutida para o preparo de alimentos, um banheiro com porta e um mobiliário que, se comparado com o seu antigo estilo de vida anterior à prisão era casual, era suntuoso e muito limpo em comparação ao local onde haviam estado, reluzindo em tons de azul e cinza. Havia também uma cama de verdade, colocada atrás do sofá em que Nadya estava sentada.

— Callum disse que este é o refúgio pessoal dele — explicou ela. Em seguida, disse rápido: — Está machucado? Ouvi gritos lá fora... pensei que tivesse morrido.

Ela cobriu a boca debaixo do capuz com uma mão. E depois com a outra.

Ao alcançá-la, Kane se ajoelhou diante dela. Nas luzes embutidas no teto, a forma encoberta de Nadya tremia e ele quis tomá-la nos braços, mas não tinha certeza de quais eram os limites ali.

— Estou bem. Estou aqui. Estamos seguros.

— Estamos?

— Sim, eu prometo. — *Pelo menos por enquanto*, ele acrescentou para si.

Ao caírem no silêncio, ele não sabia o que fazer, mas, em seguida, ela fez seu coração parar.

Com um tremor que se transmitiu pelas vestes, ela ergueu as mãos trêmulas para o capuz e, cuidadosamente, suspendeu-o e tirou-o da cabeça. O olhar permaneceu baixo enquanto ela se revelava, mas, na sequência, olhou para ele e, pela primeira vez, ele conseguiu ver com clareza os seus olhos. As íris eram um redemoinho de azul, verde e marrom, a combinação de cores extraordinária, como ele jamais vira antes. E, no centro, nos pontos negros das pupilas, ele enxergou uma eternidade...

— Você não precisa se cobrir — disse, emocionado. — Não perto de mim. Você é linda.

Os olhos dela voltaram para o colo.

— Como pode dizer isso?

— Na clínica, fiquei exposto aos seus olhos. Isso afetou a sua opinião a meu respeito?

— Mas não somos mais os mesmos.

— Sim, somos.

Ele vasculhou o rosto dela, delineando as cicatrizes grossas que distorciam um olho, parte do nariz e toda a face. Suspeitava que o estrago continuasse sob o manto porque a lateral do pescoço também era marcada.

— Nadya...

Erguendo-se, sentou-se no sofá, pôs o braço ao redor dela e a trouxe para perto de si. Embora o corpo permanecesse tenso, ela se inclinou para ele. No entanto, apesar da proximidade, ele sentia como se estivessem a quilômetros de distância.

— Vou nos manter em segurança. — Quando as palavras lhe escaparam, Kane olhou para a fila de armas num armário de vidro afixado à parede. — Não se preocupe com isso.

E foi então que ele compreendeu.

— Estamos fora do campo de prisioneiros. — Sua voz saiu rouca ao pronunciar essas sílabas, permitindo que os ouvidos testassem a verdade que havia nelas. — Não estamos mais lá...

Ao virar a cabeça para olhar ao redor — de fato maravilhado com a libertação —, captou seu reflexo no vidro daquele armário.

Quem o encarava de volta era ao mesmo tempo um desconhecido... e alguém de quem se lembrava de ter visto por toda a vida — bem, pelo menos até ser enviado para a prisão. Depois desse dia, não houve mais espelhos em parte alguma.

— Kane? — sussurrou ela.

Ele teve a vaga noção de que o corpo se levantava do sofá e atravessava o cômodo até o armário, mas não acompanhava seus movimentos. Estava ocupado demais olhando para si e, ao se aproximar do vidro, tocou o próprio rosto, sentindo nada além de pele lisa e saudável enquanto deixava que as pontas dos dedos deslizassem da face até o queixo. Em seguida, recuou um passo e fitou o tronco. Ao estender as pernas, elas funcionaram perfeitamente, os músculos fortes e coordenados, os joelhos se dobrando sem dor, os ossos capazes de suportar o peso da metade de cima do corpo caso precisassem.

E debaixo da pele? Um formigar de força que não deveria ser desconhecido, mas se mostrou uma revelação.

Dando as costas para seu reflexo, sentiu-se impotente. O que não fazia sentido. Deveria estar dando pulos de alegria, comemorando.

Mas nada daquilo fazia sentido. Só o que sabia era que Apex e os outros o tiraram do campo de prisioneiros e, depois, alguém intercedeu em seu favor e, na sequência...

— Sim — disse Nadya com suavidade. — É essa a sua aparência agora.

— Acho... impossível de acreditar.

Balançou a cabeça e caminhou pelo espaço apertado. Enquanto ia e vinha, pensou na mansão que lhe fora dada pela linhagem da sua pretendente. Lá havia uma trilha que serpenteava para um bosque, onde ele costumava cavalgar. Aquela trilha longa com vista tranquilizadora viria bem a calhar.

Só que se viu diante de um fogão e de uma geladeira. Embora fossem equipamentos modernos, ele reconheceu sua função devido ao período em que passou trabalhando na cozinha do campo de prisioneiros e sabia como usá-los.

Também lhe faria bem ter um foco diferente.

— Está com fome? — perguntou.

— Não sei.

Kane sorriu de leve.

– Também me sinto assim. Mas aposto que o licantropo tem algo para comer aqui...

– Kane.

– Pois não? – Quando ela não respondeu, ele se virou para ela. – Pode me dizer. O que quer que seja.

– Quero saber o que aconteceu com você. – Mostrou as mãos. – Não fui formalmente treinada em medicina pelos padrões humanos, mas venho praticando há anos. E a cura pela qual passou, em questão de horas, desafia a razão. Aonde você foi e o que fizeram com você?

Nadya estava tão acostumada a ficar coberta que a ausência do capuz fez com que se sentisse leve demais, como se fosse flutuar se não se segurasse à almofada embaixo dela. Também estava chocada por conseguir encarar Kane daquela forma.

Mas tinha coisas mais importantes em mente. E, pelo modo como Kane olhara para si naquele vidro, ele estava tão chocado quanto ela.

– Imaginei que você fosse morrer – disse com suavidade. – Todas as noites, quando eu ia ver como você estava, eu me preparava para encontrá-lo sem reação. E agora você está forte e inteiro, completamente saudável.

Kane abriu a boca. Fechou.

– Está com fome? Eu estou.

Como se não a tivesse ouvido. Como se não tivesse acabado de perguntar.

Ela não se surpreendeu quando ele lhe deu as costas na área da cozinha e, ao vê-lo se movimentar, continuou confusa demais. Era ele... No entanto, não era Kane de jeito nenhum.

Ele abriu a geladeira e tirou uma embalagem de leite para verificar a validade.

— Ainda está bom. Acho que o licantropo se hospeda aqui com frequência. E, olha só, uma maçã. Posso, por favor, alimentá-la?

Nadya abriu a boca. Hesitou.

— Não, obrigada.

Ele franziu o cenho. E se aproximou dela.

— Posso lhe dar a minha veia?

— Ah, não. — Ela ergueu as palmas e corou. — Não. Estou bem.

No silêncio que se seguiu, ela dolorosamente tomou ciência da altura dele, assomando-se acima dela, tão vital, tão curado... tão lindo de um modo masculino.

Quando ele voltou a sentar ao seu lado, apoiou os cotovelos nos joelhos, encostou o queixo nas mãos cruzadas e encarou o chão.

— Não sei o que ela fez comigo. — Balançou a cabeça. — Só o que sei é que despertei na cabana dela, e ela me disse que poderia me salvar.

— Quem era ela? Uma curandeira?

— Não, ela era algo completamente diverso. Era mística, era... bem, isso pode parecer loucura, mas ela era de outro mundo. — Ergueu o indicador para enfatizar o que disse. — Disso eu tenho certeza.

Um formigar percorreu a coluna de Nadya.

— Era a Virgem Escriba?

— Acho que não... Mas não tenho certeza se saberia, visto que nunca me encontrei com a criadora da espécie antes. — Deu de ombros. — Ela não se apresentou, então, talvez fosse ela.

— O que ela lhe disse?

— Ela me ofereceu a ressurreição. Mas depois... não me lembro do que aconteceu. Tudo ficou confuso para mim depois disso.

Ele estendeu as mãos, com as palmas para baixo, esticando os dedos. Depois as virou como se não acreditasse no que via.

— Só o que sei com certeza é que eu tinha que voltar para você — murmurou. — Tudo se resumia a voltar para aquele inferno e tirá-la de lá.

A garganta de Nadya se contraiu.

— Você não precisava me salvar.

Ele relanceou para ela.

— Assim como você não precisava ter me salvado. Estamos quites, então.

Ao encará-lo, ela percebeu que foram íntimos enquanto ela tratava do corpo dele. Agora, não passavam de estranhos, e ela não conseguia imaginá-lo nu.

Talvez por causa da aparência que ele tinha agora.

— Cuidei de você porque era o trabalho que escolhi para mim. — Tentou engolir o nó que dificultava a fala. — Você era o meu dever, não me deve nada, portanto. E antes que diga alguma coisa, não, não fui eu quem de fato o curou. Foi quem quer que tenha estado com você enquanto se ausentou, e a verdade é essa.

— Bem, a minha verdade é que sou um macho de valor e, depois de tudo o que fez por mim, eu não a deixaria lá. — Cruzou os braços diante do peito. — E gostaria de levá-la até a sua família ao anoitecer. Os seus entes amados devem sentir a sua falta.

— Não há ninguém que sinta a minha falta.

Kane franziu o cenho.

— Mas e a sua linhagem?

Isso não deveria doer tanto quanto dói, ela pensou, quando uma dor lancinante atravessou o seu esterno.

Demorou um tempo até ela conseguir encontrar a sua voz, e ela odiou a fraqueza inerente nas sílabas agudas que pronunciou.

— Abandonei minha *mahmen* e meu pai. Depois... das minhas dificuldades.

Quando uma descarga de ansiedade atravessou seu corpo alquebrado, ela também foi tomada pela necessidade de se mover, embora tivesse descoberto há muito tempo que, a despeito de onde estivesse, a situação seria a mesma. Não havia uma fuga real para ela, motivo pelo qual a missão nobre de Kane de libertá-la do campo de prisioneiros seria sempre vã. Seu corpo arruinado erigira as grades atrás das quais ela definhava, com o seu passado fazendo as vezes de carcereiro.

Sua localização física era irrelevante.

— Conte-me — ele pediu num tom de voz baixo. — O que fizeram com você?

CAPÍTULO 19

Callum quase não conseguiu sair do chalé de caça a tempo. Ele teria passado o dia protegendo aquela fêmea ferida se fosse obrigado, mas, quando o macho dela apareceu, a situação tomou ares de três é demais.

Ademais, ele queria ver Aquele Vampiro.

Aquele de temperamento ruim.

Sabe... Só para ter certeza de que ele estava bem. Com tantos tiros e carros capotando, e outras diversões do tipo, não era possível ter certeza de que alguém como ele não acabasse precisando de algum tipo de ressuscitação. Como uma massagem cardíaca. Respiração assistida.

Uma mãozinha.

E Callum era um Bom Samaritano, um verdadeiro modelo de ajuda ao próximo. Inferno, poderia até vestir um uniforme de enfermeira. Tinha pernas que não fariam feio se usasse saia, desde que panturrilhas grossas e coxas musculosas fossem o que atraía o vampiro.

Ao retomar sua forma ao pé da montanha, apressou-se para a garagem, pela primeira vez se esquecendo de se certificar de que não fora seguido ao entrar ali. Só que a luz do dia chegava e ele estava ficando sem forças. Licantropos do seu clã não viravam tochas como os vampiros à luz do sol, mas suas forças seriam drenadas bem rápido, e ele não tinha intenção alguma de sentir como se estivesse gripado até que a lua cheia seguinte o recarregasse...

Callum parou. Farejou o ar. Começou a sorrir.

Fechando a porta, foi até a bancada de trabalho e acionou a alavanca na caixa de ferramentas; depois, deu a volta no Monte Carlo enquanto a escada era revelada.

– Não atire – disse ao descer, o mecanismo voltando a se fechar. – Sou dono... deste lugar.

No chuveiro, Aquele Vampiro estava de frente para a parede, debaixo do jato quente, as mãos apoiadas nos azulejos em cada lado do chuveiro, os braços grossos arqueados, as costas delineadas por músculos. A cabeça estava abaixada, o impacto da água concentrado na nuca como se estivesse doendo ali.

Ora, ora... que interessante. Callum entendia, de repente, uma ou outra coisa a respeito de dores...

Como se sua presença tivesse sido registrada, o macho para quem não conseguia deixar de olhar se virou. A torção do tronco causou todo tipo de flexões e engrossamento – sendo que as flexões ocorreram no chuveiro, já o engrossamento ficou a cargo de Callum.

Os olhos Daquele Vampiro se estreitaram e fizeram uma varredura de alto a baixo. Quando se fixaram no seu quadril, Callum sentiu como se alguém tivesse aberto um chuveiro escaldante acima da sua cabeça.

Ao que tudo levava a crer, um uniforme de auxiliar de enfermagem estava no seu futuro, no fim das contas.

E, seguindo a teoria de que era melhor se desculpar depois do que pedir permissão, ele avançou, passando pelas jaquetas penduradas nos ganchos, pelos suprimentos e armamentos, pelas botas de neve e galões de gasolina.

Nos recessos da mente, um sinal de alerta interno conhecido disparou, mas ele o ignorou.

Já passara da hora de agir, disse a si mesmo.

Ao chegar à parte em que o piso era azulejado, Aquele Vampiro voltou a se posicionar debaixo do chuveiro e passou as mãos pelos curtos cabelos negros, tirando a água da cabeça. Ao se arquear para trás, os ombros se estenderam e a bunda contraiu-se – e Callum decidiu que, desconsiderando a Loba Cinzenta na montanha, existia, sem sombra de dúvida, um deus.

Então, o macho se virou, lentamente, e o que ficou de frente para Callum era o tipo da coisa pela qual valia a pena acabar com joelhos doloridos.

A ereção Daquele Vampiro era uma manopla que merecia um belo aperto de mãos, e longe de Callum deixar de se apresentar como era certo.

– Como soube que eu estaria aqui? – o vampiro exigiu saber.

E as pessoas acreditavam que o romantismo estava morto, Callum pensou com frieza.

– Para onde mais você iria?

– Não vim para cá por sua causa.

– Não me importo em ser a sua última opção. – Puxou a camisa para fora da calça. – Desde que você não se importe em ser a minha.

Um a um, ele abriu os botões, de cima para baixo, afastando a camisa de flanela de mangas compridas até o meio, expondo os músculos abdominais, os peitorais... a garganta, porque era disso que eles gostavam, certo?

E, por sinal, o fato de ser um vampiro facilitaria tudo. Isso mesmo. Era assim que era para acontecer. O único meio de isso acontecer.

Callum deixou a camisa cair no chão e respirou fundo enquanto aquele olhar duro e agressivo descia pelo seu tronco. Quando as mãos foram para o botão da calça, ele fez uma pausa.

– Quer saber? – murmurou. – Acho que vou deixar essa parte para você. Com essas suas presas.

Pisando no azulejo, ele ainda calçava as botas e pouco se importou. Não se importava com nada – até subir o olhar para o chuveiro. Por uma fração de segundo, perdeu a conexão com aquela carga sexual. Imagens que se esforçara muito para não ver todos os minutos em que estava acordado assumiram o controle.

– Não vou implorar.

A voz grave e cheia de tensão fez com que voltasse ao presente. Mesmo assim, teve que pigarrear.

— Sem problemas. A súplica pode vir depois.

Deixando tudo de lado, a não ser o vampiro que nesse instante estava no chuveiro, Callum se pôs sob a água, e no segundo em que o corpo poderoso do outro macho estremeceu, ele soube que estava fazendo a coisa certa – para ambos. Em seguida, tocou na pele lisa e macia do peito, descendo as mãos das clavículas até os peitorais... para o abdômen. Os sons de água espirrando se intensificaram quando ele repetiu o percurso, sentindo os músculos, o calor, a pele.

— Do que você gosta, vampiro?

Quando não houve resposta, ele relanceou para aquele rosto. O macho fitava as pontas dos dedos de Callum, que viajavam pelo seu corpo, e a expressão no rosto dele era de... assombro.

Como se aquilo fosse uma revelação.

Só que não podia ser verdade.

Diminuindo a distância entre eles, Callum inclinou a cabeça e encostou a boca na lateral do pescoço do vampiro. Sua recompensa foi outro estremecimento, que ele interpretou como sinal verde. Beijou a clavícula, descendo os caninos pela curva do osso. Em seguida, afundou o peso nas coxas e roçou o nariz no esterno. A água que caía no vampiro tinha o sabor do macho e ele lambeu as gotas, capturando-as com a língua, engolindo.

Relanceou para cima para ter certeza de não estar interpretando mal a situação.

Não. Ambos tinham aberto o livro na mesma página.

Os olhos sempre tão agressivos estavam arregalados, a vulnerabilidade neles o tipo de coisa que, sem dúvida, revelava mais do que o macho desejaria – só que ele estava tão envolvido pelo que acontecia que suas defesas estavam abaixadas.

Descendo mais, a boca de Callum chegou ao osso do quadril, o arco gracioso da pelve masculina acentuada por uma elevação da musculatura... que, quando seguida, o levou para onde ele queria ir.

E mesmo assim ele se demorou o quanto quis, os lábios deslizando com lentidão até seu destino quando ele se ajoelhou. Ora, ora. Que surpresa. Ele tinha a altura perfeita.

Estendendo os braços ao redor do macho, afagou a bunda que admirara antes. Espalmou-a ... e abriu bem a boca.

Ao sugar a ereção, a reação foi violenta, com o vampiro arremetendo a ereção ainda mais para dentro de Callum... cujos lábios se esticaram para acomodar a grossura. O recuo foi do mesmo modo imediato, a pelve esticando, a sucção fazendo o macho gemer e meter de novo.

Callum só tinha de segurar firme e respirar quando podia.

As bombeadas foram de lentas para rápidas e, quando ele ergueu o olhar ao mesmo tempo que o vampiro abaixou o dele, o contato visual foi o grande responsável pela perda de controle.

Desnecessário dizer que não levou muito tempo.

À medida que o macho se aproximava do gozo, ele perdeu a habilidade de manter aqueles olhos ardentes abertos e, logo, o orgasmo chegou. Arquejando poderosamente, ele esticou as mãos para cima e para trás, segurando o chuveiro com força enquanto seu pau jorrava na boca de Callum, a extensão rija pulsando e se contraindo, derramando sua carga pesada, como se há muito, muito tempo não sentisse algum prazer...

Callum congelou ao se concentrar nas mãos que agarravam a instalação de aço inoxidável afixada aos azulejos.

A ruptura com o aqui e agora foi um golpe físico, e ele fechou os olhos para tentar manter a conexão com o presente do qual estava gostando tanto. Mas não conseguiu sustentar a conexão. Ao engolir, e engolir de novo, sentiu-se entorpecido ao olhar para aquela pegada firme.

A água batendo no seu rosto cuidou das lágrimas.

Que bom.

O vampiro não era o único ali com algo a esconder.

CAPÍTULO 20

— Pegue. Coma uma fatia de maçã.

Às vezes, só o que se pode fazer pelas pessoas é algo bem simples, seja porque é só o que você tem a oferecer, seja porque é só o que elas podem receber. Quando Kane se sentou de novo no sofá, estendeu uma fatia de maçã vermelha para Nadya, desejando não ter feito aquela pergunta. Ela não lhe devia satisfações sobre o seu passado.

— Não, obrigada — agradeceu ela.

Não se surpreendeu quando ela não aceitou, mas ele estava tão faminto quanto nauseado, dois socos no estômago que deveriam ser incompatíveis. Talvez comer alguma coisa ajudasse. Provavelmente, não.

Levando a fatia à boca, passou a faca de cortar para a mão dominante e cortou mais um pedaço. Ao mastigar a fruta doce e crocante, o silêncio no cômodo pesou mais do que um objeto sólido, e ele imaginou se...

— Foi um relacionamento arranjado — disse ela rouca.

Pretendia manter-se relaxado enquanto ela falava. Fracassou miseravelmente. Sua cabeça se virou tão rápido que ele sentiu um repuxão na nuca.

Ela limpou a garganta.

— Eu não tinha nada, e a família dele... Eles eram mais prósperos do que nós, por isso, aquilo era um avanço para mim e meus pais. Ou deveria ter sido. — Meneou a cabeça, os olhos de cores incomuns mirando fixamente à sua frente. — Ele nunca me deixou esquecer disso.

Costumava dizer que era um macho em ascensão. Que teria um futuro. Eu deveria ser grata, aproveitar a onda e ficar de boca calada.

Kane conhecia muito bem outras versões dessa história e se lembrou da sua tia. Pensou em Cordelhia. Nas crenças dos próprios pais. Nadya podia não ter feito parte da *glymera*, mas os princípios eram os mesmos, as fêmeas sendo barganhadas como bens para aumentar as fortunas das famílias, reais ou imaginárias.

– Ninguém me perguntou o que eu achava ou o que queria. – Olhou direto para ele. – Minha *mahmen* e meu pai não eram pessoas ruins. Acreditavam honestamente que estavam fazendo o que era certo, e eu concordei, apesar de, por dentro, gritar, porque as expectativas deles se tornaram minha prioridade. O macho não me amava. Eu não o amava. E, no fundo, eu me perguntava o que ele ganhava com aquilo. Eu não era uma beldade e nós não tínhamos dinheiro. Então, por que ele havia aceitado o acordo?

Houve uma pausa.

– Não era para eu ter descoberto os motivos. Era para ser um segredo.

Kane cortou outro pedaço da maçã e ficou surpreso quando ela esticou a mão e o pegou direto da faca. Houve um estalido quando ela mordeu – e ele se viu assustado com a necessidade urgente que sentiu de alimentá-la com tudo o que havia na geladeira.

Quis caçar para ela. Sustentá-la. Encher sua barriga e oferecer-lhe a veia...

– Isto é bom – disse ela. Quando ele só a encarou, ela ergueu o que restava da fatia, como se pensasse que ele não havia entendido. – A maçã.

– Há outra. – Ele apontou para a geladeira com a faca. – Caso queira mais depois que terminarmos esta.

Cortou outra fatia e a ofereceu, desejando que ela a aceitasse também. Em vez disso, ela continuou sentada ali, encarando o que havia mordido, fitando o semicírculo formado pelos dentes na fruta doce.

Ela continuou com voz firme, como se estivesse preparando o coração para terminar a história.

— Descobri, por fim, que o meu pai sabia que o pai do meu pretendente estava tendo um caso. Isso não era nada incomum, mas o caso era com outro macho. Acredito que o termo seja chantagem. Portanto, sim, meu compromisso foi arranjado, o que já sugere uma ausência de liberdade de escolha. No meu caso, contudo, houve a mais pura coerção para que o *hellren* concordasse.

Kane balançou a cabeça.

— Como ficou sabendo?

Nadya colocou o resto da fatia na boca.

— Ouvi sem querer o meu pai discutindo com o pai do pretendente. Pouco antes da cerimônia. Meu pretendente tinha desaparecido na noite anterior e o pai dele estava inventando desculpas para o atraso do filho. Mas meu pai... bem, ele estava determinado a fazer com que sua filha tivesse um bom casamento e seguiu em frente com suas maquinações. — Ela balançou a cabeça de novo. — Ouvi tudo... Como o meu pai, que era construtor, foi buscar suas ferramentas na garagem anexa em que vinha trabalhando e viu o dono da casa com o outro macho. Meu pai estava preparado para procurar o jovem macho da linhagem e estava certo de que acreditariam nele, porque era um macho de valor honesto com reputação justa e clareza nos negócios. Ele disse ao pai que ninguém se surpreenderia, mas todos comentariam a respeito e, com isso, sua *shellan* com certeza o abandonaria. Foi então que percebi que meu pai odiava o macho pela sua infidelidade. Além de ajudar nossa família com essa associação, o compromisso seria um castigo, porque toda vez que o pai me visse, pensaria no que havia feito, e não haveria como me evitar. Eu deveria me mudar para a casa da família. — Inspirou fundo. — Eu não era uma bênção, era uma maldição, tanto para meu pretendente quanto para o pai dele. O primeiro estava sendo forçado; o segundo, coagido.

Você não é uma maldição, pensou ele. *Longe disso.*

— O que aconteceu depois? — Ele estendeu outra fatia. — O pretendente apareceu?

Kane ficou aliviado quando ela aceitou o pedaço.

A VÍBORA | 179

— Naquela noite, não. — Ela mudou de posição. — Mas veio me procurar uma semana mais tarde. Não sei se ficou sabendo da verdade ou se só decidiu que se livraria do arranjo da maneira que conseguisse.

— O que ele fez? — Kane perguntou, quase mantendo o grunhido da voz para si.

— Eu, ah... Isso aconteceu nos anos 1980. Eu fazia trabalho voluntário em uma biblioteca humana para ter acesso a todos aqueles livros sobre medicina que não tinha condições de comprar. Sempre quis ser enfermeira, sabe, e só queria aprender. Eu era encarregada do último turno, o que significava que tinha que varrer o chão e trancar tudo à meia-noite. Eu sempre saía pela porta dos fundos, porque poderia me desmaterializar nas sombras que havia ali, e ele sabia disso. Estava esperando por mim.

Kane fechou os olhos.

— O que aconteceu?

— Quando tranquei a porta, eu me virei e ele apareceu ao meu lado. Fiquei tão surpresa ao vê-lo que congelei. E isso significou que, quando ele jogou o ácido em mim, eu era um alvo fácil...

— *Maldição...*

— ... e foi quando levei as mãos ao rosto e comecei a gritar que ele... jogou sal em mim.

Por isso as cicatrizes eram permanentes, Kane pensou sombriamente. Vampiros conseguem se curar e voltar ao estado original na maioria dos casos, desde que estejam saudáveis e bem nutridos e que os ferimentos não sejam tão graves quanto as queimaduras que ele havia sofrido. Cicatrizes cirúrgicas, facadas, tiros... tudo isso se regenerava.

A menos que houvesse sal. O sal sela as imperfeições, tornando-as permanentes.

— Tentei me afastar dele. — Nadya agitou os braços, como se estivesse em pânico e desequilibrada. — Eu estava sobre um lance de escadas. Não conseguia enxergar, estava com dor, temendo que ele tivesse mais ácido. Virei de lado e caí. Fraturei a perna ao aterrissar e nunca gritei tão alto na minha vida. Eu só... gritei.

Nadya continuou ali sentada, balançando a cabeça, perdida em meio às lembranças do ataque.

— Lembro muito bem dele parado, acima de mim. Ele estava... chocado. Mas o que ele achava que iria acontecer? Em seguida, meu pai apareceu. Eu não tinha permissão para dirigir por ser fêmea, por isso, meu pai sempre me levava e me buscava na biblioteca. Enquanto eu estava deitada ali, percebi que aquilo tinha sido uma mensagem para a minha família. Os meus ferimentos... significavam que ele não deveria ter coagido o pai e o filho daquela maneira. De todo modo, a história é essa, e foi assim que acabei no campo de prisioneiros.

— Espere... O quê? Você foi condenada pelo que ele fez? — Kane se sentou à frente, como se houvesse alguém no esconderijo subterrâneo a quem ele pudesse levar essa injustiça. — Como isso faz sentido...

— Não, não foi assim. Meu pai me levou imediatamente a uma enfermeira da espécie. Meus ferimentos eram tão graves que tive que ficar com ela, e ela cuidou de mim como se eu fosse da família. À medida que fui melhorando, ela começou a me ensinar sobre os cuidados dos pacientes. Ela foi muito boa comigo, muito generosa com seus conhecimentos. Estava começando a entrar no declínio da idade avançada, e sei que ficou feliz por ter alguém para quem passar tudo o que aprendera durante a vida.

— Mas onde estavam os seus pais?

Ela balançou a cabeça. E teve que limpar a garganta.

— Obriguei a enfermeira a lhes dizer que eu havia morrido. Que não suportei a dor e busquei a luz do sol, e não restava nada de mim.

Kane abaixou a cabeça.

— Ah, Nadya...

— Era melhor do que forçá-los a me ver o tempo todo. Meu pai estava consumido de remorso e arrependimento, chorava ao lado do meu leito. Parecia meio irônico que eu tivesse me tornado uma maldição para ele, em vez de ser a do pai do meu pretendente. Eu só sabia que, caso voltasse para casa, ele jamais conseguiria seguir em frente, assim como minha *mahmen*. Pelo menos, se eu estivesse morta, eles sofreriam a dor da perda e encontrariam algum tipo de vida nova.

Kane não conseguia conceber nenhuma parte da situação em que fora colocada.

— E para onde você foi depois de se tratar com a enfermeira? Ainda não entendi como foi parar no campo de prisioneiros.

— Depois que me curei o quanto poderia, continuei com a minha mentora, mas escondida de todos. Mais ou menos na época em que comecei a recuperar parte das minhas forças, ela passou a ir ao campo de prisioneiros para tratar dos doentes e feridos. Quis ir com ela porque precisava fazer algo de útil para alguém. Sempre fui coberta, claro, e aquilo se tornou algo que fazíamos juntas. O propósito que encontrei lá me salvou. — Houve um silêncio. Então, ela aceitou outro pedaço de maçã. — Sob as instruções dela, cuidei de tantos machos e fêmeas diferentes que acabei me tornando uma enfermeira muito boa. Quando a minha mentora partiu, por fim, para o Fade, assumi todas as suas responsabilidades, e como a casa dela fora deixada para parentes e eu não tinha nenhum lugar para ir, permaneci no campo de prisioneiros.

— Onde está o macho que a feriu? — Quando Kane ouviu o tom áspero de sua voz, complementou: — Digo, ele está em algum lugar próximo a Caldwell?

Você tem o endereço exato?, ele pensou.

— Bem, houve outro prisioneiro... que foi muito gentil comigo.

Uma pontada de ciúme fez Kane imaginar que iria atrás de dois machos diferentes. E, a julgar pela sua agressividade, não se surpreendeu por ela ter se esquivado da sua pergunta sobre o pretendente.

— E...? — instigou ele.

— Aconteceu há uns dez anos. — Ela dobrou e redobrou a veste marrom no colo. — Ele estava morrendo e eu tentei aliviar o seu sofrimento da melhor maneira que pude. Ele era ancião, mas um dia tivera muita vitalidade. Ficamos muito próximos, e talvez porque eu sentisse saudades da minha família, ou estivesse solitária, ou sei lá, contei o que havia acontecido. Contei tudo. Ele é a única pessoa que viu minha aparência... além de você agora.

Quando ela se calou, ele absorveu a honra que ela lhe prestara ao remover o capuz, ao partilhar de si do modo mais vulnerável.

Nadya olhou para ele com firmeza.

– Preciso ser honesta com você, mesmo que isso afete o modo como me vê.

– Nada poderia afetar...

– Permita-me reformular o que disse. O que vou lhe contar *deveria* afetar o modo como me vê.

Ele olhou ao redor, medindo cada espaço limpo e arrumado, a mobília confortável, a cozinha e o pequeno banheiro. Mesmo fora do campo de prisioneiros, ele sentia como se tivessem retornado àquele confinamento, a ponto de poder sentir o fedor do lugar, a terra, a sujeira, o suor rançoso entrando novamente em seu nariz.

Mas esse era o poder do campo de prisioneiros, não? Mesmo livres, nenhum deles foi de fato libertado por conta de tudo o que viram... e do que fizeram.

– Prossiga – murmurou. – Por favor.

– Eu disse o nome do meu pretendente. – Deu de ombros. – Só para contar a minha história. Ou, pelo menos, foi o que eu justifiquei para mim mesma. Porém, para ser honesta, eu acho que sabia quem o macho ancião era... e o que poderia fazer se chegasse a pôr as mãos no meu pretendente.

– Mas esse macho mais velho não estava morrendo? Por certo ele não poderia fazer *ahvenge* por você.

– Ele seguiu para o Fade pouco depois e eu pensei que tudo ficaria por isso mesmo. – Inspirou fundo. – Mas umas cinco ou seis noites mais tarde, voltei ao meu leito, o lugar onde dormia. Havia um... encontrei um pano em forma de nó sobre o meu travesseiro.

Kane esperou que ela continuasse. Quando ela não o fez, ele disse:

– O que havia nele?

– Um anel de sinete. Do meu pretendente. – Ela pareceu menear a cabeça. – O macho ancião? Ouvi dizerem que ele era... como se diz, um executor? E é difícil admitir, mas, sim, eu sabia que ele tinha contatos fora da prisão. Digo, os próprios guardas o tratavam com deferência e lhe traziam coisas. Ele me disse uma vez que eu era como uma filha para ele.

– Você não é responsável pelas escolhas desse macho.

– Na verdade, acredito que seja. – A mão pairou sobre o peito. – Meu coração estava impuro quando lhe contei a minha história. Não aumentei nada, mas... disse a ele o nome do meu pretendente. Eu tinha aprendido a odiá-lo, entende? Ao longo dos anos. Ele havia decidido destruir o meu rosto para não cumprir o compromisso arranjado e, além disso, punir o meu pai pela chantagem. Quero dizer, se fôssemos aristocratas? Meu pai teria sido mandado para a prisão pelo que fez, mas, por causa da nossa posição como cidadãos civis, meu pretendente tratou do assunto sozinho, sem que houvesse outras consequências além das que eu sofri.

– Você não sabe de verdade o que aconteceu com o anel.

– Você acha que o meu antigo pretendente, a quem eu não via há dez anos e que, sem dúvida, soubera da minha morte, se infiltrou no campo de prisioneiros, encontrou o meu leito em meio a todos aqueles túneis e deixou seu anel bem ali? O anel de ouro que fora de seu avô, seu objeto mais precioso?

Kane esfregou o rosto.

– Não sei.

– Sim, você sabe. Só não quer me enxergar pelo que sou de fato.

– Não me diga como se sinto, está bem? Deixe isso comigo.

Ela baixou o olhar para as mãos.

– Você precisa me levar de volta para lá.

– O quê?

– Para o campo de prisioneiros. – Com uma mão trêmula, tocou nas cicatrizes que percorriam sua face. – Eu moro lá.

Kane piscou. E não conseguiu encontrar as palavras.

– Não pode estar falando sério – disse num rompante.

– Aquele é o meu lar, meu propósito. – Quando Kane só a encarou, ela fez menção de se levantar, e de pronto dispensou-o quando ele se inclinou para ajudá-la. – O que achou que iria acontecer assim que me "resgatasse"? Eu não tenho para onde ir.

– Seus pais...

– Estão mortos. Foram assassinados nos ataques uns três anos atrás. Meu pai aceitara trabalhar numa das mansões da aristocracia como faz-tudo. Minha mãe se juntou a ele como criada. Os *redutores*... atacaram a propriedade e meus pais foram trancados para fora do quarto seguro pela família. Eles foram... massacrados.

Kane fechou os olhos.

– Eu sinto muito, Nadya.

– Descobri porque... ouvi alguns dos machos que traficavam a droga em Caldwell comentarem sobre os ataques. Mencionaram casas específicas e eu sabia onde meu pai e minha *mahmen* trabalhavam porque, na época em que ainda morava com a enfermeira, eu ia até a casa deles para espiar de longe como estavam. Depois que se mudaram de lá, a nova família em nossa casa me deu o endereço deles. Foi assim que descobri o nome da mansão. Foi como reconheci o nome quando ouvi os machos mencionando-o.

Sua voz fraquejou no fim. Em seguida, ela baixou as mãos no colo.

– Sou grata pelo que fez por mim. Mas devo voltar para o campo de prisioneiros porque é tudo o que eu tenho.

Kane imprecou. Porque não sabia o que mais fazer.

Em seguida, se sentou mais para a frente no sofá.

– Olhe para mim. Nadya, olhe para mim.

Assim que ela o fez, Kane apoiou as mãos nos joelhos.

– Você estava prestes a morrer. Quando a encontrei, você estava acorrentada à parede como um pedaço de carne, e eles iam executá-la. Se pretende cair sobre a espada da sua culpa, ou o que quer que seja isso, é decisão sua. Eu mesmo a levarei de volta. Mas você estará morta antes mesmo de eu sair da propriedade.

Ela piscou. Algumas vezes.

Quando lágrimas se formaram nos olhos dela, ele praguejou de novo e se levantou para andar, mas para onde iria? Ao se ver parado diante da pia, abriu a torneira e lavou o rosto algumas vezes. Havia um rolo de papel junto à cuba e ele se enxugou.

Em seguida, virou-se e se recostou na bancada. Tentou imaginar-se levando-a de volta ao hospital abandonado, com suas crueldades subterrâneas, tráfico de drogas e todos aqueles guardas.

Pensara antes que ela não sobreviveria sem proteção. Agora, ela estava no topo da lista de coisas a fazer dos guardas. Ele muito bem poderia levá-la de carro até o Fade e largá-la na frente daquela porta branca.

— Por que se importa tanto? — perguntou ela.

Estava na ponta da sua língua responder que não sabia, não sabia mesmo.

Em vez disso, a verdade lhe escapou:

— Não consegui salvar minha *shellan*. Imagino que tenha decidido tentar salvar você.

CAPÍTULO 21

No dia seguinte, depois do cair da noite, V. estava no Buraco, sentado diante dos seus Quatro Brinquedos, brincando com seu mouse. O que não era tão sexy quanto parecia. O apelido do seu pau não tinha nada a ver com nenhuma das mais de trinta e oito espécies do gênero *Mus*,[5] portanto, sim, ele na verdade estava movendo o disco sem fio do tamanho da mão em movimentos circulares.

— Você vem para a Primeira Refeição?

Seu colega de apartamento falava enquanto se aproximava pelo corredor onde ficavam os quartos. Quando Butch chegou à sala de estar, o antigo detetive da divisão de homicídios estava vestido para o trabalho de campo em vez de como alguém saído do elenco de *Bridgerton*.

O filho da mãe podia ter tido um guarda-roupa limitado na sua época de humano, mas vinha compensando esse déficit desde então. Tinha mais roupas do que o Museu Metropolitan tinha de arte. Infelizmente, a maior parte estava no corredor que dava para os quartos. Toda vez que tinha que sair daquele que partilhava com a doutora Jane, V. sentia como se estivesse nos últimos dez metros de um lava-rápido. O fato de não ter atacado todo aquele tecido com um lança-chamas provava o quanto ele amava o cara.

— Oi? — Butch chamou. — Alguém aí?

---

[5] *Mus* é um gênero de mamíferos roedores da família Muridae. Inclui espécies que normalmente são chamadas de camundongos ou ratos. "Mouse", em inglês, significa camundongo. (N.T.)

— Acho que precisamos começar do começo.

As sobrancelhas do tira se ergueram acima dos olhos castanho-esverdeados.

— Bem, levando em consideração que isso envolve Fritz pedindo para que vocês todos me matassem atrás da casa porque ele não queria manchar os seus tapetes com sangue... Quero dizer, temos *mesmo* que voltar a tudo isso?

— Rá-rá.

V. observou a seta marcar um perímetro ao redor da janela do Firefox que abrira no site do *Caldwell Courier Journal*. Em seguida, passou para o Outlook da Microsoft.

— Por que diabos tenho tanto spam? Passo a porra da minha vida mandando coisas para a lixeira e toda maldita noite tem uma leva nova. Tipo, eu já encomendei alguma coisa da Wayfair?

— Ah, fui eu.

— Como é?

— Um separador de sapatos. Sabe, daqueles que ficam pendurados atrás das portas dos closets?

V. afundou ainda mais na cadeira.

— Você já tem um desses.

— Vou pendurar um novo na parede. Como se fosse arte.

— Jesus.

Butch fez o sinal da cruz e foi para o sofá de couro.

— E aí, vamos para o começo do quê?

— Do que faremos para achar o campo de prisioneiros. Precisamos voltar a seguir as drogas. É a fonte de renda do lugar, e não importa onde estejam e quem está no comando, eles vão dar continuidade aos negócios. Mesmo que mudem a embalagem, conseguiremos rastreá-los de alguma maneira.

— Wrath baniu o campo de prisioneiros?

— Saxton ainda está trabalhando nisso. Colocando os pontos nos ts, fazendo os traços dos is.

— Não deveria ser o contrário?

— E você acha que eu tenho problemas com senso de humor.

Butch revirou os olhos.

— Bem, eu acho mesmo que você tem razão, mas não em relação ao alfabeto. Só temos as drogas, então vamos a campo agora mesmo. Marissa já está no Lugar Seguro e ouvi a doutora Jane sair mais cedo; ela está na clínica, correto? Podemos pular a Primeira Refeição, dar uma passada no Arby's e ir de lá.

V. balançou a cabeça, maravilhado.

— Você me completa.

— Eu sei. E sei que te ganhei com o Arby's, embora aquela merda precise dar uma melhorada até chegar aos padrões de incômodo gástrico do Taco Bell. Nunca vou entender por que você come aquilo.

— Velhos hábitos custam a morrer. — Clicou num dos seus e-mails, apanhou o celular e enviou uma mensagem a Tohr. — Vou avisar os rapazes sobre o que vamos fazer.

— Vou pegar as armas.

Butch voltou a desaparecer no corredor das frivolidades e foi difícil não agradecer — bem, não à Virgem Escriba, porque ela já não estava mais por perto, e V. jamais seria grato a Lassiter por qualquer outra coisa além do fato de o anjo caído ter se mudado da mansão...

Muito bem, só agradeceria ao Criador por ter aquele macho em sua vida.

Com isso em vista, V. se levantou, começou a juntar alguns cigarros e...

Franzindo o cenho, inclinou-se para o monitor. O site do *Caldwell Courier Journal* tinha um serviço de assinatura pelo qual pagava seis dólares ao mês, e ele vinha tentando descobrir como cancelar aquela merda. Apesar de todo o seu QI, ele não se lembrava de qual endereço de e-mail usara para criar a conta há oito anos, muito menos de qual cartão de crédito informara, e com a senha perdida em algum lugar do computador, era simplesmente trabalho demais invadir o maldito site para interromper a cobrança ou se meter na sua torre, que com certeza não era da Apple, para rastrear a porra da conta.

Além do mais, só lia mesmo a coluna de conselhos sobre relacionamentos – não porque se importasse com o que os humanos idiotas escreviam, mas porque se divertia inventando respostas na cabeça que seriam consideradas bem mais diretas.

Mas, ao se inclinar e reler a página inicial do *CCJ*, só para variar não estava pensando na incômoda conta mensal nem nas baboseiras de Ann Landers.

Estava olhando para um artigo sobre aquela invasão que vira no noticiário quando estivera com o Jackal no refeitório do centro de treinamento.

– Pronto? – perguntou Butch.

– Um segundo. – V. rolou a tela e leu o artigo do começo ao fim. – Era uma farmácia.

– Como é?

Enquanto seu colega de apartamento se aproximava, ele apontou para a tela.

– Noite passada, no norte do Estado, alguém invadiu uma farmácia em Leczo Falls, Nova York. Saquearam o lugar.

– É, e daí? Deviam estar atrás de fentanil ou algo assim.

– Mas levaram muito mais do que isso.

– Talvez quisessem incluir uns refrigerantes e uns sacos de Doritos na acusação criminal. Hum, delícia.

Enquanto V. só encarava o site, como se, do nada, pudesse arrancar detalhes extras do meio das frases em caracteres brilhantes, Butch apoiou uma mão em seu ombro.

– Por acaso vamos para Laczo Falls? – perguntou seu colega de apartamento. – Talvez queira me contar o motivo?

V. relanceou para o irmão.

– Se você administrasse um campo de prisioneiros e tivesse acabado de se mudar para muito longe, não haveria feridos a serem tratados? E se houvesse uma tentativa de fuga e as pessoas erradas se machucassem? Você precisaria de medicamentos.

– Mas como sabe o que eles roubaram?

— Está tudo aqui. Curativos, fitas adesivas, luvas cirúrgicas... Não foi só fentanil. – V. apontou para o artigo e balançou a cabeça. – Cidadezinha no norte do Estado. Sem muitos olhares curiosos, terra pra caramba e privacidade, mas fica perto de uma saída da Northway para o transporte de produtos. Admita, não é tão improvável assim. E, mesmo que não tenham roubado da cidade em que estão, devem estar em algum lugar nas imediações.

Butch deu de ombros.

— Ora, ir até lá não vai fazer mal. Deus bem sabe que não temos nenhuma outra pista, e as drogas sempre estarão nos esperando em Caldwell.

— Nisso você tem razão – V. resmungou ao apanhar o coldre do chão para se armar.

— O único problema é que vai demorar uns quarenta e cinco minutos para eu chegar lá de carro. Você precisa de retaguarda.

— Não, não preciso...

— E se você encontrar o campo de prisioneiros? – Butch sacudiu a cabeça. – Lamento, mas segurança em primeiro lugar, e eu vou te dedurar se não levar alguém junto.

— Você tem cinco anos de idade, é? E desde quando virou o Tohr? – Quando o irmão só o encarou de volta, V. revirou os olhos. – Tá bom. Já sei pra quem vou pedir.

No instante em que ele pegou o seu Samsung para mandar uma mensagem, o tira pigarreou.

— Posso fazer uma pergunta?

— Não, eu não sei por que o Lassiter continua por perto quando poderia muito bem relaxar lá no Santuário da minha *mahmen*. – Quando a resposta que V. queria chegou ao seu celular, ele prendeu o cinto de armas ao redor da cintura. – Pensando bem, talvez eu precise instalar uma TV lá em cima.

— A pergunta não era essa.

V. se esticou para apanhar a jaqueta de couro, pegando o peso morto com a mão enluvada.

— Também não posso comentar sobre a contagem de calorias do Rhage. A matemática diz que o infinito não tem limites, mas ele testa essa fronteira com bastante frequência...

— Por que encontrar o campo de prisioneiros é tão importante para você? — Butch ergueu as mãos, como que para acalmar o esquentadinho. — Eu concordo. O que você quiser fazer está bom para mim e eu sempre vou te proteger. Mas você está insistindo bastante nesse assunto.

V. vestiu a jaqueta e tateou o corpo no seu ritual de verificação. Munição, confere. Isqueiro, confere. Faca de caça, confere. Adagas...

Cacete. Esquecera o coldre das adagas.

Tirou a jaqueta e a deixou cair na cadeira, a peça aterrissando com uma série de baques quando as armas dentro dela se acomodaram. Estendendo a mão para as armas de lâminas negras que ele mesmo fizera para si, afixou-as aos ombros e ao redor dos braços. Prender o coldre era tão natural que ele não precisou olhar. Podia encarar seu colega de apartamento nos olhos enquanto ajustava tudo como devia.

— Cresci num campo de guerra — ouviu-se dizer. — Não escolhi o lugar, era horrível pra cacete. Se o que o Jackal nos contou é verdade, isto é, que muitos prisioneiros foram jogados na prisão porque a aristocracia os queria fora do caminho por seus malditos motivos próprios, então isso é uma merda e precisamos tirar de lá aqueles que não são criminosos.

Seu colega de apartamento assentiu.

— Muito justo.

V. relanceou para as suas telas.

— É essa a questão — murmurou ao voltar a vestir a jaqueta. — Não tem sido nada justo, e pra que porra servimos se não podemos consertar o que está errado?

Enquanto ele seguia para a saída, Butch riu.

— Olha só pra você, se preocupando com outro homem. Vampiro. Tanto faz.

— Não entenda mal. — V. manteve a porta aberta. — Ainda acho que as pessoas são idiotas.

— Ah, que bom. — Butch saiu para a noite. — Se não fosse assim, eu confundiria tudo isso com um episódio de *Black Mirror*.

CAPÍTULO 22

No subsolo do chalé decrépito, Kane passou as horas do dia sentado no chão, recostado contra a parede, à vista da cama atrás do sofá. De onde estava, ele não conseguia ver Nadya muito bem enquanto ela dormia, mas, a julgar pelo padrão de respiração, deduziu que ela devia ter repousado pelo menos um pouco.

Para ele, nada de dormir, e o estranho foi que não se sentia cansado. Aquela eletricidade embaixo da pele, aquela energia agitada, furiosa, era uma constante, controlada no momento, mas pronta e ávida para... qualquer coisa, na verdade.

Era um lembrete de quanto tempo fazia que não tinha nem sequer um pingo de saúde.

E ele se lembrava do momento em que a perdera.

Esticando a mão, fitou a palma, voltou no tempo e se lembrou de se servir daquele drinque no carrinho de bebida em seu escritório. Repensando agora, não conseguia determinar se o xerez estava com um gosto estranho. Consumido pelo iminente cio de Cordelhia, com os hormônios dela pedindo uma reação dele, deixando-o cada vez mais distraído, não prestara a mínima atenção ao que deslizara pela sua língua.

Mas estava claro que havia sido drogado.

Tomara aquele primeiro copo.

Seguido de outro.

E depois...

Contraindo o rosto, esfregou os olhos, como se assim pudesse apagar a imagem de sua Cordelhia naquela cama, com o sangue pingando da mão frouxa, empoçando-se no chão. Seu ponto focal fora o mesmo de agora: olhara para cima para ver o cadáver.

E então o grito.

A *mahmen* de Cordelhia naquele seu elegante casaco de seda e peles, parada à porta do quarto, gritando horrorizada...

— *Você matou minha filha! Minha filha está morta!*

Kane tentou se levantar, mas, ao empurrar as palmas no delicado tapete, seus braços se recusaram a sustentar o tronco e ele chocou o rosto no chão.

Ao virar a cabeça de lado... viu a faca ensanguentada em sua mão.

Seu primeiro pensamento foi de que aquela mão não era sua. Também pensou que aquela não era sua lâmina.

E, por fim, percebeu que aquilo não era faca alguma.

Era o seu abridor de cartas, aquele que ficava em sua mesa no escritório no andar de baixo, aquele feito de prata de lei com o brasão de sua linhagem... aquele que ganhara do pai depois de ter sobrevivido à transição.

Algumas noites antes, dera pela falta do objeto com formato de adaga.

E agora lá estava, e sua mão sobre a extensão ensanguentada, os dedos envolvendo o cabo da diminuta espada.

Nos recessos da mente, notou que a mahmen *de sua amada ainda berrava, mas ele tentava se lembrar de como qualquer uma daquelas coisas acontecera — ao mesmo tempo que encarava o fato de que, se a fêmea trajando roupas formais tivesse a mínima esperança de ainda haver vida em sua filha, não estaria berrando coisas incompreensíveis para ele, e sim chamando a criadagem para ajudar...*

Um macho berrava agora e, em seu delírio, por um momento Kane pensou que fosse ele mesmo. Mas não, outra pessoa estava à soleira, puxando a mahmen *para trás, levando o rosto dela para o seu ombro.*

O irmão de Cordelhia afastou a mahmen *do seu campo de visão e então se aproximou de Kane, arrastando-o pelo chão. Os golpes vieram de todas as direções, socos na cabeça e no peito, e depois um empurrão ao longo do cômodo. A sua falta de coordenação fez com que o impulso o levasse adiante, seu peso arremessando primeiro a cabeça, os pés não conseguindo acompanhar. A cômoda de sua* shellan *o deteve, e ele vislumbrou seu reflexo no espelho por uma fração de segundo antes que o impacto do corpo apagasse tudo da sua superfície.*

Uma colisão, mas o som foi abafado pelo algodão que parecia preencher sua cabeça.

— Você a matou!

Kane foi erguido de novo. E, ao olhar para a cama, não conseguiu respirar. O sangue... estava em toda parte.

— Cordelhia...

O rosto do irmão dela se aproximou do seu.

— Nunca mais pronuncie o nome dela. Nunca!

O tapa veio da direita e o contato com a palma firme na sua face foi tão violento que ele girou, ou talvez o quarto estivesse girando, ele não tinha certeza. Quando seu equilíbrio o abandonou, ele se chocou contra a parede oposta à cama, o retrato a óleo do pequeno terrier predileto de sua fêmea despencando da moldura.

Os joelhos de Kane cederam e ele despencou no chão.

— Não a matei! Não fui eu!

O irmão de Cordelhia apanhou algo do tapete feito com ponto-cruz e, quando avançou, a lâmina de prata de lei do abridor de carta refletiu a luz da lamparina, cintilando.

Kane virou-se de costas e ofereceu a garganta.

— Mate-me! Mate-me agora! Não desejo viver sem ela...

As palavras detiveram o outro macho e houve um instante de suspensão do tempo. Então o irmão da sua fêmea caiu de joelhos. Ele ofegava, o peito se movendo com força debaixo das roupas feitas sob medida, o rosto corado uma cópia horrenda da aparência que costumava ter.

O abridor de cartas tremeu em sua mão, mas se firmou novamente quando ele ergueu a minúscula espada acima do ombro, o arco da ponta afiada num ângulo que perfuraria o peito de Kane.

— Mate-me — gemeu Kane ao rasgar a camisa. — Mate...

— Não! — De repente, o outro macho se inclinou à frente e cerrou o punho. — Não! Você viverá com o que fez, Kanemille, filho de Ulyss, o Ancião.

O irmão desceu o braço e o golpe na cabeça deu um fim ao que o delírio iniciara. Kane desfaleceu. Sua última percepção foi o cheiro das suas lágrimas se misturando ao odor cuprífero do sangue dela e...

... ao cheiro de terra.

Não, isso não podia estar certo.

Primeiro, porque por certo devia estar morto, portanto, como sentiria algum cheiro? Segundo, se estivesse vivo, estaria em sua casa, então por que sentiria cheiro de terra no quarto de dormir de Cordelhia?

E havia outras coisas no ar: um fedor horrível de podridão, mofo, tecido velho, seu próprio sangue. De fato, já não estava mais em sua propriedade.

Incapaz de avaliar o ambiente que o cercava, fez uma avaliação de si mesmo: a cabeça permanecia atordoada, a audição ia e vinha, os olhos se recusavam a se abrir. Mais abaixo, sentia o estômago tão ácido quanto vazio, mas ele não conseguia se preocupar com...

— É, você tá mal.

A voz estava próxima e, quando as palavras foram registradas, ele não teve certeza de quem estava falando. Chegou a pensar que deveria suspender as pálpebras, mas a cabeça latejava e o rosto parecia inchado — portanto, não acreditou que isso fosse possível.

— Poderia repetir? — murmurou.

— Ah, cê é um dos grã-finos. Deu pra ver pelas roupas e por quem te largou aqui. — Houve uma movimentação, como se alguém caminhasse pela terra batida. — Vai ter que se esconder, chefia.

Com pensamentos atordoados, ele tentou se lembrar do que tinha acontecido depois que o irmão de Cordelhia o golpeara pela última vez. Teve a sensação de que horas haviam se passado. Talvez até o ciclo de um dia e uma noite.

— Onde estou? — perguntou.

Quando não houve resposta, tentou de novo abrir os olhos. Quando não conseguiu, pensou em levantar uma das mãos, mas seus braços pareciam incapazes de se mover.

— Você tá no campo de prisioneiros. Foi largado aqui ontem de madrugada. Você não pode ficar aqui. É melhor ficar longe de certa gente.

Campo de prisioneiros? Onde seria isso?

— Melhor se mexer, chefia. Se te pegarem aqui, vão te levar pra Colmeia. Vai servir de exemplo pros outros.

Tinha que sair dali, Kane pensou. Tinha que encontrar o encarregado, explicar sua situação e esclarecer que estava sendo mantido ali sob falsos pretextos. Dessa forma, com certeza, eles o libertariam e ele poderia conversar direito com a linhagem de Cordelhia. Afinal, ele tinha um funeral para preparar e doggens e criados de quem cuidar.

E um assassino para encontrar.

Alguém planejara o assassinato. Tiraram o abridor de cartas da sua mesa, escolhendo-o como algo — numa casa repleta de itens que lhe haviam sido presenteados — que seria identificado como de sua propriedade. Depois disso, colocaram alguma substância no seu xerez, no decânter de que ele, e apenas ele, se servia. E pouco antes de ele desfalecer...

O som. Do lado de fora da casa.

Alguém se aproximara da janela do seu escritório, como se à espera de que ele bebesse e fosse subjugado pelo xerez batizado.

Em seguida, ele caíra no chão e vira as botas.

Então, acordara no quarto de dormir de Cordelhia.

A imagem de sua companheira morta e ensanguentada foi acompanhada de uma onda de dor que invadiu sua confusão atordoada e, quando ele inspirou, sentiu o cheiro do sangue dela uma vez mais e se lembrou do aroma de seu período fértil. Como foi que tudo aquilo aconteceu? Apenas *duas semanas antes, ele chegara em casa e a encontrara, junto aos doggens, celebrando o aniversário do seu nascimento. E agora ela estava morta e ele...*

— Está acordado?

A voz do desconhecido soou um tanto mais urgente e Kane teve dificuldades de determinar se era um macho ou uma fêmea. A princípio, fora um macho, parecera um macho, mas agora havia um quê feminino na tonalidade. E um sotaque um pouco diferente.

Como foi que sua vida foi parar ali...

— Está gemendo. Está ferido?

— Sim — respondeu Kane. — Minha companheira está morta. E eu não a matei... Eles me jogaram na prisão, e eu não...

— Kane?

Como o prisioneiro sabia seu...

Kane retornou ao presente com um solavanco do corpo, o choque da reorientação tão intenso que, por um momento, ele não teve a mínima ideia de onde estava. Sabia que não era o quarto de sua *shellan* assassinada, tampouco o campo de prisioneiros, mas, fora isso...

— Kane.

Sua cabeça estalou ao se levantar. Do outro lado de um sofá, numa cama ampla, um amontoando de cobertas parecia estar se dirigindo a ele.

— Nadya?

Quando o nome lhe escapou, tudo retornou: a fuga da noite anterior; a cabana com a fêmea de cabelos prateados; a víbora...

Ele franziu o cenho e inclinou a cabeça. Entre uma batida do coração e a seguinte, uma imagem lhe surgiu, borbulhando para fora da amnésia que mantivera suas lembranças sobre a noite anterior além do seu alcance.

— Víbora — sussurrou.

— O que disse?

Tão rápido quanto surgiu, a lembrança se perdeu. Como uma cortina se fechando, qualquer vislumbre que tivesse tido desaparecera, sem mais ser visto, sem nenhuma outra informação disponível.

A ponto de nem sequer conseguir se lembrar do que havia dito.

– Desculpe – disse, ao esfregar o rosto. – Eu... sinto muito.

Ao murmurar para si mesmo, ele não fazia a mínima ideia de por que se desculpava. E, então, algo ficou bem claro.

Estava livre.

Poderia descobrir quem matara Cordelhia.

O mistério por fim poderia ser solucionado.

Quando essa percepção o atingiu, uma letargia clamou seu corpo e sua mente, sugando-o para uma escuridão tão absoluta que ele não estava apenas dormindo... tinha sido dominado pelo vácuo.

CAPÍTULO 23

De cima da cama, Nadya não conseguia desviar o olhar de Kane. Ele estava sentado no chão, com as pernas esticadas à frente, braços repousando na metade do corpo, a cabeça inclinada para baixo e o queixo encostando no peito. Falava baixinho, com os olhos semicerrados, e ela não tinha certeza se ele estava acordado ou não.

Quando o chamou, Kane olhou para ela, murmurou alguma coisa e se desculpou. Mas não estava falando com ela, não de verdade, e agora ele se fora uma vez mais – embora ela soubesse onde ele estava em sua mente. Ouvira a história antes, sentada ao lado do seu leito por todas aquelas horas na clínica, o subconsciente dele agitado com relação a eventos que não seriam nem podiam ser mudados, pouco importando quantas vezes ele repassasse o acontecido.

A morte da sua Cordelhia. A noite que descarrilhara a sua vida. O modo como fora parar no campo de prisioneiros.

Ele disse algo mais no fim, contudo. Uma palavra que ela não chegou a ouvir e que nunca o ouvira dizer antes em conexão à sua história.

E agora ele aparentava estar completamente adormecido, com o rosto tenso, mas respirando lenta e profundamente. Encarando-o de longe, ainda custava a acreditar na sua aparência e, por fim, acabou desviando o olhar por achar que invadia sua privacidade, por ele não estar ciente do seu olhar.

Relanceando ao redor, ficou maravilhada ao ver tudo tão limpo e silencioso – em contraste com o campo de prisioneiros, em especial o anterior, que parecia uma toca de coelho cavoucada debaixo da terra.

Pensando bem, a diferença era a segurança, não o silêncio ou a limpeza.

Fazia muito tempo que não precisava dormir com um olho aberto. Parte da segurança era transmitida por aquele esconderijo, mas o principal motivo era Kane. Sua presença era uma declaração de proteção, e por mais que ela não tivesse esperado descansar, chegara a sonhar durante o dia – sem nenhum pesadelo, para variar. De fato, em seu repouso, voltara à sua antiga forma, com os cabelos esvoaçando, os membros funcionando e um futuro à frente na biblioteca humana.

Quem sabe Kane não teria um dia aparecido à mesa da recepção com um livro na mão... e calor nos olhos.

– Pare – sussurrou.

Ela não precisava de fantasias agora. Precisava, isso sim, de...

... um banheiro de verdade, com água corrente.

Sim, era disso.

Virando-se de costas, foi para o lado oposto da cama e, com cuidado, apoiou os pés descalços no chão. O tapete era macio, assim como a cama, e ambos eram um lembrete de confortos mundanos, de tudo o que considerara como certo e depois se tornara desconhecido pelo que parecia ser uma eternidade.

Como sempre, tomou cuidado ao apoiar o peso na perna ruim, dando às articulações do joelho e do tornozelo a oportunidade de aceitar o que se exigia delas. Ao se firmar, levou consigo a coberta na qual dormira ao claudicar até o banheiro, trancando-se nele. Havia uma lampadinha inserida num soquete, o brilho semelhante ao de um vaga-lume afixado à parede, e ficou aliviada por não ter que acender nada muito brilhante.

Por um momento, só continuou de pé entre a pia de porcelana branca e o boxe do chuveiro e, quando teve dificuldade para se conectar ao lugar em que estava, estendeu uma mão em cada direção, sentindo o desenho do vidro jateado e a suavidade fria da cuba.

Em seguida, esticou-se e abriu o chuveiro, usou o vaso sanitário e retirou as vestes. Foi impossível não olhar para os joelhos protuberantes e para as panturrilhas ossudas ao testar a temperatura da água. O ácido a atingira apenas no rosto, pescoço e parte do tronco e braços, mas aquela perna quebrada, que se curara tão mal, seria um problema equivalente pelo resto da sua vida.

Ao considerar sua fragilidade, sua mente a levou de volta a quando fora acorrentada aos ganchos daquela parede manchada, quando o guarda arrancou o seu capuz e depois a encarou, como se ela fosse uma atração circense pela qual ele pagara e queria se certificar de ter valido o investimento antes que a cortina se fechasse.

Dentro do boxe, estremeceu ante o contato gentil da água na pele e, por um momento, tudo ficou tão confortável, parecido demais com os tempos de antes do ataque com ácido – ainda mais quando fitou a parede azulejada e viu uma prateleirinha com embalagens de xampu e condicionador. Também havia uma barra de sabonete ainda envolvida em papel.

"Dial", dizia o logo.

A mão estremeceu quando ela abriu a embalagem. Era uma barrinha de uso individual, laranja como uma tangerina. O cheiro não era agradável, mas tampouco ofensivo aos sentidos.

Esfregou o sabonete com as mãos repetidas vezes sob a água e, quando havia espuma suficiente, levou-a ao rosto e ao pescoço. Os nervos da pele que haviam sido queimados pelo ácido já não funcionavam e ela precisou de tempo para se acostumar aos sentidos apenas parciais: o contorno da testa, bochechas e queixo percebendo as mãos, nada mais sendo captado pelo rosto.

A fragrância se espalhou à medida que ela se lavava, incluindo o topo da cabeça e os tufos espaçados de cabelo. O xampu e o condicionador eram desnecessários: ela não tinha fios suficientes, tampouco estavam em bom estado para se preocupar com eles.

Como ela podia ter deixado que Kane a visse naquele estado, pensou.

Terminando de se lavar, virou-se na direção do jato e inclinou a cabeça para trás o quanto pôde – o que não foi muito. Em seguida, precisou ser sensata.

Kane tinha razão.

Se voltasse para a prisão, morreria. A chefe dos guardas a castigaria pelo guarda que Nadya matara, e seria uma morte bem sofrida. E morrer nas mãos daquela fêmea? Seria uma desfaçatez pelos riscos que Kane assumira ao voltar para libertá-la.

Mas não mentira ao lhe dizer que voltaria por não ter para onde ir. O campo de prisioneiros era um lugar horrível, mas ali ela tinha uma rotina. Sabia com o que devia se preocupar, o que devia temer e aonde ir caso estivesse em perigo. E, às vezes, o conforto podia ser encontrado na previsibilidade do desagradável. Era mais fácil do que superar seu sofrimento e sua raiva, claro, e, além disso, mantivera-se durante quarenta anos à parte do mundo dominado pelos humanos. Tudo seria bem diferente do que se lembrava.

Não sabia se teria forças para assimilar toda a modernidade.

Todavia, para onde iria?

Fechou o chuveiro, saiu do boxe e ficou pensando se deveria ou não usar a toalha que estava pendurada junto à pia. O tecido branco fora dobrado com cuidado, e ela não achava que seu corpo merecia perturbar aquele arranjo cuidadoso.

Ao se virar para a pia, deu-se conta de que, apesar de preocupada ao entrar no banheiro, mesmo assim abaixara a tampa do vaso e dobrara e empilhara cuidado seu robe, a túnica larga, as roupas íntimas e as calças.

Nada daquilo estava limpo e, quando ela desdobrou a túnica, notou que o fedor do campo de prisioneiros permeava o tecido tal qual uma mancha.

Incapaz de suportar o cheiro, envolveu-se no cobertor e pairou acima da pilha de roupas, imaginando onde poderia encontrar algo para substituí-las. O fato de estar sem opções quanto a algo tão básico como vestimentas foi desanimador, e ela sentiu a tentação de voltar ao que conhecia: uma mentira tentadora a ilusão de que conseguiria, de alguma forma, se esconder no arranjo mais estruturado da nova prisão.

— Você é uma covarde — disse.

Então, apanhou tudo o que possuía de seu e carregou a pequena pilha para a porta.

Ao abri-la, deparou-se com Kane sentado no sofá, aos pés da cama. A cabeça estava apoiada no punho, o cotovelo no braço do sofá, o corpo numa disposição relaxada que demonstrava a força que, de alguma maneira, ele reunia sob a antiga pele ferida.

Ele ergueu o olhar.

— Olá.

— Olá. — Ela indicou o banheiro atrás de si. — Eles têm sabonete e água quente.

— Aquele licantropo é um bom anfitrião.

— Ele é.

Ela relanceou ao redor e teve a intenção de fazer algum comentário. Em vez disso, se calou.

— Já passou do pôr do sol — disse ele. — O licantropo logo retornará. Foi o que nos disse.

— Então, sim, você deveria esperar por ele. — Nadya segurou as roupas com mais força. — E eu... bem, não sei para onde vou, mas você está certo. Não posso voltar ao campo de prisioneiros.

Ele exalou, evidentemente aliviado.

— Abençoada Virgem Escriba. Escute, você pode ir ao território do clã do licantropo. Mayhem ainda está se recuperando lá, e estou certo de que lhe darão um lugar para repousar e...

— São estranhos que não me devem nada. Não posso me impor a eles.

— Então, para onde você vai?

— Eu dou um jeito. — Ao abaixar o olhar, ela conseguiu sentir a mirada dele, como se fosse uma rajada de descontentamento. — Sei cuidar de mim, sabe.

— Nadya...

— E você? Para onde vai?

Quando uma onda de exaustão a tomou, Nadya se apoiou no batente e pensou na maçã que tinham partilhado em algum momento perto do amanhecer. Tinha que comer melhor antes de partir – e logo percebeu que não só tinha a mobilidade comprometida, mas também não se desmaterializava desde que fora ferida.

Praguejando para si mesa, odiou sua inutilidade...

– Quando foi a última vez que se alimentou? – perguntou Kane. Em seguida, ergueu uma mão. – Por favor... apenas responda à pergunta. Acho que nenhum de nós tem forças para mais discussões.

Enquanto aguardava pela resposta, Kane precisou de todas as forças para continuar onde estava no sofá. Junto à porta do banheiro, Nadya aparentava ceder à fatiga e, quando ele a imaginou partindo no escuro, sozinha, desarmada e incapaz de se proteger, seu estômago embrulhou.

Motivo pelo qual fizera a pergunta íntima.

– Vou comer antes de partir – disse ela. – Na verdade, eu estava pensando exatamente nisso...

– Não estou falando de comida – ele a interrompeu bruscamente. – E sei que você me alimentou na clínica.

Quando ela o fitou, ele assentiu.

– Você abriu a sua veia com as próprias presas e posicionou o pulso acima da minha boca. O seu sabor foi a primeira coisa da qual me lembro que não era dor. Pensando bem, foi a única coisa que não me fez sofrer.

Ela abaixou os olhos para o fardo de roupas que segurava firmemente junto ao peito.

– Não sabia que você havia percebido.

– Só estou vivo porque você partilhou de si. – Ele limpou a garganta. – Permitirá que eu a reabasteça?

– Você já salvou a minha vida. – Ela se remexeu na coberta na qual havia se envolvido. – Portanto, a sua suposta dívida já foi paga. Estamos quites agora.

— Bem, se quer usar dessa lógica, terá que me permitir retribuir o presente da sua veia também. É o justo, não concorda?

Na realidade, justiça era a última coisa em sua mente. Só tentava encontrar um argumento que a fizesse concordar em se alimentar dele. Vampiros foram projetados pela Virgem Escriba para necessitarem do sangue do sexo oposto para manter o máximo de saúde. Alimentar-se de sangue não era algo a se fazer todas as noites, mas tinha que ser feito com regularidade, e, a julgar pela exaustão evidente, fazia muito tempo para ela. Também se preocupava com a sua falta de recursos e contatos. Os pais morreram. A enfermeira que fora sua mentora, também. Ela estava completamente sozinha.

Então, se não fosse ele, quem seria? Ainda que... ao pensar, mesmo hipoteticamente, nela sugando da veia de outro macho, aquele seu lado estranho, aquele que se adiantara quando se mostrara determinado a resgatá-la, se inflamava com agressividade.

A ponto de ele precisar se controlar.

— Veja bem, eu lhe daria dinheiro – disse com seriedade –, mas não tenho nenhum. Pediria que ficasse comigo, mas não tenho um lar. Não tenho roupas nem sapatos para lhe oferecer. A única coisa que posso lhe dar é o que você mesma me deu. E, por favor, não discuta dizendo que não é minha responsabilidade. A questão não é essa.

Pelo menos não do modo como ela enxergava tudo.

Ela se calou e por um momento ele a avaliou. Quando olhou para as cicatrizes e a calvície, pensou em como não as percebera antes. Não que não enxergasse a desfiguração e não odiasse o que representava. Mas ele enxergava além do estrago.

Atração era algo físico. Conexão ocorria entre almas.

— Não gosto de depender dos outros – disse ela com suavidade. – Não gosto de ficar em dívida.

Ele franziu o cenho, perguntando-se se ela se preocupava com outra coisa. Então pensou... Bem, claro:

— Não será nada sexual. Prometo.

Ela irrompeu numa gargalhada curta.

– Ah, disso eu sei. Eu jamais acreditaria que você... bem, é isso.
– O que quero dizer é que pode confiar em mim.
– Nunca duvidei disso também. – Depois de um instante de silêncio, ela abaixou o fardo de roupas que vinha segurando junto ao coração. – Faz quarenta anos.

Kane piscou, confuso.
– Desculpe, o que disse?
– Não me alimento desde que fui ferida.

Meneando a cabeça, ele se inclinou.
– Mas isso não é possível.
– É a verdade. Tomo muito cuidado para conservar minha energia e, além do mais, com a minha perna, não posso me movimentar muito bem. Desde o ataque com o ácido, mantive-me meio que em suspensão, nem morta nem viva. Um fantasma que vaga entre os vivos, imagino. Portanto, faz sentido que eu não precisasse me alimentar.
– Você não é um fantasma. – Subitamente, puxou a manga da camisa que tirara do guarda no campo de prisioneiros. – Venha cá. Use-me e ajude a minha consciência. Seja o meu bálsamo ao tomar da minha veia para que eu saiba, quando seguirmos caminhos diversos, que você estará tão forte quanto puder.

Apoiou o braço ao longo da coxa e só a encarou.

Uma eternidade silenciosa se passou entre eles.

Em seguida, ela se aproximou devagar e deixou as roupas do lado oposto do sofá.
– Partirei quando estiver escuro o suficiente.

Isso é um "sim"?, ele se perguntou.

Mas como ele a deixaria? Passaram tanto tempo juntos na clínica, seu sofrimento estendendo os momentos e minutos para anos e décadas. A ideia de que não a veria depois disso, de que ela iria embora, sozinha, e ele jamais ficaria sabendo como era a vida dela, fez com que ele sentisse dores por toda parte.

Assim que Nadya se sentou, percebeu que ela tremia, e disse a si mesmo para permanecer no presente.

Isso é um "sim", pensou.

— Só estou tão cansada — sussurrou ela.

— Posso ajudar. — Aproximou o antebraço dela. — Tome de mim. Isso fará com que se sinta melhor, prometo.

A coberta deslizou quando ela abaixou a cabeça e ele odiou a fragilidade dela, a fineza dos ombros, a concavidade das clavículas.

— Vai ficar tudo bem — disse. — Eu prometo.

Que diabos saía da sua boca, pensou, ao esticar o braço até ele ficar no colo dela.

Mas ela não o mordeu.

Com um formigar no maxilar superior, as presas dele se alongaram. Ficou claro que ele teria que dar continuidade àquilo, e tudo bem para ele. Tudo... por ela.

Só que, quando estava para furar a própria pele, como ela fizera por ele na clínica, algo atingiu a parte interna do seu pulso, uma gota.

Uma lágrima.

— Ah, Nadya.

— Depois disso diremos adeus. — A voz estava firme quando ela enxugou os olhos, como se também estivesse se livrando das suas emoções. — Seguiremos caminhos opostos.

Ele praguejou baixinho.

— Não entendo por que isso é tão importante para você...

— Porque sei o que você vai fazer.

— O que isso quer dizer?

Ela ergueu um pouco mais a coberta ao olhar para ele.

— Sei o que irá fazer assim que terminarmos. Você vai sair para descobrir quem matou Cordelhia.

Uma descarga fria atravessou o corpo dele. Seria surpresa — ou algo mais?

— Como... como você sabe dela?

— Você falou dela em seu delírio. Sei de tudo o que aconteceu depois que você foi drogado com aquele xerez... sei o que encontrou ao acordar e o que aconteceu depois... Sei de tudo que você perdeu.

Kane limpou a garganta.

– Não sabia que havia sido tão eloquente assim.

Ela assentiu.

– Você contou a história repetidas vezes. Era como se a sua mente repassasse os acontecimentos, tentando criar outro resultado a partir do modelo inicial. Eu mesma fiz isso, portanto, sei como é: o pensamento obsessivo, o reimaginar. Não muda nada, e mesmo assim é o que fazemos...

– Eu não a matei.

– Ah, eu sei disso. – O olhar dela era franco. – Violência não provocada não faz parte da sua natureza, nem mesmo contra um estranho e muito menos contra alguém a quem amou tanto. É por isso que tenho que seguir o meu caminho, entende?

Kane meneou a cabeça.

– Não, não entendo. Não entendo nada.

Nadya respirou fundo e sorriu com rigidez, uma expressão falsa típica de quem tenta camuflar a vulnerabilidade com indiferença.

– Não posso assistir enquanto *ahvenge* outra pessoa, embora seja não apenas um direito seu, mas um sinal de quanto a sua *shellan* significou para você.

– Não tem que se preocupar comigo. Eu serei cuidadoso.

– Temo que não seja esse o principal motivo.

Quando a mão voltou a subir para os olhos, ele sentiu o cheiro de mais lágrimas, frescas como a brisa do oceano. Queria se aproximar dela, aliviá-la de alguma maneira, de qualquer maneira, mas sabia que ela se afastaria.

– Nadya...

Ela se aprumou e cruzou as mãos sobre o colo, como se estivesse se apropriando de alguma força física com tal postura.

– Passei a me importar com você. E não apenas como um paciente ou amigo. Imagino que isso não se reflita positivamente no meu caráter, profissional ou qualquer outro, mas não podemos mudar nossas emoções. Só podemos suportá-las. – A mão enxugou as faces com impaciência. – Sim, esse é o motivo verdadeiro pelo qual devo partir. Sei que ser lembrada do seu amor por outra é uma dor intolerável e que estupidez isso é.

Kane continuou sentado por um momento, a mente repassando as palavras dela, tentando se certificar de que ouvira direito.

– Eu não imaginava – sussurrou.

– O quê?

– Senti o seu calor. O tempo todo. Costumava antecipá-lo. Depois do trabalho na clínica, limpando e movendo as coisas do lugar, você se sentava ao meu lado e eu me concentrava em você para tentar me afastar da dor. Você era o meu farol na escuridão. Eu ficava muito impaciente para que você terminasse o que estava fazendo e voltasse para mim.

– Eu não sabia que você estava tão consciente assim.

– Em relação a você, eu tinha ciência de tudo.

De repente, pensou em Cordelhia, visualizando o que se lembrava da aparência e do cheiro dela, como ela se vestia e falava. As lembranças da sua noiva loira e frágil não eram tão nítidas quanto foram no início do seu encarceramento, os detalhes esmaecidos como se suas lembranças sobre ela tivessem se gastado por terem sido examinados demais.

Em seguida, lembrou-se da escolha feita na noite anterior: continuar vivo e ajudar Nadya em vez de ir para o Fade para se reencontrar com a sua companheira.

– Você me pergunta como suporto olhar para você. – Meneou a cabeça. – Eu me conectei a você quando não podia ver. Esses sentimentos não desaparecem. O seu cheiro, a sua voz e o seu cuidado comigo me ampararam, e é isso o que a define para mim.

Quando ela pareceu surpresa, ele se calou – até que palavras escaparam da sua boca sem um pensamento anterior, uma verdade partilhada porque borbulhava dentro dele e tinha que ser expressa:

– Tive que voltar para você pelo mesmo motivo pelo qual sente a necessidade de partir agora.

Ele sentiu a surpresa dela como uma corrente elétrica no ar.

Mas, em seguida, ela se recompôs.

— Não é incomum imaginar que haja sentimentos por aquele que você considera seu curandeiro.

— Ou talvez seja apenas por sua causa. Talvez não esteja relacionado aos seus cuidados... mas só a você.

Quando ela desviou o olhar, como se não fosse discutir com ele porque a verdade era óbvia demais, ele não fazia ideia do que dizer ou fazer a respeito de nada daquilo.

Por isso, estendeu o pulso.

— Tome da minha veia por qualquer motivo que queira justificar para si – disse. – Não me importo qual seja. Se vamos seguir caminhos diferentes, quero que esteja o mais forte que puder. Isso me ajudará a imaginar um futuro para você com o qual ficarei em paz.

No silêncio que se seguiu, os detalhes do alojamento em que estavam, os azuis e o cinza do tapete, as paredes lisas e os móveis confortáveis, se destacaram na periferia, como se a mente dele estivesse gravando tudo a respeito de Nadya com tamanha intensidade que mesmo o pano de fundo ao redor dela foi atraído para o foco intenso.

— Obrigada – sussurrou ela.

— Pelo quê? – ele quis saber quando ela não elaborou.

— Pela sua veia.

Dito isso, ela se abaixou e ele sentiu o resvalar da franja da coberta no antebraço. Em seguida vieram as mãos pequenas, frias e tão delicadas, tão macias. Fechando os olhos, ele deixou a cabeça pender para trás. Assim que a respiração começou a acelerar, um formigar perpassou seu corpo em antecipação pelas pontas afiadas perfurando...

A mordida foi lenta e gentil, a ponto de ele se preocupar que ela não tivesse acomodado bem a boca – mas ele percebeu o instante em que ela começou a sugar. Houve uma retração em sua veia e, então, ela arquejou bem no fundo da garganta e as mãos o apertaram.

O ato de beber foi contido, como se ela estivesse determinada a não lhe causar nenhum desconforto. Só que não existia nenhuma maneira de ela feri-lo.

Na verdade, não... isso não era verdade.

A mão livre se ergueu porque ele queria aproximá-la – e, enquanto o braço pairava no ar acima dos ombros dela, ele se perguntou como aquilo acontecera... Como havia se tornado tão ligado a outra fêmea que não a sua Cordelhia. Mas isso importava?

Assim como a separação deles, isso era algo que ele não poderia modificar.

E ela estava certa. Ele tinha um objetivo, e vingança não era algo casual. Só desejou que ela acreditasse que, se não fosse pela *ahvenge* de sua *shellan*, ele teria implorado para ficar com ela.

Porém, se não fosse por Cordelhia, ele imaginou se Nadya não pediria para ele ficar.

No entanto, não poderia deixar de *ahvenge* sua companheira. De todo modo, estava claro que Nadya não acreditava no que ele lhe dissera.

Portanto, depois de alimentá-la, eles se separariam, e se houvesse alguma justiça no destino, ele mataria alguém mesmo que isso fosse a última coisa que faria na vida.

E ele tinha a sensação de que... provavelmente seria.

CAPÍTULO 24

GRAÇAS AO NOTICIÁRIO SOBRE o roubo em Laczo Falls, Vishous foi capaz de retomar sua forma em segurança no meio de uma praça pitoresca, atrás de um gazebo branco que poderia ter sido usado em qualquer dos filmes de Kevin McCallister.[6] Ao relancear ao redor do amplo gramado, observou as fachadas das lojas do outro lado da rua, que pareciam saídas dos anos 1920.

Avistou uma lanchonete, uma loja de roupas, um mercadinho e um açougue. Além de uma floricultura e uma agência do correio.

E a farmácia.

V. se perguntou se já estivera ali antes. Tinha a sensação de ter visto aquela paisagem em algum lugar, mesmo antes de um garoto de nove anos ter sido esquecido em casa na época do Natal.

— Como se parece com um vilarejo feito de biscoito de gengibre. Bom o bastante até para se comer.

Quando ouviu uma voz feminina às suas costas, V. sorriu no escuro e se virou. Sua irmã de sangue, Payne — também produto da união muito tóxica entre Bloodletter e a Virgem Escriba —, estava de pé em toda a sua altura e vestida em couro negro, com os coturnos plantados na grama, o corpo magro e forte a postos, mas não tenso. Com os longos cabelos negros trançados e sem maquiagem, ela era linda e letal.

— Oi, mana — disse ele.

---

[6] Kevin McCallister é o protagonista, interpretado por Macaulay Culkin, do filme *Esqueceram de Mim*. (N.T.)

– Fiquei surpresa com a sua mensagem.

– Você me disse que gostaria de se envolver mais.

– Não estou reclamando. – Mostrou as palmas como que para dizer ao irmão que relaxasse. – Mas precisei dizer ao seu chefe que teria que remarcar a nossa sessão de luta, dependendo de como isto terminar.

V. fez uma careta.

– Quer dizer que alegrou a noite do Wrath, é isso?

– Ele recebeu a notícia tão bem quanto se podia esperar.

– Ateou fogo a alguma coisa? Ou só fumegou pelos ouvidos?

– Foi por mensagem de texto, então não tenho como comentar nada além das palavras que ele usou. O tom e o que quer que ele estivesse sentindo transpareciam indiferença, ainda bem.

– Ele diz que você é a melhor parceira no tatame que ele já teve.

– E lá vem você me fazendo corar.

O Rei perdera a visão por completo há alguns anos, mas continuou firme no jogo do combate, apesar do seu imenso descontentamento por ninguém permitir que ele fosse a campo. Sua vida era simplesmente preciosa demais para se arriscarem e, além do mais, considerando que fora um assassino implacável em boa parte da sua vida adulta, ele já não podia mais contar com a sorte em combate.

– E aí, o que estamos fazendo aqui? – Payne olhou ao redor. – Além de reencenar *De volta para o Futuro*.

V. estalou os dedos.

– Ah, caralho. É isso. Rhage estava assistindo ao Marty McFly na outra noite e eu apareci durante a cena do skate. Por isso a paisagem me pareceu familiar.

– Com certeza é pitoresco.

– Ah, mas o grande mundo malvado chegou a Laczo Falls. Alguém andou invadindo uma propriedade ali.

A Farmácia da Família McTierney ficava na esquina. Na vitrine de vidro da loja de três andares, com fachada estreita de tijolos, via-se o nome pintado à mão em antiquados tons dourados. Em contraste com todo aquele Norman Rockwell,[7] contudo, a porta estava delimitada pela fita amarela da polícia e havia um lacre de evidências no batente.

— Vem — disse V. ao indicar o caminho à frente. — Ali está a nossa cena do crime.

— Oba! Sempre quis bancar a Jessica Fletcher.[8]

— Você precisaria ser bem mais baixa e usar uma peruca.

— E teria que aprender a datilografar.

Os dois se moveram, dando a volta no gazebo até chegar à calçada da praça, depois pisando no asfalto. Tudo estava limpo como uma sala de estar, sem lixo na rua, nada se juntando nos bueiros, nem mesmo uma página de jornal desgarrada sendo levada pela brisa. Era como se tivessem aspirado e espanado o lugar.

Chegando à vitrine da farmácia, ele colocou as mãos em concha ao redor dos olhos e se inclinou contra o vidro.

— Parece que a investigação ainda está em andamento. Não limparam ainda, e isso deve ser por conta de algum decreto municipal, a julgar pela assustadora limpeza da praça.

Graças à iluminação dos postes de luz, ele conseguia avaliar a bagunça, todo tipo de mercadoria no chão, garrafas quebradas, caixas jogadas, prateleiras empurradas. Era como se uma briga de bar tivesse redecorado o interior da farmácia, com dois caras de cento e cinquenta quilos com o cérebro encharcado por Buds trocando socos desajeitados enquanto dançavam como ursos-polares.

— Quer me contar por que nos importamos com uma farmácia humana que parece ter sido sacudida num liquidificador? — sua irmã perguntou.

— Vamos para os fundos. É porque acho que quem quer que tenha invadido isto aqui pode estar ligado ao campo de prisioneiros.

---

[7] Norman Rockwell foi um pintor e ilustrador norte-americano, especialmente popular em razão das 323 capas da revista *The Saturday Evening Post* que realizou durante mais de quatro décadas e das ilustrações de cenas da vida estadunidense nas pequenas cidades. (N.T.)

[8] Jessica Fletcher é escritora profissional e detetive amadora, interpretada por Angela Lansbury na série *Assassinato por escrito*. (N.T.)

Quando ele apontou para a direita com a cabeça, Payne tomou a dianteira e foi até o outro lado do prédio, movendo-se em silêncio pela calçada apesar das botas de bico de aço.

– Você e Manny estão bem? – perguntou ao verificar o outro lado do quarteirão. Mas nada se movia, nem mesmo algum rato hipotético.

– Estamos ótimos, obrigada. Ele é um macho fantástico. Tenho sorte.

– *Ele* tem sorte.

Ela relanceou para ele.

– Ambos temos sorte. Que tal assim?

Quando ela lhe deu as costas para se concentrar no que havia à frente, a sua trança de Lara Croft balançou de um lado a outro da cintura fina. O fato de ela ter se vinculado a um humano era tão milagroso quanto o de ela ter saído dos aposentos privativos da *mahmen* deles lá no Santuário, onde fora mantida em animação suspensa, como uma Barbie colecionável, em vez de como uma pessoa viva.

– Me avise se tiver algum problema com ele – disse.

E quase conseguiu evitar o grunhido em sua voz.

A irmã parou e se virou. E não esperou que ele se aproximasse: marchou até ele como se os poucos passos que ele teria que dar para chegar a ela fossem um atraso inadmissível.

– Não se mete, V. Não temos problemas e, se tivéssemos, eu mesma lidaria com isso. Nossos companheiros trabalham juntos, mas não preciso do meu irmão no meu relacionamento.

Enfrentando olhos tão pálidos e afiados quanto os seus, ele sentiu o desejo pouco característico de abraçá-la. Em vez disso, sorriu. Um sorriso genuíno.

– Entendido – murmurou.

Com um aceno, como se ele tivesse feito a única escolha sensata segundo ela, Payne seguiu em frente, e ele foi atrás. Ao darem a volta até os fundos da farmácia, não havia carros no estacionamento. E, quem diria, mais um local imaculado. Até a lixeira colocada ao lado da porta brilhava de tão limpa, a pintura perfeita como se tivesse sido aplicada durante o dia, nenhuma batida e nada amassado nas laterais.

As lixeiras em Caldwell pareciam sofrer de acne severa e ser usadas como sacos de pancada.

– Acho que sei por que os humanos se mudam para cá – ele murmurou ao se aproximarem dos fundos da farmácia. – Quem poderia imaginar, o interior é mais civilizado.

– Temos de nos preocupar com esse lacre? – Payne perguntou ao apontar para o adesivo laranja que fora afixado na junção do batente.

– Nem um pouco. Eles que fiquem pensando em como isso foi rompido amanhã de manhã. Não é problema nosso.

Ela abriu as duas fechaduras com a mente e espalmou uma das armas ao empurrar a porta. Os odores de sabão em pó, folhas para secadora, detergente e xampu eram como o prenúncio de uma falsa primavera, e os dois espirraram ao mesmo tempo.

– O que estamos procurando? – perguntou ela.

– Não sei.

Ele entrou atrás dela e olhou ao redor. Em seguida, verificou os cupons afixados com fita adesiva atrás da área em que ficavam os remédios controlados.

– Dois frascos de vitaminas pelo preço de um. E dez por cento de desconto nos remédios para diabetes.

– Não foi um trabalho profissional. – Payne inclinou-se sobre um umidificador de ar que perdera a batalha na qual se metera. – Muita coisa danificada, tudo muito ineficiente. Ou eram profissionais que estavam pouco se fodendo.

– Voto no último.

Ele subiu no piso elevado atrás do balcão, onde ficava a caixa registradora e todos os produtos caros, como medidores de pressão, termômetros e testadores de insulina. Nada de cigarros. Esses ficavam na frente da loja, no outro caixa, junto aos doces e as revistas.

A porta chutada que separava a área de entrega de medicamentos representava, no máximo, uma barricada frágil, separando o resto da loja da área de medicamentos de uso controlado só com um painel de aglomerado pintado com o mesmo logo das vitrines. Desviando-se da porta torta, ele entrou no depósito cheio de prateleiras. As embalagens e caixas descartadas como indesejáveis pelos ladrões formavam um campo de detritos de produtos da Johnson & Johnson, Pfizer e AbbVie; agachou-se e examinou o material, reconhecendo alguns dos nomes genéricos, assim como outros de marca.

— Não foi alguém querendo preparar metanfetamina. — Ele relanceou para a fila organizada de Sudafed e outros descongestionantes. — A efedrina e a pseudoefedrina não foram tocadas.

Rápido, continuou a vasculhar o que havia no chão.

— Xanax. Outros benzodiazepínicos. Largaram o que valeria uma fortuna nas ruas.

— O que, exatamente, estou procurando? — perguntou a irmã ao se juntar a ele.

— Penicilina. Qualquer coisa tipo amoxicilina, ampicilina. Qualquer coisa terminando em "cilina". E remédios com sulfato. Azitromicina. Acho que levaram tudo disso.

Payne jogou a trança por cima do ombro.

— Você deveria ter trazido meu *hellren*. Ele teria sido...

Um rangido na porta de trás da loja fez as cabeças de ambos se levantarem. Com uma coordenação advinda de treinamento e instinto, além do DNA partilhado, os dois empunharam e apontaram suas armas para quem quer que estivesse cometendo o erro colossal de entrar pelos fundos.

— Maravilha — resmungou V. — Realmente precisávamos de companhia.

CAPÍTULO 25

De volta ao abrigo subterrâneo do chalé de caça, o sangue de Kane era o mais delicioso vinho que Nadya já experimentara. À medida que o alimento deslizava por sua língua e descia garganta abaixo, uma necessidade compulsiva de sorver mais e mais a fez engolir cada vez mais rápido. Embora dissesse a si mesma para ir mais devagar e ter mais cuidado para não esgotá-lo, o instinto assumiu o comando. Até suas unhas curtas se enterrarem no antebraço dele, suas presas só faltarem mastigá-lo e a fome avassaladora ficar ainda pior em vez de melhorar.

Ele não a deteve.

Muito pelo contrário: ela sentiu a parte de trás de sua cabeça sendo pressionada pela mão dele. Em vez de lhe dizer para ir devagar, ele a instigava, ainda que não houvesse como estar mais próxima.

Por algum motivo, isso só a deixou ainda mais faminta, e não só pelos nutrientes. De fato, um calor se acendia em seu ventre e viajava até as extremidades, as ondas aquecendo braços e pernas e pés. Era tal o contraste em relação a como costumava se sentir que isso a fez perceber o quão fria sempre estava. O quão frígida. O quão congelada...

Um gemido lhe escapou, vibrando traqueia acima a despeito do ato de beber. Por melhor que fosse aquilo, porém, ela tinha mesmo que parar. Tinha que se afastar. Tinha que...

Os pensamentos se desintegraram quando a fome assumiu o controle uma vez mais, nada além da alimentação importava, nem mesmo a vida de Kane. Ela era uma serva da biologia, das décadas de negação das suas necessidades, da realidade de ter estado à beira da morte por todo o tempo que passou no campo de prisioneiros.

Desde o dia em que fora ferida.

O calor era extraordinário, despertando-a de dentro para fora, preenchendo-a com uma vitalidade tamanha que ela não tinha certeza se poderia conter a energia em seu corpo. A sensação era de estar inchando debaixo da pele, alargando-se, expandindo-se. Cada parte sua, cada célula, cada molécula, começou a vibrar com vida há tempos sufocada por...

O tremor a acometeu do nada e, a princípio, acreditou que fosse apenas um estremecimento, uma vibração que logo passaria. No entanto, seguiu-se uma tempestade completa de tremores e calafrios, tão violentos que seus lábios começaram a deslizar para fora dos pontos de perfuração.

Em seguida, perdeu o contato por completo.

Desesperada, lançou-se à frente para retomar a mordida. Mas, de súbito, não conseguiu controlar o corpo. Por mais que desejasse se inclinar, ela não conseguia...

Com um espasmo repentino, a coluna se arqueou sozinha, o tronco se curvando para trás com tanta força que ela caiu de cima dele. Quando sua visão oscilou para o teto, os braços se estenderam para longe dos ombros por vontade própria e as pernas se esticaram a partir do quadril.

Percebeu-se, então, no tapete, aos pés de Kane. A convulsão tomou conta dela como a avidez pelo sangue dele fizera antes, o corpo fora do seu controle, a visão girando de modo que ela não conseguia focar em nada, os reflexos enlouquecendo à medida que se debatia, como um peixe no fundo de um bote. Em meio aos espasmos, falar não era uma opção, os molares se chocando, a boca ora relaxada ora cerrada conforme alternava entre os dois extremos...

O rosto de Kane surgiu acima dela, mas ela não conseguia se comunicar com ele. Embora a boca dele se mexesse, ela não fazia ideia do que ele dizia.

Agarrando-o pela camisa, ela tentou...

Um grito saiu de dentro dela. E depois outro.

— *Nadya*.

Algo na forma como ele disse seu nome a fez chegar a um estado de atenção. Entre dentes que batiam, ela tentou falar.

– Nadya...

– Não entendo...

– Nadya. Beba isto.

Ele está louco, ela pensou. Já sorvera demais da veia dele. Com mais determinação do que ações de fato, ela lutou contra o que quer que ele tentava aproximar dos seus lábios, as mãos desajeitadas afastando...

– É água – disse ele, rouco. – Beba. O impacto foi muito grande, do sangue... Eu deveria ter limitado o quanto você bebeu. Santa Virgem Escriba...

Ele a forçou a beber um pouco da água, mas o pouco que passou pelos lábios dela de nada serviu. O inferno dentro do seu corpo continuou a crescer, cada vez mais e mais, agora não mais para aquecê-la, mas para consumi-la. Ela ardia, queimava, era comida viva pela força do sangue dele.

A coberta foi arrancada de cima dela e, quando suas mãos descoordenadas tentaram puxá-la de volta para cobrir sua nudez, ele a jogou para longe.

– N-n-não...

– Nadya, estou com você. Venha. Venha comigo.

Ela sentiu os braços dele ao seu redor, e depois teve a sensação de ser erguida. Ele a carregava para algum lugar – para fora? Para o ar mais frio? Estaria escuro? Ela não sabia, não conseguia pensar, não estava...

O perfume do sabonete Dial se fez notar na convulsão. Estava no banheiro?

O som de água corrente foi a resposta para essa pergunta.

– Isso vai doer – disse ele em voz alta, na esperança de que ela o ouvisse –, mas temos que esfriá-la. Não, não brigue comigo, não... *Nadya*. Pare!

Ele entrou no chuveiro com ela.

Kane a carregou para dentro do boxe e a manteve sob a água, que devia estar fria para ele também.

– Aguente firme, Nadya. Vou cuidar de você. Só fique comigo...

A uns bons quinze quilômetros dali, no esconderijo debaixo da garagem medonha, Callum se levantou para iniciar a noite. Estava todo vestido, com as botas bem amarradas, mas, é claro, ele dormira todo vestido e calçando as ditas botas. Também dormira sentado.

Ou não dormira, no caso.

Virando a cabeça, olhou ao longo do espaço estreito e comprido. No fim da fileira de casacos de inverno, o vampiro estava na mesma posição em que se mantivera, junto à base da escada. Não disseram nada um para o outro durante as horas do dia. Pensando bem, a boca de Callum já se esforçara bastante antes de seguirem cada um o seu caminho.

Hora de acordar, pensou, enquanto o macho não alterava a sua posição de queixo apoiado no peito.

— Está escuro agora, vampiro — anunciou, forçando uma voz brusca. E, veja só, ele passou uma boa impressão de brusquidão.

Ao não obter resposta, andou até lá e parou junto ao macho.

— Está vivo?

Ora, se o cara estivesse morto, seria algo muito inesperado, e não seria culpa sua, com certeza. Mortes relacionadas ao coito costumavam acontecer no momento do orgasmo, a pressão do prazer estourando uma artéria do coração — ou logo após, quando o esforço físico sobrecarregava o músculo cardíaco em repouso. Mas dez horas mais tarde?

— Oi?

A completa imobilidade do vampiro era sinistra. Não parecia respirar e, certo como o inferno, não se mexia. Mas os olhos... na verdade estavam abertos, fendas estreitas debaixo dos cílios possibilitando a visão e piscando a um ritmo quase imperceptível.

Ele se concentrava no chuveiro, o que era estranho. Até onde Callum sabia, não havia nenhum Chippendale[9] dançando can-can naquele canto. Nem pinups. De fato, nada além de azulejos.

---

[9] Chippendales é o nome de uma equipe masculina de dança, baseada nos Estados Unidos, famosa pelos seus shows de strip-tease. Seus integrantes são conhecidos pela indumentária com que se apresentam, que consiste em gravatas-borboleta e punhos e colarinhos de camisa vestidos sobre torso nu. (N.T.)

– Para o que está olhando? – perguntou.

Demorou um bom tempo até o rosto se virar na sua direção, e a expressão do macho era distante.

– Quem morreu ali?

Com uma sacudida de cabeça, porque evidentemente não ouvira direito, Callum perguntou:

– O que disse?

– Ali. – O braço do vampiro se levantou e apontou para o chuveiro. – Quem era o macho que morreu ali?

Callum sentiu o sangue fugir do rosto.

– Ninguém.

– Mentira. Consigo vê-lo. Ele está pendurado no chuveiro por um cinto de couro marrom. Os cabelos são loiro-escuros e ele usa brinco numa orelha. Quem é ele?

Demorou para Callum encontrar sua voz.

– Ninguém.

– Então o boquete foi por isso. – O vampiro olhou para ele. – Você queria fazer alguma coisa para apagar essa lembrança. Funcionou?

– Como...

– Funcionou?

– Você está mentindo. Não há porra nenhuma para se ver ali. – Callum andou para frente e para trás e depois fingiu inspecionar as parcas penduradas num gancho. – Vou ver como estão o seu amigo e aquela fêmea no meu chalé de caça.

– Então não funcionou.

Onde diabos estava o ar daquele lugar, Callum se perguntou ao afrouxar o colarinho da camisa de flanela.

– Está sugerindo que devemos tentar de novo, vampiro? – Ouviu-se retrucar. – Para ser franco, acho que não tem coragem.

O outro macho mudou a posição das botas e se levantou.

– Diga-me quem ele era e eu lhe digo como o vejo.

– Não estou interessado na sua resposta.

– Perguntou por que, então?

A cada troca de palavras, davam um passo na direção do outro, a distância desaparecendo até estarem cara a cara. O vampiro era um pouco mais alto, então Callum teve que inclinar a cabeça para trás para continuar encarando-o nos olhos.

– Fico feliz que não tenha sido nada pessoal – disse o vampiro.

Com uma carranca, Callum tentou imaginar que diabos o macho queria dizer com isso. Mas, tanto fazia, não iria perguntar...

– O que não foi pessoal?

– Você me chupando. É melhor que tenha sido por qualquer outro motivo.

O vampiro se virou e foi até o chuveiro. Enquanto ele permanecia parado ali, Callum se preparou para vê-lo estender a mão e segurar o chuveiro, só para que a dor pairasse entre eles.

Em vez disso, ele só encarou o chuveiro.

– Como você vê... coisas? – Callum se concentrou no chuveiro também. – Não há nada aí.

Depois de uma pausa, o vampiro ergueu os ombros fortes.

– Não sei como nem por que, só sei o "o que". – O macho olhou para trás e sorriu de uma forma que o fez parecer maligno. – Motivo pelo qual fui parar no campo de prisioneiros.

Callum franziu o cenho.

– Não entendo. Você matou uma pessoa e depois a viu? Isso não é exagero?

Engraçado, muito engraçado, Callum pensou consigo.

– Ah, eu matei alguém, sim.

Callum consultou o relógio, embora não precisasse. Mas precisava fazer alguma coisa além de fitar o lugar em que encontrara seu amante naquela noite quente de agosto há dois anos.

– Quem você matou? – perguntou.

– O macho que esquartejou a minha *mahmen*. – Quando Callum se retraiu, o vampiro deu de ombros e se virou de novo para o chuveiro. – Ele entrou e a roubou. Não tínhamos muito, mas ele levou o hidromel e o jarro de estanho e tirou a vida dela. Depois, escondeu o corpo.

Entrei na nossa casinha e vi a imagem dela sobre a cama. – Houve uma pausa. – Ela estava nua...

– *Porra...*

– ... e eu nunca encontrei o corpo. Acho que ele a deixou ao sol em algum lugar. Mas eu sabia o que tinha visto porque tenho visões desde que me dou por gente, e elas estão sempre certas.

– Como soube quem... – A *mahmen* dele também fora violentada? – Eu sinto muito...

– Ele a marcou. Na barriga. Não conseguia me lembrar de onde tinha visto o desenho, mas com certeza o conhecia. Depois de um ano procurando, eu o encontrei. Ele trabalhava como ferreiro, até que a bebida o consumiu, e matar a minha *mahmen* foi o que o deixou sóbrio de novo. A marca era o registro que ele adicionava às ferraduras que fazia. – O macho fez uma pausa. – Ele tinha voltado a trabalhar quando o encontrei, o que significa que matei um membro produtivo do vilarejo em que morávamos.

– O que você fez com ele?

– Peguei um ferro em brasa e o estripei com ele. – O vampiro deu de ombros uma vez mais. – Um aristocrata que morava próximo ao vilarejo me jogou na prisão. Ele era todo meticuloso com os seus cavalos, e acho que nem se importava de eu ter matado o macho, mas sim com o fato de não poder mais contar com as ferraduras de que gostava. Quanto ao campo de prisioneiros, àquela altura, já não me importava mais onde eu estava. Minha família não existia. Que diferença fazia?

– E quanto ao seu pai? – Callum enfiou uma mão nos cabelos. – Não havia primos, ninguém da sua linhagem para defendê-lo?

– Nunca soube quem era meu pai. Éramos apenas eu e minha *mahmen*. Ela era lavadeira, eu trabalhava nos campos para o aristocrata que me mandou para a prisão. Era uma vida simples. – O macho esfregou o polegar sobre a sobrancelha. – Mas a prisão me fez bem. Lá eu pude matar. Com frequência.

Callum ergueu as sobrancelhas.

– Por prazer?

– Eu me considerava o melhor tipo de vingador.

– E que tipo seria esse?

– Eu limpei muito lixo. E vamos parar por aqui.

Com um aceno, Callum murmurou.

– Na verdade, não tenho problema com isso.

– Não faria diferença para mim se você tivesse. Você me perguntou sobre as visões, e aqui estamos nós. – Relanceou para a esquerda, para o que só aparentava ser um azulejo sem nada. – Ele fez isso para se vingar de você por algum motivo, não? O macho que se enforcou aqui.

Pigarreando, Callum tentou não revelar suas emoções.

– Você não consegue ver isso.

– Mas este é o seu espaço pessoal, certo? Tem o seu cheiro e todas as roupas são do seu estilo. Foi você quem nos trouxe para cá e nos deu coisas da garagem aqui em cima... as padiolas, as armas. Portanto, ele veio para cá porque você o trouxe aqui antes, provavelmente para se esquecer de tudo, o que quer que esse tudo a ser esquecido fosse. Mas, depois, alguma coisa mudou entre vocês. Ele voltou e deixou o corpo dele para trás como um belo "vá se foder". Não foi?

Callum lhe deu as costas e, às cegas, foi para junto dos casacos. Não precisava de nenhum, porém, então só ficou mexendo neles.

– Vou ver como está o seu amigo. – Caminhou até a escada e encostou o indicador no leitor, sabendo muito bem que erraria a senha caso tentasse inseri-la. – Você vem? Ou não?

No andar de cima, a caixa de ferramentas deslizou para o lado, expondo a garagem acima. O cheiro de óleo automotivo e ar fresco da noite invadiu seu nariz e ele respirou fundo.

Apoiando o pé no primeiro degrau, disse por sobre o ombro:

– Como você mesmo gosta de dizer, o que você decidir, não faz diferença para mim.

CAPÍTULO 26

Pense numa situação em que há poder de fogo demais envolvido.

Quando Vishous e sua irmã miraram suas quarenta milímetros em quem quer que entrava pelos fundos da farmácia, ele estava preparado para criar um teste de Rorschach com o filho da puta. Só que, em vez de um lutador do tipo *redutor*, ou alguém misterioso que agisse como o Homem Borracha, ou um humano querendo roubar o que restava, um velhote entrou arrastando os pés pela porta e congelou ao se deparar com as duas armas apontadas para a sua cabeça.

Mãos endurecidas se ergueram acima de esparsos cabelos brancos.

– Olá?

Como se aquilo fosse uma festa escrita por Stan Lee e ele tivesse acabado de encontrar os bandidos da história.

V. entrou bem rápido na mente dele, abafando quaisquer ideias brilhantes que pudesse ter – porque, por mais que não se importasse de atirar em humanos que se metessem no seu caminho, ele preferia não sentir a azia que o acometeria se estourasse os miolos de algum vovozinho.

– Eles não sabem quem fez isto – V. disse ao entrar no banco de memórias do homem. – Não há pistas. Este é o proprietário, mas o filho é o farmacêutico agora…

Quando ele parou, a irmã relanceou na sua direção.

– O quê? O que aconteceu?

V. meneou a cabeça.

– Está difícil entender o que há ali dentro. A mente dele... se foi.

– Ele está com amnésia?

– Não, ele tem... buracos na memória. Há partes do presente, mas não muito para nos ajudar.

O passado, contudo, estava ali. Havia todo tipo de lembranças dos anos 1950 e 1960, época em que tinham um balcão de sorvetes, com bananas split e milkshakes... E de quando passaram a servir batatas fritas e hambúrgueres. Mas os bons velhos tempos não duraram muito. À medida que a população da cidade foi diminuindo, os serviços gastronômicos da loja foram substituídos pelos de um mercadinho de autosserviço e produtos para o lar. Agora, o prédio era bonito na fachada, graças ao incentivo fiscal federal para as cidades pequenas, mas as finanças do negócio estavam por um fio.

– Por que voltaram? – perguntou o velho. – Esqueceram seus remédios?

– Não – Payne respondeu com gentileza. – Não esquecemos. Lamentamos incomodá-lo.

– Ah, não é incômodo algum. Fico feliz em ajudar. – O velhote foi até a parede e acendeu a luz. – Não entendo por que as luzes estavam apagadas. Mas agora estão acesas.

Quando os caixotes com luzes fluorescentes no teto se acenderam, a fraca iluminação de segurança se apagou, e o caos do que deveria estar ordenado ficou exposto no clarão.

– Me digam, o que procuram hoje? – O velhote passou por Vishous e falou com firmeza: – Senhor, peço que saia de trás da caixa registradora. São as regras da casa.

Vishous recolocou a arma no coldre e deu a volta no homem. Depois, relanceou ao redor, tomando nota das prateleiras vazias.

– O senhor estava só de passagem? – Payne perguntou ao proprietário.

A resposta do ancião foi uma divagação que começou em 1972. Enquanto descrevia a casa para a qual ele e a esposa se mudaram com os filhos, e as opções que o construtor lhes dera para a cozinha, V. foi para o corredor que havia sido esvaziado. Agachando-se, apanhou uma caixa de gaze cirúrgica pisoteada.

Todas as faixas, fitas adesivas e ataduras da farmácia tinham sumido. Quando foi à prateleira seguinte, a água oxigenada, o álcool e a água destilada também tinham sido levados.

V. retornou para o homem tagarela e a irmã. O modo como Payne o fitava era intenso e, quando V. deu umas cutucadas no braço dela, porque não havia mais nada a ser feito ali, ela não olhou para ele.

Tudo bem, sem problemas, ele podia esperar. Estava mais, em vez de menos, convencido de que aquele roubo se relacionava ao campo de prisioneiros; só não tinha provas concretas e nenhuma ideia de como ligar o roubo à nova localização.

— Quer dizer que sai para caminhar à noite? — Payne dizia.

— Está difícil dormir.

— E a sua família sabe que o senhor está aqui?

V. encostou o quadril no balcão e pegou um cigarro. Quando o acendeu, o velho olhou bravo para ele.

— É proibido fumar aqui.

Erguendo uma sobrancelha, V. voltou a entrar naquela mente frágil.

— *Ai*.

Payne arregalou os olhos, toda "não me obrigue a chutar a sua canela de novo". Em seguida, se virou para o ancião.

— Ele vai apagar. E, por favor, continue.

Só que o homem só ficou com o olhar perdido na loja.

— O que aconteceu aqui…

— Lamento muito mesmo. — Payne estendeu o braço e segurou a mão dele. — Podemos chamar alguém para o senhor?

Ele pareceu voltar a prestar atenção com o contato e, quando olhou para ela, franziu o cenho.

— Vocês voltaram.

V. franziu o cenho e interrompeu de pronto.

— É. Voltamos. Nos viu antes?

– Vocês estiveram aqui na outra noite. Entrei enquanto vocês saíam.

– Qual era a nossa aparência?

– Como a de vocês. – O velhote parecia confuso. – E vocês estavam pegando coisas e levando para a van. Para as duas vans.

Tateando o peito, V. perguntou:

– Estávamos vestindo preto, é isso? Dissemos alguma coisa para você?

O ancião franziu o cenho e, em seguida, cambaleou. Ao levar a mão ao lobo frontal e fazer uma careta, V. logo entendeu o que estava acontecendo.

Vampiros, pensou. E apagaram as lembranças dele.

– Está certo – disse Payne –, obrigada. O senhor nos ajudou muito. Mas quem podemos chamar para o senhor?

– Meu filho, Ernie Junior – murmurou o proprietário. – Ele me deu isto... para dar para as pessoas...

Uma mão artrítica se enfiou dentro do bolso das calças folgadas e retirou um cartão laminado. Payne o entregou a V. Depois, só encarou o homem.

– Eu lamento muito – sussurrou.

V. apanhou seu Samsung e ligou para o número. Em algum momento após o segundo toque e antes de um homem atender, ele percebeu o que a irmã pensava em fazer.

Abrindo a boca, teve a intenção de lhe pedir para mudar de ideia. Em seguida, olhou para a parede atrás da caixa registradora, acima dos mostruários de medidores de pressão e testes de glicemia. Uma fileira de fotografias começava em branco e preto, terminando em cores desbotadas, boa parte delas um documentário do processo de envelhecimento. A constante era a loja, enquanto o proprietário passava pelas eras da sua vida. Grande parte das imagens tinha sido tirada na fachada e havia outras pessoas com ele, homens de terno parecendo políticos, mulheres de chapéu, vestidos e óculos estilo gatinho.

A primeira e a última fotos eram com uma mulher parada ao seu lado e, assim como ele, ela passou de algum momento dos seus vinte e poucos anos para algo acima dos setenta.

— ... alô? — disse a voz do outro lado da ligação. — Quem é?

Ao ouvir isso, V. se concentrou no homem de carne e osso, no sujeito mais velho e confuso que tinha síndrome do pôr do sol e cuja demência, ou Alzheimer, ou sabe-se lá o quê, o levava para o seu norte verdadeiro, aquela loja.

— Estou com o seu pai — murmurou V. — Ele está na farmácia.

— Ah, Deus, de novo não... — Uma série de barulhos. Em seguida o filho disse para alguém ao fundo, por certo a esposa, a julgar pela voz feminina: — O papai saiu de novo... não, eu sei, eu sei, a gente precisa interná-lo em algum asilo...

— Ficaremos com ele aqui — V. o interrompeu. — Até você chegar.

O homem voltou a aproximar o telefone da boca.

— Ah, desculpe... Sim, obrigado. Ei, quem está falando?

— Apenas um transeunte. Minha irmã e eu vimos a porta dos fundos aberta e as luzes acesas.

— Ele faz bastante isso. Deveria estar numa clínica especializada em perda de memória.

— Como já disse, ficaremos aqui de olho nele. — Deus, por que estava se prontificando a permanecer no meio daquele drama? — A menos que prefira que chamemos a polícia ou algo assim.

— Eu sou a polícia. O xerife local. De todo modo, estarei aí em cinco minutos.

— Pode deixar.

— Obrigado... Como disse que era o seu nome mesmo?

— Vinnie Sanguerossa. — Ao encerrar a ligação, V. olhou na direção da irmã. — Você não deveria brincar com isso. Estou avisando.

Quando Payne olhou para ele, V. teve quase certeza de que a expressão no rosto dela devia ser a mesma que as pessoas viam no dele quando dizia a elas para não se meterem.

— Senhor McTierney? — disse ela ao se concentrar no humano de novo.

— Sim, meu bem.

— Você vai ficar um trapo — V. resmungou ao olhar as horas. — Se você fizer isso, vai pagar o preço.

A VÍBORA | 231

– Feche os olhos para mim, sim? – Payne se aproximou mais. – Isso mesmo. Não vai doer nada, eu prometo.

– Nele não vai mesmo. – V. pegou um cigarro e o colocou entre os lábios. – Vou lá para fora enquanto você salva o mundo. Porque não tenho permissão para fumar aqui dentro.

Ao sair pela porta parcialmente aberta nos fundos, ele inspirou fundo o ar noturno e acendeu o cigarro. Ao se recostar na parede de tijolos do prédio, olhou ao longo de um campo agrícola e depois para as entradas dos fundos das outras lojas naquele quarteirão.

Atrás dele, na farmácia, Payne conversava com o velhote, murmurando tão baixinho que V. só conseguia ouvir o ritmo das sílabas. Então, ouviu alguém arfar, uma inspiração profunda. Difícil saber de quem vinha...

Um lampejo de luz passou por entre a porta e o batente, e ele se preparou para o que viria em seguida. Três... dois... um...

A libertação de energia abriu a porta de vez, o brilho quase nuclear iluminando o estacionamento deserto como se fosse dia por uma fração de segundo. Em seguida, a porta se fechou com força.

Vishous balançou a cabeça e flexionou a mão enluvada. Sob o couro preto, havia um forro de chumbo, sem o qual qualquer coisa que a sua maldição brilhante tocasse seria destruída: pessoas, lugares, coisas.

Apenas mais um presente de sua *mahmen*.

Em comparação, a herança de Payne não era destruição, mas regeneração. Contudo, não vinha de graça. Equilíbrio era a palavra de ordem da Virgem Escriba, a não ser no que se aplicava a si mesma, e, dessa forma, havia um preço a pagar toda vez que Payne usava esse "presente".

Então, por que desperdiçá-lo num humano? Era a escolha dela. Assim como escolhera curar o cavalo de corrida de seu *hellren* e manter George, o cão guia do Rei, vivo e em boa saúde pelos próximos duzentos anos.

O que era um serviço de utilidade pública. Quem é que haveria de querer morar com Wrath se algo acontecesse com aquele golden?

Jesus, o Armageddon seria menos caótico...

Um SUV dourado e marrom com luzes piscantes no teto veio a toda pela rua de trás, os pneus guinchando quando fez a curva para o estacionamento, e parou com tudo diante de V. Dele saiu uma versão mais alta, mais magra e mais jovem do senhor McTierney, e V. deu uma rápida olhada às suas costas para verificar se apagar a lembrança de uma luz mística seria o espetáculo daquela noite.

Não seria necessário. A luz já tinha se dissipado.

— Vinnie? — perguntou o fulano.

— Isso. Oi, Ernie. — V. exalou a fumaça e ofereceu a mão enluvada para o sujeito. — Beleza?

— Tudo certo. E você?

Ora, se não pareciam a família Soprano.

Cumprimentaram-se com um aperto de mãos e o homem começou com aquele discurso sobre o que o pai fazia. E, puta merda, não que V. tivesse a tendência de se importar com qualquer pessoa além dos seus poucos camaradas da mansão, mas sentiu pena do filho. Ele parecia exaurido, como alguém que não só vinha repetindo esses passeios noturnos forçados, mas que enfrentava problemas também durante o dia no quesito administração parental.

— Graças a Deus você apareceu por aqui. Algumas noites atrás, ele chegou durante um roubo à loja.

— O lugar parece um pouco bagunçado.

— Não acho que vamos encontrá-los. Eu deveria ter instalado câmeras nos fundos há muito tempo, mas invasões desse tipo não costumam acontecer em Laczo Falls. Quero dizer, não é algo normal. Tivemos sorte por ele não sair machucado. Acho que estavam de saída quando ele chegou. Pelo menos ele ainda teve consciência suficiente para ligar para mim. Pegou o cartão laminado que você encontrou no bolso dele e ligou para o meu número. Foi um milagre. Nos últimos tempos, ele nem sequer me reconhece.

Enquanto Ernie McTierney falava, V. continuou puxando assunto. Que diabos, se importava com ele. E, de todo modo, queria terminar o cigarro e não seria muito diferente de ter uma TV ligada como trilha de fundo.

— Ele está aqui, mas não está, entende?

— Hum. — V. apontou com a cabeça para a porta fechada da loja. — E o seu pai deu alguma pista sobre quem invadiu a loja?

— Ele ficou falando bastante sobre soldados, mas perdeu um irmão no Vietnã, então, quem é que pode ter certeza? Normalmente, ele é esquecido, mas, às vezes, vê coisas que não estão lá. E quais as chances de um batalhão do exército aparecer aqui para roubar um punhado de antibióticos e Band-Aids?

— Nada mais foi levado? Estranho.

O xerife praguejou baixinho.

— Foi o que eu disse. Bem, deixe-me ir pegar o meu pai.

Nesse momento, a porta dos fundos se abriu e o McTierney pai passou por ela. Ao fitar o filho, o ancião pareceu não saber o que dizer.

— Oi, pai. — Ernie disse com a mais absoluta exaustão. — Estou aqui para levá-lo para casa.

O pai parecia incapaz de se mexer.

— Pai, sou eu, lembra? — Num tom mais baixo, o sujeito resmungou: — Claro que não...

— Ernie?

Os olhos do filho se ergueram.

— O que disse?

— Meu Deus... *Ernie*.

O ancião diminuiu a distância arrastando os pés e agarrou os ombros daquele adulto em que o seu filho se transformara, como se não estivessem no mesmo país havia uma década. Manteve o filho parado para poder dar uma bela olhada em seu garoto.

— Pai? — o xerife disse, maravilhado. — O que está acontecendo?

— Não sei. — O velhote balançou a cabeça. — Não faço a mínima ideia.

O xerife olhou ao redor.

— Acho melhor levá-lo para casa...

— Espere, porque não sei quanto tempo isto vai durar. Preciso que saiba...

— O que, pai?

— Tenho muito orgulho de você. — O antigo farmacêutico vasculhou o rosto do filho. — Você é um filho tão bom. E sei que não tem sido fácil lidar comigo, ainda mais depois que a mamãe morreu.

— Pai...

— Venha cá.

Enquanto eles se abraçavam, V. desviou o olhar e apagou o cigarro no salto do coturno. Enfiando a bituca no bolso da bunda, imaginou que seria melhor lidar com a sua própria reunião familiar.

Entrando pela porta dos fundos, relanceou ao redor. A farmácia estava vazia...

Mais adiante, no chão, as botas da sua irmã estavam largadas do outro lado do balcão, e ele correu até lá.

— *Maldição*.

Payne estava deitada de costas, desmaiada, de olhos abertos, a pele pálida como o linóleo debaixo dela.

Ajoelhando-se, ergueu a cabeça dela e a acomodou em seu colo.

— Payne, tudo bem por aqui?

Como se ele não soubesse a resposta.

Ao não obter nenhuma, pegou o celular e mandou uma mensagem com uma mão. Pelo menos Butch já estava a caminho, com algo que poderiam usar para transportá-la de volta ao centro de treinamento — mas Manny ficaria histérico.

— Ah, meu Deus, ela está bem?

V. ergueu o olhar. Ernie Junior entrara, e o pai vinha logo atrás, esse último olhando para a loja como se não a tivesse visto há pouco e não lembrasse nada a respeito do roubo.

— Minha irmã está bem. Só teve um desmaio. — *Porque regenerou a massa cinzenta do seu pai.* — Logo vamos embora daqui.

— Os ladrões — disse o pai — fizeram isto.

Embora não quisesse entrar e mexer ainda mais na cabeça de nenhum daqueles dois, V. sabia que tinha que se livrar deles antes que Butch chegasse. Invadindo a mente do filho primeiro e depois a do pai, ele os mandou de volta ao xerifemóvel, com as lembranças desses dois vampiros que vieram verificar o roubo à farmácia escondidas de suas consciências, como se eles nunca tivessem estado ali.

Quando eles saíram e o SUV se afastou, ele baixou o olhar para a sua irmã. Os olhos de Payne começavam a piscar. Ainda bem.

— Ei — disse ele. — Você voltou.

— Mais ou menos. — Ela tentou se sentar, mas não foi muito longe. — Onde está o...

— Acabaram de sair. E antes que pergunte, sim, o pai parecia ter voltado de onde quer que estivesse antes.

— Não quero ouvir reclamações suas. — Ela pigarreou, mas ainda falou com fraqueza: — Não me arrependo de nada, mesmo que precise ser carregada daqui. É uma tortura ter alguém bem na sua frente, apesar de eles já estarem praticamente mortos. Tive que ajudar porque podia. Às vezes... você tem que fazer o que pode para aliviar o sofrimento. É assim que eu vivo com o dom que nossa *mahmen* me deu.

Estava na ponta da língua dele dizer que ela era muito mais importante do que aqueles dois humanos, pouco importando o destino que tinham pela frente. Mas, então, se lembrou do pai saindo pelos fundos da farmácia e de como os dois se abraçaram.

— Está tudo bem. — Ouviu-se dizer. — Você precisava ter visto o modo como o pai olhou para o filho.

Pensou no pai deles, Bloodletter. E no campo de guerra em que V. fora deixado.

— Eu daria tudo por um pai como aquele. — Maldição, precisava de outro cigarro. — Então, ok, meio que vale a pena, desde que eu a leve de volta à clínica em segurança.

— Temos que contar para o Manny?

V. sorriu.

— Sim, e você vai ter que se alimentar assim que voltarmos.

— Estou bem.

— Ah, tá, beleza. Que tal, então, você se levantar e se desmaterializar de volta para Caldwell? — Afastou as mãos para os lados como quem diz "vai em frente". — Vai lá, faça como quiser, valentona.

Houve um segundo de silêncio.

— Eu te odeio agora.

Ele riu.

— Também te amo, mana. E tudo bem, você fez o que era certo.

— Ai, meu Deus. Você acabou de dizer isso mesmo?

— Não, você está delirando. Agora, vê se fecha a porra desses olhos e descansa pra poder lidar com o seu macho.

O celular de V. começou a tocar e ele verificou a tela.

— Olha só, é o Manny chamando agora mesmo. Vou colocar no viva-voz, a menos que queira mais privacidade?

— Não — disse ela com uma careta. — É provável que ele fique menos histérico se souber que você está ouvindo...

CAPÍTULO 27

Apesar do jato de água fria caindo sobre ambos, Kane ainda sentia as ondas de calor que emanavam do corpo de Nadya. As explosões eram tão fortes que o ritmo delas era aparente, as subidas e descidas como uma pulsação.

– Aguenta firme – disse ele, provavelmente pela centésima vez.

Ele a mantinha bem debaixo do chuveiro, a água fria no máximo, a pressão abençoadamente forte. Mas ele não tinha certeza de que aquilo fazia alguma diferença. Ela ainda parecia arder como no instante em que a trouxera, tão rápido como se estivesse fugindo da morte.

Não, nada disso.

Não usaria a palavra que começava com "m". Não agora.

O fato de ele não saber quem chamar ou onde buscar ajuda era aterrador. Não se importava de estar por conta própria quando a sua vida era a única com que tinha que se preocupar. Mas era evidente que enfrentava uma emergência médica de algum tipo, e ele não fazia a mínima ideia do que...

A sensação de que já não estavam mais sozinhos fez a cabeça de Kane se virar, arreganhando as presas por sobre o ombro, preparado para atacar se fosse o caso.

O licantropo de cabelos brancos na porta aberta do banheiro encarava o boxe com uma expressão de horror no rosto. E, quando as narinas dele inflaram como se testasse o ar para avaliar algum odor, ele teve que agarrar o batente para se equilibrar.

– Você a alimentou. Jesus amado... você a *alimentou*.
– Fecha a porra dessa porta! Ela está nua!
– Esse é o menor dos seus problemas.

A porta bateu ao se fechar e Kane sentiu um impulso de socar a parede. Mas isso desapareceu logo.

– Nadya, vou colocá-la no chão, minha amada.

Agachando-se, acomodou-a no chão limpo de azulejos, junto ao ralo, mas ela não conseguia manter o tronco erguido, então deitou-a de lado. Ela parecia tão doente. O corpo de articulações rígidas e membros finos com certeza não continha muito mais vida.

Apesar do calor interno, ela estava horrivelmente pálida.

– Vou até lá fora – ele disse a ela. – Mas não demoro.

Olhou demoradamente para ela, mas logo se pôs em ação, saindo do banheiro e fechando a porta atrás de si. Do outro lado, recostou-se contra o painel para mantê-la protegida, ainda que nenhum dos machos parecesse querer entrar agora.

O licantropo andava de um lado a outro como se, em sua mente, estivesse fazendo cálculos que explicariam o destino da população mundial.

Por sua vez, Apex permanecia na base da escada completamente imóvel.

Os olhos, contudo, estavam vivos, e eles tentaram se fixar nos de Kane como se não acreditasse em nada.

– Claro que a alimentei. – Kane olhou para o espaço estreito atrás da cabeça do licantropo. – É assim que os vampiros...

O macho se virou e apontou o dedo para ele.

– Não você, não mais.

– De que diabos está falando...

– Você a matou, seu babaca. Você a matou, porra!

– Ela não se alimentava há décadas! – Kane não se deu ao trabalho de manter a voz baixa. – As convulsões aconteceram porque o corpo dela sofreu uma sobrecarga de nutrientes e precisamos de cuidados médicos...

– Não! Ela não aguenta o que corre nas suas veias!

– É só sangue...

— Não mais! — O licantropo ficou bem na frente dele. — Você não é mais como antes. Você não é mais você!

De uma vez só, uma imagem retornou: Kane estava na cabana... com a fêmea de longos cabelos grisalhos. Ela lhe dizia que ele poderia ser salvo, mas...

Kane voltou a olhar para a porta do banheiro que protegia com a vida. Com uma intensidade tranquila, como se pudesse forçar a realidade a ser como ele queria se apenas desejasse isso o bastante, repetiu:

— Ela só não se alimentava há muito tempo.

— Não, ela bebeu veneno.

Um sufocamento imediato roubou todo o ar em seus pulmões. Talvez todo o ar naqueles aposentos.

Baixando o olhar para o pulso, viu que ainda sangrava pelas perfurações que ela fizera. Com uma sensação de completa irrealidade, ergueu a ferida à boca e se preparou.

Fechando os lábios ao redor da ferida que sangrava, passou a língua sobre a pele. Então sentiu o gosto daquilo que ela tomara para o próprio corpo...

Uma terrível sensação de deslocamento se apossou dele, transportando-o para fora do seu corpo, levando-o para muito longe apesar de continuar onde estava.

Abaixando o braço, engoliu o líquido desconhecido, o gosto... estranho, completamente diferente... do seu próprio sangue.

Pensou em quando mordeu aqueles guardas e no que acontecera com eles.

— Mas que porra aquela velha fez comigo? — perguntou atordoado.

— Aquilo que você pediu.

— Não pedi nada disso.

— Você concordou. — O licantropo passou as mãos pelos cabelos. — Jesus.

Com uma combinação de pânico e pavor, Kane virou a cabeça de novo e, quando seu ouvido encostou na porta, ele ouviu a água caindo. Ele precisava...

– Tenho que levá-la para aquela anciã de cabelos grisalhos. – Olhou para o licantropo. – Você precisa me ajudar a levá-la para aquela fêmea.

– Ela não vai ajudar você...

– Sim, vai. Isto é culpa dela.

A risada que saiu do outro macho foi a coisa mais sórdida que ele já ouvira.

– Claro, eu te levo de volta para a montanha. E você pode dizer a ela que a culpa é toda dela. Vamos ver no que isso vai dar...

Quando o macho parou de falar de repente, Kane olhou na direção da escada. Apex espalmava uma arma e apontava para o licantropo.

– Você vai levá-los para a fêmea anciã. Agora.

Kane voltou a olhar para o licantropo. Em vez de parecer assustado ou mesmo desafiador, assumira uma expressão entediada.

– Isso é que é pedir com jeitinho – o macho disse com secura.

Enquanto apontava a arma para o macho que lhe dera o melhor boquete da sua vida umas doze horas antes, Apex queria muito atirar. Ele rezava – *rezava* – para que o filho da puta fizesse alguma estupidez. O que significava muito para um ateu.

Talvez o sujeito dissesse algo tipo: "Vai se foder, não vou levar ninguém a lugar nenhum". Ou, quem sabe, atacasse Kane.

Ou tentasse bancar o difícil disparando para a saída.

A ideia de que aquele macho sabia tanto do seu segredo quanto do seu passado criava uma dissonância cognitiva com a qual ele não conseguia lidar. Que *diabos* deu nele para abrir a boca? Não era da porra da conta de ninguém o que ele via ou onde, e por certo não era uma boa ideia ele começar a tagarelar sobre qualquer coisa relacionada à sua *mahmen* ou ao motivo pelo qual acabara no campo de prisioneiros.

E mesmo assim tudo aquilo viera à tona.

Mas essa não era a pior parte. O macho morto? Aquele com o cinto de couro marrom ao redor do pescoço?

Apex queria muito saber sobre ele. Sentia-se ávido por detalhes – de uma maneira que não fazia sentido algum. O que importava para ele e para a sua vida o sujeito que tinha se enforcado e por quê?

– Vamos. – Gesticulou com a arma. – Você disse que tem um carro escondido na propriedade. Há algo que podemos usar de maca também?

Kane falou:

– Eu posso carregá-la. Pelo tempo que precisar, eu a carrego.

O licantropo abaixou a cabeça, como se tentasse conceber uma alternativa, qualquer outra. Em seguida, deu de ombros.

– Isso não vai terminar bem.

– O que o leva a crer que estamos nos divertindo agora? – resmungou Apex.

Callum pareceu entrar em estado de atenção.

– Excelente observação. Vamos embora.

Com um aceno, Kane desapareceu dentro do banheiro e fechou a porta. Um momento depois, a água foi fechada e Apex olhou para o outro macho.

– A enfermeira vai sobreviver? – perguntou.

– Não.

– O que há nas veias dele?

– Morte. – O licantropo andava em círculos, o corpo enxuto eletrizado debaixo das roupas camufladas. – Era para ser um conto da carochinha, algo dito com exagero para assustar os jovens: um pacto feito com forças sombrias, uma ressurreição a um preço... uma maldição escondida sob uma dádiva.

Apex aproximou-se do macho.

– Foi você quem o levou para aquela porra de cabana. – Cutucou o cara com dois dedos em riste, bem no peitoral. – Foi você quem fez isso, caralho.

O licantropo escancarou as presas, longas como estacas.

– Ele fez a escolha.

– Sem saber no que estava se metendo, certo? É assim que funciona: uma decisão falsa por conta de um cenário que é uma porra de uma mentira.

— Você o queria vivo. — O licantropo o atingiu com a mesma combinação de indicador e dedo médio. — Você me perguntou para onde levá-lo e essa era a única esperança que tinha para o seu amante.

Não diga isso, Apex pensou. *Não...*

— Uma pena que você não tenha levado o seu para ela.

Quando essas palavras saíram, o rosto diante do seu ficou doentiamente pálido.

— Seu filho da puta...

A porta do banheiro se abriu e Kane saiu carregando um pequeno fardo envolvido numa toalha.

— Podemos nos apressar? — perguntou.

O licantropo ergueu as duas mãos, como se estivesse com uma arma apontada às costas.

— Claro. Foda-se. Vamos.

Caminhando devagar, ele foi para as escadas e começou a subi-las. Kane seguiu logo atrás, pulando um degrau a cada dois.

Apex relanceou ao redor dos aposentos privativos e um pensamento estranho o acometeu: o espaço era bem acolhedor.

Não estava acostumado a pensar em conforto.

Deixando o pensamento idiota de lado, seguiu-os e percebeu que Kane não fora o único a passar por algum tipo de metamorfose. Ele também já não se sentia o mesmo ao sair do chalé de caça.

Bem quando chegava à entrada, os painéis no chão voltaram ao seu lugar, escondendo a descida. Por uma fração de segundo, ele relanceou para o buraco no telhado e imaginou a luz letal do dia entrando por ali.

— Você vem ou não?

Sentindo como se estivesse em câmera lenta, virou-se para o licantropo na entrada do chalé. O macho fitava as tábuas ásperas do piso, as botas marcando um ritmo, a impaciência provocando faíscas no ar.

Ao se aproximar da saída, Apex conseguiu enxergar o lado de fora, onde Kane aguardava com seu fardo precioso. Mas não manteve o foco ali: só tinha olhos para o licantropo diante dele.

E isso era uma tremenda de uma mudança, não?

CAPÍTULO 28

O TRAJETO DE VOLTA ao território montanhoso do clã dos licantropos demorou uma eternidade, mas, enquanto Kane fazia uma das últimas curvas na trilha com Nadya nos braços, dois rostos familiares apareceram na frente deles: Lucan e Mayhem estavam lado a lado num trecho iluminado pelo luar, a luz azul prateada fazendo-os parecer fantasmas.

Mas estavam vivos.

Quando correram para cumprimentá-lo, ele sentiu uma descarga de alegria pelo reencontro e seus passos aceleraram. Só que, na sequência, eles pararam e só o encararam.

– Saudações para vocês também – disse ao seguir adiante.

Sabia que havia coisas que eles queriam perguntar, mas agora não era a hora – e, mesmo que fosse, ele não achava que saberia responder às perguntas que eles fariam. Não conseguia responder nem sequer às suas.

Falando nisso, ele nem conseguia pensar direito. Sua mente se debatia com as implicações daquilo que fizera sob a premissa de ajudar a sua fêmea. Não saber que alimentá-la seria perigoso era imperdoável.

Mas, claro, deveria ter imaginado. Testemunhara a desintegração de anatomia resultante da sua mordida. Só não estava pensando direito...

Não, pensou, quando a derradeira curva da trilha surgiu. Seu problema foi pensar demais em outras coisas.

Como em um futuro imaginário que não poderia acontecer.

Ao chegar à clareira com a fogueira crepitando e seu círculo de bancos de madeira, ele olhou para o lado. A cabana estava no mesmo lugar e ele sentiu uma onda de alívio. Tudo ficaria bem, disse a si mesmo – a fêmea anciã daria um jeito naquilo. Ela cuidaria de tudo.

Ao se aproximar, começou a trotar, mas quando Nadya gemeu, desacelerou. A cabana estava fechada, e ele tentou visualizar a fêmea anciã ali, junto ao fogo, junto ao riacho...

Seus pés falsearam. O *riacho*.

Quando tal pensamento invadiu sua mente, o tecido pesado que cobria a entrada do abrigo se abriu e a única pessoa que ele queria ver no mundo apareceu.

A fêmea de cabelos brancos saiu. Usava um vestido amarelo e os cabelos estavam trançados, formando uma corda grossa que descia pela frente do corpo.

Seus olhos não se desviaram para Nadya. Ela só encarava o rosto de Kane.

Quando ele abriu a boca, ela meneou a cabeça.

– Lamento, mas não posso ajudá-la.

– O q-que... Você tem que ajudar. – Ele estendeu os braços em desespero, mas logo capturou a ponta da toalha na qual envolvera sua fêmea para mantê-la no lugar. – Preciso da sua ajuda.

– Não há nada que eu possa fazer...

– Por favor! Ela está morrendo!

– Não posso...

– Pode salvá-la, assim como me salvou!

A fêmea anciã negou com a cabeça.

– Só existe um ser feito de energia, e você foi escolhido para ser questionado. Então, escolheu aceitar.

Kane abriu a boca para argumentar, mas, então, o calor emanando do frágil corpo de Nadya fez com que retomasse o foco.

– Por favor – implorou. – Ajude-a.

A fêmea anciã estendeu a mão e removeu parte da toalha. Ao ver o que havia debaixo, ficou imóvel.

— Quem feriu esta criança? — sussurrou.

— Ele está morto.

— Bom.

A fêmea anciã afagou a face de Nadya com suavidade.

— Traga-a para dentro.

— Obrigado — ele agradeceu ao se abaixar.

Dentro da cabana, ele avistou o catre em que se deit...

Não, era um caixão. Deitara-se em um caixão.

Balançando a cabeça para clareá-la, ajoelhou-se e deitou Nadya sobre as cobertas.

— Pronto. Você está segura e temos ajuda agora.

Em seguida, desmoronou sobre a bunda e tentou não se descontrolar.

A fêmea anciã apoiou a mão no ombro dele.

— Você gosta muito dela.

— Ela me ajudou.

— Ela é a sua curandeira.

Ele assentiu, passando as pontas dos dedos sobre os tufos de cabelos macios na cabeça de Nadya.

— Graças a ela estou vivo, e quando ela parecia tão fraca, eu lhe dei a minha veia...

— Você fez *o quê*?

Olhou furioso para a fêmea anciã e disse:

— Muito bem, então todos parecem saber. Maravilha. Eu devia ter esperado que o assunto fosse discutido ontem à noite.

— Você a *alimentou*.

Kane esfregou os olhos doloridos.

— Só uma sugestão. Da próxima vez que fizer o que fez comigo, seria uma boa ideia explicar um pouco de consequências como essa.

— Pobre, pobre doce criança. — A fêmea anciã tocou o rosto coberto de cicatrizes de Nadya. — E ela está tão quente.

— Eu a coloquei no chuveiro. Sabe, na água fria, para tentar abaixar a temperatura.

— Nesse ponto você fez o certo.

Ele segurou o braço da fêmea.
– Por favor, ajude-a. Você sabe que deve isso a mim.

Com um senso de reverência, Callum manteve-se ao lado dos vampiros quando o amigo deles desapareceu na cabana da Loba Cinzenta com a fêmea. E, enquanto os demais machos conversavam aos sussurros, ele quis berrar com eles para que se calassem e prestassem atenção. Demonstrassem respeito.

Eles não faziam ideia de como era raro a Loba Cinzenta se apresentar para eles em sua forma corpórea, que ela acolhesse alguém em seu local de repouso. Que estivesse disposta a ajudar.

Mas essa era a tradição espiritual do seu clã. Não a dos vampiros.

– Que diabos aconteceu com ele?

Depois de um bom minuto, percebeu que se dirigiam a ele e, quando desviou os olhos do abrigo da Loba Cinzenta, ficou sem saber o que dizer ao primo Lucan.

– É verdade, então – instigou o macho. – A Víbora se apoderou dele.

– Não se apoderou. Ele *é* a Víbora. Agora eles são um só.

O vampiro que não conhecia, aquele que fora ferido na noite anterior, andava de um lado a outro na periferia, a energia cinética naquele corpo borbulhando, fervendo, mas não com agressividade. Ele só parecia incapaz de permanecer quieto.

Callum relanceou ao redor, procurando por seu macho. Não que o cara a quem pagara um boquete fosse seu. Aquele Vampiro estava ali um segundo atrás.

– Quer dizer que não é só um mito – murmurou Lucan.

– Não, não é, primo. – Callum relanceou para as tendas. – Onde está a sua fêmea?

– Ainda dormindo.

– Você pode ficar. Sabe disso, não? Pelo tempo que quiser.

Lucan assentiu.

– Obrigado, mas temos trabalho a fazer.

– Explique, por favor.

– Vamos voltar ao campo de prisioneiros. Precisamos libertar os demais.

Isso não captou a atenção do licantropo.

– Está falando sério?

– Estou.

– E o que vão fazer com todos aqueles machos e fêmeas? – Callum relanceou para a cabana uma vez mais e ficou imaginando o que estaria acontecendo lá dentro. – O que quero dizer é: quantos deles são criminosos?

– Não muitos. Nem todos. – Seu primo relanceou para os dois ex-prisioneiros. – Mas, primeiro, vamos esperar para ver se Kane está bem.

Tradução: *Vamos esperar para ver se ele vai perder a cabeça depois que a fêmea dele morrer porque ele tentou salvá-la com a sua veia.*

E as pessoas não acreditavam que o destino tinha um senso de humor doentio.

– Parece que está com algum problema, primo. – Ah, inferno. Por que não tinham uma folga? – De todo modo, boa sorte com isso. E você é bem-vindo aqui. Sempre. Com licença um instante, sim? Preciso cuidar de umas coisas.

Era mentira, claro. Ele não tinha nada a fazer a não ser esperar, como todos os outros, para descobrir se a fêmea vampira morreria. Ou melhor... para ver quanto tempo levaria para ela morrer.

Ao passar diante da fogueira, sentiu o calor e uma lufada suave de fumaça, mas logo estava do outro lado. O restante do clã estava ocupado com suas atividades noturnas em algum outro lugar, tocando a vida, passeando entre os humanos se assim o quisessem. Os covis dali estavam entre os diversos lugares nos quais seus parentes viviam, e com a construção daquele hotel do outro lado do vale e a ameaça por ele criada, ele não se surpreendia que tudo estivesse tão tranquilo.

Era uma bênção, na verdade. O bom sobre os lobos era que eles eram animais que viviam em grupos. O ruim sobre os lobos era o fato de viverem em grupos. Estranhos, mesmo que convidados ao seu território, tendiam a deixá-los pouco à vontade.

Ainda mais se a Loba Cinzenta estivesse no local.

Abaixando-se ao entrar na sua caverna, ele acendeu as tochas afixadas às paredes de pedra com o pensamento. Quando a luz lambeu a passagem estreita e desnivelada, ele seguiu o caminho por força do hábito, os pensamentos voltando para o esconderijo debaixo da garagem.

– Como é que alguém enxerga os mortos? – resmungou. – Você só entra num lugar e eles estão lá, tipo: Oi, meu nome é Theresa Caputo da Porra[10] dos chupadores de sangue? Maldição.

Quando o centro da caverna surgiu, ele parou e olhou ao redor. A cama não passava de uma plataforma em vigas suspensas coberta por peles, e seus baús e suprimentos estavam bem onde os deixara. Nos fundos, a piscina natural, que era aquecida por algum mistério da geologia, borbulhava como sempre. Não havia fogueira. As cinzas eram de quando estivera lá pela última vez, dois dias antes.

Nada fora do lugar. Então, por que ele achava que tinha sido redecorado?

A porra daquele vampiro precisava muito sair da sua cabeça.

Callum se despiu rápido. Sempre mantinha uma troca de roupas na montanha, para o caso de precisar delas, mas não considerava aquela caverna o seu lar.

Usara o esconderijo da garagem como um palácio para trepar e como depósito de munição.

O chalé de caça era o seu lugar "estou tentando ter classe".

E ele tinha um apartamento padrão, quase humano, no porão, com TV e acesso à internet, para quando precisasse se conectar com o mundo exterior, do qual não conseguiria ser mais do que apenas um observador.

Porque, ora, para ele, *Um lobisomem americano em Londres* era um documentário, e não ficção.

Seria bom ter um lar de verdade.

---

10 Theresa Caputo é uma suposta médium estadunidense, mais conhecida por seu reality show. (N.T.)

Antes de entrar na piscina natural, apanhou algumas achas de madeira, acomodou-as dentro do círculo da fogueira e a acendeu com o pensamento. Quando as chamas laranja e amarelas surgiram em sua fonte de abetos, e filamentos de fumaça se ergueram e se dispersaram nas fendas das rochas do teto, ele sentiu que queria berrar.

Por isso, foi para a água.

Ao afundar na piscina, a sensação de falta de peso lhe pareceu relaxante. Foi até seu ponto predileto, os contornos suaves de uma rocha cisalhada naturalmente como um assento feito para o seu corpo. Deixando a cabeça pender para trás, ficou olhando a dança das luzes.

Aquele *maldito* vampiro...

Como se tivesse invocado o macho, uma figura semelhante àquela da qual não conseguia se livrar em sua mente por motivos demais saiu da passagem e entrou na caverna em si.

Callum endireitou a cabeça.

– Ela morreu, então?

Acabariam segurando um tigre pelo rabo se alguma coisa acontecesse com aquela fêmea.

Quando acontecesse, melhor dizendo.

– Não.

Enquanto o macho fitava além do fogo, Callum tinha plena ciência de estar nu na piscina.

– O que está fazendo aqui, então?

Quando não houve resposta, ele contraiu os lábios.

– O que você disse foi cruel. Lá no chalé de caça.

– Eu sei. Por isso estou aqui.

Houve outra pausa; em seguida, o vampiro cruzou os braços diante do corpo. Enquanto o maxilar mexia, como se ele estivesse tentando transformar os molares em tocos, Callum sentiu a decisão de odiar o bastardo arrefecer.

– Qual é a porra do seu nome, vampiro?

– Apex.

Callum lançou a cabeça para trás e gargalhou.

— Ah, te deram o nome certo. O "ápice" da cadeia alimentar, pronto para comer qualquer coisa, não? — Ao se endireitar, estreitou os olhos. — Quer dizer que está aqui para se desculpar.

— Isso.

Mais silêncio. E Callum ergueu uma sobrancelha.

— Bem, siga em frente, camarada.

— Eu... lamento.

— E?

O vampiro, Apex, franziu o cenho.

— Já disse. Já me desculpei.

— Foi isso? *Lamento?* É só o que você tem a oferecer?

— O que mais há para se dizer? Essa é a definição de "desculpa".

Callum inclinou a cabeça para o lado. Depois ergueu o indicador.

— Perguntinha.

— O quê?

— Quando foi a última vez que se desculpou com alguém? Ou você é tão "Apex" que só não perde tempo com cortesia e consideração?

— Na maioria das vezes, eu mato as pessoas que estão no meu caminho.

— Ah, quer dizer que você não é versado na arte de se desculpar. Certo. Bem, permita-me explicar uma coisa, predador. É de hábito contextualizar o pedido de perdão. Há uma explicação, uma promessa de melhora, talvez até um plano de engrandecimento pessoal.

O vampiro estreitou os olhos.

— Você quer tudo isso? Sério?

Parado junto à luz da lareira, trajando aquele uniforme preto que roubara do guarda morto da prisão... ele estava sexy pra cacete, com os cabelos curtos, olhos brilhantes, aqueles ombros largos e corpo forte, o tipo de pacote que um licantropo não via com muita frequência.

E aquele pedido de desculpas desajeitado e envergonhado era fofo pra cacete.

De repente, a água suave que se movia na corrente natural já não parecia apenas banhá-lo. Pareciam mãos em seu corpo. Lábios... em seu corpo.

Acariciando-o em lugares aos quais ele queria muito que aquele predador ali parado chegasse.

— Na verdade, esqueça o pedido de desculpas — Callum disse com sensualidade. — Prefiro outra coisa de você.

— Não canto. Não danço. E não sei ler.

— Estava pensando numa coisa completamente diferente. — Dobrou o dedo. — Venha cá, predador. Vou lhe dizer o que eu quero de você. Ou mostrar, se preferir.

CAPÍTULO 29

Dentro da cabana vermelha, Kane meneou a cabeça para a fêmea anciã.

– Não, não. Eu, não. Você tem que ajudá-la.

Acariciou a testa de Nadya uma vez mais. Ela estava ainda mais quente do que no caminho até ali, a pele tão seca quanto o deserto. Ele compreendia que, no rosto, as cicatrizes a impediam de suar, mas o mesmo parecia ocorrer nas extremidades não atingidas pelo ácido.

– Muito pelo contrário, depende de você, e apenas de você, a sobrevivência dela – disse a fêmea anciã. – Só você pode absorver o calor de dentro dela. Deite-se com ela, encoste a sua pele nua na dela.

– Isso apenas a deixará ainda mais quente!

Houve uma pausa e a expressão no rosto místico se alterou. Mas ele não se importava se a tinha ofendido.

Quando estava a ponto de fazer essa observação, ela olhou por sobre o ombro, na direção da saída.

– Não esta noite. Por certo, não hoje.

– Senhora – disse ele com brusquidão, tentando ser exigente e, ao mesmo tempo, respeitador. – Preciso que você...

– Fique aqui – disse ela com urgência ao se voltar para ele. – E faça o que eu disse. Precisa encostar a sua pele na dela...

– Isso não vai adiantar...

– Então assista à morte dela... A escolha é sua!

O tom da fêmea anciã o atingiu como um tapa na cara e ele sentiu as sobrancelhas se erguendo.

– Tudo bem... como queira.

Não que ela parecesse ouvi-lo, pois foi até a entrada da cabana e a abriu parcialmente. Quando ela se inclinou para fora, ele achou que ela estivesse farejando o ar à procura de odores, mas não tinha certeza.

Virando-se, ela o fitou nos olhos.

– Você deve ficar aqui. Posso protegê-lo se permanecer sob este teto. Se sair, estará por conta própria, e ela certamente não sobreviverá. A escolha é sua.

Em seguida, a fêmea se abaixou para sair. O que aconteceu em seguida... Kane não teve certeza.

As paredes da cabana começaram a tremular, como se houvesse um vento rodopiando ao redor e, em seguida, houve uma vibração que subiu da terra, adentrou-o a partir do seu contato com o solo e trafegou corpo acima.

Depois disso, tudo ficou translúcido: como se uma luz brilhante estivesse iluminando o exterior da estrutura, o tecido pesado pareceu desaparecer, uma névoa vermelha substituindo o que antes fora sólido.

Por isso, pôde ver a fêmea anciã mudar de forma do lado de fora do abrigo.

Num momento ela estava de pé em duas pernas; no seguinte, ela se contorceu, a forma se alterando até estar apoiada em quatro patas.

No instante em que ela lançou a cabeça para trás e uivou, o som sinistro entrou em seus ossos, e Kane baixou o olhar para Nadya. A situação tomou um rumo bastante paranormal, e isso significava alguma coisa, considerando-se que ele era um vampiro...

Uma voz interna o interrompeu: *Se sair, estará por conta própria, e ela certamente não sobreviverá.*

Por um segundo, ficou confuso quanto à origem, mas, em seguida, a mensagem foi completamente compreendida.

– Nadya – disse ele –, preciso me deitar com você.

Começou a tirar as roupas e, ao despir o tronco, já conseguia sentir o calor que emanava dela, como se estivesse diante de uma fogueira. Movendo-se rápido, chutou as botas para tirá-las, arrancou as meias, desceu as calças. Não usava roupa íntima.

Fitando seu sexo, fez um discurso breve e motivador para que ele se preparasse. Aquilo era um remédio, disse para o maldito caralho.

– Vou me deitar com você agora.

Ela gemeu um pouco e se moveu sob a toalha.

– Kane?

– Sim – respondeu ele com urgência. – Sim, sou eu.

– Me ajuda...

– Vou ajudar. Tenho que me deitar com você.

Nadya ergueu os braços, rolando de um lado a outro sobre o leito.

– Estou aqui.

Cerrando os dentes, ele se abaixou e se esticou ao lado dela. De imediato, ela se acomodou contra ele, o corpo como que se aninhando a uma rocha exposta ao sol, o calor seco aquecendo-o como se sua pele fosse uma esponja para a temperatura elevada.

O suspiro trêmulo que ela emitiu sugeriu que não era impressão sua, que aquilo que a fêmea anciã lhe dissera poderia mesmo funcionar.

– Só vou nos ajeitar melhor – disse, movendo os braços, trocando as pernas de lugar, posicionando-os melhor.

E foi assim que, pela primeira vez em duzentos anos, ele ficou nu com uma fêmea.

Não, não era bem assim. Cordelhia jamais ficara completamente nua nas poucas vezes em que estiveram juntos. Ela sempre o lembrava da necessidade de se manter o recato para permanecer vestida com as camisolas de seda, e claro que ele honrava tudo o que a fizesse se sentir mais confortável.

Além do mais, embora tivesse desejado mais proximidade com sua *shellan*, jamais tivera a certeza de que isso fosse apenas a natureza do ato sexual – ou algo específico em relação à sua companheira. Não que a resposta tivesse alguma importância. Ele só queria que Cordelhia fosse feliz, pouco importando o que fosse preciso.

— Pssssiiu — disse ele ao percorrer a mão pelo ombro de Nadya.

Ele não sabia bem a quem tentava acalmar: Nadya... ou a si mesmo.

Deitar-se com outra fêmea parecia errado.

Também parecia muito, muito certo...

Além da névoa vermelha da cabana, ele ouviu outro uivo — e depois vozes, machos conversando com urgência, alternadamente.

Estavam sendo atacados, pensou. Mas por quem?

Essa era outra pergunta que não exigia resposta. Não agora, pelo menos. Só lhe restava esperar que Apex, Lucan e Mayhem pudessem ajudar os licantropos.

— Estou aqui — sussurrou ao fechar os olhos.

O calor que entrava em seu corpo era implacável, a ponto de ele estar convencido de que acabaria se queimando seriamente. Mas, contanto que Nadya escapasse, qualquer sofrimento da sua parte valeria a pena.

Dentro do refúgio do licantropo, Apex estava à beira de um precipício, resistindo à tentação de pular naquela miraculosa piscina natural que, a julgar pelo vapor que se erguia, contava com algum tipo de aquecimento subterrâneo. O macho na água ondulante o encarava com um inconfundível olhar convidativo, e o impulso de se juntar a ele e descobrir o que mais poderia acontecer quando estavam num lugar particular era irresistível.

— O seu nome é Callum.

O licantropo assentiu.

— Do que você vinha me chamando na sua cabeça? Só estou curioso. Para mim, você era Aquele Vampiro. Com *A* e *V* em letras maiúsculas.

— Eu não o chamo de nada.

— Tem certeza? Mesmo enquanto não dormia hoje?

Apex deu um passo adiante.

– Não precisei lhe dar um nome.

– Não?

– Só me lembrei de você ajoelhado na minha frente.

A vibração que ronronou para fora do macho na piscina foi o som mais tentador que Apex já ouvira. Em seguida, a mão de Callum desapareceu debaixo da superfície caudalosa da água. Quando ele mordeu o lábio inferior com as presas brancas, os olhos reluziram.

– O que está fazendo, lobo?

– Gostaria de ver, predador?

Porra, sim.

– Mostra pra mim.

O macho se ergueu da plataforma em que devia estar sentado e, à luz da fogueira, os músculos dos ombros e do peito brilharam, as gotas da piscina natural deslizando pelos contornos do tronco. Mas nem tudo foi fácil de enxergar. O nível da água era tal que Apex estava sendo apenas provocado pela visão de uma mão forte envolvendo o membro duro e comprido.

Enquanto o licantropo se masturbava, seu antebraço se contraía e relaxava, com as veias saltando, uma força erótica pra cacete.

– Gosta disto, predador?

– Sim...

– Que bom. Gosto que você assista. – A respiração do macho quase lhe faltou.

A mão se moveu mais rápido, e Apex começou a sentir as estocadas em seu próprio pau, como se, por alguma alquimia, o toque o atingisse a despeito da distância que os separava.

– Me diz... uma coisa... predador...

Deus, ele não conseguia pensar. Estava consumido, assistindo à água brincando com aquela masturbação, o mostra-não-mostra um *peep show* que tornava tudo aquilo ainda mais fascinante.

– O quê? – sussurrou Apex.

O licantropo parou o que fazia – um absurdo na opinião de Apex.

– Nunca esteve com um macho antes, não é?

Apex abriu a boca. Fechou. Depois pensou: ao diabo.

– Não, nunca.

O sorriso que recebeu de volta foi lento e muito, muito satisfeito.

– Que divertido. Estou ainda mais ansioso agora.

Então, Callum começou a se masturbar mais intensamente, as bombeadas rápidas e firmes, a ponta do pau rompendo a superfície da piscina, a cabeça do licantropo pendendo para trás, os lábios se afastando, a caixa torácica se expandindo e contraindo.

O orgasmo foi delicioso, o gozo caindo na piscina, e Apex sentiu a necessidade urgente de mergulhar e capturá-lo todo, engoli-lo, se alimentar da porra.

Mas não se moveu. Nem quando seus olhos consumiam o prazer e a cabeça girava em antecipação, tampouco quando seu corpo ansiou virar o licantropo de costas, empurrar o seu rosto para a beira da piscina e montá-lo por trás...

Seus ouvidos captaram algo que não estava certo.

Ao longe, havia uivos, altos o bastante para penetrar aquela caverna de foda particular da qual o licantropo com certeza fizera bom uso antes.

Em seguida vieram os gritos.

Que chamaram a atenção de Callum. A cabeça dele se endireitou de pronto e ele olhou na direção da entrada do túnel de pedras.

– O que está acontecendo? – Apex exigiu saber ao sacar sua arma.

– Caçadores. Malditos caçadores.

Como se um interruptor tivesse sido acionado, o licantropo deixou de lado o manto da paixão, saltou para fora da piscina, vestiu as calças e partiu para o arsenal de armas.

– São daquele hotel que está sendo construído. Eles vêm à noite e tentam nos pegar nos nossos esconderijos, mas a maior parte de nós tem outras moradias, sendo este o espaço sagrado da nossa comunidade.

O macho verificou a munição da sua arma.

– Só o que podemos fazer é defender o que é nosso e enterrar os corpos. Para que não descubram a nossa real condição de licantropos.

Callum se virou e começou a andar para o corredor de entrada. Quando Apex o seguiu, o macho parou e olhou para trás.

— O que está fazendo?

De longe vieram mais uivos.

Apex se inclinou na direção dele.

— Já não disse? Sou muito, muito bom mesmo em matar coisas.

Houve uma fração de segundo de silêncio.

Então, o licantropo de mãos mágicas e corpo perfeito colou os lábios nos de Apex.

— Fica pra próxima — disse o macho, com voz rouca. — E obrigado.

CAPÍTULO 30

Quando Callum saiu da caverna, Lucan já corria em sua direção como se tivesse vindo ativar a cavalaria de quatro patas.

— Estão subindo a trilha — o primo disse. — E não são caçadores.

— Os guardas da prisão? — Callum relanceou para trás enquanto seu predador o seguia. — Eles nos encontraram?

— Não seria tão difícil. Tínhamos outras coisas em mente em vez de nos escondermos de fato. Minha companheira está à espreita logo ali atrás. Precisamos nos colocar em posição para...

Uma bala passou assobiando e ricocheteou no veio de uma rocha.

— Porra — disse Callum quando todos se abaixaram.

Outro uivo flutuou pelo ar noturno, vindo de algum lugar à esquerda, e Callum soube de quem era pela ascendência das notas.

— Quantos? — exigiu saber ao se apressarem para trás da formação rochosa na entrada da sua caverna.

Em pleno ar, Mayhem, aquele todo agitado, retomou sua forma.

— Uma dúzia ou mais de guardas usando equipamento tático. Armas com silenciadores. E o último da fila está puxando um trenó vazio, como se esperassem capturar reféns vivos.

Outra bala ricocheteou em alguma rocha e depois aterrissou na terra a um metro da cabeça de Callum.

— Por que diabos estão atirando? — Lucan resmungou ao parar ao lado de sua *shellan*.

— Para nos atrair — a fêmea humana explicou. — Manobra clássica. Eles esperam que não consigamos aguentar e querem que desperdicemos munição e mostremos nossas posições. E não vamos fazer nada disso.

A mulher estava concentrada na chegada da trilha à clareira, os olhos estreitados, a arma apontada, o corpo apoiado numa reentrância em V nas pedras. Estava pronta para defender um território que, tecnicamente, não era dela.

Só que o inimigo que os atacava tornava o caso pessoal, não?

Merda. Com aquela humana entre eles, não poderiam se desmaterializar, deixando-a para trás para morrer. Tinham que ficar e lutar.

Esse foi o seu último pensamento convincente.

Como se, de repente, alguém tivesse apertado o botão "iniciar" de uma partida, balas voaram de quase todas as direções, lascas de árvore saltando pelo ar, balas atingindo rochas, nacos de terra saltando. Quando o cheiro de pinheiro quadruplicou na noite e ele começou a atirar de volta, uma bala passou zunindo pela sua orelha.

Vinda da direção oposta.

— Estão atrás de nós também — anunciou ao girar de costas.

A boa-nova, se é que havia alguma, era a existência de uma trincheira natural no cenário e eles estavam dentro dela, portanto, tinham um pouco de cobertura na retaguarda. E pelo menos todos pareciam ter recebido o memorando: metade deles continuou a defender a posição na dianteira enquanto ele e Apex começaram a atirar na fileira de pinheiros atrás deles...

Alguém foi atingido. Ele sentiu o cheiro de sangue vampírico fresco, mas não havia tempo para se preocupar quem fora e qual a gravidade. Felizmente, ao seu lado, Apex ainda disparava num círculo lento, mandando balas na direção das árvores...

Um grito breve, uma ordem ladrada e, em seguida, sombras se moveram das posições: eram os guardas fechando o cerco. Quando o vento soprou, Callum farejou vampiros em meio ao cheiro acre de pólvora, terra revolvida e ar noturno.

Precisavam de mais munição. Mais armas.

Com o estoque do seu esconderijo esvaziado, só havia um jeito de obtê-las.

O jeito mais difícil.

Da sua posição protegida dentro da trincheira, Apex conseguia acompanhar as figuras se esgueirando de tronco em tronco, e ele não se surpreendeu ao ver todos aqueles conhecidos uniformes pretos. Deveria ter imaginado que os guardas os localizariam. Talvez houvesse rastreadores nos uniformes sem que ninguém tivesse percebido. Quem diabos poderia saber...

– Vou buscar mais munição na minha garagem.

Virando a cabeça para o lado, ele olhou bravo para o seu licantropo.

– Não, você vai ficar aqui. Não sabemos quantos mais estão na montanha e precisamos...

– Não morra, predador. Tenho planos para você mais tarde.

E foi isso. O filho da puta precipitado desapareceu em pleno ar.

– Tá de brincadeira? – Apex perguntou para o nada ao seu lado.

Uma bala que resvalou no seu ombro o devolveu à realidade, e ele voltou a atirar no que quer que houvesse por ali...

– Lucan!

O som do pânico de Rio o fez se virar. Maravilha. Maravilha do cacete. O companheiro da mulher estava caído de lado, as mãos cobrindo a virilha, o que sugeria dois possíveis ferimentos, ambos fatais, apenas de maneiras diferentes.

Em um, a artéria femoral fora perfurada e a hemorragia o mataria.

No outro, ele acabara de ser castrado.

A fêmea de Lucan empurrou sua arma para Mayhem, que começou a atirar com as duas mãos, mandando sabe lá Deus quanto chumbo para a frente. Enquanto ela tentava apertar para deter a hemorragia, Apex também continuou apertando o gatilho.

Até a arma esvaziar.

Então, tudo ficou silencioso atrás dele. Com uma olhada rápida sobre o ombro, deparou-se com o olhar de Mayhem. O macho balançou a cabeça uma vez.

Suas balas também tinham acabado.

– Filho da puta – resmungou Apex ao se preparar para o que estava por vir.

Maldição do inferno. A menos que aquele licantropo realizasse um milagre e estivesse de volta nos próximos trinta segundos, eles seriam capturados e arrastados para fora da montanha.

De pé, usando coleiras e algemas.

Ou em sacos.

CAPÍTULO 31

Era o cenário de um sonho.

À medida que sentia a fornalha dentro de si começando a perder um pouco de intensidade, Nadya ficou tão aliviada que uma dissociação flutuante terminou o trabalho de erguê-la no ar, afastando-a da dor. Suspensa numa cama de ar macio, com o tempo parando de vez, contentou-se em apenas deixar a tensão se afunilar para fora das suas juntas e membros.

A ausência de rigidez foi uma surpresa tão grande que ela se viu compelida a se mexer – e foi então que descobriu que não estava só.

Só que ela já sabia disso.

– Kane... – sussurrou.

Mais relaxamento, e ela disse a si mesma para abrir os olhos e procurar por ele, mas as pálpebras pesavam demais. Além do mais, por que lutar contra qualquer coisa? Para variar, estava livre do desconforto.

E estava com ele.

E ele... estava nu, nu de verdade.

Assim como ela.

Nadya descobriu tudo isso ao arquear a coluna, os seios desnudos tocando o peito despido dele, os mamilos endurecendo com a fricção – assim como o conhecimento de que estavam deitados sem a complicação das roupas.

– O que houve? – murmurou. – Onde estamos?

Isso tinha que ser um sonho, certo? Com certeza era um sonho.

– Estamos seguros.

— Estávamos em perigo?

— Você não tem que se preocupar com nada.

Ao sentir a mão dele afagar sua cabeça, teve um momento de ansiedade ao visualizá-la entre os tufos de cabelo curto. Só que, presumindo que aquele fosse um parque de diversões criado pelo seu subconsciente, resolveu só fingir que tinha cabelos de novo. Não longos, como costumavam ser, mas abundantes. Talvez uma espécie de halo de cachos macios?

— Como se sente? — ele perguntou.

— Eu me sinto... ótima. — Esticou-se de novo, e teve que admitir para si mesma que o fazia de modo deliberado, para que o mamilo esfregasse o que deveria ser o esterno dele. — Incrível.

A respiração dele ficou suspensa, como se tivesse sentido exatamente o que ela quis que ele sentisse. Em seguida, um tremor o trespassou.

Encorajando sua fantasia a seguir adiante, moveu a perna, dobrando o joelho de uma maneira tão fluida que lhe parecia desconhecida; o funcionamento normal tendo ficado ausente das suas experiências de movimentação, de vida, por tanto tempo já. E, claro, porque o quis, certificou-se de deixar o joelho entre os dele.

Para que a parte interna da sua coxa afagasse a parte interna da dele.

— Nadya...

Por um momento, temeu que ele lhe dissesse para parar. Mas, então, a mão forte e larga deslizou pelo seu ombro até as costas, num mergulho que terminou no quadril. Quando começou o trajeto de volta, ela virou o tronco de um modo que teria sido de todo impossível antes — e de forma a deixar o seio colado ao peitoral dele.

— Ah, Deus... — A voz dele saiu estrangulada, mas de um jeito bom, o desejo evidentemente contraindo a garganta. — *Nadya.*

— Adoro quando diz o meu nome assim.

— Assim como?

— Como se estivesse faminto.

Com uma audácia que só tinha porque estava em uma espécie de sonho, decidiu explorar um pouco também, a mão se movendo pelos músculos do braço, sentindo a força saliente, os ossos longos. Seu corpo era tão diferente do dela, tudo era firme, rígido, e ela gostava disso. Queria isso. Nada macio, todo ele duro... para poder penetrá-la.

Movendo o quadril para a frente, sentiu o volume da ereção, e a extensão quente era um ferro de marcar com o qual não se importava de ser queimada. Ainda mais quando ele inspirou fundo.

– Está bem assim? – perguntou ela.

– Tá de brincadeira?

Ante a resposta seca, ela teve que rir. Em seguida, nada pareceu engraçado quando ele se deitou de costas, oferecendo o seu corpo inteiro para ela explorar. Aninhando a cabeça no pescoço dele, deslizou a mão pelo peitoral até o coração. E seguiu adiante, sentindo os músculos do abdômen.

Deslizando para o lado, o osso do quadril criava um arco gracioso, e a extensão da coxa era grossa e marcada por músculos que se flexionavam com o seu toque...

Ele a segurou pela mão, detendo-a quando ela seguiu na direção do seu sexo.

– Nadya. Tem certeza de que sabe o que está fazendo?

– Sim...

– Abra os olhos, então.

Ela pensou nisso.

– Não, porque então isto seria real. – Ao senti-lo se retraindo rapidamente, meneou a cabeça. – Com você, eu não quero ser quem sou. Se for assim, se for um sonho... então posso ser inteira. Quero ser inteira.

Lágrimas se formaram em seus olhos e, quando elas encharcaram os cílios, imaginou se ele não obteria seu desejo. Se tivesse que levantar as pálpebras para apagar a dor antiga e tão familiar...

– Você é inteira para mim – disse ele com suavidade. – Abra os olhos.

Preparando-se, ela levantou as pálpebras – e lá estava ele, de verdade, o macho com o qual jamais ousara fantasiar dessa maneira, embora quisesse muito. Com uma mão trêmula, esticou-se e o tocou no rosto.

– Você está mesmo aqui?

– Estou.

Relanceou além dele – e sentiu certo alívio. A névoa vermelha estranha que os cercava era absolutamente irrealista e ela se consolou com isso. Portanto, era, sim, um sonho, inclusive essa parte em que parecia que ele...

– Obrigado – ele disse emocionado.

– Pelo quê? – murmurou ao passar a mão pelo ombro dele.

– Por tocar em mim. Por querer... tocar em mim.

– Como eu poderia não querer? – Prosseguiu pelo peito liso. – Você é lindo.

Havia um sofrimento estranho nas feições dele, uma sombra nos olhos. Mas quando ele sacudiu a cabeça, ela teve a impressão de que ele estava se livrando disso tudo, fechando uma porta com firmeza.

– Quero te beijar – disse ele.

– Então me beija.

Ela inclinou o queixo, posicionando a boca; ele abaixou a cabeça para ela. O resvalar dos lábios foi suave, um veludo quente, provocante e reconfortante ao mesmo tempo.

– Mais – murmurou quando ele se afastou.

Kane sorriu.

– Mais?

– Sim.

As palavras trocadas entre eles eram simples; as sílabas, nem rápidas nem lentas – no entanto, cada reação vinha carregada de uma poderosa eletricidade que trazia um calor enorme, um calor vulcânico...

A mão dele capturou um seio e ela se arqueou, o gemido sendo engolido por ele. E, quando ele a explorou, provocando o mamilo com o polegar, afagando o peso do seio e passando para o outro, ela encontrou um ritmo nos quadris para também acariciá-lo.

Para acariciar a ereção dele com a sua pelve.

Entre as pernas, seu sexo inchou e umedeceu, e cada vez que ela se movia ao encontro dele o calor ali redobrava. Mas não como antes. Era um tipo de calor nada sofrido. Esse a fazia se sentir viva.

E... bela.

Enfiando as mãos nos cabelos dele, segurou-se firme, entregando-se por completo ao que acontecia entre eles: a exploração provocante, a promessa do alívio, a segurança de saber que aquele lindo macho não a julgava.

Em vez disso, a considerava valiosa, exatamente como ela era.

Enquanto fitava Nadya nos olhos, Kane estava ciente de algo nos recessos da mente, um alarme disparando, baixo e insistente. Havia um problema com o qual ele precisava se preocupar. Algo urgente...

– Adoro o jeito como me toca.

As palavras escaparam da sua boca e o surpreenderam porque revelavam uma verdade muito complexa cuja segunda parte ele manteve para si: sua *shellan* nunca quisera fazer isso. E, Santa Virgem Escriba, havia uma enorme diferença entre obrigação e desejo.

O toque de Nadya era como o amanhecer e trazia um calor bom. Do tipo que cura.

Chegou a pensar que tinha mais a dizer, mas logo voltou a beijá-la, deleitando-se com a diferença de estar com uma fêmea que o desejava. Que talvez precisasse dele. E não é que isso levou sua atração ao nível seguinte?

Ao nível da alma.

Em seguida, só percebeu que seus lábios estavam na lateral do pescoço de Nadya, mas, quando ela inclinou a cabeça para lhe oferecer a veia, ele soube que essa não seria uma boa ideia. Ela parecia recuperada. Ele só não sabia por quanto tempo e não se arriscaria.

Além do mais, havia outros lugares em que queria colocar a boca.

O seio era macio, suave, sem cicatrizes, o mamilo rijo e pronto para ser capturado por ele. E foi o que ele fez. Sugando a pele, rolou a língua ao redor do mamilo, circundando, circundando, antes de abocanhá-lo de novo.

Embaixo dele, ela se arqueou ainda mais, o corpo tão fluido, o peito inflando enquanto puxava ar para os pulmões. Com a mão livre, aquela que não o sustentava para não esmagá-la, ele explorou o seio, sentindo o contraste da pele entre a ponta e a auréola, beliscando de leve o mamilo, esfregando-o.

Ele tinha todo o tempo do mundo, mas também tempo nenhum. Sentia-se tão desesperado quanto paciente. O que parecia combinar com aquele estranho plano de existência em que se encontravam: era como se não estivessem nem aqui nem lá; não estavam mortos, por certo, mas tampouco vivos, no senso convencional...

Era para ele estar preocupado com alguma coisa.

Essa convicção foi tão forte que ele ergueu a cabeça e olhou por cima do ombro nu. A névoa vermelha que os cercava e lhes dava a impressão de estarem flutuando parecia um limite intransponível, do qual não havia como entrar nem sair. No entanto, lembrou-se de algo sobre a saída estar bem ali, na tela.

— Kane?

Piscando, balançou a cabeça e voltou a se concentrar.

— Oi.

— Você está bem?

— Eu preciso... Há algo lá fora, algo perigoso.

— Onde estamos?

— Na montanha. Acho. Não sei. — A fêmea anciã, ele pensou. — Ela me disse...

O que ela tinha dito mesmo? A fêmea de cabelos grisalhos o alertara para...

— Ficar aqui — disparou. — É isso. Tenho que ficar aqui com você.

Todavia, isso não parecia certo. Só não conseguia se lembrar do motivo, como se a sua memória fosse um cenário do outro lado de um confim enevoado. Distante demais para ser visto.

— Bem, estou feliz que esteja aqui.

Forçando-se a deixar o etéreo de lado, olhou para a fêmea deitada em seus braços.

— Eu quero... você.

— Então me tome — disse Nadya.

CAPÍTULO 32

Segundo a regra do "Foda-se" das guerras, quando se está sem munição e numa posição em que não existe cobertura que se possa considerar como defensiva, tampouco perspectiva de se receber apoio, só resta uma coisa a fazer.

Você puxa o pino da sua granada de agressividade e faz algo tão ultrajantemente idiota que o inimigo fica paralisado de tanto espanto por alguns instantes.

– Eu cuido disso – disse Apex para ninguém em especial.

Onde estava a porra daquele licantropo?

– Aonde você vai? – Rio replicou ao desviar o olhar de Lucan.

– Vou passear na floresta.

– Apex...

Fechando os olhos, desmaterializou-se no meio do campo de batalha, voltando à sua forma atrás do único guarda que permanecera na mesma posição. O restante se deslocara, passando de uma árvore para uma rocha e depois para outra árvore. Mas não aquele cara.

Ou o senhor Estático estava se cagando de medo em sua primeira experiência de combate ou estava ferido. Ou, quem sabe, só apreciasse a vista.

De toda forma, Apex estava na sua cola antes de o bastardo se dar conta, uma faca afiada abrindo o equivalente ao portão de um celeiro na carótida ao mesmo tempo que deixava a traqueia disfuncional. Para ele, nenhuma outra nota, aguda ou grave.

Amparando o corpo antes que ele começasse a deslizar, Apex o deitou no chão, retirou todas as armas e esperou.

Três...

Dois...

Um.

Outro guarda avançava a seis metros. Mirando o cano da arma que acabara de pegar, Apex esperou pelo brilho do outro gatilho sendo puxado – e só então disparou a sua bala quando o alvo se revelou: houve um grito abafado e, depois, o adorável som de um saco de batatas caindo no chão.

Verificando o pente, confirmou que havia sete balas no tambor. Não bastavam. Mantendo os olhos no que estava à frente, tateou o guarda que sangrava, sentindo o calor ainda irradiando do tronco, e encontrou...

– Largue a arma e ponha as mãos pra cima ou atiro na sua cabeça.

Apex imprecou e considerou desmaterializar-se. Até sentir o cano da arma contra a parte de trás do crânio.

– Estou esperando – estrepitou o guarda.

Quando Apex largou a arma, a perda da munição doeu tanto quanto a perda da arma em si, e depois ergueu as mãos na posição clássica de rendição. O clique metálico das algemas era um som musical, e ele sentiu o pulso direito sendo agarrado e preso pelo aço. Mas não se preocupou com isso. Estava esperando para ser virado.

Porque, sério, alguém precisava dar as boas-vindas ao filho da puta com uma bela cabeçada.

No segundo em que seu corpo foi virado...

A arma foi golpeada diretamente na sua cara, com tanta força que dobrou seu nariz. Não reconheceu o guarda, mas também não chegara a ir a alguma festa de confraternização com aqueles putos.

– Se me fizer atirar agora, prisioneiro, não saberá se os seus amigos saíram vivos daqui.

Bem, devia ser por isso que o bastardo estava demorando tanto para algemar o pulso esquerdo.

Assim que o guarda fez um sinal com a cabeça, houve uma movimentação atrás das rochas e, ao se virar, Apex viu Mayhem e Rio trazidos para fora da trincheira atrás daquele lugar divertido de Callum, com piscina e tudo. Havia um par de guardas com eles.

Lucan vinha arrastado pelos braços e parecia inconsciente.

– Tenta me foder – disse o guarda – e eu mando atirar nos três. Aqui e agora.

Apex imprecou mentalmente. Sim, os outros estavam em maior número, mas maldição. E nem era preciso dizer que seriam levados de volta ao campo de prisioneiros e usados como exemplos do que não fazer.

Aqueles ganchos na parede manchada logo teriam outros pesos mortos para sustentar.

– Vamos tirá-los daqui – disse o guarda. – Temos o sinal de que...

Quando a pergunta foi interrompida, Apex não prestou atenção. Estava ocupado demais pensando nas possibilidades de fuga – e calculava quantos caixões seriam necessários em cada cenário.

Mas logo percebeu que a arma apontada para si havia sumido. Assim como o guarda.

Apex baixou os olhos.

Ora. Isso era inesperado. O macho uniformizado parecia ter sofrido uma ruptura espontânea da garganta: sangue vermelho vivo se espalhava por toda parte.

A pergunta era: quem estava por trás daquele manuseio de facas tão interessante?

Os dois guardas que prendiam Mayhem a Rio começaram a gritar, e foi com uma sensação de total irrealidade que Apex assistiu quando algo surgiu da escuridão e pulou em suas gargantas.

Não era um vampiro, isso era certo. Mais parecia um tronco de árvore que, de súbito, ganhara vida própria, movendo-se com graça e poder. Atacando com precisão letal.

A montanha se defendendo sozinha.

Ambos os guardas despencaram no chão, um depois do outro.

E Rio se lançou sobre Lucan, erguendo os pulsos algemados como se estivesse preparada para usá-los como aríetes para protegê-lo.

Estava claro que estava mais assustada com o que quer que estivesse vagando na escuridão do que com os guardas e a perspectiva de ser levada de volta ao campo de prisioneiros e torturada até a morte.

O que *diabos* estava ali?

CAPÍTULO 33

Para Callum, a descida até sua garagem na base da elevação foi rápida como um raio. Embora seu lado lobo quisesse correr, ele se desmaterializou até o esconderijo/depósito e, no segundo em que chegou, foi direto para o armário de armas. Depois de se cobrir com artefatos dos mais diversos calibres, recolheu munição suficiente para sitiar uma instalação militar.

O problema começou quando ele saiu e se certificou de trancar a passagem subterrânea. Ao pisar fora da garagem, captou um cheiro no ar.

Sangue.

E era como o seu.

Rastreou o cheiro até uns duzentos metros floresta adentro e encontrou o lobo assassinado logo ao lado da trilha. Agachando-se, fechou os olhos por um instante... em seguida, farejou o pelo do cadáver.

Vampiro.

Não foi um caçador humano.

Definitivamente era um guarda, mas como eles haviam encontrado aquele lugar? Dentre os milhares de hectares, foram parar ali por acaso? Até parece. Relanceando na direção da garagem, ficou se perguntando onde estaria o rastreador. Numa peça de roupa? Ou tinham colocado algum implante subcutâneo desconhecido nos prisioneiros?

Com a mão trêmula, tocou no flanco ainda quente e sussurrou um encantamento para que Loba Cinzenta levasse o macho em segurança para o lugar sagrado. Mais tarde, voltaria para cuidar do corpo...

O som de dois machos conversando flutuou pela brisa e ele teve que tomar uma decisão: manter-se armado e em duas pernas para poder rastreá-los... ou ampliar seus sentidos e habilidade de viajar.

Não teve escolha a não ser continuar com as armas.

Desmaterializando-se uns trezentos metros acima, retomou sua forma atrás de um pinheiro grosso e ficou agradecido pra caramba por conhecer cada árvore daquela montanha. Aproximou-se um pouco mais, ainda não o bastante para atirar, então mais um pouco...

E chegou perto demais.

Quando sua forma corpórea reapareceu, ele estava bem ao lado de dois guardas, ambos vestidos como aqueles do campo de prisioneiros. O fato de os machos estarem em sua terra, matando sua espécie, pareceu-lhe um castigo pelo que ele e seus dois outros primos fizeram ao armarem para cima de Lucan, seguindo as exigências dos anciões.

Eles deveriam ter adivinhado.

Agora os licantropos morriam porque atraíram o campo de prisioneiros até a montanha.

Seu outro lado exigia expressar-se, mas ele controlou a fúria latente nas veias. Sacando a arma com mira a laser, desligou o feixe vermelho e mirou com o cano. Sob o luar que se infiltrava pela folhagem, apontou para o da esquerda.

Ao puxar o gatilho, a ideia era a bala entrar na bochecha do homem e, como esperado, como se o projétil fosse controlado remotamente, acabou entrando bem debaixo do olho. O som do disparo chamou a atenção do parceiro do guarda, mas o tempo que levou para sacar a arma e averiguar de onde o ataque viera foi longo demais.

Callum o atingiu como se ele fosse uma lata em uma estaca.

Quando o guarda se uniu ao amigo naquela posição permanente, Callum congelou, parando até de respirar – teria detido o coração caso pudesse.

Havia mais sons adiante.

Era perigoso demais desmaterializar-se – se houvesse mais guardas na linha de visão dos dois que ele matara, ele bem poderia ser alvejado também.

Foi silencioso ao passar pelos pinheiros, e agradeceu aos invernos rigorosos, pois não havia muita vegetação rasteira na qual tropeçar.

Teria sido bem melhor seguir com seu lado licantropo. Mas, de novo, não podia abandonar o arsenal.

Por que *diabos* não deixava mais provisões na montanha?

Porque aquele sempre tinha sido um lugar protegido e tranquilo.

A não ser pelos caçadores humanos, claro – mas eles eram presa fácil, bem diferentes de uma força armada profissionalmente treinada, tentando recuperar seus prisioneiros.

Callum.

Bem quando ouviu o seu nome, sua bota aterrissou num graveto seco, causando um estalo tão alto quanto um morteiro sendo lançado.

Ao virar a cabeça para ver quem o chamara, uma bala o atingiu em cheio no peito, derrubando-o no chão.

De costas no solo, tentou erguer a arma para ter uma mínima chance de se defender. Seu braço não respondeu muito bem – e cada respiro era semelhante a uma facada no esterno. Virando a cabeça de lado, tossiu sangue e pensou...

Cacete, então é este o meu fim.

Sempre soubera que morreria nas terras do clã – jamais antecipara que viveria até chegar à velhice. Ainda assim, foi um choque perceber que o que lhe parecera algo de um futuro distante estava acontecendo bem naquele instante.

Estava morrendo.

Supunha que deveria estar pensando na família, desde os pais falecidos já há muito tempo até a centena de irmãos que nasceram, viveram, morreram nos últimos dois séculos.

Em vez disso, a única coisa que passava por sua cabeça era o seu vampiro.

Seu predador viria àquele lugar em algum momento, depois que a alma tivesse saído do seu corpo, e o veria ali deitado?

Tiveram tão pouco tempo...

A aproximação do seu assassino foi silenciosa, mas não completamente. Uma desnecessária confirmação de que quem quer que o tivesse atingido não era bem versado em abrir caminho por um ambiente natural.

Um par de botas pretas entrou no seu campo de visão e ele subiu o olhar até um tronco delgado.

Era uma fêmea, e ela o encarava com o distanciamento característico das pessoas que matavam com frequência e nem sempre por serem provocadas.

— Eu mirei no seu coração — disse ela sem emoção ao ajustar o rifle por cima do ombro. — Preciso calibrar a minha pontaria.

Quando Kane ouviu os tiros e saiu da cabana vermelha, não teve ciência de ter abandonado o corpo — ou de ter sido jogado para fora dele, como foi o caso.

Mas estava de volta agora e, ao perceber os ossos aceitarem seu peso, lambeu os lábios e sentiu gosto de sangue. E baixou o olhar, confuso. Um guarda do campo de prisioneiros estava morto aos seus pés. E havia outros dois nas mesmas condições ali perto.

— Kane.

Virou-se. Apex estava ao seu lado, todo coberto de sangue, um par de algemas pendendo de um dos pulsos. E foi então que sentiu o cheiro do ferimento. Alguém, um deles, estava ferido gravemente...

Lucan estava deitado sobre as agulhas dos pinheiros, Rio arqueada sobre ele, as mãos algemadas pressionando-lhe a virilha.

— Ele está mal — disse ela. — Precisamos de um médico.

Kane relanceou por sobre o ombro para a cabana, só para se certificar de que Nadya estivesse bem...

Mas que porra.

Onde estava a cabana?

– Espere um segundo – disse ele antes de voltar correndo para onde ela deveria estar.

Ciente de que poderia haver mais guardas na montanha, faltou pouco para ele pular por cima da fogueira, só que, quando chegou ao local da cabana... nada.

E não só isso. O leito do rio estava seco e havia moitas baixas na terra não pisada: não havia água corrente, nem acampamento, tampouco abrigo. Era como se nada tivesse estado ali antes.

Mas que diabos?

Estava fazendo amor com Nadya, tratando o corpo dela como merecia ser tratado, deleitando-se porque ela não cumpria um dever, mas, em vez disso, o apreciava também... quando escutou o tiroteio. O som das balas sendo trocadas parecia distante, mas muito real, e a ideia de que seus colegas ex-prisioneiros ou o licantropo que os trouxera estivessem em apuros enfiou as garras em sua consciência.

Foi nesse momento que ele viu a tela da cabana. Em meio à névoa vermelha que os cercava, a saída se apresentou como se a mudança de sua percepção tivesse criado o portal. Dissera algo para Nadya, algo no sentido de que voltaria logo, e ela entendeu o que ele estava fazendo.

Ela também ouvira os tiros.

Em seguida, estava do lado de fora da cabana, nu como no dia do nascimento, a sensação de que se ausentara por mais de um ano fazendo-o olhar ao redor para reconhecer o ambiente. Mas nada mudara porque foram apenas momentos...

– Kane!

Rio saía da floresta cambaleando, tropeçando sobre os pés, o rosto pálido.

– Onde está Nadya? Ela é enfermeira...

– Eu não sei...

Só que, quando ele se voltou para o leito do rio seco e a faixa de vegetação, uma perna apareceu saindo do que aparentava ser uma fenda no cenário. Em seguida, como se ela estivesse passando por cortinas, sua fêmea apareceu, a toalha em que estivera enrolada uma vez mais ao redor do corpo, os olhos arregalados como se não entendesse o que estava acontecendo.

Por uma fração de segundo, Kane congelou. Havia algo de diferente nela...

— Precisamos da sua ajuda — murmurou.

Mas ela já olhava para a humana que corria na direção deles.

— Quem está ferido?

E, simples assim, sua fêmea passou correndo por ele, pronta para fazer o que podia. Ao passar, deu um aperto em sua mão, e ele sentiu como se estivesse seguindo seu destino ao ir atrás dela. Ao alcançarem Rio, ele ouviu apenas por cima enquanto ela explicava o que acontecera e gesticulava em frenesi para o local onde Lucan jazia deitado.

Não que ele não se importasse com o seu colega prisioneiro ferido.

Só não conseguia parar de encarar Nadya.

Ela se movia de maneira diferente. Mais do que isso, porém, os cabelos... pareciam mais espessos. E, quando relanceou para trás na sua direção, as cicatrizes na face pareciam ter diminuído, os contornos elevados, menos pronunciados.

— ... Kane! — Ela gesticulou na frente do rosto dele. — Precisamos que você encontre suprimentos médicos.

De repente, sua audição retornou e ele assentiu. Claro. Suprimentos médicos. Ele iria procurar...

— Acho que sei aonde podemos ir.

Virou-se para Apex.

— Onde?

— Para a garagem, na base da montanha. Havia uma maca e outras coisas. É a nossa única chance, a menos que alguns licantropos apareçam com uma ambulância. Tome. Pegue estas.

Armas foram pressionadas em suas mãos; em seguida, o macho retrocedeu.

— Vou buscar os suprimentos. Sei como entrar lá.

Passou-se uma fração de segundo de animação suspensa, como se ambos estivessem esperando que o outro dissesse alguma coisa; depois

A VÍBORA | 279

disso, Apex desapareceu, e Kane foi correndo para perto da sua fêmea para contar a ela.

– Ele foi buscar o que você precisa. Ele sabe onde encontrar...

Parou de falar ao baixar o olhar para Lucan. O macho estava morrendo e todos sabiam disso. Ele sabia disso pelo modo como Mayhem, desesperado, tentava conter a hemorragia, as duas mãos imensas pressionando a virilha do macho, com o rosto marcado por dor, apesar de não estar fisicamente ferido. Nesse meio-tempo, junto à cabeça de Lucan, Rio permanecia próxima ao ouvido dele, falando com ele, encorajando-o a resistir.

Como se isso fosse uma escolha dele.

E, no meio de tudo, Nadya examinava o abdômen do macho, como se estivesse à procura de mais ferimentos.

Atribuir a Apex a tarefa de buscar os suprimentos fora o certo.

Kane queria estar com sua fêmea quando ela perdesse o seu paciente – e quando Rio perdesse o seu amor. Parado de pé diante daquele cenário triste, sentiu-se sugado de volta ao próprio passado... visualizou Cordelhia em seu quarto, com todo o sangue derramado das veias, manchando os refinados lençóis de seda e cobertas de lã que a família dela incluíra como pagamento pelo compromisso entre eles.

Quando uma sensação de tontura o acometeu, ele esticou uma mão e se segurou com a ajuda do galho de uma árvore...

Algo se moveu a uns quinze metros dali, mais para dentro da vegetação densa.

Estreitando os olhos, virou a cabeça com sutileza.

– Eu já volto.

Com um movimento rápido, se abaixou e trotou na direção da perturbação. Pensou que tivesse ocorrido junto ao chão, só parecendo ter sido mais ao alto por conta da elevação do solo. Estava certo.

Era um guarda alvejado na cabeça. A pequena ferida da bala na têmpora não parecia muito feia, no entanto, era bem letal – não demoraria muito para dar cabo do macho. O bastardo ainda se movia, as mãos fazendo círculos nas laterais como se ele tentasse remar para longe do alcance da Dona Morte.

Kane se ajoelhou e pensou no fato de que alguém a quem conhecia muito bem e com quem se importava bastante estava morrendo da mesma maneira.

Agarrando uma daquelas mãos que se remexiam, ele puxou a manga do uniforme, abaixou a cabeça, expôs as presas...

Ao mesmo tempo que atacava a pele revelada, esticou a mão e cobriu a boca do guarda para que o berro de dor não ecoasse. Em seguida, recuou da mordida e observou.

Enquanto a pele começava a se consumir por alguma força faminta e invisível, Kane meneou a cabeça e ficou se perguntando por que precisava de confirmação.

Depois pensou no primo de Lucan, encarando-o com olhos arregalados, dizendo-lhe que ele não precisava se preocupar com armas.

Espiando através das árvores na direção de Nadya, que fazia o que podia pelo macho moribundo, concentrou-se nos cabelos dela.

Havia cabelos novos crescendo, a calvície sendo preenchida bem diante dos seus olhos. E o rosto dela estava mais liso do que quando havia emergido daquela fenda tecida com tempo e espaço.

Ao cair de bunda no chão e apoiar os cotovelos nos joelhos e a cabeça nas mãos, olhou para o braço do guarda enquanto o osso começava a aparecer através dos músculos vermelhos e das cartilagens. Logo só restava o osso, nada mais.

Com a infecção, ou o que quer que aquilo fosse, continuando a se alastrar, Kane contou a passagem dos minutos assistindo à transformação do dorso da mão em esqueleto, ao leito ungueal sendo consumido e, por fim, aos ossos cedendo sobre a camada de agulhas de pinheiro na mesma posição em que estiveram ligados.

Um mistério letal.

Olhou uma vez mais para Nadya.

Que podia muito bem ser uma graça salvadora.

CAPÍTULO 34

Callum estivera ali.

Esse foi o primeiro pensamento de Apex ao irromper na garagem. Só teve que inspirar fundo para captar traços do cheiro do licantropo talentoso com a boca e as mãos. O macho viera pegar armas, não suprimentos médicos, e enquanto acionava a trava que fazia a caixa de ferramentas deslizar do seu lugar, Apex rezou para não demorar a encontrar o kit de primeiros socorros em meio às parcas e outras provisões.

Na verdade, rezou para que aquele licantropo aparecesse de repente de novo, nem tanto para ajudá-lo a encontrar as agulhas naquele palheiro, mas para confirmar que o filho da mãe ainda estava vivo.

Com a escada exposta, saltou para dentro do esconderijo e revirou o lugar, outrora limpo e organizado. Procurava por algo com uma cruz vermelha sobre um fundo branco – caramba, tinha que haver uma bolsa, uma caixa, um estojo, uma porra qualquer que pudesse ajudar alguém com a missão de cuidar de uma hemorragia letal.

Nada. Encontrou munição, bebida, mais munição, armas, facas, cordas. Comida desidratada. Água. Gasolina.

Quanto mais tempo se passava, mais desesperadas e descuidadas ficavam suas mãos, até ele acabar arrancando as parcas dos cabides, lançando-as pelo ar, os "pássaros" de tecido impermeável fracassando em se manterem suspensos, a despeito das tantas penas inseridas nas partes acolchoadas. Em seguida, se dirigiu para a fileira de baús, mas só encontrou mais roupas com mangas compridas e muitos bolsos...

A dor na mão fora semelhante à das ferroadas de um ataque de vespas, e ele puxou o braço daquela pilha de calças e ceroulas. Uma olhada rápida na palma e nada sangrava, não havia inchaço nem arranhão.

Intrigado, apanhou o conteúdo do baú...

O cinto marrom estava bem no fundo, enrolado no canto de trás. Feito do que parecia couro de boi com uma fivela artesanal, era um objeto utilitário tão exótico quanto uma meia.

Teve que largá-lo, tão desconfortáveis eram as sensações.

Quando caiu no chão, com a fivela ressoando, ele olhou para o chuveiro. A imagem do corpo ainda estava ali, e ele não precisou comparar de muito perto para saber que encontrara sem querer o cinto que o macho usara para se matar.

— Puta que o pariu.

Apanhou o cinto e o devolveu ao local em que o encontrara. Em seguida, guardou as roupas de novo, ignorando o fato de tê-las bagunçado.

Haveria tempo para arrumar mais tarde.

Talvez.

Já de pé, olhou para o macho morto.

— Sabe onde está o kit de primeiros socorros?

Não esperava receber uma resposta. Não a obteve. Os mortos nunca falavam com ele, o que era uma boa notícia. Vê-los já bastava para ele, muito obrigado.

Dando as costas para o chuveiro, não sobrou muito onde procurar.

Mas que merda. Era bom Lucan esperar por um milagre.

Enquanto avaliava o ferimento da coxa de Lucan, Nadya sabia que corriam contra o tempo. A hemorragia tinha diminuído, graças à capacidade de cura natural dos vampiros, mas não fora estancada. Nem de longe.

— Preciso de um cinto.

— Toma. — Mayhem virou de lado e começou a puxar o que tinha ao redor da cintura. — Pega o meu.

Ela aceitou.

— E uma faca.

Uma apareceu bem na sua frente e ela não se deu ao trabalho de tentar descobrir quem a oferecera. Cortou a perna da calça de Lucan. Em seguida, subiu o tecido pela coxa, passou o cinto ao redor do músculo e apertou até a carne inchar ao redor da tira de couro.

Garantir que a amarra ficasse entre o coração e o ferimento era crucial, e Lucan tinha sorte por não ter sido alvejado um pouco mais para cima, pois não haveria como fazer um torniquete.

Olhou para Rio.

— Ele precisa da sua veia. — Quando os olhos da mulher saltaram, Nadya falou por cima das perguntas ao seu redor. — Sim, sei que é humana, mas ele está vinculado a você. O seu sangue lhe dará uma descarga de energia por causa do modo como ele reage a você. É uma solução de curto prazo, mas é só o que temos agora. Precisamos que ele aguente até...

Não havia como afirmar quando esse "até" chegaria ou como ele seria.

— Tudo bem — disse Rio. — Farei o que for necessário.

A mulher subiu a manga e estendeu o pulso sobre a boca relaxada do seu companheiro. Mas Lucan não estava forte o suficiente para morder. Começara a piorar nos últimos dois ou três minutos e era bem duvidoso que ele conseguisse perfurar a pele, muito menos se grudar a ela.

— Pode usar isto. — Nadya lhe entregou a faca de caça. — Você só precisa abrir a veia.

A mão de Rio tremia ao pegar o cabo da faca e, quando ela olhou para a parte interna do pulso, a cor sumiu do seu rosto de tal forma que ela ficou quase tão pálida quanto seu macho.

— Me dá. — Nadya retomou a faca com gentileza. — Gostaria que eu a ajudasse?

— Por favor. E depressa.

A coragem petrificada no rosto da mulher era a própria definição do amor: embora ela estivesse completamente aterrorizada, não se permitiria titubear, ainda mais se pudesse salvar o seu amor.

Por um momento, Nadya visualizou o rosto de Kane – aquele novo, não o antigo. E disse com suavidade:

– Olhe para ele, concentre-se nele. Não sentirá nada se você se conectar a quanto o ama.

Os olhos de Rio marejavam e uma gota cristalina escapou, empoçando-se nos cílios inferiores e depois deslizando pela face. Impaciente, ela a enxugou.

– Vai em frente.

Nadya assentiu e esperou a mulher respirar fundo. Logo encostou a lâmina na pele e a penetrou num corte paralelo aos ossos.

O sangue se empoçou imediatamente, e Nadya aproximou a fonte de forças da boca de Lucan com presteza.

– Fale com ele. Ele precisa ouvir a sua voz. Peça a ele que beba.

– Lucan? Amor, sou eu. – A mulher alisou os cabelos dele. – Quero que você... engula? É isso? Preciso que você engula.

Rio ergueu o olhar para confirmar se era aquilo mesmo e, quando Nadya assentiu, ela continuou falando no mesmo tom suave, mas firme, de voz.

Era o que podiam fazer com o que dispunham: o sangue se empoçava nos lábios dele, bem debaixo do nariz. Ele só tinha que abrir a boca e engolir. Se conseguiria ou não, dependia do destino.

Nadya sentou-se sobre um monte fofo de agulhas de pinheiro, pensando em sua mentora.

Faça o que puder com o que tiver, quando e onde estiver.

Lembranças do campo de prisioneiros retornaram, e nenhuma das imagens era boa. Ela viu machos e fêmeas desnutridos, doentes, feridos, todos eles sendo forçados a embalar as drogas que eram levadas até lá para serem distribuídas em Caldwell.

– Ele vai sobreviver?

Mayhem fez a pergunta quando o sangue escorreu pelas laterais da boca fechada de Lucan.

– Espero que sim. – Nadya estendeu a mão e afagou as laterais da traqueia de Lucan. – Engula, Lucan. Se quer sobreviver, você tem que engolir.

A voz era tão firme e exigente que passou por cima dos murmúrios da companheira dele.

E, quem diria, deu certo. O macho reagiu ao comando e gorgolejou – para logo engolir tudo o que se avolumara ao redor da língua.

Não teria o mesmo efeito do sangue da espécie, mas era disso que dispunham, e a vinculação com a humana turbinaria a força que o sangue lhe dava.

– Continue a alimentá-lo – instruiu.

Relanceando por sobre o ombro, ficou pensando onde Apex estaria com os suprimentos médicos, por mais que Lucan precisasse mesmo de uma sala de operações com um cirurgião que pudesse, com delicadeza, religar a artéria cortada.

– Fique conosco, Lucan...

– Amor, eu preciso que você engula...

De algum lugar à esquerda, Kane reapareceu. Quando olhou para ela, parada acima do corpo moribundo do licantropo, ele estava com uma expressão muito estranha.

Nadya o fitou, achando que ele pensava que ela não estava fazendo o suficiente. *Me desculpe*, disse com um movimento silencioso dos lábios.

Pelo quê?, retrucou ele do mesmo modo.

Ao pesar as opções, ela não soube; de verdade, não soube.

Não, mentira.

Apaixonara-se por ele. Em algum momento nas últimas vinte e quatro horas, ela passou de alguém hesitante na beira do precipício a alguém que se entregara à queda livre.

E seus instintos lhe disseram que isso atrapalharia tudo.

Caso conseguissem sair vivos da montanha.

CAPÍTULO 35

Mais ao sul, em Caldwell, uns bons seis metros abaixo da terra no centro de treinamento, Vishous estava parado do lado de fora da sala de tratamento para a qual a irmã fora levada. Queria acender um cigarro, mas ela estava ligada ao oxigênio e, embora as chances de tudo se tornar uma bola de fogo com a porta fechada entre eles fossem baixas, ele não queria mesmo aumentar a diversão que já acontecia naquela noite.

Então, em vez disso, só ficou segurando o cigarro – o último que havia enrolado –, como se fosse um cobertorzinho e ele, a porra de um menino de dois anos de idade.

Talvez três.

Do outro lado da porta fechada, ele conseguiu ouvir Jane e Manny conversando baixinho, e achou que isso significava que a situação estava piorando.

– Ei, quer um pouco?

Olhou para o lado. Butch saía do refeitório, com uma lata de Coca-Cola aberta na mão da adaga e um saco de batatinhas na outra. Difícil saber qual ele oferecia, mas não era preciso dizer que ele dividiria tanto um como outro.

Assim que se aproximou, Butch plantou a bunda no piso de concreto do corredor e apoiou a lata ao lado.

– Creme e cebola – V. murmurou ao se sentar ao lado do amigo.

– Isso aí.

Quando o saco aberto foi estendido, V. balançou a cabeça e, decidindo mandar tudo à merda, acendeu o cigarro. Ao exalar, percebeu que não estava de fato preocupado com combustão. Só não achava correto apreciar qualquer coisa enquanto a irmã passava mal.

Mas, bem, se o seu colega de apartamento podia mergulhar no saco de Lay's, ele podia muito bem sacar o seu Bic.

— Como ela está? — Butch perguntou enquanto mastigava.

— Não muito bem. — V. encarou a ponta acesa. — Ela precisa ir ao Santuário.

— Ligou para o Lassiter?

— Eu ainda espero que ele acabe apenas aparecendo. Mas estou tratando dos meus sentimentos quanto a isso.

— Tragando fundo?

— Convencendo-me de que não preciso socar alguma coisa. — Deus, ele não passava de um babaca. — Mas você tem razão.

Passando o peso para uma nádega, pescou o celular do bolso e prendeu o cigarro entre os lábios. Enquanto escrevia a mensagem de texto, tentou não parecer tão desesperado quanto estava — mas logo se perguntou qual era a porra do seu problema. Então, a vida da sua irmã valia menos do que o seu ego precioso quando se tratava daquele anjo?

Apertando a tecla de enviar, deitou o aparelho com a tela para cima na coxa.

— Ele vai responder.

Enquanto ele e Butch encaravam a porta fechada, ficou se perguntando se ele mesmo não poderia levá-la lá para cima, mas logo se lembrou de que sua companheira e o companheiro de Payne não a deixariam sair antes de concluírem um exame completo do estado físico dela.

— A quem ela curou? — Butch perguntou.

— Um velhote. Dono da farmácia.

Ao se lembrar do modo como pai e filho se abraçaram, ficou pensando por que a vida parecia determinada a lhe mostrar clipes de integridade familiar, uma vez que ele pouco se lixava para isso. Ele não estava mesmo esperando que o Tim "Tool Man" Taylor chegasse e tornasse tudo melhor para o seu pequeno Jonathan Taylor Thomas.[11]

Ciente de ter misturado suas referências, desistiu de pensar em metáforas.

– Eu estava certo, a propósito – comentou. Porque, às vezes, quando você está se sentindo na merda, bancar o superior a respeito de algo, mesmo quando não há ninguém competindo com você para ser o macho alfa, faz com que se sinta melhor. – Quem quer que tenha invadido aquela farmácia o fez com um propósito.

– Como antigo policial, posso garantir que nove entre dez crimes são cometidos com um propósito.

– Isso equivale ao "nove entre dez dentistas recomendam"?

– Se estiver se referindo a flúor, sim. – Butch levou outra batata à boca. – Quer um Snickers?

– Não, na verdade eu me sinto mais eu mesmo quando estou raivoso e faminto ao mesmo tempo.

– Dá pra você me lembrar por que mesmo eu moro com você?

– Porque eu sei consertar o roteador quando o sinal cai.

Butch ergueu um indicador.

– Ah, verdade. Estou me lembrando agora.

– Retomando, quem quer que tenha invadido aquela farmácia precisava de suprimentos médicos, não de produtos para fabricar drogas. Esse foi o motivo.

– Nunca vamos encontrar aquele campo de prisioneiros.

V. franziu o cenho.

– E você é aquele que usa o enfeite com Jesus.

– Só estou dizendo que, se eles querem ficar escondidos, vão ficar escondidos.

---

11 Na série televisiva americana dos anos 1990, *Home Improvement*, Tim Allen interpreta o papel principal de um pai de família, Tim Taylor, que tem um programa sobre dicas de reformas e é pai de Randy Taylor, filho do meio, interpretado por Jonathan Taylor Thomas. (N.T.)

— Isso não é aceitável. — V. pegou o celular e acessou a internet. — Eles precisam de um lugar grande o suficiente para abrigar umas... trezentas, quatrocentas pessoas, no mínimo, seja subterrâneo ou numa estrutura suficientemente segura para abrigar os prisioneiros da luz do sol. O lugar precisa ser moderno para eles poderem conduzir os negócios, com conexão para os celulares ou, no mínimo, telefone fixo. Eletricidade rudimentar e água corrente. Uma cerca para marcar o perímetro e postos de vigilância.

— Eles procurariam uma prisão abandonada, por exemplo.

— Exato. — Ele continuou pesquisando. — Porque, qual a probabilidade de eles encontrarem outra instalação subterrânea como o primeiro local? Bem pequena.

— Não existe no estado de Nova York. Uma prisão vazia, quero dizer.

— Como você sabe?

Butch apontou para o próprio peito.

— Tira, lembra?

V. franziu o cenho ao ler os resultados que obteve.

— Não existe nenhuma prisão abandonada, a propósito.

— Você presta atenção ao que as outras pessoas dizem? Tipo, de vez em quando na vida?

— Precisamos procurar por outros locais. Um museu abandonado. Uma mansão antiga. Complexo de esportes, biblioteca, prefeitura.

— Isso deve estreitar bem a procura, se estiver se referindo a todo o estado de Nova York. Claro. Quantos devem existir, uns mil, talvez dois mil?

— Pense positivo.

Butch amassou o saco.

— Isso vindo de você?

Ambos ergueram o olhar ao mesmo tempo. E viraram as cabeças para a esquerda.

Lassiter, o anjo caído, vinha pela porta de vidro do escritório. Ao se aproximar deles, as passadas longas diminuíram a distância com velocidade impressionante. E, olha só, ele não estava com estampa de zebra cor-de-rosa dessa vez. Surpresa!

– Como ela está? – perguntou o anjo.

Para variar, os cabelos negros e loiros estavam presos e ele parecia supersério. Um pouco como se o Mister Bean estivesse apresentando uma palestra num TED Talk, a plateia apenas esperando o momento em que ele sairia do assunto para enfiar a cabeça dentro de um peru do Dia de Ação de Graças.

V. balançou a cabeça.

– Ela precisa ir ao Santuário para se curar lá.

– A recarga ajudará. – Lassiter relanceou para a porta fechada. – Estão aí com ela agora? Os médicos?

– Estão.

– Posso esperar.

– Por favor, não espere. Ela não estava nada bem.

Lassiter fez uma mesura, dobrando a cintura.

– Vou cuidar disso agora.

V. abriu a boca para dizer alguma coisa, mas a fechou quando o anjo atravessou a porta e o painel se fechou atrás dele.

Era difícil bancar o imbecil com o cara de fato ajudando. Embora Payne já tivesse feito esse tipo de cura antes e ficado num estado semelhante de exaustão molecular, parecia haver algum tipo de efeito cumulativo, cada interferência da parte dela aproximando-a de um limite que ninguém queria que ela atingisse.

– Que diabos aconteceu com esse anjo? – murmurou Butch. – É como se a bateria dele estivesse acabando.

Sacudindo a cabeça, V. voltou-se para o celular de novo.

– Betty White[12] morreu. Talvez esse seja o motivo do declínio dele.

– É, só pode ser isso. A última coisa de que precisamos é de mais rotatividade nessa função. Fico imaginando para quem ele entregaria o posto da sua mãe.

---

12 Betty White, falecida em 2021, foi uma das protagonistas de *Supergatas*, série americana dos anos 1980 e 1990 da qual Lassiter é fã. (N.T.)

– Não para mim. – V. começou a rolar a tela da sua busca na internet. – Não estou concorrendo a essa posição ingrata.

– Não quer ser o encarregado do Outro Lado?

– Nem fodendo.

– Puxa.

– Você parece desapontado. – V. relanceou para ele. – Mas você sabe que a Virgem Escriba, e agora Lassiter, e quem quer que venha depois dele, não pode mostrar favoritismo no que se refere ao destino. Não é assim que funciona.

Butch deu um gole no refrigerante.

– Ah, eu não estava pensando em tirar vantagem desse jeito. A questão é o armário.

– Como é?

– Payne me contou que a sua mãe tinha o maior de todos os closets no quarto dela lá em cima. Fiquei pensando se eu não poderia usar uma parte. Ou, você sabe, uma grande parte.

Praguejando, V. voltou à sua busca.

– Você é doente.

– Existem umas doze estações do ano em Caldwell. Só isso. – Butch inclinou a cabeça toda para trás para acabar com o refrigerante. – Toma. Acabei. Usa como cinzeiro.

Quando o macho deixou a lata vermelha vazia entre eles, V. teve que sorrir. Os melhores amigos são assim. Eles sabem quando você precisa de um lugar para bater a cinza antes de você mesmo.

Também são do tipo que ficam com você do lado de fora de um quarto hospitalar, quando você está se cagando de medo por causa da sua irmã e não quer admitir isso para ninguém, e conversam com você sobre qualquer outra coisa que não seja aquilo que está passando pela sua cabeça.

– Obrigado – agradeceu V. ao aproximar o cigarro daquele buraquinho.

– Às ordens – seu colega de apartamento respondeu.

CAPÍTULO 36

Apex retomou sua forma na clareira dos licantropos, pronto para receber algum conselho de Callum sobre onde poderiam obter suprimentos médicos. Assim que se tornou corpóreo, sentiu cheiro de sangue de vampiro e o farejou até onde deixara toda a confusão.

Ora, ora, Lucan estava com um cinto amarrado a si e tentavam fazer com que ele se alimentasse, aproximando o pulso da companheira da boca dele.

— Não encontrei nada — anunciou quando todos os rostos se voltaram para ele. — Onde está Callum?

— Ainda não voltou — respondeu Kane. — Então não encontrou nada lá embaixo?

— Havia um monte de coisas. Nada que fosse ajudar, a menos que você ache que ele precisa de uma parca para limpar a neve ou algo que sirva de alvo para prática de tiro.

— Maldição...

Apex segurou o braço do outro prisioneiro e o puxou para longe.

— Quer dizer que Callum não voltou?

— Não. Na verdade, nenhum licantropo apareceu. Parecem ter se dispersado.

— Malditos covardes. — Pensando bem, aquela briga não era deles, era? — O que vamos fazer com Lucan?

Nadya se levantou e se aproximou.

— Ele está um pouco mais estável, mas ou vai perder a vida ou a perna. Cortamos a circulação por completo, o que controlou a hemorragia, mas o tecido logo vai começar a morrer. E não tenho como operar a perna. Mesmo que estivéssemos num ambiente estéril, esse tipo de procedimento está muito além das minhas habilidades.

— Onde fica o curandeiro humano mais próximo? — Kane perguntou.

Quando ninguém respondeu, Apex percebeu que olhava para duas pessoas que conheciam os arredores tanto quanto ele.

— Precisamos encontrar um humano — anunciou Kane. — Entrar na psique dele e encontrar uma solução.

Os olhos de Apex se dirigiram para o vale abaixo. Não fazia ideia do horário, mas isso não era relevante. Iriam apagar algumas memórias quer tivessem que acordar um homem ou uma mulher qualquer para vasculhar as suas mentes ou não.

— Vocês dois têm que ir — disse Nadya.

— De jeito nenhum...

— Nem fodendo...

Nadya abaixou a voz.

— Se ainda houvesse guardas na montanha, eles já teriam atacado a essa altura. É mais provável que os que restaram tenham descido correndo a trilha porque vocês eliminaram tantos que agora estão batendo em retirada.

— Ou foram buscar reforços — Kane a interrompeu.

— De onde? Quantos vocês mataram nas últimas vinte e quatro horas? — Quando isso silenciou seu macho, a enfermeira prosseguiu: — Vocês têm que ficar juntos. Rio é uma atiradora treinada. Mayhem é bom com uma arma. Eu manterei Lucan o mais estável que conseguir. Temos que nos dividir para obter a ajuda de que ele necessita.

Kane se afastou e ficou dando voltas como se estivesse enlouquecendo e não quisesse se pronunciar até ter certeza de estar mais controlado.

— Podemos transferir vocês para a caverna de Callum — sugeriu Apex. — Ficarão encurralados, mas há apenas um acesso para entrar e podemos deixá-los com munição suficiente para guarnecer um pequeno exército.

— Santa Virgem Escriba — resmungou Kane.
— Ele vai perder aquela perna — disse Nadya. — Os dedos do pé já estão ficando azulados. Ele precisa de um médico de verdade.

Apex olhou para o outro macho. E, quando a situação continuou tensa e silenciosa, relanceou para Nadya...

E teve que mirá-la uma segunda vez.

A fêmea parecia... Bem, do nada, a cabeça dela estava toda coberta por fios de cabelo, a ponto de eles chegarem a resvalar os lóbulos das orelhas, a calvície tendo desaparecido por completo. A pele do rosto alisara, não havia mais a ossatura aparente e a pele marcada.

De fato, ela parecia quase radiante, o tipo de fêmea para a qual as pessoas olhariam, e encarariam, porque era agradável aos olhos.

Apex olhou para Kane e pensou no estado em que a enfermeira estivera quando a levaram lá para cima, para aquela cabana.

— Tudo bem — anunciou Kane. — Mas não estou gostando disso.

Puta merda, pensou Apex. Que diabos havia nas veias daquele macho?

O que quer que fosse, quase matara a fêmea..., mas também a ressuscitara.

Antes de Kane se desmaterializar vale abaixo, aproximou-se de Nadya e beijou-a na boca sem nem pensar a respeito. E, quando o beijo foi retribuído, ele gostou da sensação de ambos estarem na mesma página.

Ao menos essa parte da noite não estava ruim.

— Temos que transferi-lo — Kane disse a Rio. — Se eu e Apex vamos sair, Lucan precisa ficar num lugar mais protegido.

A fêmea, que ainda mantinha o pulso encostado na boca do companheiro, só assentiu, enfraquecida.

— E você precisa parar de alimentá-lo — disse Nadya. — Antes que também acabe precisando de transfusão.

Isso mesmo, Kane pensou quando a mulher tentou se levantar e cambaleou.

– Deixe-me fazer um curativo nisso – Nadya disse olhando ao redor, como se esperasse ter suprimentos à disposição.

Era o tipo de reação automática que os curandeiros tinham. Só que não havia nada ali.

– Venha – disse ele. – Eu seguro a cabeça dele.

Apex se postou aos pés de Lucan e, em seguida, começaram a se mover como um grupo. O deslocamento exigiu que se espremessem na entrada da passagem para o refúgio de Callum. No caminho estreito, seguiram devagar para não correrem o risco de baterem Lucan contra a parede sem querer, o que em nada ajudaria.

Dentro da caverna, deitaram Lucan no leito do lado oposto à piscina natural, enquanto Mayhem começava a distribuir as armas que confiscaram dos guardas. Graças aos cinturões dos machos, havia bastante munição, e Kane começou a se sentir um pouco melhor enquanto Rio inspecionava as várias armas e as manipulava com total confiança.

Logo chegou a hora de partirem.

Levando Nadya para o lado, fitou-a nos olhos. Havia tanto que ele queria dizer, mas não dispunham de tempo, por isso só afagou seus cabelos e pescoço...

Cabelos.

Maravilhado, ele tocou os fios que já ultrapassavam as orelhas. Mas, quando foi dizer algo, ela o interrompeu.

– Apenas volte em segurança e com um plano.

– Vou voltar para você, eu prometo.

Algo aqueceu o meio do seu peito, algo que não tinha nada a ver com a aparência dela: o fato de que ela estava disposta a arriscar a vida para salvar aquele macho a quem não devia nada.

Assim como fizera todo o possível para salvá-lo.

– Você é a fêmea mais forte que já conheci – Kane disse.

Na verdade, queria dizer que a amava, mas não assim. Não naquela hora.

– Não sou, não – sussurrou ela. – Juro que não sou...

Ele a beijou de novo, com mais intensidade dessa vez, a língua deslizando para dentro da boca dela. Quando ela se inclinou ao seu encontro, uma vez mais ele se viu em paz e excitado.

— Não vou demorar — disse junto aos lábios dela.

E, então, forçou-se a se afastar e acenar com a cabeça para Apex.

Os dois partiram sem dizer mais nada e, ao passarem pelo caminho estreito, Kane teve um pensamento repentino e muito claro.

O que quer que houvesse dentro de si, por mais violento que fosse, por menos que ele entendesse…

Estava muito contente por ter aquela maldita coisa.

Tudo para ser capaz de proteger a sua fêmea — e aumentar a probabilidade de não ter acabado de mentir para ela.

CAPÍTULO 37

De mútuo acordo, Apex se desmaterializou com Kane até a garagem da montanha. Ao retomarem suas formas nas sombras lançadas pelo ângulo baixo do luar, não estavam distantes da estrada que serpenteava até a base da montanha.

Uma pena que já fosse tarde da noite, Apex pensou. A probabilidade de encontrarem um humano naquela área rural era bem remota.

– Havia um vilarejo – informou Kane. – Ao sul daqui. Eu o vi da clareira.

– É nossa única chance.

Assentiram e se desmaterializaram de novo, retomando suas formas e desaparecendo vez ou outra para se aproximarem de um aglomerado de casinhas e lojinhas às margens de um rio. Todas as janelas estavam escuras, até mesmo no posto de combustível, e, por um segundo, Apex ponderou se todas as construções não estariam abandonadas. Mas, não, havia carros com pneus íntegros e cheios e outros sinais de vida, como arbustos e árvores bem cuidadas, pinturas não descascadas e venezianas ajustadas às janelas.

– Qualquer um serve – anunciou Kane ao caminhar na direção de uma casa amarela com beirais brancos.

Ele andou até a varanda e espiou por uma janela. Um segundo depois, desapareceu em seu interior.

Enquanto Apex esperava, vasculhou o ambiente... e visualizou Callum se movimentando entre os humanos, fazendo compras após o anoitecer, completando o tanque de gasolina do outro lado da rua, talvez abrindo uma conta no banco com documentos falsos. Estava claro que os humanos desconheciam a existência de licantropos entre eles...

Qual seria a história dele com o amante que se matara?

Se ele ficou com o cinto, não tinha sido apenas um caso de uma noite só. Não, era alguém com quem ele se importara. Alguém a quem, talvez, até tivesse amado.

Então, o que foi que aconteceu?

— Uma ambulância está a caminho...

Apex girou.

— O quê?

Kane ergueu as mãos, num gesto para acalmá-lo.

— Desculpa. Fiz um dos humanos ligar para uma coisa que chamam de ambulância para nós. Levaremos os médicos para a garagem e conduziremos Lucan até eles. O que tiver que acontecer, vai acontecer ali. Não podemos levá-lo a um hospital humano, não com todos os olhares curiosos e o alvorecer chegando. É o melhor que podemos fazer.

— Apagou as lembranças deles?

— Sim, e vamos controlar os médicos assim que eles chegarem. Eles vêm para este endereço.

— Quanto tempo vai demorar? — perguntou Apex.

— Disseram quinze minutos.

Apex meio que olhou para a esquerda e para a direita, mas sua mente estava concentrada em outros assuntos.

— Assim que chegarem, você pode voltar para a sua fêmea e levar Lucan para baixo. Sei que está ansioso. Eu estaria.

Kane desviou o olhar para ele.

— É, estou.

Depois de um instante, Apex inspirou fundo.

— Você pode dizer, sabe.

— Dizer o quê? — Mas logo o macho deixou de lado a ignorância fingida. — Eu, ah, fiquei muito grato pela sua companhia, quando eu estava queimado, lá na clínica. Não sei bem se cheguei a entender o motivo de você ter ficado ali por tanto tempo... Mas, com certeza, me ajudou.

— Hum. Eu devia tê-lo deixado mais sossegado.

— Não, não. Foi importante mesmo para mim e para a minha recuperação.

Corando, Apex pensou nas horas passadas ao lado do macho, enquanto Kane permanecia deitado, à beira da morte.

A verdade é que ele achou que estivesse apaixonado pelo antigo aristocrata há muitos anos. Havia algo de muito atraente no fato de Kane sempre ter mantido certa humanidade naquele lugar horrendo. Apesar da sujeira, da doença, da morte e da desesperança, ele sempre esteve acima de tudo aquilo.

Motivo pelo qual, quando o macho arrancou a coleira de rastreamento e a explosão aconteceu na Colmeia, o único pensamento de Apex foi o de salvá-lo. Tirara Kane de lá e garantira que Nadya, que sempre fora uma fonte de cura, cuidasse dele o mais rápido possível.

Foi tudo muito difícil no início, os ferimentos eram graves e extensos, como se não tivesse restado pele sobre os ossos do macho.

— Obrigado — agradeceu Kane. — Por me ajudar a encontrar o meu caminho para Nadya.

— Você teria feito o mesmo por mim. Por qualquer um. — Pigarreou. — E eu não te amo mais.

Sentiu aquela cabeça girar na sua direção e teve que sorrir.

— Isso o deixa desconfortável? Sinto muito.

— Ah, não. Eu imaginei. Digo, você sempre foi mais gentil comigo do que com qualquer outra pessoa.

Apex pensou em Callum, na sua atração visceral, na necessidade imensa de trepar com o cara, longa e demoradamente, até que nenhum dos dois fosse capaz de andar direito depois.

— Eu não te amava de verdade — disse. — Só achei que sim.

— Bem, sinto-me lisonjeado.

Apex sorriu de novo.

— À disposição para fazer o que puder para que se sinta bem consigo.

A risada do outro macho flutuou na brisa.

— Alguma chance de que aquele licantropo, Callum, seja o responsável por esclarecer as suas emoções?

Seu instinto de autoproteção estava aguçado como de costume, por isso, ele abriu a boca para estabelecer um limite. Mas, então, pensou... ao diabo com isso.

— Sim — murmurou. — Acho que sim.

Para uma noite que se mostrara cheia de surpresas ruins, finalmente, *até que enfim*, alguma coisa estava dando certo. Ao se recostar contra a parede interna da garagem, Kane mal conseguia acreditar que seu plano de fato funcionara.

Uma hora, catorze minutos.

E trinta e oito segundos.

De acordo com o estranho relógio digital na parte de trás da ambulância, foi o tempo que levaram para trazer aquele veículo de cura até a estrutura falsamente decrépita, carregarem Lucan montanha abaixo e o enfiarem no veículo, junto com os dois paramédicos, Nadya e Rio.

Não houve espaço para mais ninguém, e Rio, apesar de ser companheira dele, teve que se sentar na frente do veículo e ficar assistindo enquanto os três com conhecimentos médicos arregaçavam as mangas.

Os dois curandeiros humanos foram um golpe de sorte. A motorista saíra do exército como enfermeira especializada em trauma de campo e o parceiro dela também trabalhara como paramédico dos fuzileiros navais. Kane não entendia bem o que significavam esses títulos, embora fosse capaz de imaginar o sentido do primeiro, mas era certo que Lucan estava em boas mãos.

Enquanto aguardavam por notícias a respeito do tratamento, Kane se levantou e ficou andando de um lado a outro e Mayhem se ajeitou num canto e dormiu.

A VÍBORA | 301

Apex, nesse ínterim, permanecia imóvel junto à saída. Como se tivesse sido congelado de imediato por um inverno inclemente.

Só os olhos dele se moviam, sempre entre dois pontos: o piso de concreto aos seus pés e a caixa de ferramentas no canto. De um lado a outro.

A princípio, Kane não entendeu. Mas logo percebeu... aquele licantropo, Callum, ainda não tinha aparecido.

Relanceando para Mayhem e vendo que o cara dormia como um retriever diante de uma fogueira, Kane se aproximou de Apex.

— Nenhum dos licantropos voltou — murmurou para o macho. — Ele deve estar junto do povo dele.

— Ah, é. Claro. Isso. Isso mesmo.

Era evidente que o antigo prisioneiro não sabia o que estava dizendo.

— Por que você não sai? — Kane sugeriu. — Para investigar. Talvez você encontre o lugar onde estão se escondendo... Sei lá, vá até o chalé de caça. Quem sabe ele tenha se refugiado lá.

Um alívio abrupto surgiu nos olhos de Apex.

— Vocês estão bem aqui?

— É um abrigo bom como outro qualquer. Não vi guardas se movimentando quando estávamos no alto da montanha, os corpos estavam onde os deixamos, portanto, ninguém foi buscá-los. Acho que somos responsáveis por uma quantidade significativa de baixas entre eles. — Apertou o ombro do macho. — Vai. Você está distraído demais. Coloque a cabeça no lugar e volte quando encontrá-lo.

Apex relanceou para a ambulância. Depois olhou de volta para ele.

— Combinado, obrigado.

Depois de um instante em que apenas se fitaram, Kane levou o maior choque da sua vida quando Apex o atraiu para um rápido e forte abraço. Em seguida o macho se foi, deslizando porta lateral afora.

Na sua ausência, Kane verificou a arma que segurava. Sim, ainda havia balas. E, apesar de Mayhem estar adormecido, ele sabia que o macho poderia ficar em posição de ataque em questão de segundos.

Já que não havia sons suspeitos, nem cheiros, ele deixou o macho dormir. Todos estavam exaustos e malnutridos, seguindo em frente à base de energia nervosa. Mas estavam vivos.

Eles estavam *vivos*.

Voltando a se concentrar na parte de trás da ambulância – que tinha a palavra "AMBULÂNCIA" escrita sobre as portas traseiras em grandes letras vermelhas –, desejou poder influenciar o resultado do que acontecia dentro do veículo. Tivera um vislumbre do que a baia de tratamento oferecia e havia equipamentos que jamais vira antes – um lembrete do progresso desde que fora encarcerado.

Com uma onda de otimismo, visualizou Nadya morando com ele numa casa pequena, equipada como os aposentos do chalé de caça. Juntos, eles explorariam o mundo, se atualizando quanto às mudanças. Poderiam se vincular de modo apropriado e encontrar um objetivo em comum. Poderiam viver os dias e as noites que lhes fossem dados, lado a lado.

Talvez tivessem filhos.

A fantasia de pronto se tornou tão real e detalhada que ele começou a sorrir para si mesmo, maravilhado com aquela possibilidade de futuro, no qual nunca tinha ousado pensar antes porque só lhe prometera sofrimento e tristeza.

Agora as coisas eram diferentes, e não só porque ele estava inteiro.

Não só porque... Nadya parecia estar melhorando tanto.

– Fêmea anciã – murmurou ele. – Acho que tomei a decisão certa...

As portas de trás da ambulância se abriram e Nadya se inclinou para fora. Suas luvas azuis-claras e apertadas estavam cobertas por sangue fresco, que também havia salpicado as suas roupas.

– Acho que conseguimos – disse com um sorriso exausto. – Não consigo acreditar, mas acho que o salvamos.

Kane saiu de sua pose recostada e foi para ela sem um pensamento consciente. Ao capturar o rosto dela entre as mãos e aproximá-la da sua boca, teve a sensação de que a notícia que ela dera validava a sua versão do que os aguardava.

Tudo coisas boas.

Só coisas boas.

Ao se afastar, fitou-a no rosto.

— Estou tão orgulhoso de você. Orgulhoso *pra cacete*.

Quando ela corou e se virou para a mulher loira e para o homem grisalho atrás deles em seus uniformes azuis, ele deixou que ela lhe dissesse que eles eram os responsáveis. Mas o respeito que os paramédicos demonstravam enquanto discutiam sobre o paciente lhe disse muito mais do que a modéstia dela permitia.

Mas, pensando bem, ele já sabia como a sua fêmea era boa naquilo que fazia.

— Olha só – disse ela, abaixando a voz. Olhou para trás e gesticulou para que ele se aproximasse. — Eles abriram a ferida dele e repararam os estragos. A artéria já começava a regenerar quando entramos lá, por isso, Lucan também fez a parte dele, certamente por ter se alimentado de Rio. Mas ainda não está fora de perigo. Quero que esses dois passem a noite aqui. Eles têm equipamentos de monitoramento que nos ajudarão a saber o que está acontecendo e as habilidades deles são muito superiores às minhas.

— Faremos o que você achar melhor. O que você quiser.

— Acho que podemos inventar alguma justificativa para inserir em suas mentes. Sei que pode ser perigoso mexer nas lembranças além das de curto prazo, mas...

— Daremos um jeito, está bem? – Beijou-a. — Eu dou um jeito por você.

A tensão diminuiu na fêmea.

— Obrigada. Não quero perdê-lo agora, não depois de tudo o que fizemos.

— Concordo com você – murmurou Kane ao pressionar os lábios aos dela uma vez mais.

E fez isso de novo. Só porque queria.

Só porque podia.

CAPÍTULO 38

Foi em algum momento durante as horas do dia que Nadya se sentiu segura o bastante para descer ao esconderijo subterrâneo para usar o banheiro. Os dois paramédicos humanos estavam profundamente adormecidos nos bancos da frente da ambulância, e o fato de conseguirem descansar com facilidade sentados de frente para o interior de uma garagem era testemunho do quão resilientes eram.

Teve uma afinidade muito maior com a mulher, a responsável pela cirurgia.

Havia tantas habilidades para aprender, Nadya pensou ao dar a descarga. E isso era maravilhoso.

Ao limpar as mãos com um lenço antisséptico, um rápido relance ao redor do espaço revelou uma bela bagunça de roupas largadas, assim como provisões e equipamento de sobrevivência. O caos não a incomodava. Seria preciso muito mais do que algumas camisas amarrotadas e caixas reviradas para afetar o seu bom humor. Sentia como se pudesse voar, mesmo com os pés grudados no chão...

Nadya congelou. Mas logo avançou sobre pernas entorpecidas.

Do lado oposto, pendurada num gancho, havia uma panela de fundo achatado e bem polido voltado, num ângulo exato, na sua direção.

O reflexo na superfície era um pouco embaçado, nada semelhante ao de um espelho, mas bastava.

Santa Virgem Escriba... bastava.

Enquanto se encarava, Nadya pensou que devia estar acontecendo algum tipo de distorção, algum tipo de...

Com a mão trêmula, tocou o rosto. Em seguida, tateou em frenesi ao redor das bochechas, da linha do maxilar, da testa. Subiu ainda mais a mão e tocou nos cabelos, sentindo-os crescidos, os fios mais compridos...

– Ei.

Ela girou. Kane descera os degraus e estava parado no último, encarando-a como se não soubesse o que fazer.

– Como isso aconteceu com a gente? – ela inquiriu.

– Não sei – respondeu ele. – Eu gostaria muito de saber.

Nadya voltou a ficar de frente para o reflexo. Para o *seu* reflexo. Da fêmea que ela costumara ser antes do ataque com ácido.

– É tão... – Quando ela não concluiu, Kane se aproximou por trás e ela conseguiu enxergá-lo no reflexo também. – Eu voltei.

Antes de entender o que fazia, virou-se e lançou os braços ao redor dele, agarrando-o com força. Ao apertar os olhos, pensou que era absurdo pensar que o que via agora – o que outrora vira em si – era como sempre se identificara, mesmo depois do ataque. Embora tivesse vivido mais tempo cheia de cicatrizes do que sem elas.

Mas, pensando bem, roubaram-lhe o rosto. E, por mais que seu íntimo tivesse permanecido o mesmo, o mundo exterior só veria a desconhecida disforme em que se transformara.

Escondera-se para evitar o sofrimento pelo que havia perdido.

– Quero que saiba de uma coisa – disse Kane, a voz dele reverberando pelo peito. – Você sempre foi inteira para mim.

Ela se afastou um pouco e olhou para ele. Então, tocou-o no rosto.

– E você sempre foi um cavalheiro de valor para mim.

Os olhos subiram para os lábios dele e Nadya o desejou tanto que...

– Lucan e Rio estão dormindo – sussurrou ele. – Mayhem e os paramédicos também. Temos um tempinho.

– Beije-me, Kane. Deus, ah, beije...

Ela não teve que pedir duas vezes. Os lábios dele encontraram os seus e não foram nada gentis. Enquanto a caixa de ferramentas escondia a escada – porque, evidentemente, ele fez com que ela se fechasse usando o pensamento –, apanhou-a no colo e a carregou até um leito tão pequeno que ela não achava que caberiam juntos.

A menos, é claro, que ele montasse nela.

Que foi o que ele fez.

As roupas eram um emaranhado inconveniente, mas o desespero com que ela o queria dentro de si fez com que o desejo de estar toda nua fosse desconsiderado. Com os lábios dele colados aos seus e os seios arqueados contra o peito, ela abriu as pernas e o recebeu em seu centro. Tudo foi rápido, bem rápido, muito rápido, pois não sabiam quando alguém acordaria e havia pouco privacidade ali.

– Deixe-me... – Ela enfiou as mãos entre eles e começou a puxar a calça do uniforme hospitalar que pegara emprestado na ambulância. – A calça está presa.

– Espera, talvez eu consiga...

Bang!

O som e a surpresa do impacto forte bastaram para detê-los e, a princípio, Nadya pensou que tivessem sido alvejados ou, quem sabe, bombardeados.

Mas logo percebeu que estavam no chão.

– Quebramos a cama do licantropo – disse ele.

– Oops.

Ambos olharam na direção da caixa de ferramentas e pararam de respirar. Quando ninguém desceu, partilharam uma risada que logo foi interrompida por mais beijos – e agora que já não tinham como cair, ele só girou o seu corpo de modo a ficar por baixo.

Afastando as pernas em cima do quadril dele, ela montou em sua extensão, deslizando a pelve, afagando a ambos. Ele lançou a cabeça para trás em reação, e ela nunca tinha visto nada tão belo antes. Ele era tão diferente dela, cheio de músculos agora, mais largo, maior. Mais duro. Em tantos lugares.

Mas era lindo. Seus olhos poderiam se embebedar com a aparência dele por horas e horas.

Talvez até mais.

Difícil entender com precisão quando a urgência saiu do controle, mas, de repente, ela não conseguia mais esperar. Afastando-se dele, deu uma última espiada para a escada – e arrancou a calça.

O modo como ele encarava o sexo nu lhe disse, sem sombra de dúvidas, como se sentia a seu respeito. Palavras eram desnecessárias.

– Deixe-me ajudá-lo – disse, rouca.

Com mãos surpreendentemente eficientes, ela abaixou o zíper dele e tirou...

– Ah...

Ele ficou parado.

– Isso foi um "ah" bom ou ruim?

– Eu não sabia que podia ser... grande assim.

Kane soltou uma gargalhada. Mas logo ficou confuso.

– Você nunca...

– Não, nunca. E estou feliz por isso. – Fitou-o bem nos olhos. – Quero que seja você e apenas você.

Num impulso, ele ergueu o tronco, segurou o rosto dela entre as mãos e a beijou meio que de uma maneira casta.

– Tem certeza?

– Nunca estive mais certa em minha vida.

Estremecendo, ele voltou a beijá-la, com suavidade agora, resvalando os lábios dela com os seus. Em seguida, deitou-a consigo, deixando-a de costas para que pudesse ficar por cima.

Depois que montou nela, as mãos viajaram pelo corpo e, quando pararam, foi ela quem guiou o seu toque para onde o queria, para onde, estava claro, ele queria estar. Ao sentir o deslizar dos dedos entre as suas dobras ardentes, ela arfou.

Ele lhe deu prazer, acariciando-a em movimentos circulares que deixaram o corpo dela lânguido e, em seguida, se posicionou entre as coxas. Hipersensível, ávida e com pressa, ela estendeu a mão para a ereção...

– Ah, Deus... – ele sibilou.

– Por favor. Preciso de você.

Ela o puxou para si, ou ele se adiantou com um rolar do quadril, ou qualquer outra coisa, porque ela não estava mesmo conseguindo saber de mais nada a não ser do desejo absurdo de tê-lo dentro...

A sondagem indelicada, ardente, foi ainda melhor do que a mão dele. E ela soube quando ele ficou no lugar certo.

– Nadya...

– Por favor...

A penetração foi gentil e não muito profunda, pois algum tipo de barreira foi alcançado. Depois disso, apenas uma arremetida da parte dele, o quadril se movendo e uma breve dor aguda.

– Você está dentro de mim – ela disse, maravilhada.

Ao fitá-lo no rosto, sentiu como se o seu macho fosse o mundo inteiro. Todo o resto era um borrão embaçado e desimportante.

– Você está bem? – ele perguntou, firme. – Eu te machuquei?

– Não.

O maxilar dele estava cerrado, o corpo, trêmulo, o suor brotava na testa.

– Torne-me sua, Kane.

Kane não estivera preparado para nada daquilo: o fato de ser o primeiro dela, de ela o desejar como desejava, da sensação do centro estreito dela ao redor da sua ereção grossa ser semelhante a ser atingido por um raio...

Pensando bem, Nadya vinha sendo uma revelação desde o dia em que a vira pela primeira vez. Por que isso mudaria, ainda mais agora?

Com a cabeça confusa, as sensações sobrecarregadas e as emoções vacilando entre gratidão e desejo de alta octanagem, ele só deixou o corpo assumir o comando. E ele sabia o que fazer. Moveu-se devagar a princípio, e depois com urgência crescente, o quadril bombeando a ereção para dentro e para fora, a fricção acionando rápido o seu orgasmo, ele sabia que estava para...

– Vou gozar – ele grunhiu contra o pescoço dela. – Não consigo parar...

– Não pare – foi a resposta gutural dela.

O prazer chegou ao ápice e explodiu para fora dele, a ejaculação preenchendo-a – e isso pareceu levá-la à beira do precipício também. Um súbito enrijecimento do corpo dela lhe disse que o orgasmo tinha chegado para ela também e, em seguida, ele sentiu a ordenha forte do sexo dela, o modo como a cabeça e a extensão do pau eram agarradas em ondas que o enlouqueciam.

Gozou de novo.

– Mais – disse ela. – Kane...

Ela o desejava, ele pensou. Ela o queria de verdade.

Ao passar os braços ao redor dela para poder abraçá-la melhor, ele pendeu a cabeça e se soltou, até chegar ao ápice de novo e de novo, e uma vez mais.

Ele era um instrumento rudimentar de marcação, sua vinculação criando uma necessidade de garantir que qualquer macho soubesse que ela era sua, que carregaria a sua essência dentro de si, que haveria um cheiro, um aviso aos demais de que ela estava tomada, era reivindicada.

E que um macho a defenderia. Até a morte, se necessário.

Debaixo dele, Nadya alçava a crista de seu próprio prazer, olhos se apertando, respiração arfante, rubor no rosto. Desejou que ela estivesse nua, que ambos estivessem, mas o tempo era limitado e a privacidade, relativa e frágil.

Perdeu a conta de quantas vezes gozou. Era como se tivesse uma vida adulta inteira acumulada – mas, pensando bem, isso era verdade. E queria continuar para sempre.

Mas também queria tomar o cuidado de não machucá-la.

Quando por fim desacelerou e parou, teve que se recobrar, a cabeça desceu para a grade do leito, os pulmões ardendo, o corpo exaurido.

– Você está...

A risada dela era mágica.

– Sim, eu estou bem. – A mão desenhou um círculo lento em suas costas. – Mais do que bem.

Rolando de lado a fim de não esmagá-la, ele quase praguejou. Ela tinha ficado no chão duro o tempo todo.

Não que parecesse se importar ou sequer notar. Estava radiante, positivamente incandescente, deitada de lado e de frente para ele.

– Oi – disse ele, de modo travesso.

– Oi.

Permaneceram juntos, acariciando-se com suavidade, ainda unidos, lábios se resvalando de tempos em tempos... sabe-se lá por quanto tempo. Mas, depois, começaram a se preocupar que alguém poderia descer. Não seriam julgados, mas ele se sentiu compelido a defender o recato dela.

– Meu reino por um banho – murmurou ela.

– O seu desejo é uma ordem.

Antes que ela lhe dissesse para não se incomodar, levantou-se, enfiou o sexo dentro das calças. Uma subida rápida do zíper e logo ele se dirigiu para o chuveiro. Abrindo a torneira, não viu sabonete nem xampu. Mas havia uns frascos numa prateleirinha.

– Fico de guarda para o caso de alguém descer.

Relanceou para trás de si. E se esqueceu de respirar.

Nadya havia se levantado e tirava a camisa folgada azul que pegara na ambulância. Revelado em sua gloriosa nudez, o corpo dela parecia só de curvas e planos que seduziam, os seios do tamanho perfeito, o sexo nu algo que o fazia lamber os lábios.

E sua essência escorria pelas coxas.

– Venha cá, fêmea – disse ele, estendendo a mão.

Porque ela deixava suas pernas bambas.

Nadya se aproximou dele como uma brisa de verão, suave e quente, e, ao ficar debaixo do jato de água quente, ele se afastou e assistiu enquanto ela se arqueava para molhar os cabelos recém-crescidos.

Os mamilos captaram a água e os fios que escorriam eram como chuva celestial...

Que ele simplesmente tinha que experimentar.

Suas roupas desapareceram e logo ele se inclinava para capturar a água nos seios, primeiro de um lado, depois do outro. Enquanto as mãos desciam para os seus cabelos, ela o puxou para mais perto, então se ajoelhou para venerá-la como era certo.

E para poder descer mais, para além do abdômen.

E mais baixo ainda.

Quando ela se recostou na parede azulejada, ele esfregou o nariz entre as coxas dela. A boca procurou o sexo, sugou-o, lambeu-o, saboreando a combinação dos dois, e, para conseguir um ângulo melhor, ele girou, se apoiou com o corpo para trás e amparou-se nas mãos com o queixo à frente dela.

Nadya se abaixou no rosto dele e ele lambeu dentro dela.

Sua ejaculação jorrou no vazio quando ele gozou. Mas tudo bem.

Ele já a preenchera o bastante.

CAPÍTULO 39

Quando a noite por fim caiu, era evidente que Lucan sobreviveria. Nadya confiou nisso ao verificar uma vez mais seus sinais vitais, graças aos equipamentos da ambulância.

— E aí? – perguntou ele.

Ela ergueu o olhar. A cabeceira da maca havia sido erguida e, mesmo na vertical, ele estava corado.

— Você está indo muito bem.

Ele bateu palmas e puxou a companheira para um beijo.

— Maravilha, estou curado...

— Mas vai ter que passar a noite aqui na garagem. Você precisa de outras vinte e quatro horas antes de ser liberado.

— Ah, qual é...

Na frente do veículo, os dois paramédicos que trabalharam tão bem em seu ferimento se viraram para trás ao mesmo tempo.

A loira olhou para o paciente como se ele fosse louco.

— Vamos levá-lo ao centro médico de Plattsburgh agora mesmo. Ficou louco? Quase morreu ontem à noite...

A mulher se calou quando Kane apareceu na entrada traseira.

— Vocês dois foram ótimos. Estamos em débito com vocês.

Houve uma pequena pausa. Então, Lucan se virou para eles.

— Sim, obrigado.

— Muito obrigada – Rio ecoou. – Vocês salvaram a vida dele. E a minha.

Os dois paramédicos começaram a falar ao mesmo tempo, mas se calaram em seguida. Logo depois, levaram as mãos às testas.

– Deixe-me ajudá-lo a sair da maca – Nadya disse a Lucan.

Ao se levantar do banquinho, maravilhou-se com a facilidade com que se inclinou e ajudou o macho a sair do leito de exames. Por mais que se visse antecipando as dores toda vez que se movia, isso nunca acontecia.

Não que não estivesse se sentindo um pouco dolorida.

Nos mais deliciosos lugares.

Kane subiu no veículo e ajudou o paciente a sair por trás, equilibrando Lucan quando o macho desceu por cima do para-choque alto traseiro.

Tinham colocado uma cadeira para o licantropo e, assim que ele se acomodou, com Rio ao seu lado, Kane se inclinou para dentro da ambulância.

– Muito obrigada – murmurou Nadya. Estava emocionada demais ao dizer adeus àqueles humanos.

Passaram por uma provação juntos e isso criava laços difíceis de romper.

Nisso, Mayhem abriu o portão da garagem e, com o odor adocicado do diesel, a ambulância saiu alguns momentos depois... com dois humanos que jamais saberiam o quanto aqueles vampiros lhes eram gratos.

Quando um braço agora conhecido se acomodou em seus ombros, Nadya relanceou para Kane.

– Oi.

– Oi.

Era algo que faziam, aquele cumprimento tão tolo quanto significativo. Pensando bem, quando o mundo renasce ao seu redor, você meio que sente como se tudo fosse novo e fresco. Ainda mais quando você fita, uma vez mais, os olhos do seu amado.

Depois de acomodarem Lucan no leito do subterrâneo, Mayhem resolveu que precisava de uma chuveirada. Enquanto Kane trabalhava com ele para montar uma cortina improvisada para dar um pouco de privacidade, Nadya preparava uma sopa congelada de galinha, usando água destilada e a panela que mostrara seu reflexo.

Um fogareiro a gás proveu o calor e, por mais cansada que estivesse, ela adorou preparar uma refeição para todos.

Os cinco comeram num silêncio partilhado, a sensação de terem chegado a um patamar de sobrevivência transformando uma refeição simples num banquete.

— Quando aquele licantropo e Apex vão voltar? — Mayhem perguntou entre colheradas. — Vamos continuar aqui esperando pela volta del...

Como que seguindo uma deixa, um assobio agudo anunciou a volta de...

Apex apenas.

Muito sério ao entrar na garagem sem o proprietário do local.

Kane se pôs de pé.

— Onde está o licantropo?

— Não sei. Não voltou ao chalé. Não faço a mínima ideia de onde ele esteja.

Kane praguejou.

— Tudo bem, nós vamos procurá-lo.

Mayhem também se levantou.

— Vamos nessa.

Apex olhou ao redor.

— Eu tinha esperanças de que ele tivesse voltado para cá. Mas deduzo que não voltou.

— Mas também não vimos nenhum outro licantropo. — Kane foi pegar uma arma. — Talvez estejam todos juntos. Olha só, vamos deixar os outros aqui e nós três vamos procurar nas montanhas.

— E se ele estiver ferido? — Apex perguntou atordoado. — E se tiver morrido?

Parecia que tinha passado o dia só pensando nisso.

— Não pense assim. Ainda não.

Quando Kane se voltou para Nadya, a última coisa que ela queria era que ele saísse para a noite, onde estavam os guardas, onde estavam os humanos.

— Vá — disse rouca. — Ficaremos bem aqui.

— Não vou demorar. — Ele a beijou. — Prometo.

Os machos se preparam para sair e não souberam o que dizer quando Lucan disse que queria ir também. Por sorte, Rio o fez desistir da brilhante ideia, não sem que antes todos reconhecessem a lealdade dele ao grupo.

Kane tomou o cuidado de beijar Nadya uma vez mais, e ela o observou saindo pela porta lateral da garagem, dizendo para si mesma que ele cumprira cada promessa feita na noite anterior.

Ele prometera não demorar. E não demorara.

Bastava que ele fizesse isso de novo.

A cabana tinha voltado.

Ao retomar a sua forma corpórea junto à fogueira da clareira, foi isso o que Kane pensou de pronto: ali à direita, onde estivera da primeira vez que ele fora ao local, estava o abrigo vermelho-escuro bifurcado pelo leito de um rio.

Embora encontrar Callum fosse seu objetivo imediato, ele foi até lá e puxou a tela para trás. O leito feito de peles estava onde estivera antes e ele franziu o cenho. Abaixando-se para entrar, ele se aproximou e se ajoelhou. Um pedaço de tecido, da toalha em que envolvera Nadya quando estivera determinado a trazê-la para a fêmea anciã, estava ao pé da cama.

Apanhando-o, olhou ao redor.

E voltou para fora.

Mayhem vasculhava os arredores enquanto Apex desaparecia pela passagem que dava para o abrigo escondido com a piscina natural. Kane deu a volta até a trincheira atrás das rochas.

E lá ele encontrou algo, apesar de não ser aquilo que procuravam.

As marcas de queimado dos guardas que eles haviam matado eram visíveis nas agulhas dos pinheiros. O último lugar em que tombaram estava inalterado por marcas de bota ou outros sinais. Portanto, ninguém do campo de prisioneiros tinha vindo procurar por eles ou suas armas antes de o sol raiar e incinerá-los.

Não sabia muito bem o que isso queria dizer. Talvez nada. Talvez restassem poucos para realizar o trabalho.

Mas tampouco havia sinais de que os licantropos tivessem voltado à montanha. A fogueira estava apagada, não havia cheiro de alimento e ninguém se movia pelo terreno.

Estava deserto.

Quando Apex e Mayhem se juntaram a ele, disse:

— Vamos descer a montanha procurando por ele. Será como encontrar uma agulha num palheiro, mas podemos tentar encontrar pistas...

— Ele está no campo de prisioneiros. — Apex olhou de novo para a entrada da caverna. — Ou morreu. Só existem essas duas possibilidades, e eu não quero perder porra de tempo nenhum aqui se eles estiverem com ele. Quero ir para a origem do mal maior.

Kane imprecou.

— Mas você não sabe se ele está lá.

— Posso muito bem descobrir...

— Sozinho, não pode, não.

— Vai se foder...

Surfando uma onda de adrenalina que teria sido impossível compreender há apenas algumas noites, quanto mais gerá-la, Kane agarrou a jaqueta do outro prisioneiro e se aproximou do seu rosto.

— Acha que vai ajudar se acabar morrendo? Se quer salvá-lo, tem que ser esperto. Você vai vasculhar a porra desta montanha com a gente, enquanto Lucan se recupera. E depois, nós quatro podemos ir juntos. Mas o que *não* vai acontecer é você ir para lá sozinho.

Apex deu-lhe um empurrão e começou a andar em círculos.

— Eles vão matá-lo se o encontraram.

— E que diferença faz, então, você esperar para ter uma retaguarda? Nós quatro juntos podemos ir. — Maldição, como desejou que o Jackal ainda estivesse por perto. — Vamos juntos assim que anoitecer amanhã se não o encontrarmos. Mas, se você se precipitar, não poderá ajudá-lo... Você será um peso com o qual eu terei de lidar.

– Não posso fazer isso. Não suporto... isto.

A admissão foi feita com aspereza, como acontece quando alguém fala sozinho.

– Não vou fazer isso.

Kane sacudiu o macho.

– Não. Vamos procurar na montanha primeiro. Ele pode estar ferido e se escondendo. E vamos para o campo de prisioneiros amanhã à noite, quando tivermos apoio.

– Ah, tá. Claro.

Quando Apex se soltou, Kane deixou-o partir, e não se surpreendeu quando o macho começou a descer a trilha a pé.

– Não vamos encontrar o cara aqui – disse Mayhem. – É pior do que só perder tempo. É perigoso porque, quem mais pode estar na montanha? Quanto a Apex, não acho que vamos voltar a vê-lo esta noite e pode ser que ele volte amanhã. Ou não. Mas ainda podemos ir ao campo de prisioneiros depois que escurecer. Você tem razão. Precisamos de Lucan, porque é possível que tenhamos de resgatar os dois.

Maravilha. Algo por que ansiar.

Kane relanceou ao redor. A sensação de que estavam ficando sem tempo era tão clara quanto água, só que ele não conseguia determinar o motivo da repentina sensação de terror.

Mas não poderia ignorar a premonição da ruína.

CAPÍTULO 40

Bem, ele cumpriu a promessa. Mas Kane não estava realmente de volta.

Enquanto Nadya relanceava de novo para ele, Kane fitava o vazio, com os olhos enevoados de tristeza. Estavam no andar de cima, na garagem, os demais no subsolo abaixo. Ele estava calado desde que voltara da busca por Callum na montanha. Mayhem não tagarelava como de costume; especialmente depois de os dois terem falado com Lucan, que assentira e assumira um ar taciturno semelhante.

— Você está bem? — Assim que a pergunta escapou, ela quis pegá-la de volta porque já perguntara isso. Duas vezes. — Desculpe, não tenho a intenção de...

— Você já sentiu como se o seu tempo estivesse se esgotando?

Um frio a percorreu e ela deixou escapar o seu maior medo:

— Vocês vão voltar ao campo de prisioneiros? É o que vão fazer a seguir?

— Não sei.

— Não minta.

— Não é isso o que está me incomodando. — Esfregou o rosto. — Tenho uma coisa para fazer depois disso. E você sabe o que é...

— Cordelhia. — Quando Kane olhou para ela, Nadya deu de ombros. — Não precisa explicar. O que mudou, não é?

Só que tudo mudou, ela pensou na sequência.

— Eu quero tirar tudo a limpo — disse ele. — E encontrar o assassino dela.

— Você parece estar se desculpando. O que é totalmente desnecessário. — Ele começou a menear a cabeça e ela o interrompeu: — Fizemos sexo hoje. Algumas vezes. Não é surpresa que a sua *shellan* esteja na sua cabeça.

Quando ele não respondeu, ela sentiu como se o estivesse perdendo, apesar de ele continuar bem ali na sua frente.

— Fiz uma promessa para mim mesmo — disse ele. — Encontrar o assassino dela. A única coisa que sei é que não fui eu.

— Então, o que você vai fazer?

— Tenho que começar em algum lugar. Acho que preciso ir à casa do irmão dela. Presumindo que ainda esteja vivo.

Uma dor a lancinou. Nadya se levantou e começou a andar, olhando para ferramentas e latas de óleo, o galão de combustível, pneus sobressalentes e correntes. Dentro do peito, sentia um frio ártico, mas tentou apoiar-se na certeza do que tinham encontrado juntos. A proximidade. A conexão.

E no fato de a companheira dele estar morta.

Então, por que sentia, de repente, como se os dois fossem seguir cada um o seu caminho? E não era isso que ela dissera que queria, o que exigira dele antes de se alimentar de sua veia?

— Faça o que tem que fazer. — Voltou para junto dele. — Mas, escute, se quer mesmo ir para Caldwell e "começar de algum lugar", nada melhor do que o presente. Estamos seguros agora. Além do mais, nenhum de nós vai a parte alguma esta noite, e ainda temos um bom número de horas até o amanhecer.

Ele a encarou.

— A questão não é você.

Acredite, ela pensou, *eu sei disso.*

— Está tudo bem.

Ele teve o mérito — talvez por culpa — de não sair de imediato; permaneceu onde estava, numa cadeira dobrável que não parecia capaz de sustentar o seu peso, com o olhar perdido no espaço.

— Só quero que o passado me deixe em paz — disse de repente. — Quero que ele suma da minha cabeça. E não só Cordelhia, mas o campo de prisioneiros também. Nunca mais quero pensar naquele lugar. Não quero voltar lá e, certo como o inferno, não quero ficar pensando no que me levou para aquele poço de sofrimento.

Ela entendia isso, mais do que ele imaginava.

— Preciso de respostas, Nadya. Sinto que, se encontrá-las, serei capaz de esquecer.

Quando ele olhou para ela, Nadya respirou fundo e assentiu.

— Eu entendo. Como já disse: faça o que tem que fazer.

A ignorância pode ser uma bênção.

Até o mundo real se impor.

Fitando acima do capô do carro velho e surrado, Kane sabia que estava mexendo com a cabeça de Nadya. Porém, lá no alto da montanha, enquanto tomava decisões a respeito do campo de prisioneiros, percebeu nitidamente que não estaria de todo livre se o passado continuasse a atormentá-lo.

A perspectiva de retornar ao lugar para o qual fora mandado por um assassinato que não cometera trouxe tudo à tona de novo.

E, em comparação com o lugar onde estivera, agora ele tinha um futuro e uma vida que queria defender. Proteger. Apreciar, porra.

Gostaria de ser feliz com a fêmea por quem se apaixonara.

Queria que a sua vida fosse sua.

Pondo-se de pé, soube por onde começar — e estava frustrado por não ter, na noite do homicídio, lutado mais intensamente contra as acusações. Deveria ter ficado mais furioso com o irmão dela. Deveria ter atacado de volta o macho e assumido o controle da situação.

— Nadya — chamou uma voz lá de baixo. — Lucan tem uma pergunta a respeito do dreno dele.

— Já vou. — Sua fêmea lhe ofereceu um sorriso tenso. — Você sabe onde estarei. Cuide-se por lá…

– Nadya. – Segurou-a pela mão. – Não lamento o que aconteceu hoje. Nem um pouco. E quero voltar para estar com você.

A expressão dela se atenuou um pouco.

– É sério?

– Juro que sim. Estou fazendo isso para esquecer o passado. Para que possamos ficar juntos, se você me aceitar.

Sua fêmea inspirou fundo como se tentasse acreditar.

– Que bom. Porque é isso o que eu quero também.

Inclinando-se para ela, beijou-a.

– Cuide do seu paciente.

– Vou cuidar.

Kane viu-a desaparecer escada abaixo e depois verificou sua arma de novo, certificando-se de que a trava estava no lugar, e saiu da garagem. Olhando para o céu, não avistou a lua. Nuvens a tinham encoberto.

Engraçado, ainda sabia onde ficava Caldwell.

Fechando os olhos, lançou-se ao sul, com a intenção de ir para a propriedade do irmão de Cordelhia. Em vez disso, acabou indo para onde vivera por um ano e alguns meses, retomando sua forma na lateral da trilha pela qual passeava com os seus cavalos, aquela que se aproximava da mansão pelos fundos.

O cenário mudara um pouco, mas os jardins foram, em grande parte, mantidos como eram. E a mansão… ainda estava como se lembrava. Projetada belamente, mantida com cuidado, um lugar de elegância e distinção.

Ele esperara que, em duzentos anos, ela tivesse mudado mais, mas, de diversas maneiras, continuava muito preservada.

Suas botas começaram a andar por conta própria e, à medida que se aproximava dos fundos, ele pensou naquela sua última festa de aniversário. Parecera tão perfeita.

Tudo parecera tão perfeito.

Ao longe, um cão ladrou, e ele conseguia ouvir o barulho dos carros passando. Havia uma estrada nas proximidades agora, na qual os veículos tinham permissão para rodar em alta velocidade.

Luzes estavam acesas atrás do antigo vidro jateado, e ele chegou a pensar que as cortinas não eram as mesmas. Será que vampiros moravam ali? Ou a propriedade encontrara um caminho para longe das mãos do irmão e acabara em posse de humanos?

Parou e olhou ao redor.

Os estábulos tinham sumido, a estrutura toda removida e substituída por uma massa de água da cor de águas-marinhas com uma casinha combinando que parecia servir à imensa cuba. Lembrou-se do seu cavalo predileto e se preocupou com o que teria acontecido ao garanhão. Por ter sido um puro-sangue, era possível que tivesse sido bem tratado, mas quem poderia garantir?

Não havia carros que ele pudesse ver...

Uma figura passou por uma das janelas do primeiro andar.

Embora seu destino fosse outro lugar, ele tinha que ver quem morava na sua casa. Não que tivesse sido sua por direito, não porque a tivesse comprado com seu próprio dinheiro ou esforços, mas porque entrara nela como resultado dos direitos matrimoniais da aristocracia.

E acabara ficando com uma fêmea que apenas o suportara.

Em vez de uma que o quisesse.

Pensou no que Apex dissera, que ele achava que sabia o que era amor e atração, até conhecer Callum.

Kane sabia exatamente o que o macho queria dizer...

Parou.

E esticou uma mão, apesar de não haver nada nem ninguém ali para equilibrá-lo. A figura, andando ao longo do primeiro andar, era uma fêmea ou mulher de ombros estreitos, que trajava um longo vestido de cor clara, os cabelos longos presos no alto da cabeça.

Kane tropeçou. Caiu.

Levantou-se.

Em transe, cambaleou à frente, sentindo como se os pés não tocassem o chão. E só parou quando estava nas roseiras, bem diante das portas francesas da sala de estar.

A sala adorável estava decorada com móveis que ele reconhecia: por mais que a disposição tivesse mudado e houvesse um tapete persa diferente no piso, ele reconheceu as pinturas a óleo de paisagens, a escrivaninha, os abajures...

... e a fêmea que seguia à deriva entre os cômodos tal qual um fantasma, bela como uma estátua.

E igualmente fria.

CAPÍTULO 41

Na mansão da Irmandade, no enorme escritório azul estilo francês do Rei Cego, Vishous desenrolou um mapa sobre a escrivaninha ornamentada. Apesar de o Rei não conseguir enxergar, os outros Irmãos, que tinham se aglomerado ao redor, tinham olhos que funcionavam muito bem.

— Fiz uma pesquisa sobre instalações desocupadas. Englobando tudo: escolas, shoppings, igrejas e auditórios. — Ergueu o olhar. — Vocês não têm ideia da quantidade de empresas que acabam falindo. Encontrei ao norte mais de cem imóveis que se encaixavam nos meus critérios.

— Difícil tocar os negócios — alguém mencionou.

— A vida é difícil — outro alguém resmungou.

— Então, refinei a busca.

Wrath o interrompeu, encarando-o por trás dos óculos escuros.

— Vamos parar com essa conversinha aí atrás? E estou pouco me fodendo com a metodologia. Qual é a conclusão?

— Três locais. — Ele bateu com a caneta no mapa. — Um monastério nas imediações de Schenectady. Uma escola preparatória para a universidade, nas imediações de Plattsburgh.

— E o terceiro? — inquiriu o Rei ao acomodar George no colo.

Enquanto o golden retriever também olhava para o mapa, V. apoiou a caneta num local nas imediações de uma minúscula cidade no norte do Estado.

— Este hospital para tuberculosos abandonado, que, por acaso, não fica muito longe da farmácia saqueada. Essas três propriedades foram compradas há pouco, mais exatamente no ano passado, e todas têm a infraestrutura necessária para viabilizar uma operação profissional de processamento de drogas, assim como abrigar uma população de trabalhadores e guardas.

Tohr levantou a mão, sempre o seguidor das regras.

— Mas eles poderiam estar no subterrâneo, não?

— Quer tentar cavar uma toca de coelho cheia de espaços sob o gramado de alguém nessa era em que tudo vai parar na internet?

— Talvez a toca já existisse.

— Bem, andei monitorando o YouTube...

— Você é fã do MrBeast?[13] — perguntou Rhage com um Tootsie Pop na boca. — Que foi? Eu gosto do cara. Ele tem chocolate e distribui dinheiro.

V. ignorou o Irmão.

— ... e achei uns documentários sobre exploradores de lugares abandonados. Esses três locais foram visitados antes e, há pouco tempo, um cara disse que ergueram uma cerca nova ao redor do hospital abandonado. Sugiro que nos dividamos em três grupos para inspecionar esses três lugares. Se estiverem vazios, tudo bem, continuo pesquisando.

— E se não estiverem? — interveio o Rei.

— Nesse caso, cercamos o lugar e invadimos.

— Mas para fazer o quê? — Wrath adiantou-se. — Para onde iriam os prisioneiros? Como uma evacuação seria realizada?

— Saxton me contou hoje que você revogou os direitos da aristocracia.

— Sim, o que é bom pra caralho. Mas o que faremos com os prisioneiros? Você não pode só invadir e desmontar o lugar sem ter um plano.

— Acha, então, que é melhor mantê-los como mulas e processadores de drogas?

---

13 Jimmy Donaldson, mais conhecido como MrBeast, é um criador de conteúdo do YouTube, um dos primeiros a promover na plataforma desafios envolvendo dinheiro. (N.T.)

— Vê se controla a porra dessa sua boca, V.

— Desculpa. — Apesar de não lamentar nem um pouco. — Olha só, a gente só precisa confirmar que estou certo. Depois a gente vê o que vai fazer.

Todo tipo de conversa começou a partir daí, mas ele continuou concentrado no Rei. Era muito bom ter opiniões, mas estavam numa situação que exigia ação. Todos tinham uma, mas era Wrath quem decidia.

— Muito bem — sentenciou o Rei. — Amanhã ao anoitecer, para que tenhamos tempo de investigar e nos preparar. Só há uma condição.

V. fechou os olhos e cerrou os dentes.

— Qual é a pegadinha?

Nadya subiu os degraus do subsolo e ressurgiu na garagem. Ficara lá embaixo com Lucan e Rio por um tempinho, mas a conversa com Kane mexera com a sua cabeça.

Algo que ele disse não saía dos seus pensamentos.

Sinto que, se encontrá-las, serei capaz de esquecer.

Parecia que ambos queriam o mesmo para o seu futuro juntos, mas, do mesmo modo, tudo em seu relacionamento acontecera rápido demais. Não duvidava dos sentimentos dele, mas, agora que estava sozinha, não tinha certeza de que podia confiar na boa sorte. Além do mais, ele estava voltando para o mundo a que pertencia, ou para o que restava dele. No entanto, duvidar das suas intenções em relação à aristocracia ou à família da sua *shellan* parecia desleal — era mais provável que fosse a sua baixa autoestima o que a fazia questionar o que tinham juntos. O que era uma fraqueza muito grande da sua parte.

Assim como ele, era bem provável que ela precisasse encontrar suas próprias respostas para fazer as pazes com o seu passado.

Afinal de contas, a decisão de seu pai para melhorar a sua vida acabara arruinando-a por muito tempo. E jamais conseguira conversar com ele a respeito, ainda que nenhum tipo de conversa pudesse ter mudado o que acontecera.

Carregada de energia nervosa, deu algumas voltas pelo lugar e se aproximou dos degraus.

— Volto daqui a pouco.

— Você está bem? — Rio perguntou.

— Sim. Só vou dar uma volta para clarear as ideias.

O que servia para um servia para outro, certo? Ou qualquer que fosse o ditado.

Saindo pela porta lateral, apegou-se ao que Kane dissera ao partir: ele não se arrependia de nada, e isso era um bom começo, não um fim para eles. Tinha que confiar nele. Que escolha tinha?

E a *shellan* dele estava morta. Ninguém volta para um fantasma por obrigação, pelo amor de Deus.

Fechando os olhos, desmaterializou-se em direção a algo para o qual jamais imaginou que retornaria. E, ao retomar sua forma diante da graciosa mansão, sentiu uma dor lancinante no peito. Por mais adorável que fosse aquela casa... era um túmulo. Para os pais dela.

Fitando as janelas bem iluminadas e a bela propriedade, sentiu a raiva aumentar pelo modo como seus pais morreram.

Lembrou-se do que ouvira quando soube do acontecido: os *redutores* invadiram as casas da aristocracia, matando todos sem se importarem quem eram, se da classe mais alta ou um simples *doggen*. Ou um trabalhador.

Não conseguia imaginar o medo de sua *mahmen* e de seu pai ao serem trancados para fora do quarto seguro, largados para morrerem nas mãos do inimigo da espécie, junto com todos os outros da criadagem, a quem a grandiosa família à qual serviam negara abrigo contra o ataque.

Ao encarar a fachada da casa imponente, soube que era isso que o pai desejara para ela, aquela ascensão materialista. Em vez disso, ele ganhou uma filha desfigurada que nunca mais viu de novo e, depois, uma morte horrenda no altar daquilo a que mais aspirava.

Jamais o culpara, tampouco conseguiu perdoá-lo...

Movimentos à esquerda chamaram a sua atenção...

Nadya arfou.

Em seguida, não pôde acreditar no que viu. Só podia ser outra pessoa, outro macho alto de ombros largos e cabelos negros... e com uma jaqueta... igualzinha à que Kane apanhara de um gancho do esconderijo.

Atordoada, Nadya continuou andando.

Um par de portas de vidro foi aberto por alguém pelo lado interno.

A fêmea que apareceu na soleira era a definição da beleza. Loira e adorável, de cabelos presos no topo da cabeça, a mais perfeita estrutura óssea, parecendo etérea naquele vestido longo amarelo-claro.

Cobrindo a boca com a mão, a fêmea aparentou surpresa.

Só que, em seguida, lançou-se sobre Kane.

– Cordelhia – disse ele num tom estrangulado.

Assistindo à cena, Nadya pensou que, de todos os finais que imaginara para aquela noite... o que nunca nem sequer cogitara era que a *shellan* dele estivesse viva.

CAPÍTULO 42

Kane sabia que aquilo estava mesmo acontecendo por causa do cheiro de Cordelhia. Era o mesmo de tantos anos atrás, e quando ela se abraçou a ele, a fragrância de rosas foi só o que ele sentiu.

Santa Virgem Escriba, ela o abraçava com tanta força que ele não conseguia respirar. Porém, talvez fosse por causa da surpresa que tivera, e não tanto pelo que ela fazia ao seu pescoço.

Controlando-se, ele a apoiou no chão, afastando-a.

– Cordelhia...

– Você está vivo – ela sussurrou em meio às lágrimas.

Ele sentiu como se a fitasse de uma imensa distância, apesar de estarem a pouco mais de um metro um do outro, seu cérebro se recusando a processar qualquer coisa. Mas de uma coisa ele tinha certeza: de repente estava com muita raiva, uma raiva amarga.

– Pare de chorar – estrepitou, esforçando-se para se acalmar em seguida. – Que diabos está acontecendo aqui?

– Você saiu da prisão. É um milagre. Podemos...

Ele afastou as mãos dela quando ela tentou se aproximar uma vez mais.

– Não toque em mim.

– Mas você está livre...

– E você está viva. E me deixou apodrecer lá. Por *duzentos* anos?

Os olhos arregalados e magoados de Cordelhia não causavam nenhum impacto sobre ele. Ele só conseguia pensar nas décadas e décadas que passara sofrendo enquanto ela era a prova irrefutável de que ele não era um assassino.

— Quem diabos estava lá em cima no seu quarto naquela noite? — exigiu saber. — Quem morreu?

As mãos elegantes de Cordelhia apontaram para a casa.

— Podemos não fazer isso aqui fora? Não gostaria que os jardineiros ouvissem.

A última coisa que ele queria era entrar naquela maldita casa, mas o fez mesmo assim porque obter informações era o seu maior objetivo naquele momento.

— Gostaria de algo para beber? — ela perguntou, indicando o carrinho de bebidas da sala de estar.

Que era o mesmo do qual bebera o xerez.

Recusando-se a avançar um passo mais pelo vestíbulo, ele deu uma gargalhada amarga.

— Foi assim que me drogaram, para início de conversa. Portanto, não, não vou beber porra nenhuma... De quem era aquele corpo? O seu cheiro estava impregnado nele!

Demorou um pouco para Cordelhia responder e, quando o fez, a sua voz saiu tão suave que ele mal a ouvia.

— Eu tinha uma irmã gêmea. — Ela apoiou aquela adorável mão delgada na base da garganta. — Gêmea idêntica, a não ser pelos olhos despareados.

Ah, mas é claro. O defeito teria sido considerado irremediável segundo os padrões da *glymera* — e ele conseguia se lembrar de uma época em que, embora ele por certo não apoiasse tal condenação, a teria entendido em parte. Agora? Depois de ter estado na prisão? De ter sido, ele próprio, deformado?

Esse modo de pensar era uma afronta a tudo o que era moral.

— Ela queria se comprometer. O macho era um cidadão civil. Meu irmão e minha *mahmen* estavam muito aborrecidos, pois sabiam que isso seria a ruína não apenas dela, mas de nossa linhagem inteira. Entretanto, minha irmã não concordava com isso, então eles a enclausuraram. Não fez diferença. Ela fugiu de casa. Insanidade pura.

Naquele momento, Cordelhia havia se aproximado de uma coleção de pedras em formato de ovo. Ao endireitar uma delas, que estava torta em apenas um ou dois graus, ele a viu com clareza. Estava magra demais, nervosa como um passarinho, perdida na grandiosa casa com tantos objetos belos.

– Quer dizer que vocês planejaram tudo desde o começo – ele disse, entorpecido. – Você se uniu a mim, morou comigo por um ano, o bastante para que tudo parecesse estar indo bem. E depois, quando vocês duas entraram no cio ao mesmo tempo, por serem gêmeas, o seu irmão a matou, me drogou e a troca dos corpos foi bem-sucedida.

– Kane, você precisa entender. – Ela flanou para junto dele. – Nunca foi nada pessoal.

Quando ela tentou segurar sua mão, a expressão no rosto dela, a súplica, o rogo inocente para que ele entendesse o lado da família naquela situação, tudo isso foi mais assustador do que qualquer coisa que ele tivesse testemunhado na prisão.

– Não toque em mim – ele rosnou.

As sobrancelhas se ergueram e ela voltou a encostar a mão no pescoço.

– Sua *mahmen* – disse ele –, ela sabia de todo o plano, então.

– Sabia.

– E que bela atuação teatral. Sem dúvida, teve que repeti-la diante dos criados da casa. Para que houvesse testemunhas.

Saiu andando e, ao espiar pela sala de jantar, lembrou-se de como tudo era antes.

Olhou por cima do ombro.

– Mas por que continuou morando aqui, depois que tudo acabou? Se fez tudo aquilo para preservar a sua linhagem, e como está bem viva, passando muito bem, como o plano deu certo? Sei que a *glymera* pode ser um tanto cruel, mas matar a própria irmã ou a própria filha para sobreviver na sociedade é extremo até para eles.

Quando ela baixou o olhar para o tapete, ele imprecou baixo ao entender tudo.

– Vocês disseram às pessoas que eu tinha me comprometido com a sua irmã, com a *exhile dhoble*. Foi por isso que a sua *mahmen* me escolheu. Eu não tinha família, apenas uma tia anciã que logo morreria. Vim do Antigo País sem ter nenhum contato aqui. Foi por isso que na cerimônia de vinculação só havia a sua família imediata. – Pensou naquela festa de aniversário e riu com aspereza. – Foi por isso que nunca recebemos ninguém nesta casa, não reuníamos ninguém e, claro, os criados eram leais demais para comentar. Você deve até ter aprisionado a sua irmã na porra do porão pelo ano que demorou para ambas entrarem no período fértil e, depois, quando chegou a hora, executou o plano perfeito, trocando de lugar com ela.

Cordelhia continuava à sua frente, parecendo indefesa.

– Você não faz ideia de como é ser condenada ao ostracismo. Sem ninguém com quem conversar, sem um lugar para ir...

– Eu estive na *prisão*. Por duzentos anos. Poupe-me da sua versão de sofrimento.

– Nós sofremos também. – Gesticulou ao seu redor. – Esta propriedade foi atacada por *redutores*. Ficamos escondidos durante três noites depois que eles dizimaram nossos criados e nos saquearam...

– Pois é, isso tudo parece terrível pra caralho. Uau.

A cabeça elegante se ergueu.

– Modere a língua. Por favor.

– Ah, sim, corrija o meu linguajar, por favor. Porque para o resto não há correção.

Ela pigarreou.

– Como conseguiu se libertar?

A pergunta saiu como se aquela fosse uma reunião formal e ela quisesse saber dos seus planos para a temporada de festivais.

– Fugi. – Quando ela se retraiu, Kane balançou a cabeça. Como ela achava que a prisão funcionava? – Vocês arruinaram a minha vida.

– Não foi a intenção. E lamento de verdade.

O mais estranho é que ele acreditava nela. Acreditava que, bem dentro da alma, ela lamentava. Só não tinha um referencial para as implicações do que ela e a linhagem dela fizeram.

– Minha *mahmen* morreu – disse ela. – Meu irmão também. Ele morreu nos ataques, defendendo a propriedade dele. Vivo aqui sozinha. Nunca me comprometi com ninguém.

Não, nunca mesmo, ele pensou. Mesmo quando esteve com ele, ela nunca fora de fato a sua *shellan*.

– Tenho que ir. – Ouviu-se dizer.

– Kane...

– Cale a boca, Cordelhia. Só pare de falar.

– Sim, claro – ela replicou num tom gélido. – Permita-me que o acompanhe...

– Não – ele a interrompeu com secura. – Eu saio sozinho.

Chegou a pensar em sair pela porta da frente, como seria adequado. Porém, cometeu um ato falho, resultado de antigos hábitos.

Kane saiu pelas portas francesas que ela havia aberto ao vê-lo parado do lado de fora da casa. Ao segurar a maçaneta, olhou para trás.

– Todos se foram, então. – Ouviu-se dizer. – A sua família? E o filho do seu irmão?

– Todos morreram nos ataques. – A voz dela se emocionou. – Portanto, sou apenas eu. E voltei a esta casa depois das dificuldades com você e minha irmã porque sempre a apreciei.

Graças à Virgem Escriba a tia dele já fora para o Fade, Kane pensou. Ela teria ficado destruída ao saber de tudo aquilo.

– Você não me verá de novo. – Ele saiu. – E tranque a porta quando eu me for. É melhor continuar a se proteger do mundo real.

– Não há motivos para ser rude.

– Adeus, Cordelhia.

Do lado de fora, baixou o olhar para o roseiral. Conseguira plantar as botas no exato ponto em que estivera ao espiar pela janela.

Houve um clique metálico sutil às suas costas e ele relanceou por sobre o ombro para as portas francesas que se fecharam atrás dele. A fêmea a quem pensara amar estava de pé do outro lado, olhando para o lado de fora. Ele não soube se ela o via ou não.

Não se importou com isso.

Pretendendo se desmaterializar, fechou os olhos. Mas não havia como se concentrar para se dissipar...

De súbito, a cabeça de Kane se virou para a direita quando um perfume foi trazido até ele pela brisa.

— Nadya...?

Nadya teve a intenção de ir embora no instante em que viu a elegante fêmea de vestido amarelo-claro correr e lançar os braços ao redor de Kane. Porém, as emoções são a fonte de energia invisível mais poderosa no planeta, e ela foi acometida por sensações que não eram nem um pouco físicas.

Ninguém a apunhalara no coração.

Apesar de ela sentir exatamente isso.

Diante do abraço do casal, afastou-se às cegas, mas não foi muito longe. Ao passar por um banquinho de ferro encostado na parede de tijolos do que ela presumia ser um jardim muito elegante, despencou na superfície dura e fria.

Depois disso, só percebeu Kane parado de pé diante dela.

Ao erguer o olhar para ele, descobriu que a cobertura de nuvens se entreabrira e que a lua fazia uma aparição. Medindo sua posição, ficou atordoada ao perceber que ainda havia bastante noite pela frente.

Ela sentia como se fosse hora de o amanhecer chegar e queimá-la.

— O que faz aqui? — perguntou ele.

— Como está a sua *shellan*? — Ela ergueu a mão. — Vi o reencontro, na verdade. Estou muito feliz por você...

— Aquilo não foi um reencontro.

— Ah, então ela se jogou nos braços de outra pessoa. Mil perdões. — Ela esfregou os olhos. — Minha visão é ruim.

— Você não sabe do que está falando.

As palavras dele saíram mortas, o tom de voz neutro a ponto de parecer de pedra. E, quando ela vasculhou sua expressão, o rosto era o de um estranho.

— Por que me seguiu? — ele disse sem emoção.

– Não segui.

Balançando a cabeça, ele voltou a olhar para a casa. E permaneceu em silêncio.

– Permita-me poupar-lhe de explicações. – Ela se levantou. – Mas tenho uma pergunta. Alguma coisa do que me disse era verdade? Ou tudo não passou de uma ilusão... ou algo desimportante porque sou uma plebeia?

Ao lançar essa pergunta no ar, ela não teve certeza se se referia ao que ele lhe dissera nas últimas noites... ou ao que saíra da boca dele quando estivera à beira da morte. De uma coisa ela tinha certeza: aquela fêmea que se lançara em seus braços fora a companheira dele, e ela estava viva e muito bem.

– Não consigo fazer isso agora – disse ele.

Ela assentiu.

– Então vou lhe poupar do esforço.

– Do que está falando...

– Quero lhe agradecer por... – Ela tocou o próprio rosto. – Pelo que quer que este presente tenha sido. Ainda não entendo o que aconteceu com nós dois, mas, pelo menos, fui colocada num caminho no qual não preciso mais me esconder.

No entanto, ele também conseguira destruí-la.

A ironia era que o seu interior estava destruído agora, apesar de o exterior ter sido reparado.

– Nadya. Pare, está bem? Isto não tem nada a ver com você.

– Ah, eu sei. Minha vida raramente tinha a ver comigo. Meu pai assumiu o controle dela. Meu pretendente tentou destruí-la. E cá estou eu, uma vez mais, com um macho diante de mim me lembrando que eu não tenho importância.

Ele lançou as mãos para o alto.

– Pelo amor de Deus. Acabei de ver uma fêmea que achei que estivesse morta por duzentos anos e descobri que ela sacrificou a minha vida por causa de um par de olhos que não combinavam. Pode me dar uns dez minutos para eu entender como estou me sentindo?

— E eu acabei de ver o macho que achei que amava abraçar a fêmea sobre a qual falava sem parar.

— Não foi nada disso.

Encararam-se, e ela reviveu o que havia testemunhado.

— Não posso ser o segredinho sujo de um aristocrata. Não vou ser. — Lágrimas surgiram nos seus olhos. — O sofrimento tem um jeito de penetrar na gente. O seu amor era real, ela está viva e, cedo ou tarde, você vai voltar para ela.

— Você não sabe do que está falando.

— Ah, sei. Sei, sim. — Nadya recuou um passo. — Você não vai conseguir evitar. Acredito que tenha sentimentos por mim, mas sei como funciona a aristocracia...

— Você não me conhece. Não faz ideia de porra nenhuma do que está falando.

— Sei que você é um macho de honra e valor e sei que veio da *glymera*. — Balançou a cabeça. — Já fui queimada uma vez por tentar galgar esse mundo. Não posso fazer isso de novo. Você pode dizer o que bem quiser agora, acredito que se sinta mal e, sim, que o momento seja terrível. Mas passei décadas deformada por causa de uma mentira maior e mais importante do que eu. Não posso seguir esse caminho de novo.

— Então não vai ficar comigo por causa da minha linhagem?

Ela pensou no pai e em sua tentativa agressiva de ascender socialmente. Não foi ele quem jogou o ácido nela, mas sua motivação para elevar a linhagem deles criou a tempestade perfeita – e foi ela quem teve que suportar as consequências.

Cedo ou tarde, Kane teria que voltar para a companheira. A honra dele exigiria o seu regresso, mas, mais do que isso, sua posição social o faria.

Pensou uma vez mais nas maquinações do pai.

— Não – respondeu rouca. – Não ficarei mais com você por causa da minha.

CAPÍTULO 43

O CACETE QUE ESPERARIA até que Lucan melhorasse.

Ao inspecionar os fundos do campo de prisioneiros a partir do estacionamento, Apex só tinha certeza de uma coisa: se Callum estivesse vivo e mantido naquela instalação, ou estaria preso àquela parede ou dentro dos aposentos privativos da chefe dos guardas. E não era uma maravilha o quanto isso diminuía as alternativas dentro de um lugar tão grande como aquele?

Deus, como desejou ter guardado aquela mão cortada. Ele não tinha munição suficiente para abrir um buraco a balas na porta de trás.

Portanto, seguindo a teoria de que você precisa trabalhar com aquilo que tem, ele levou dois dedos à boca...

O assobio foi tão alto que até os seus ouvidos tiniram, o som ecoando pelo centro do prédio de cinco andares e duas alas. Respirou fundo e... enfiou os dedos na boca de novo, continuando com o silvo...

Ora, ora, quem diria.

Cutucara a onça com vara curta.

Guardas jorraram para fora e ele se escondeu atrás de um veículo e começou a acertá-los, um a um. Enquanto continuava contando, ficou imaginando se aquela chefe dos guardas tinha algum tipo de molde no quartinho dos fundos onde ela regenerava esquadrões inteiros ao despejar cera mágica na forma, deixando a coisa toda para secar.

Sua oportunidade apareceu quando um dos guardas pôs a cabeça para fora da porta dos fundos. Enquanto balas passavam zunindo, Apex avançou agachado, correndo por trás da fileira de carros, ricochetes seguindo-o por cortesia de um atirador no terceiro andar.

O guarda ainda continuava indeciso entre sair e ficar, então Apex o empurrou de volta à escadaria que dava para os aposentos privativos.

Cerrando o punho, socou o rosto do macho até não restarem feições reconhecíveis, depois olhou para o alto da escada que dava para a porta interna trancada...

Como se tivesse apertado uma campainha, a última barreira se abriu.

A chefe dos guardas estava ali de uniforme, com um colete à prova de balas ajustado ao peito. Parecia a fêmea de sempre, fria e calculista, com um sorrisinho estampado no rosto.

— Eu sabia que um de vocês acabaria vindo atrás dele. Se eu tivesse paciência, atraí-los para cá seria muito mais eficiente do que tentar caçá-los em toda aquela montanha.

— Solte o lobo – disse Apex. – Pode ficar comigo. Só o deixe ir embora.

— Acho que não. Ele se mostrou um excelente bichinho de estimação.

Quando ela abriu mais a porta, o que havia do outro lado era a última coisa que ele queria ver: Callum estava vivo, isso era certo. Mas aquele era apenas o seu corpo.

O macho fora amarrado nu à cama, e era evidente que tinha sido usado: o pescoço estava em carne viva com marcas de mordida, o sexo pendia na lateral da coxa, machucado e murcho. Mas o pior era o modo como ele encarava o teto, os olhos desfocados, piscando devagar.

Como se a sua alma tivesse partido.

— Sua puta!

Apex atacou antes de saber o que estava fazendo, o avanço tão violento que ele quase deixou a arma cair.

Não chegou a lugar algum.

A chefe dos guardas atirou na sua coxa, de modo que, quando ele aterrissou, a perna cedeu sob o seu peso.

A cabeça amorteceu a queda.

Bem no último degrau.

O choque foi como um raio. Assim como a dor.

E tudo escureceu.

Kane não retornou para a garagem. Sabia que era para lá que Nadya teria ido. Em vez disso, desmaterializou-se na clareira da montanha, junto à cabana. Mas não havia nenhuma fêmea anciã. Nenhum licantropo.

Talvez fosse melhor assim.

Sentou-se numa daquelas toras ao redor da fogueira e fixou o olhar onde as chamas deveriam estar. Atrás dele, os sons da natureza noturna eram como passos nas pontas dos pés em seu ouvido, como se o mundo todo reconhecesse que deveria ter cuidado ao lidar com ele.

Deveria ter se explicado melhor para Nadya, mas sua cabeça estava toda fodida, e a raiva que adquirira junto com a ressuscitação pela qual passara, ou o que quer que aquilo tenha sido, deixou-o volátil a ponto de não saber se podia confiar em si mesmo. Um dia fora tão equilibrado.

Pensando bem, no Antigo País, o mundo lhe parecera tão promissor. É fácil manter a cabeça no lugar quando não existe pressão.

Ao pensar em Cordelhia uma vez mais, ficou chocado, mas não surpreso. Em seu íntimo, sempre soube que havia algo de errado na sua boa fortuna no Novo Mundo.

Ou talvez fosse apenas um pensamento influenciado pela passagem dos anos.

Quanto a Nadya, queria ficar bravo com ela por duvidar dele, mas como poderia? Seu passado justificava os seus motivos, e por mais que quisesse dissuadi-la de seus sentimentos, não estaria agindo como o pai dela?

Dizendo a ela o que fazer por causa das suas próprias ambições?

Que era ter um futuro com ela.

Que importância tinha isso agora...

Passos se aproximando com rapidez fizeram-no erguer a cabeça e a arma na direção dos sons. Mas não se deu ao trabalho de procurar proteção. Sério, se alguém atirasse no seu peito, provavelmente doeria menos e, assim, poderia morrer.

Isto é, se ele *pudesse* morrer...

Mayhem apareceu correndo em meio às árvores.

– Apex foi para o campo de prisioneiros.

– O quê? – Kane perguntou, exausto.

– Acabei de voltar depois de ter saído para buscar comida para o esconderijo. Lucan disse que ele havia retornado e se armado com munição e adagas. Não me venha dizer que ele só queria sair para caçar um veado nessa porra de montanha. Ele foi para a prisão. Sozinho. Para tentar encontrar Callum.

Ao se levantar, Kane pensou que, ao diabo, estava mesmo com vontade de bater em alguma coisa. Ali estava a sua chance.

– Lucan tentou vir comigo – explicou Mayhem. – Mandei-o parar de ser um estorvo dos infernos.

– Uau. Isso foi muito sensato.

– Estou virando a página. Pelo menos esta noite.

Kane respirou fundo.

– Vamos. Sério, eu sabia que a gente ia acabar nessa situação. Só tinha esperanças de que, com o tempo, aquele licantropo de cabelos brancos aparecesse num passe de mágica.

Fechando os olhos, teve a intenção de se desmaterializar para o campo de prisioneiros. Mas, quando não se moveu, abriu os olhos.

Mayhem ainda estava na sua frente.

– Primeiro de tudo – disse o macho com suavidade. – Vamos cuidar do Apex. E só depois você pode consertar o que quer que tenha dado errado entre você e a Nadya. E não venha me dizer que nada aconteceu. Ela está tão mal quanto você.

Kane relanceou para o céu, para o modo como a lua surgia por trás da cobertura de nuvens. Era um lindo cenário, mas frio e, no fim, inútil.

– Não há nada entre mim e a Nadya.

Dito isso, flutuou em moléculas de volta ao Inferno.

O que lhe pareceu o único destino adequado para ele.

CAPÍTULO 44

Ao retomar sua forma ao lado do hospital abandonado, Kane começou a correr. Os tiros na parte de trás do prédio eram um rufar de tambores de agressividade, e seu único pensamento foi o de que gostaria de ter mais retaguarda. Mais armas. Mais munição.

Mayhem reapareceu ao seu lado, também no meio de uma passada.

— A festa é ali.

Sei disso, cacete, Kane quis berrar ao pararem no flanco do antigo prédio de tijolos.

Não chegaram a dar a volta. Bem quando estavam para fazer a curva, quando o cheiro de pólvora, suor e sangue flutuou numa rajada em seu sistema nervoso, uma figura apareceu do nada.

Uma figura vestida de preto e carregada de armas.

Mas não era Lucan. Não era um guarda. E... não era o inimigo.

Quando Kane derrapou numa parada, Mayhem fez o mesmo. Então, só ficaram ali, parados, arfando.

— Jackal? — Kane sacudiu a cabeça para clareá-la. — É... você?

O velho amigo, que escapara graças ao sacrifício de Kane, o fitava como se tivesse visto um fantasma.

— Kane? O que aconteceu com você... Pensei que estivesse morto.

— Ai, meu Deus, você chegou na hora certa. — Mayhem interrompeu ao saltar adiante e abraçar o macho que todos pensaram que nunca mais veriam. — Como diabos nos encontrou?

O Jackal abraçou o macho meio distraído, ainda encarando Kane por sobre aquele ombro, os olhos percorrendo-o por inteiro. E foi engraçado, porque todos que o viam desde que aquela fêmea anciã fizera sua mágica, ou o que diabos fosse aquilo, já estavam acostumados à ressurreição.

O atordoamento do Jackal, pelo contrário, se dava porque Kane não deveria ter sobrevivido à explosão da coleira de contenção, para início de conversa.

Kane deu um passo adiante e estendeu a mão.

– Não há tempo para explicar nada.

– Tudo bem – o Jackal sussurrou ao apertarem as mãos. – Você... está certo.

Kane apontou a arma para o estacionamento.

– Acreditamos que os guardas tenham levado alguém que não é da conta deles para a prisão, e achamos que Apex esteja lá dentro, sozinho. Temos que salvar os dois.

O Jackal só continuou encarando Kane. Mas, então, uma bala passou zunindo pela cabeça do macho e o ex-presidiário voltou a prestar atenção, saindo do seu transe.

– Vamos – disse Kane. – Se sobrevivermos, prometo que conto tudo.

Quando o Jackal assentiu, os três se moveram para o canto do prédio, espiando ao redor da pouca cobertura que tinham. Guardas usavam a fileira de caminhões e outros veículos como escudo, trocando fogo com um alvo não visível, mas que, evidentemente, tentava entrar na prisão. Também havia um pelotão na entrada da floresta, as figuras obscurecidas aproximando-se do limite das árvores.

– Como entramos? – perguntou o Jackal.

– Tenho uma senha de entrada. – Mayhem olhou para trás. – Mas nem tudo funciona mais com senhas, e estou preocupado que talvez tenham mudado o número depois da nossa fuga. É a primeira coisa que eu faria. Preciso chegar à porta dos fundos, que dá direto nos aposentos privativos do Executor, para testar a que tenho.

– O macho é o encarregado agora? – resmungou o Jackal. – Cristo.

– Não, nós o matamos. Agora é alguém ainda pior.

– Claro que é.

Kane estava prestes a sugerir uma estratégia quando o vento mudou de direção. No instante em que sentiu a brisa na nuca, soube que a presença deles seria anunciada. Como esperado, o cheiro soprou na direção dos guardas e a saraivada que caiu sobre eles foi precisa e imediata.

O que equivale a dizer que foi fogo pesado.

Devolveram fogo, as balas trocadas incessantemente, mas foram obrigados a recuar. Então, Kane viu-se estranhamente focado. Em vez de distrair-se e entrar em pânico, foi se acalmando cada vez mais enquanto Mayhem e depois o Jackal se desmaterializaram para o primeiro andar em busca de proteção.

Em vez de seguir o prudente exemplo dos dois, ficou onde estava, mesmo quando os machos enfiaram as cabeças para fora de algumas janelas quebradas, incitando-o a segui-los.

O seu interior estava assumindo o controle. Ele conseguia sentir isso.

Em seguida... algo aconteceu.

O seu corpo flutuou. Era o único jeito de descrever a sensação. Num momento estava sobre os pés, atirando, desviando-se de balas; no seguinte, voava.

Não, não estava no ar...

Estava no chão. Movendo-se com suavidade em meio à grama, enxergando com olhos diferentes: a cor do mundo de repente era apenas tons de vermelho, os demais matizes desaparecendo.

Com uma estranha sensação de paz, cedeu à transformação, e quanto mais acompanhava a alteração da sua forma, mais margem adquiria em termos de percepção: ele sentia as diferentes sensações no ventre, as folhas da grama, a areia e os pedriscos ásperos, a terra. Mas os cheiros em seu olfato não eram os mesmos. Ou talvez tivessem a mesma origem, mas eram percebidos de maneira diversa. Os sons tampouco eram como costumavam ser, os ruídos dos tiros, os gritos, os passos, tudo era um oceano batendo na costa rochosa e recuando, indistinguível.

Contudo, ao interromper o avanço, ouviu e reconheceu as vozes de Jackal e Mayhem conversando. A senha não tinha funcionado... lá no primeiro andar, onde estavam... a senha não abriu a passagem para a escadaria.

Como conseguia ouvi-los tão longe assim, ele não compreendia. E, por mais que agora estivesse numa forma diversa da sua de vampiro, sua missão não se alterara. Ele ainda tinha que se infiltrar no campo de prisioneiros, salvar o licantropo, encontrar Apex.

Mas como?

A rachadura na fundação da construção não era larga, uns dez centímetros no máximo, partindo num ângulo na junção de tijolos na lateral para a parede de concreto do subterrâneo. Não era espaço suficiente para que pudesse enfiar a mão, muito menos o corpo, todavia ele sabia que aquela seria a sua entrada.

A víbora dentro de si não teria problemas para se apertar naquele espaço.

Ao deslizar para dentro, de alguma forma seu lado ofídico sabia qual caminho tomar, encontrando e seguindo as rotas que foram criadas no concreto em razão da exposição aos elementos e da decrepitude da estrutura – e, então, de repente, ele saiu do aperto e chegou a um espaço aberto, deslizando pelo chão na sua junção com uma parede.

Parando o avanço, seu ponto focal passou de um lado a outro, a víbora movendo a cabeça ao redor como se soubesse que ele queria se orientar, o vermelho que cobria tudo não comprometendo sua acuidade visual.

Ele estava dentro dos aposentos privativos da chefe dos guardas.

E, sim, lá estava Callum, em cima de uma cama, amarrado e imóvel – e depois dele, junto à porta que dava para o estacionamento dos fundos, a chefe dos guardas arrastava um Apex inconsciente para dentro, o peso morto do macho algo que, dada a força física da fêmea, não lhe impunha um trabalho árduo.

Ela falava, a boca se mexia, mas Kane não ouvia nada.

Não importava o que aquela vaca dizia.

Quando as botas de Apex passaram pela porta, o painel reforçado bateu com força e se trancou. Em seguida, ela pairou acima do ex-prisioneiro com um sorriso que era a vingança personificada.

Ela não percebeu o ataque iminente. E Kane confiou no seu outro lado para fazer o que sabia. Com um disparo veloz, ele atingiu a perna dela, atacando a panturrilha e a coxa mais rápido do que um piscar de olhos.

A primeira investida foi bem na junção do tronco com a perna porque Kane disse ao seu outro lado que aquele era o acesso circulatório mais eficiente. A fêmea berrou, ou, pelo menos, esse pareceu ser o som emanado por ela. Em seguida, ela apontou a arma da mão direita bem para a sua cabeça...

O estopim do tiro foi tão alto quanto um raio, e Kane se retraiu dentro da sua outra pele, deduzindo que havia sido ferido e logo estaria sentindo uma dor debilitante.

Só que, de maneira inexplicável, a fêmea era quem tinha sido atingida por uma bala vinda de outra direção, os braços se lançando para trás quando ela se arqueou e cambaleou, a própria arma disparando no cômodo quando foi virada de lado.

A víbora de Kane assumiu o controle a partir dali. Numa fração de segundo, a serpente atacou o tronco da fêmea e se enroscou ao redor do pescoço, o aperto rápido e letal. Mas ela não morreu estrangulada.

As mordidas se seguiram uma após a outra, repetidas vezes, as presas penetrando o rosto enquanto ela gritava e sangrava.

Enquanto a cabeça da cobra atacava sem parar, o veneno sendo injetado uma vez após a outra, Kane só deixou o ataque acontecer.

E quando o rosto dela começou a derreter, a carne e os ossos se liquefazendo, os olhos afundando para dentro do crânio, antes de também se desintegrarem... ele ficou perfeitamente satisfeito com o resultado.

Do seu campo de visão no chão, Apex largou a arma que sacara do lugar escondido dentro da calça e rolou de lado para poder assistir à morte horrenda. Ainda que a cabeça latejasse e a visão estivesse comprometida, ele foi capaz de permanecer consciente o bastante para dar aquele único tiro no peito da maldita fêmea maligna – e agora lhe restava suficiente acuidade mental para assistir ao que aparentava ser uma imensa cobra negra transformar aquela fêmea numa almofadinha de alfinetes.

Kane. Na sua outra forma.

Com a ameaça imediata neutralizada – ou prestes a desintegrar-se, como era o caso –, Apex se concentrou na cama. Inspirando fundo, teve a intenção de se levantar, mas não tinha forças para se manter de pé. Tudo bem. Engatinharia.

Arrastando-se pelo chão, desejou que a víbora diferenciasse amigos de inimigos, porque a maldita logo não teria mais nada para morder. A cabeça da fêmea havia desaparecido.

Ao se aproximar da cama, Apex se ergueu e...

– Callum. Sou eu.

Não houve resposta do macho. Nada além daquele olhar vazio para o teto e de piscadas automáticas, que, de alguma forma, eram mais assustadoras do que qualquer gemido de dor.

– Estou aqui – Apex disse, emocionado. – Vou te tirar daqui.

Do seu íntimo, uma intencionalidade animou seu corpo e o fortaleceu. Usando a faca do cinto, cortou as amarras de couro, e quando o licantropo estava livre...

Não houve reação alguma. Callum não olhou para ele, não se mexeu, não reagiu. Só continuou largado onde estava, com os braços e as pernas esticados a partir do tronco, como se ainda estivesse amarrado.

O olhar permaneceu direcionado para o teto, como se ele não passasse de uma concha, a alma tendo partido da casca que a abrigara.

– Callum...

Com mãos gentis, Apex estendeu...

O recuo e o afastamento foram instintivos, os últimos reflexos de sobrevivência se acionando, nada que parecesse intencional.

— Ei, estou com você — sussurrou para o macho.

Acomodando-se na beirada da cama, pôs Callum em seu colo, e quando a cabeça do licantropo mudou de ângulo, ele esperou que, por fim, veria algum tipo de reconhecimento. Não houve nenhum. O licantropo só encarou o chão, como se os olhos da cor do luar estivessem congelados naquela posição e o que cruzasse esse caminho era o que ele veria.

Apex afagou os cabelos brancos suados. E, ao fitar o rosto que vira em suas lembranças com tamanha clareza, sangue da ferida na sua cabeça caiu sobre a face fria de Callum.

— Estou com você — sussurrou. — Você está seguro agora...

Uma explosão alta o suficiente para estourar tímpanos, poderosa o bastante para abalar a fundação do hospital, aconteceu do outro lado... E a porta que dava para o corredor despencou para dentro dos aposentos privativos num baque.

Quando a fumaça se dispersou, havia dois machos parados junto à soleira.

Mayhem. E o Jackal.

Ao ver os escombros de armas, munição e suprimentos táticos, Apex pensou que deveria sentir-se libertado ou algo assim. Ainda mais quando os dois entraram correndo armados — e aquilo era um celular na mão do Jackal?

Aproximaram-se e deram uma olhada em Callum, mas os olhos logo se fixaram em algo que acontecia no chão. A cabeça da chefe dos guardas ainda se desintegrava, o veneno, ou o que quer que aquilo fosse, escorria pelo que restava do rosto e começava a corroer o corpo também.

— Ela está morta — Apex comentou sem necessidade, enquanto o Jackal aproximava o celular do ouvido.

Para proteger a intimidade de Callum, Apex se esticou e puxou uma coberta por cima do corpo nu do macho... e então ele notou os hematomas nos lugares em que fora amarrado, os arranhões e outras marcas consistentes com um macho sendo usado pelo sexo e como fonte de sangue.

– Você vai ficar bem, Callum – sussurrou. – Reforços estão a caminho.

Pessoas lhe ofereceram ajuda, fizeram planos e se reuniram ao redor do Jackal. Mas, como se o estado vegetativo de Callum fosse transmissível, Apex descobriu que não tinha nada a dizer em resposta e que não conseguia fixar os olhos em qualquer coisa que não se passasse diante do seu campo de visão.

Alguns resgates aconteciam tarde demais.

Mesmo quando a pessoa continua viva.

CAPÍTULO 45

De forma geral, V. adorava estar certo. E a parte boa era que, em 99% das vezes, ele estava certo sobre tudo, portanto, era um estado de autossatisfação que ele experimentava bastante.

No caso da localização do campo de prisioneiros, ele foi certeiro na lógica para encontrá-lo – mas a infiltração em si por parte da Irmandade foi uma frustração completa. Primeiro, porque ele queria ter usado suas adagas um pouco mais. Muito mais. O maior desapontamento ocorreu, contudo, porque ele tinha levado bastante explosivo plástico C-4. Já fazia um tempo que ele não explodia alguma coisa, e estava pronto para um falso espetáculo de Quatro de Julho.

E ainda haveria a satisfação de acabar com o lugar todo.

Porque a *glymera* que se fodesse.

No entanto, ao chegar ao hospital abandonado para tuberculosos e entrar pelos fundos, graças ao Jackal, que segurava a porta aberta, teve a satisfação de ser o visionário da operação, mas sem nenhum esforço nem pirotecnia...

– Que *porra* é essa?

Assim que entrou numa espécie de sala de guerra/quarto de dormir, deparou-se com uma meleca no chão com toda a pinta de ser um cadáver em decomposição. A poça parecia formada de fluidos corporais e alguns ossos, embora esses últimos parecessem se liquefazer bem diante dos seus olhos. Também parecia existir um rastro gosmento no chão, que serpenteava ao redor da cama onde um macho muito nu era amparado por outro cara com um ferimento feio na cabeça. Do outro lado, uma trilha de sangue desaparecia para dentro de um buraco num canto junto ao chão.

— Mais alguém está ferido? — perguntou ele já pegando o celular. — Deixa pra lá, vou deduzir que sim.

— Há muito prisioneiros doentes em algum lugar por aqui — disse o Jackal. — A propósito, este é o Mayhem. Ali estão Apex e Callum.

— Posso levá-lo aos prisioneiros — o sujeito chamado Mayhem murmurou. — Eu mostro onde eles estão. Só peço que lhes dê prioridade em vez de ir atrás dos guardas.

Assentindo, V. enviou uma mensagem de texto para sua companheira, assim como para Manny e a enfermeira da Irmandade, Ehlena.

— Está se referindo a todos aqueles machos que vi fugindo daqui?

— Isso. Deve haver mais alguns em algum lugar.

— Sem problema. Prisioneiros primeiro. Já pedi auxílio médico e a Irmandade está protegendo o perímetro. Vocês estão a salvo, todos vocês.

— Eu não podia esperar até amanhã — disse o Jackal. — Sinto muito.

V. desviou o olhar do telefone.

— Fico feliz que não tenha esperado. Pode proteger esses dois enquanto seu garoto me leva até os encarcerados?

— Posso. Eu fico aqui.

V. seguiu o outro prisioneiro porta afora, porta essa que parecia ter sido...

— Você explodiu isso aqui?

— Sim. Eu sempre gosto de ter uns plásticos à mão. Você sabe, para ocasiões especiais.

— Cara, eu também. — Ele pegou um cigarro enrolado manualmente.

— Cigarro?

— Quer saber, aceito um.

Ao se virar para entregar o estoura-peito, precisou olhar de novo. A parede pela qual passavam estava equipada com um par de cavilhas, cujo propósito as manchas amarronzadas tornavam explícito.

— É aqui que eles eram punidos — disse V.

— Sim, aqui mesmo. — O macho... Mayhem? Sim, era esse o nome. Mayhem pegou o cigarro oferecido e o colocou entre os lábios. Depois, disse: — No antigo campo de prisioneiros, havia outro lugar semelhante no qual éramos torturados.

— Puta que o pariu. — V. acendeu o Bic e estendeu a chama. — Bem, essa merda toda acabou.

— Precisamos ficar aqui — disse o macho ao acender o cigarro e exalar a fumaça. — Esta instalação tem camas e uma cozinha, tem uma clínica. Não nos realoque, por favor. Muitos prisioneiros não sobreviveram à viagem até aqui, por sinal.

V. olhou ao redor. Havia portas abertas ao longo do extenso corredor e ele conseguia sentir o cheiro de cocaína e de heroína.

— Mostre-me tudo. — Começou a andar. — Quero ver tudo.

Não foi surpresa alguma que o restante do local também fosse desagradável. As salas de trabalho onde as drogas eram embaladas eram prisões de trabalhos forçados, a definição de um ambiente tóxico, e a cozinha, reaproveitada dos anos 1970, estava imunda. Mas o pior eram os dormitórios. Quando o macho o levou para um lance mais baixo nas escadas, ele já pôde sentir o fedor de podridão corporal, suor rançoso e infecção. Em seguida, descobriu que os prisioneiros eram relegados a dormir em cápsulas que mal abrigariam cachorros de grande porte, machos e fêmeas encaixados em espaços apertados, sendo que a maioria mal tinha forças para se importar quando V. foi andando ao longo de um cômodo tão comprido quanto um campo de futebol.

Na ponta oposta, virou-se e não pôde acreditar no que viu. Mas como diabos ele achava que seria?

— Vamos precisar de mais ajuda médica — disse para si ao apagar o cigarro na sola do coturno.

— Conheço alguém — disse Mayhem — de valor inestimável para nós. Ela é a melhor das melhores, e os prisioneiros já a conhecem e confiam nela.

Ao retomar sua forma nos fundos do campo de prisioneiros, Nadya foi acompanhada para dentro das instalações pelo maior e mais belo vampiro loiro que ela já tinha visto – e que se apresentou como o Irmão da Adaga Negra Rhage. Quando ela entrou nos aposentos privativos da chefe dos guardas, parou diante de uma poça que...

– Pois é... – disse o Irmão. – Quem quer que tenha sido, teve uma noite bem ruim.

Algo no cheiro dos restos mortais fez com que se agachasse, e foi então que ela reconheceu o cinto de munição, o uniforme, as botas.

– Era a chefe dos guardas – murmurou ao se levantar. – A fêmea que... Bem. Vou dormir muito melhor durante o dia, de todo modo. Ela não gostava muito de mim.

– Algo me diz que isso é um elogio.

Nadya olhou na direção da cama elevada – e ficou com a respiração presa na garganta.

Uma fêmea que ela não reconhecia, vestindo um jaleco branco de médica ou enfermeira humana, cuidava de Callum, enquanto Apex permanecia sentado ao lado, assistindo com uma intensidade que ela já testemunhara antes. A mesma de quando ele estivera com Kane...

Ah, não. Apex tinha um ferimento na cabeça que ainda sangrava. De tempos em tempos ele o enxugava com uma toalha, como se aquilo fosse uma inconveniência. Sem dúvida recusara-se a ser atendido até que Callum o fosse.

Por baixo daquele exterior duro, ele era um macho de valor, leal e verdadeiro. E, ah, Deus, o que acontecera ao licantropo? Ele parecia estar em uma espécie de coma.

– Você é a enfermeira daqui?

Ela olhou por sobre o ombro. Outro membro da Irmandade da Adaga Negra entrava no cômodo a passos largos. De cavanhaque e tatuagens na têmpora, e com todas aquelas adagas negras presas com os cabos para baixo sob a jaqueta de couro, ele era intenso, e isso antes de ela se deparar com os olhos gélidos.

– Isso – respondeu. E pigarreou. A sensação de que sua vida apontara para aquele exato momento a atingiu com uma descarga de propósito. – Sou a enfermeira daqui. Vim para cá porque... Bem, é uma longa história.

— Você não tem que explicar, mas temos pacientes à sua espera.

Ok, Nadya, ela disse para si mesma ao respirar fundo. *Chegou a hora.*

— Se estamos lidando com a população carcerária — disse ela, com autoridade —, é melhor trazer as drogas e os suprimentos da clínica para o dormitório. Enfrentaremos infecções cutâneas, urinárias e respiratórias, mas também abcessos dentários e má nutrição. Tenho um estoque de antibióticos e analgésicos, além de opiáceos no fim do corredor em quantidade suficiente para tratar metade dos Estados Unidos. Não, não há registros de identidades que eu tenha encontrado, relatos verbais terão que bastar para estabelecer um censo e iniciar a confecção de prontuários. Não é nem preciso dizer que ficarei contente em acatar ordens de qualquer um. Só quero, finalmente, ser capaz de tratar os meus pacientes da maneira que merecem ser tratados.

O macho de cavanhaque a encarou. Em seguida, inclinou a cabeça com um sorriso maroto.

— Creio que é você quem dará as ordens, senhora. Permita-me apresentá-la aos nossos médicos.

— Obrigada — murmurou ao se curvar. — Estou ansiosa para conhecê-los.

O restante da noite passou num borrão. Ela e os outros da equipe médica, que eram maravilhosos, trabalharam juntos no alojamento, fazendo a triagem dos prisioneiros, distribuindo alimento, elaborando uma lista de nomes e condições médicas. Nesse ínterim, a Irmandade continuava a proteger as instalações, modificando as trancas, confiscando as chaves dos veículos nos fundos e estabelecendo uma zona de segurança.

Mayhem e o Jackal foram de grande ajuda, trazendo os suprimentos da clínica e ajudando a criar uma área de triagem e tratamento, e Lucan e Rio chegaram para auxiliar quando o alvorecer se aproximava.

Quando o sol chegou, tudo estava fechado e trancado, e o trabalho continuou.

Só que Kane tinha desaparecido.

CAPÍTULO 46

UMA SEMANA MAIS TARDE, Nadya tinha tudo funcionando sem problemas na sua nova clínica. A Irmandade da Adaga Negra havia se mostrado extremamente útil, trazendo comida e mais suprimentos médicos, sem nunca pedir nada em troca, e fornecendo membros que se alternavam em turnos na antiga prisão. E o mesmo acontecia com a equipe médica que vinha com eles.

Eles não eram os únicos que ajudavam. O Jackal, seu filho, sua companheira e a irmã da fêmea tinham se mudado para lá, bem como Rio e Lucan. Havia tarefas demais: comida para preparar, roupas para distribuir – e histórias verbais para registrar.

Havia prisioneiros presos por crimes menores, cujas sentenças eram centenas de anos mais severas do que a gravidade das infrações a propriedades ou dos insultos sociais pelos quais tinham sido condenados. E os prisioneiros violentos já tinham sido eliminados, pois o Executor matara os propensos a ataques físicos. Os que sobravam depois desses dois grupos eram aqueles que tinham sido enviados ao campo de prisioneiros por motivos irrisórios, como deslizes pessoais ou familiares e outras razões moralmente inaceitáveis.

Portanto, vinham avançando em acertar o que havia de errado, em grande parte.

Mas não em todas as áreas. Apex ainda estava sentado ao lado do seu licantropo, que permanecia sem reagir. Por conta do trauma pelo qual Callum passara, os dois continuavam nos aposentos privativos, e Nadya era a única que levava as refeições e continuava avaliando a condição do macho em coma.

Apex só deixava o macho por vinte minutos todas as noites, permitindo que Nadya acompanhasse Callum ao desaparecer para onde quer que ele fosse. A única coisa que ela sabia era que, toda vez que ele voltava, trazia outra flor branca. A cama daquele cômodo estava agora toda cercada por flores brancas em todo tipo de vaso. Ela tinha a sensação de que o vampiro devia estar invadindo uma floricultura em algum lugar, a fragrância do seu roubo floral o tipo de perfume pelo qual ela ansiava em sentir e que certamente o fazia ter esperanças de que despertaria o macho.

Mas ele ainda esperava.

E, a seu modo, Nadya também. Por outra pessoa.

Kane... continuava desaparecido.

Depois de quatro noites sem ter aparecido, de ninguém tê-lo encontrado ferido, ela se resignou a concluir aquilo que vinha lutando para não admitir.

Ele provavelmente morrera durante a invasão.

Isso já era terrível, mas, ao pensar como tinham deixado a situação entre eles, seu coração doía a ponto de ela não conseguir respirar. Contudo, tivera seus motivos para agir daquela maneira.

E tentava se lembrar de que não passaram tanto tempo assim juntos – embora isso não tivesse a mínima importância. Partilharam uma vida inteira em questão de noites – e as lembranças de ter estado com ele perdurariam até que ela fosse para o Fade.

Ponderando que era hora de voltar ao trabalho, aproximou-se do primeiro leito na fila à direita.

– Você me parece muito melhor – disse a uma fêmea mais velha que tivera pneumonia. Em seguida, fez uma anotação no prontuário. – A penicilina está surtindo efeito, e eu voltarei ao amanhecer para mais uma dose.

Quando tentou se afastar do leito, um braço frágil se esticou e olhos míopes tentaram enxergá-la.

— Obrigada.

Uma palavra. Quatro sílabas. Todavia, uma fortuna em significado, com a qual nem mesmo a *glymera* poderia rivalizar com todo o seu dinheiro e posses.

Ou melhor, o que restava da *glymera*.

— De nada — murmurou Nadya. — Apenas descanse. Eu volto depois.

Levou uma boa hora para fazer a ronda e verificar todos os pacientes. Ao terminar, retornou para a mesa que Mayhem colocara para ela na extremidade oposta, na qual anotava todas as administrações de medicamentos e mantinha registros dos sintomas e sinais vitais. Ao se sentar, Nadya franziu o cenho.

Outra pedra sobre o seu registro principal.

Era pequena e arredondada e, dessa vez, num tom rosado. Ao colocá-la na palma e rolá-la, adorou a superfície lisa. Os veios. O fato de, evidentemente, ter sido escolhida com esmero.

Em seguida, olhou para o pratinho ao lado da fileira de frascos de antibióticos. Havia cinco outras pedrinhas, de diferentes tamanhos e cores, como flores colhidas da margem de um rio.

Não fazia ideia de quem as deixara, mas quando se sentia mais emocionada, fantasiava que era...

— Oi.

Ao falar, Kane não tinha certeza de qual seria a reação de Nadya. E, quando ela ergueu o olhar com um arquejo, ele disse a si mesmo que deveria ter lhe dado mais tempo. Ela vinha trabalhando com tanto empenho, salvando vidas, aliviando o sofrimento, fazendo aquilo que nascera para fazer, que, sem dúvida, não tivera um momento para refletir sobre o modo como tinham se deixado.

Aliás, quanta arrogância sua presumir que sequer ocupasse algum lugar nos pensamentos dela.

Numa ocasião em que ela e sua vocação se faziam tão importantes.

Santa Virgem Escriba, ela era tão linda, os cabelos castanhos presos na base da nuca, a túnica simples e as calças folgadas num tom de verde parecendo um vestido de gala aos seus olhos. Ela estava reluzente de saúde, os olhos brilhavam... Contudo, desconfiava dele, embora não soubesse se isso se devesse a não crer que ele estava mesmo ali ou a algum outro motivo.

— Você está vivo — sussurrou ela. — Pensei que...

— Andei por aí.

— Ninguém te viu. Perguntei... onde você estava. — Pigarreou. — Mas imagino que tivesse coisas para resolver...

— Eu precisei fazer algumas coisas por mim mesmo.

— Ah.

Queria explicar para ela que, depois que a víbora saíra de seu âmago daquela maneira, quando vieram salvar Callum e Apex, ele soube que tinha que entender melhor aquilo tudo, fazer as pazes com esse seu outro lado. Tinha que descobrir como aquilo funcionava e quem estava no comando — para ter certeza de que as pessoas a quem amava estariam seguras.

Por conta do poder daquela mordida, ele tinha que proteger quem estivesse ao seu lado.

Principalmente... ela.

— E como se saiu? — perguntou ela.

— Bem. Muito bem. — Lembrou quando Callum lhe dissera que não precisaria de armas. O macho tinha tanta razão nesse ponto. — Estou bem mesmo.

— Que bom, fico feliz.

— Você também tem trabalhado duro. — Relanceou ao redor, para os leitos. — Você... está fazendo aquilo que nasceu para fazer.

— Acredito que sim.

Houve um longo silêncio, depois do qual ele despejou a história toda, falando cada vez mais rápido, como se ela não fosse lhe dar ouvidos por mais de um ou dois minutos:

— Cordelhia fez parte da trama para me incriminar. Eu só queria que você soubesse disso. Ela sabia do plano do irmão: livrar-se da irmã gêmea dela, que, de acordo com eles, era uma desgraça para a linhagem. Resolveram o problema, do qual aquela irmã não tinha a mínima culpa, matando-a e mandando-me para a prisão por dois séculos. Estou contando isso não para que sinta pena de mim, mas para que entenda que não existe a mínima possibilidade de eu voltar para Cordelhia. Nunca. Eu amava uma ilusão armada e reforçada pela classe na qual eu vivia. Justificava o comportamento dela, o fato de que ela apenas me tolerava, em vez de querer estar comigo, como sendo o recato que uma fêmea de valor supostamente deveria ter. Eu não amo Cordelhia. Nunca amei de verdade, e nunca, jamais, a perdoarei.

Os olhos de Nadya pareciam se arregalar mais e mais à medida que ele falava e, quando ele parou para respirar, o nome dele escapou de uma maneira que poderia ter qualquer significado.

— Kane... — Como se não conseguisse acreditar, e não porque não acreditasse na história.

— Você não tem que ficar comigo – disse ele. — Mas não posso suportar a ideia de você acreditar que a traí ou usei. O que tivemos foi precioso e importante, e é a ressurreição de que eu necessitava. Você nunca foi uma ilusão para mim. Sempre foi real. E isso não tem nada a ver com eu ter sido antes seu paciente e tudo a ver com você como fêmea, como curandeira, como... a única que amo com todo o meu coração.

Lágrimas encheram os olhos dela, e ela segurou a pedrinha que ele lhe deixara essa noite encostada ao peito.

— Kane.

Ele mostrou as palmas para tranquilizá-la.

— Não estou pedindo nada. Eu só precisava que você soubesse como eu me...

Nadya se levantou da cadeira num pulo e praticamente saltou por cima da mesa na qual trabalhava. Na sequência, ele só percebeu que ela estava em seus braços, beijando-o.

— Desculpa – disse ela ao encontro da sua boca. — Eu não sabia...

– Nem eu...

– ... o que havia acontecido.

– Não se desculpe, entendo como se sentiu...

– E eu te amo também.

Isso deteve tudo. Mas só por um instante.

– Ama...?

– Amo – suspirou ela. – Eu te amo, eu te amo, eu te amo, quer que eu repita mais? E sinto muito ter duvidado de você. Eu tinha minhas próprias questões do passado com as quais lidar e...

– Psiu – disse ele ao baixar a boca para a dela de novo. – Está tudo perdoado. Entendo de verdade.

Beijaram-se de novo, abraçaram-se, reconectaram-se. E demorou um pouco até pararem em busca de ar.

Ao lhe afagar os cabelos, ele a viu como ela tinha sido. Viu como ela era. Ansiava por ver o que ela se tornaria...

Uma explosão espontânea de aplausos surgiu no cômodo longo e estreito, tão inesperada e surpreendente que os dois se viraram e fitaram o alojamento. Todos os pacientes de que Nadya tratava com tanto carinho tinham colocado a cabeça para fora da cama e batiam palmas, os olhos incentivadores e os sorrisos largos uma bênção que parecia a aprovação do destino para o casal que, por fim, havia se entendido.

E um sinal de que tudo estava como deveria ser.

Com o som de tantas mãos unidas, Kane acomodou sua fêmea ao seu lado, notando que ela se encaixava à perfeição. Em seguida, baixou o olhar para ela com amor enquanto ela enxugava as lágrimas com mãos trêmulas. Quando ela terminou, ergueu os olhos para ele.

– Oi – sussurrou.

Kane sorriu para o seu único amor verdadeiro e o beijou.

– Oi.

EPÍLOGO

Foi o cheiro que trouxe tudo de volta. E isso não era sempre verdade? O olfato é um amplificador das memórias de longo prazo, aumentando o foco, a acuidade, as emoções de todas elas.

Enquanto subia a montanha, com os passos abafados pela camada de agulhas dos pinheiros e uma brisa fresca no rosto, Kane ergueu o olhar para os ramos entrelaçados acima. A lua estava cheia e sua radiante luz azulada atravessava as copas dos pinheiros, fraturando-se em feixes de luz que o faziam se lembrar dos candelabros de cristal com os quais um dia convivera.

Não mais. Ele já não era mais um membro da *glymera*.

E isso não era perda alguma.

Olhou de canto de olho para Nadya. Ela caminhava ao seu lado, com as mãos enfiadas nos bolsos da jaqueta vermelha larga que emprestara da enfermeira da Irmandade, os cabelos soltos às costas, os lábios erguidos num sorriso particular que ele sabia significar que ela estava pensando no que fizeram juntos no leito partilhado durante o dia.

Kane também sorriu.

— Você é linda, sabia?

Os olhos dela foram para os seus.

— É errado eu nunca me cansar de ouvi-lo dizer essas palavras?

— Nem um pouco. E é uma via de mão dupla. Jamais vou me cansar de dizer essas palavras para você.

Uma leve inclinação para baixo e seus lábios encontraram os dela. Em seguida, voltou a se concentrar na trilha ascendente à frente.

– Falta pouco.

Quando lhe dissera que precisava voltar para a montanha, ela não hesitara. Ela tinha encerrado o seu turno na clínica e Ehlena, a dona da jaqueta vermelha, a substituíra. Partiram logo depois. Saíram do hospital pela porta da frente e caminharam pela vegetação rasteira noite adentro. Ao chegarem à cerca de arame, ele a viu se desmaterializar através dela, mas preferiu escalá-la, do jeito antigo.

A cada segurada das mãos fortes, ele pensava naquela noite depois da ressurreição, quando voltara ao campo de prisioneiros com uma versão diferente de si mesmo, determinado a encontrar sua fêmea para tirá-la da prisão. Na época, ele não tinha o mínimo entendimento da transformação pela qual passara. Só estivera ali de carona, sem a mínima ideia de que era o hospedeiro de uma entidade, que a liberdade de pensamento e ação agora e para sempre seria relativa, uma negociação em vez de algo unilateral.

Mas ele não tinha nenhum arrependimento.

A víbora era uma dádiva. Tanto para ele quanto para Nadya.

Esticando o braço, pegou a mão dela.

– Obrigado.

– Pelo quê?

– Por vir comigo.

– Você nem precisava pedir. – Nadya apertou sua palma. – Além do mais, a caminhada é maravilhosa. O cheiro do ar... custo a acreditar em como é puro e delicioso.

– Era nisso também que eu estava pensando. – Franziu o cenho e se lembrou de Apex carregando-o para fora do antigo hospital. – Não me lembro muito... da noite em que fui trazido para cá. Mas o cheiro. O cheiro me traz de volta. Falando em cheiros...

Ele relanceou para a linha das árvores quando uma sombra se aproximou correndo, movendo-se junto ao chão, lépida e fagueira como o vento.

– Ainda temos companhia – disse ele com um sorriso.

– Também pensei ter visto algo.

Começaram a subida para a garagem de Callum, dando a volta por trás até a trilha escondida pelas árvores e, no instante em que pisaram no caminho de terra batida, um licantropo em sua forma de quatro patas apareceu diante deles. E mais um. E um terceiro.

Por uma fração de segundo, a víbora se contorceu na consciência de Kane, estreitando seu foco e avaliando um perigo potencial. Só que, então, os licantropos abaixaram as cabeças, como se estivessem se curvando, e desapareceram na noite – como se só tivessem aparecido para saudá-los, para garantir a Nadya e a ele que estariam seguros.

À medida que continuavam a subida, ele teve a sensação de que os licantropos vinham mantendo distância por respeito, pois sabiam o motivo de ele estar ali e de ter trazido sua companheira.

Porque sabiam quem ele era. Ou melhor, o que havia dentro dele.

Quando ele e Nadya chegaram à última subida, a curva da trilha os levou ao redor de um conjunto de rochas do tamanho de carros...

Lá estava. A clareira com a fogueira no centro e os covis escondidos dos licantropos, além da cabana vermelha.

Assim que saíram das árvores, uma explosão de chamas acendeu a pilha de achas acomodadas dentro do círculo de pedras, o barulho da combustão instantânea um cumprimento surpreendentemente jovial. E, enquanto o fogo crepitava e fagulhas vermelhas criavam uma fumaça branca que se erguia para o céu límpido salpicado de estrelas, Kane se virou para a cabana.

Sabia que a fêmea anciã que não era nada velha emergiria, e, sim, lá estava ela, segurando a tela da entrada para poder se abaixar e sair. Por um momento, ele ficou tenso e se colocou diante de Nadya, para que seu corpo protegesse sua fêmea. Mas, em seguida, a fêmea anciã olhou para eles e seu sorriso era radiante.

– Saudações a ambos. Como é maravilhoso vê-los.

Ela usava o mesmo tipo de vestido vermelho que vestira na primeira noite, só que as contas e os bordados eram diversos – não, espere... os adornos se moviam sobre o tecido, os volteios dos pontos e as contas vermelhas, amarelas e brancas mudavam de posição devagar, o padrão era algo vivo. Os cabelos grisalhos e brancos mais uma vez estavam soltos sobre os ombros, e ele percebeu que também estavam vivos, os fios diáfanos girando ao redor do corpo apesar de não haver brisa alguma para movimentá-los.

Kane abriu a boca. Quando as palavras não surgiram, ele pigarreou.

– Está tudo bem, sei o motivo de você estar aqui. – A fêmea anciã sorriu de novo. – Não há o que agradecer. E ela também é adorável, por dentro e por fora. Não é, minha querida?

A fêmea anciã não estendeu os braços, eles tampouco se adiantaram até ela, mas a sensação de acolhimento e conforto que ocorre quando alguém é abraçado por outra pessoa a quem ama incondicionalmente de repente impregnou Kane – e ele pressentiu que o mesmo acontecia com Nadya, porque ela fechou os olhos e inspirou fundo.

– Agora vão – disse a Loba Cinzenta. – Postem-se no precipício e mirem o vale. No entanto, não encontrarão seu futuro na vista, por mais bela que ela seja. Quem está ao lado é que é o seu horizonte. Mas vocês já sabem disso, não?

Kane passou o braço ao redor da sua *shellan*.

– Você está certa, sim, eu sei.

Baixou o olhar para Nadya e, quando os olhos dela encontraram os seus, ele sentiu o braço dela ao redor da sua cintura. O toque era tão natural, tão suave, a mão dela repousando sobre o seu quadril um comentário físico do quanto ela simplesmente adorava tocá-lo. E isso ainda era importante para ele, que ela quisesse senti-lo e ao corpo dele tanto quanto ele queria o mesmo em relação a ela.

– Se unirá a nós para olhar para…

Kane ergueu o olhar. A fêmea anciã havia desaparecido, assim como a cabana. E, de alguma maneira, ele não se surpreendeu.

– Venha – disse ele à sua companheira. – Quero partilhar isso com você.

Ao darem a volta na fogueira até o lado oposto, ele pensou um instante em Cordelhia e naquela linda casa vazia dela, uma relíquia do passado, um testemunho do presente solitário da fêmea e do seu futuro desolador. Não havia horizonte para ela, e talvez isso o tornasse vingativo, mas ele estava tranquilo com isso. Ela merecia até mesmo um castigo mais severo pela sua participação no ocorrido. A cegueira dela para as consequências dos atos de sua família ainda o atordoavam. Mais do que qualquer outra coisa, era isso o que mais o impressionava.

Tal ignorância era uma definição nova de crueldade.

Entretanto, assim como aprendera a se entender com a sua nova faceta, encontrar uma maneira de fazer as pazes com algo que não podia compreender e não podia alterar era um desafio interno no qual se empenharia.

Um pouco mais adiante, as árvores cederam lugar a um patamar de rochas e um despenhadeiro que descia em queda livre até um vale ao longe. A vista era majestosa, as montanhas descendo até um lago reluzente, os milhares de hectares de pinheiros um manto perfumado atenuando os contornos das elevações ondulantes da terra.

— É a coisa mais linda que já vi — Nadya disse, maravilhada.

Ele olhou para sua companheira. Os cabelos vinham crescendo, a ponto de ela ter sempre que prendê-los enquanto trabalhava, e o rosto, embora livre de maquiagem, tinha um brilho próprio, reflexo mais da alma do que de uma boa dieta e de ter se alimentado da veia do seu companheiro amado.

— Verdade — sussurrou ao continuar a fitá-la. — Não posso discordar.

Nadya se virou para ele e se aproximou mais do seu corpo. Ao passar os braços ao redor dela, pensou em tudo o que desejara para si no Antigo País, nas suas esperanças, nos seus sonhos.

Engraçado, tudo isso se concretizara naquela fêmea.

— Vou continuar a trazer pedrinhas para você — disse ele ao afagar os fios que se soltavam dos cabelos amarrados. — Pelo resto de nossas vidas.

Ele não tinha mais nenhuma fonte de renda, portanto, jamais seriam diamantes. Mas diamantes eram apenas pedras, não? E, para sua fêmea, suas pedrinhas eram tão preciosas quanto. Ela lhe dizia isso toda vez que a presenteava com uma nova.

— E eu vou adorar cada uma delas — disse ela com um sorriso.

Bem quando ele se inclinava para baixo para beijá-la, ele viu, parada à distância, uma linda loba cinzenta. E o animal místico e fantasmagórico olhou para ele, parecendo piscar.

Então, ela ergueu a cabeça para o céu e soltou um uivo. Quando a canção dos licantropos se espalhou pela noite escura, Kane abaixou a boca para a de Nadya.

E entendeu que comunidade é uma família escolhida. Quer fosse a dos seus amigos e suas companhias, os prisioneiros ou a Irmandade da Adaga Negra, todos eles estavam cercados por amor.

O que os tornava mais ricos do que qualquer quantidade de dinheiro tornaria.

A família, afinal, não tem preço.

AGRADECIMENTOS

Muito obrigada aos leitores dos livros da Irmandade da Adaga Negra! Tem sido uma longa jornada, maravilhosa e excitante, mal posso esperar para ver o que virá a seguir nesse mundo enorme que todos nós amamos. Eu também gostaria de agradecer a Meg Ruley, Rebecca Scherer e todos da jra, e Hannah Braaten, Andrew Nguyên, Jennifer Bergstrom e a família inteira da Gallery Books e da Simon & Schuster.

Para o Team Waud, amo todos vocês. De verdade. E, como sempre, tudo o que faço é com amor e adoração tanto pela minha família de origem quanto pela adotiva.

E, ah, muito obrigada, Naamah, minha cadela assistente ii, e Obie, cão assistente em treinamento, que trabalham tanto quanto eu nos meus livros!